Dianas möglicherweise letztes Leben

DORIT VAARNING

DIANAS MÖGLICHERWEISE LETZTES LEBEN

ROMAN

Bibliografische Information der Deutschen Nationalbibliothek:
Die Deutsche Nationalbibliothek verzeichnet diese Publikation
in der Deutschen Nationalbibliografie; detaillierte bibliografische
Daten sind im Internet über https://portal.dnb.de/ abrufbar.

© 2023 Dorit Vaarning
Satz, Umschlaggestaltung, Herstellung und Verlag:
BoD – Books on Demand, Norderstedt

ISBN: 978-3-7568-0732-1

PROLOG

Selbst wenn du der intelligenteste, willensstärkste, reichste Mensch wärst, hättest du keine Kontrolle über dein Leben. –
Du weißt nicht, was im nächsten Moment geschehen wird, noch wann ein wichtiger Mensch in dein Leben tritt, nicht wie eine Reise verlaufen wird, wann und warum ein Unglück, ein Verbrechen geschieht, wer dabei sterben wird und wer nicht.
Du weißt nicht, weshalb du geboren wurdest, und nicht, wie lange du lebst.

Die entscheidenden Ereignisse des Lebens kommen überraschend, selbst wenn sie schon gefürchtet, gewünscht oder geahnt wurden.

Und diese entscheidenden Ereignisse, die zwar vorhersehbar und doch überraschend sind, mehren sich auf der Welt. In der Natur, in der Politik, im persönlichen Leben des Einzelnen. Von allen Seiten kommt Veränderung und Bedrohung auf die Menschheit zu. Niemand, auch nicht die Mächtigsten, hat in Wirklichkeit noch die geringste Kontrolle über das, was geschieht und geschehen wird.

Kaiser Nero soll einmal gesagt haben: »Ich kann alles tun, ohne dass es für mich Folgen hat. Also muss ich Gott sein!« Das entspricht in etwa dem Bewusstsein der meisten Menschen heute, die keine höhere Macht über sich anerkennen und die sichtbaren und deutlich spürbaren Konsequenzen ihrer Handlungen immer weiter verdrängen. Bei Nero erwies sich dieser Glaube letztlich als Illusion. Und ein ähnliches Erwachen bereitet sich für die Menschheit vor. Vom Verlangen nach persönlicher Erfüllung getrieben, sind zu viele Menschen bereit, um jeden Preis zu tun, wonach ihnen gerade der Sinn steht, denn sie merken nicht, dass sie beobachtet werden.

Eine außergewöhnliche geistige Kraft wirkt auf die Erde ein. Ein unüberschaubarer Wandel steht bevor. Eine außergewöhnliche Persönlichkeit hat schon seit Längerem das weitere Schicksal der Erde in die Wege geleitet.

Es gibt eine andere Welt »hinter« den materiellen Dingen, eine immaterielle, unsichtbare Parallelwelt, aus der alles Leben kommt und wohin es zurückkehrt. Dort in der lichteren Welt gibt es mächtige Persönlichkeiten. Dort entsteht durch geistige Kraft das, was sich später auf der Erde manifestiert. Und dort lebe ich schon seit langer Zeit. Dort sehe und spüre ich Vieles, was du nicht wissen kannst. Doch mein Weg ist noch nicht zu Ende …

KOSMOS

ARTEMISAS VORGESCHICHTE

Vielleicht war es ein Ort der Buße oder eine Art Hölle. Solche biblischen Orte wurden ja schon oft beschrieben, irgendwo in einem irrealen Zwischenreich. Aber warum sollten sich solche Orte nicht auch irgendwo auf fernen Sternen im vieldimensionalen, unendlichen Kosmos befinden?

Hätte ein Erdenbewohner in einem Raumschiff zu unserem entlegenen Stern gelangen können, hätte er wohl bei seiner Rückkehr auf die Erde über unseren Himmelskörper erzählt, dass er unfruchtbar, ohne Leben und unbewohnbar wie eine Wüste sei. Menschen erkennen Leben ja nur, wenn es eine körperliche, sichtbare Gestalt hat und die gleichen Lebensbedingungen braucht wie irdisches Leben. Doch das ist ein Irrtum!

Denn in Wirklichkeit brodelte unser Stern nur so vor Aktivität! Alles fand lediglich auf einer seelischen, feinstofflichen Ebene statt, die für lebendige Menschen unsichtbar ist.

Es war nämlich ein Ort, an dem verstorbene Seelen Emotionen, die in früheren Leben von ihnen Besitz ergriffen hatten, abarbeiten konnten oder besser: ohne Ausweg ausleben mussten.

Denn jeder wurde dort intensiv und ausschließlich von seinen Emotionen beherrscht – wahrscheinlich, bis sein Vorrat an Aufregung aufgebraucht wäre und er zur Ruhe käme – was aber nie geschah.

Ich, zum Beispiel, war damals ein hemmungsloser Jammerer. Andere weinten unablässig, wüteten, zitterten vor Furcht, lachten kreischend oder machten boshafte Bemerkungen über jeden, den sie sahen – was auch immer. Dabei verfärbten und verformten sich unsere feinstofflichen Körper je nach Emotion oder Laune. Wir hatten ja keinen physischen Körper, hinter dem wir unsere Innenwelt hätten verstecken können, sondern waren ein Projektionsbild unserer Absichten und negativen Empfindungen. Innere Vorgänge, die Menschen auf der Erde hinter ihrer körperlichen Fassade verbergen können, blieben bei uns immer für alle offensichtlich. Ja, sogar Gefühle, von denen wir selbst nichts wussten, zeigten sich den anderen.

Dadurch wurden wir ständig vom Zustand der anderen beeinflusst, was die eigenen Emotionen nur noch anheizte: Wut erzeugte Wut, ständige Verzweiflung führte zu Ausbrüchen der Ungeduld, krachendes Lachen schlug anderen rücksichtslos entgegen. Unsere Existenz war permanente Aufregung und innere Empörung, ein unendlich anstrengendes Dasein.

Schließlich wurde die Atmosphäre unseres Sterns so unerträglich schwer und negativ, dass sie den kosmischen Frieden störte und andere Sterne dadurch Schaden nahmen.

Etwas musste geschehen.

Da durchzog plötzlich eine sanfte Erschütterung die gesamte Galaxie. Vulkanausbrüche, Beben und kleinere Naturkatastrophen mehrten sich. Die Ausstrahlung Seiner enormen Kraft machte sich bemerkbar. Doch als Er erschien, hätte man Ihn beinahe übersehen – es kamen ja immer neue Seelen zu uns. Wenn überhaupt, dann war es Seine Stille, die auf Ihn aufmerksam machte.

Er, der »Bewahrer des Friedens«, lebte einfach und unauffällig unter uns, während Er im Unsichtbaren daran arbeitete, das Schicksal der verdunkelten Galaxie zu verändern. Das unscheinbare Leben dieses kosmischen Gesandten, der mitfühlend war und doch unberührt in sich ruhte, zog viele neugierige Seelen an, die aber bald das Interesse verloren.

Doch ich blieb mit einigen anderen bei Ihm. Nach und nach wurden wir still. Er besänftigte die Emotionen in unserem Inneren und schenkte uns Liebe. So befreite Er uns von unseren Ängsten.

Von Ihm lernten wir, zur Wahrheit in uns vorzudringen, zu erkennen, was gut für uns selbst und gleichzeitig für andere ist. Wir fanden Frieden und lernten Selbstbeherrschung.

Die Gequälten aber, die Mehrzahl, verfielen währenddessen in immer stärkere, violentere Emotionen, sie wurden lauter, verzweifelter und fanden keinen Ausweg.

Schließlich erreichte die destruktive Energie auf unserem Gestirn ihren Höhepunkt.

»Dieser Ort führt nirgends mehr hin. Sein Ende ist gekommen«, erklärte der kosmische Gesandte schließlich.

»Wer an ihm hängt, geht mit ihm verloren.«

Darum scharte Er eines Tages, als Er schon sehr alt und schwächlich war, einige Schüler um sich, rief sie einen nach dem anderen zu sich und gab ihnen die Initiation. Auch ich war unter ihnen, und Er erklärte mir:

»Artemisia, obwohl alles, was im Universum existiert, jeweils nur ein Teil, ein Element des ganzen Universums ist, trägt jedes Wesen doch die Matrix des gesamten Universums in sich. Und jede einzelne Matrix wartet auf Verwirklichung, strebt nach Vollendung. Obwohl ein Teil oder ein einzelnes Wesen äußerlich betrachtet nie das Ganze sein kann, so kann es dennoch ein Bewusstsein entwickeln, in dem sich alle Dimensionen und Kräfte der Matrix entfaltet haben. In seinem Bewusstsein ist es dann eins mit dem Universum, obwohl es äußerlich nur ein winziges Element des Ganzen ist.

Verstehst du, Artemisia? Alles, was zu dieser Schöpfung gehört, strebt im Innersten nach Vollendung oder Vollkommenheit der einen großen Matrix. Das ist Gesetz und Sinn der Schöpfung und des Lebens. Für manche Geschöpfe ist es ein automatischer Weg der Evolution, für andere eine bewusste Willensentscheidung sich zu entwickeln. Wie man sich auf diesem Weg verlieren, in welche Sackgassen man geraten kann, davon hast du hier Beispiele erlebt.

Wenn Ich dich nun initiiere, wirst du auf deinem Weg zur Vollkommenheit nicht mehr allein sein. Egal, wo du bist und was du tust, werde Ich immer mit dir verbunden bleiben und dich führen, so du das willst.

Jetzt hast du gelernt, was es hier zu lernen gibt. Du weißt nun, dass jede Emotion, jeder Gedanke von dir Besitz ergreifen und dich entstellen kann. Du weißt aber auch, dass du nicht dein Gedanke bist und auch nicht deine Emotion. Du bist etwas hinter all diesem. Dein inneres Auge ist erwacht, und so wirst du Vieles sehen und wissen können, was anderen verborgen bleibt. Hinter jeder Tarnung wirst du die Wahrheit erkennen.

Dein Weg zur Vollkommenheit wird dich weiter zur Erde führen, der Welt der Menschen. Dort wartet die schwierigste und letzte Aufgabe auf dich, denn dort musst du dich selbst meistern. Nirgends kann sich eine Seele so verlieren und selbst versklaven wie auf der Erde. Die Menschen verstehen viele einzelne Dinge, aber sie wissen nichts über die Gesetze, welche die Harmonie der Schöpfung garantieren, und deshalb schaden sie sich selbst, ihrem eigenen Planeten, und stören den kosmischen Frieden. – Und dennoch hat kein anderes Wesen das Potential, sich so hoch zu entwickeln und zu verfeinern wie der Mensch!

Wenn also auch für die Erde die Zeit zur Umkehr gekommen ist, werden viele Menschen neue Wege suchen, um sich aus alten Strukturen zu befreien und sich zu entfalten. Dann wird die Kraft, die jetzt in mir ist, auf der Erde Gestalt annehmen, und Ich werde wiederkommen.

Das ist deine Chance. Falls auch du zu dieser Zeit lebst und dich dein Weg zu Mir führt, wirst du den vollkommenen Zustand, die Erfüllung erlangen, dich mit den Seelen, die zu dir gehören, in Liebe vereinen, von aller Schwere frei sein und mit mir kommen, wenn du möchtest. Solltest du diese Chance in diesem Leben aber nicht wahrnehmen können, weil du dich auf deinem Erdenweg verloren hast, wirst du auf unbekannte Zeit in deiner von dir selbst geschaffenen Welt kreisen, bedrückt von der Last deiner Vergangenheit, in immer gleicher Rast- und Ratlosigkeit.«

Ich würde schon bereit sein, dachte ich lächelnd, denn ich liebte Ihn ja. Also würde ich immer an Ihn denken und an diesen wundervollen Zustand, den ich in Seiner Nähe empfunden hatte.

Als Er starb, war das Ende der Galaxie in ihrer alten Form gekommen. Sterne verglühten oder starben den schwarzen Tod, kosmische Winde zerrissen die Atmosphäre von Planeten, riesige Kometen wurden ins All geschleudert, und viele Sonnen verloren ihre Kraft. – Dann trat Stille ein, und nach ein oder zwei kosmischen Minuten begann da und dort – wie nach einem reinigenden Gewitter – neues, strahlendes Leben. Unser unfruchtbarer, düsterer Stern war zu einem blühenden Garten für alle Glücklichen geworden, die ihn bewohnen würden.

Während damals aber auch unser Leben auf diesem Gestirn erlosch, nahm Er einen Teil meiner Seele, Artemisia genannt, mit in die lichtere Welt. Für den anderen, aktiven, sich inkarnierenden Teil meiner Seele sollte das Leben auf der Erde beginnen, in jeder Inkarnation unter einem anderen Namen.

In der lichteren Welt verwahre ich nun alle Erkenntnis, die uns der kosmische Meister damals vermittelt hatte bei mir, denn inkarnierte Seelen sind leicht vergesslich …

Und so wusste sie nichts mehr von all dem, als sie endlich auf der Erde ankam, um die vielleicht letzte Etappe ihrer Entwicklung anzutreten. Doch ich wachte über sie, und während sie alle Phasen des Erdenlebens in ihren verschiedenen Inkarnationen durchlief, sich dabei mehr und mehr verstrickte, begleitete ich sie und versuchte – meist vergeblich –«, sie an die Einsicht und Weisheit, die sie vergessen hatte, zu erinnern, versuchte, sie zu führen – ich, der unsterbliche Teil ihres Bewusstseins, bis zu dem Moment, da sie der Kraft des großen kosmischen Gesandten auf der Erde begegnen würde.

Denn dann war die Zeit der Entscheidung für sie gekommen, weshalb etwas sehr Merkwürdiges geschah: Bevor ihre Seele in dieses Leben wiedergeboren wurde, spaltete sie sich in drei Teile. Drei Menschen wurden statt einem auf der Erde geboren. Sie hatte wohl befürchtet, sich nicht in diesem einen Leben vom Gewicht ihrer langen Vergangenheit befreien zu können. Und daher übernahm jeder der drei Seelenanteile einen bestimmten Teil ihrer Persönlichkeit und ihres Schicksals. Zu dritt sollten sie sich sozusagen die Arbeit teilen. Natürlich wusste keiner von ihnen davon, nur ich konnte das Schauspiel beobachten! Würde jeder seine Entwicklungsarbeit leisten? Würden sie sich mögen, bekämpfen oder unterstützen, um eine große gereinigte Seele zu bilden?

Und dann, als das Schicksal der Erde begann, gefährlich auf der Kippe zu stehen, geschah es also, dass sich auch die Kraft des großen kosmischen Gesandten auf der Erde manifestierte.

ERDE

1. Kapitel

Madras 1975, abends

Ich biege von der lauten indischen Vorstadtstraße ab, laufe die fünf Stufen hinauf und schließe sanft die angelehnte Eingangstür hinter mir. Ob er schon da ist? Ich gehe in Richtung Wartebereich. Eigentlich freue ich mich, obwohl ich keine Ahnung habe, was mich da erwartet. Das Ganze war Lucius' Idee. »Du erfährst ungeahnte Dinge über dich«, meinte er.

Ich ordne mir das lange lockige Haar, das mir ziemlich wild über die Schultern fällt, korrigiere den verwischten Kajal um die Augen, sehe mich aber nur schemenhaft, denn der Spiegel im Warteraum ist alt, wellig und blind. Da höre ich eine Tür.

»Diana?!«
»Arvind?«
»Diana, komm herein!«

In dem winzigen Büro findet gerade noch ein Sessel Platz. Man kann ihn zurückklappen, knapp zwar, aber man stößt gerade nicht an der Wand an.

Arvind, der junge sanfte Arzt, medizinischer Betreuer einiger Honoratioren in Madras, des todkranken Bürgermeisters zum Beispiel, sitzt am Schreibtisch. Sein helles, aufmerksames Gesicht mit der randlosen Brille wirkt jungenhaft, das Telefon liegt neben seiner Hand. Leise spricht er zu mir. Warum ich nicht schlafen kann seit meiner Kindheit, das ist das Thema, um das es geht.

Es ist Abend.

Mit wenigen Worten, in merkwürdigem Singsang, führt er mich nach innen, in einen inneren Raum, in dem es nur mich gibt. Zunächst sehe ich in mir gar nichts.
»Schau auf deine Füße! Was siehst du?«
»Nichts!«
Aber schließlich sehe ich doch schattige Bilder.
»Ich gehe durch Gras, vielleicht mit den einfachen Schnürschuhen einer anderen Zeit, vielleicht barfuß. Ich trage knielange braune Hosen, ein weites weißes Hemd, bin ein Junge, ungefähr acht Jahre alt.«
Langsam erscheinen Bilder, verbinden sich zu einer Welt. Meinen Namen weiß ich sofort, ein mir ungewohnter, fast unangenehmer Name:
»Mathias … vielleicht ist es einige hundert Jahre her. Ich fühle, weiß irgendwie, dass mein Vater sehr mächtig ist. Er ist der mächtigste Mann überall und der oberste Richter.
Ich lebe nicht bei ihm, sondern auf einem riesigen Bauernhof, dem Gutshof meiner Mutter. An dem großen Tisch sitzen viele Kinder. Meine Mutter ist sehr jung und hübsch und hat blonde Locken. Plötzlich sehe ich sie nicht mehr. Die Kinder und deren Vater, der nicht der meine ist, ich und die Dienstleute sind allein, ohne sie. Ich vermisse sie sehr, weiß nicht, was passiert ist. Ohne sie leben wir weiter.
Ich bin zu Fuß unterwegs … auf einem kleinen Pfad, vorbei an Wiesen mit hohem Gras und Blumen. Irgendwo in Mitteleuropa. Ich habe ein Schreiben meines Vaters und muss es zu einem großen Anwesen bringen, das einmal mir gehören soll …«
Ich sehe all diese Orte in mir, fühle und weiß die Zusammenhänge. Ich muss nicht suchen oder nachdenken. Es kommt alles von selbst.
»Ich erreiche das große Gebäude. Dort wohnt ein Paar, unberechtigterweise. Ich weiß nicht, was in dem Schreiben steht,

aber ich ahne, dass es einen Befehl enthält. Als ich ankomme, bewirten mich beide freundlich und fragen mich, ob ich mich nicht nach dem Essen in einem Schlafzimmer ein wenig von der Wanderschaft ausruhen möchte. Ich stimme zu und lege mich in einem länglichen, etwas kahlen Zimmer ins Bett. Es ist ein Bett mit einem geschwungenen Kopfteil aus Metall. Ich schlafe ein. Als ich Stunden später erwache, finde ich eine Schale Wasser neben meinem Bett. Ich gehe zur Tür, sie ist versperrt. Ich rufe, ich rufe wieder und wieder, keine Antwort. Plötzlich fühle ich: Sie sind verschwunden und kehren nie mehr zurück. Sie haben mich hier eingeschlossen zurückgelassen!

Aus Neid? Aus Rache?

Niemand hört mich, niemand kommt, um mich zu suchen. Ich bin ganz allein. Es dämmert ... Nacht! Ich habe Angst. Hilflose Angst. Das Unfassbare eines Verbrechens. Der dunkle Raum. Das Grauen vergiftet mein Blut, steckt in jedem Winkel des Zimmers. Auch am nächsten Tag kommt niemand. Ich bin hungrig, ausgezehrt, ausgedorrt.

Alles düster ...« Pause.

»Ich weiß nicht, ob das alles stimmt ...«

Mit geschlossenen Augen nehme ich Kontakt zu Arvind auf.

»Du bist ein kleiner Junge, acht Jahre alt, unschuldig in diesem großen Haus eingesperrt, hungernd, ganz allein, ohne Hilfe.«

Arvinds Stimme ist ganz leise und nah bei mir, voller Mitgefühl und Trauer spricht sie zu meinem Inneren, führt mich zurück an jenen Ort in mir. Es ist wieder alles da:

»Die folgenden Nächte, all die Tage: Nachts habe ich Angst, ermordet zu werden, tags Angst zu verhungern, von aller Welt verlassen, ohne einen liebenden Menschen, allein hier langsam verhungern. Niemand sucht mich. Niemand findet mich. Tag und Nacht habe ich Angst.«

Das Telefon klingelt. Arvind muss dringend zu dem todkranken Bürgermeister, der in seinem Zuhause betreut wird. Er versucht mich zu beruhigen: »Mach dir keine Sorgen, das wird alles aufgelöst, schlaf einfach, morgen früh machen wir weiter! Ich ruf dich vorher an.«
Er sieht auf die Uhr, zum Fenster.
»Es ist dunkel. Ich fahr dich noch schnell nachhause!«
Zwei Stufen auf einmal nehmend springt er die Treppen hinab in den Hof zu seinem Motorrad. Ich folge ihm auf dem Fuß. Er ist etwas größer als ich, für einen Inder will das etwas heißen. »Steig auf! Aber seitlich sitzen!« Ich weiß es schon: Eine Frau in Indien sitzt im Damensitz auf dem Motorrad. Wir fliegen durch die Nacht. Vor dem Haus, in dem ich im Moment wohne, verspricht er mir noch einmal, dass sich alles auflösen wird, wartet, bis ich die Tür geöffnet habe, dann macht er kehrt.

Lucius' Apartment.

Ich stehe unsicher im Dunkel der großen Eingangshalle, fühle mit den Fingern die Wand entlang und finde die Lichtschalter nicht. Jetzt erspüre ich die breite Lichtleiste. Jeder einzelne Schalter eine Überraschung: der Ventilator, das Außenlicht, das Licht im Gästebad, in der Küche, endlich – das Foyer und das Wohnzimmer. Es ist weiträumig mit einigen antiken indischen Möbeln. Lucius' Hausgehilfen, die Bediensteten, die mich bislang tagsüber versorgt haben, sind längst nachhause gegangen. Vor drei Tagen angekommen fühle ich mich noch immer in dieser Wohnung fremd, besonders jetzt. Und ganz allgemein bin ich nicht gern nachts allein in leeren Häusern oder fremden Wohnungen. Lucius wird erst morgen zurückkommen. Bei der nächsten Lichtleiste an meiner Schlafzimmertür geht das Spiel rückwärts, der Reihe nach schließe ich alle Lichter und Ventilatoren, finde aber keinen Schalter für mein Schlafzimmer. Vorsichtig gehe ich durch den düsteren

Raum in Richtung Badezimmer, vorbei an dem Spiegel rechts, ich will nicht hineinsehen, aber kann nicht widerstehen, suche mich darin, das Zimmer … Die Düsternis verwischt und entfremdet alles: Gesichtszüge, Möbelstücke, dunkle Ecken. Dort an der Badezimmertür ist der zweite Lichtschalter. Ich mache mich für die Nacht bereit. Schließe die Türen, lösche das harte Neonlicht. Zwei Schritte im Dunkeln zu meinem Bett. Vielleicht schlafe ich ja doch. Schließ die Augen, versuch zu schlafen! Unbeweglich liege ich mit geschlossenen Augen, horche auf jedes Geräusch, fühle meinen Herzschlag. Lange Zeit vergeht in diesem Zustand. Dann auf einmal sehe ich im Halbdunkel dort an der kahlen Wand den kleinen Jungen, mein vergessenes Ich, auf einem Stuhl stehen und mit der Hand hoch über ihm nach einem Fenster tasten. Ganz schwach ist er und langsam. Ich fühle mich außerhalb von Raum und Zeit. Diese vollkommene Einsamkeit, die Hoffnungslosigkeit, Todesahnung und stumme Verzweiflung. Wie soll ich mich abgrenzen gegen diese Erinnerungen?

Artemisia:
In den schlimmsten, hoffnungslosesten Momenten kann nur die Seele trösten, denn die Seele, die in der lichteren Welt der Glückseligen und Weisen lebt, lebt ja auch in dir. Bei allem, was du erlebst, ist dieser Trost, dieses innere Glück mit dir. Es gehört dir! Aber die Menschen haben es vergessen. Sie fühlen es nicht mehr.
Darum musst du dich jetzt erinnern, so wie alle Menschen sich erinnern und verstehen sollten, dass das, was Leben ausmacht, nicht der Körper ist. Tatsächlich hast du schon gelebt, bevor du einen Körper hattest. Der Körper, der Menschen umgibt, ist nur eine zufällige Entwicklung, ein Zwischenfall in der alles umfassenden Bewegung des Lebens, einer der vielen experimentellen Versuche der Evolution, die sich diesen Planeten dafür ausgesucht hatte,

um Erfahrungen zu ermöglichen. Aber, wenn die Menschen endlich das Licht in ihrem Innern wiederentdecken könnten, würde ihr Leben und alles Leben auf diesem Planeten ein Paradies sein. Denn dieses innerste Wesen jedes Menschen ist reinstes Glück!

Vielleicht habe ich letztlich doch ein, zwei Stunden geschlafen.

Als ich am nächsten Morgen eilig das Haus verlasse, um mich auf den Weg zu Arvind zu begeben, erscheint mir das Leben am Straßenrand wie erstarrt. Die Leute stehen in kleinen Gruppen zusammen, sehen erschrocken, verwirrt und schockiert aus. Einige schauen gemeinsam in eine Zeitung, lesen, sprechen aber kaum. Irgendetwas Schlimmes muss geschehen sein!

Auf Arvinds Schreibtisch liegt »»The Hindu«, eine große indische Tageszeitung: riesige Schlagzeilen. Ich versuche aus der Entfernung zu entziffern, was auf dem Kopf steht: Ausnahmezustand! ...

Arvind bittet mich, Platz zu nehmen, reicht mir die Zeitung, und ich lese weiter: »... Indira Gandhis Coup: Regierung abgesetzt – Ende von Tamil Nadus Selbstbestimmung!«

»Ich komme gerade vom Bürgermeister«, erzählt mir Arvind. »Er wirkte bereits niedergeschlagen, als er erwachte. Nachdem ihm jemand die Nachricht vorgelesen hatte, kommentierte er nur leise: »Sie will durchregieren. Wahrscheinlich hat sie Gelder aus USA im Hintergrund. Ich habe es kommen sehen! Es gibt keine Meinungsfreiheit mehr, niemand ist mehr sicher!«

»Glaubst du das auch?«, frage ich Arvind.

Er senkt den Blick. »Lass uns weitermachen!«

Und mit dem bekannten einleitenden Singsang führt mich Arvind zurück in das Reich meiner verschollenen Erinnerungen:

Ich, der kleine Junge, verloren, verzehrt in Leid und Verzweiflung, resigniere einfach, verhungere allein, ohne Trost, ohne Liebe. Es kommt keine Hilfe. Die Menschen, die mich suchen, mich lieben, werden fehlinformiert. Mein Vater hat die Suche endlich aufgegeben. – So ist es gewesen.

Meinen toten Körper muss ich mir ansehen, sagt Arvind: Schwarz, ausgezehrt und vertrocknet liegt er am Boden des Zimmers. Ich soll ihn aufheben und hinaus ins Freie tragen, dort in einem Brunnen lichten, reinen Wassers waschen, bis er ebenso licht würde, unversehrt und leicht. Dann soll ich ihn mit Liebe und Gebeten bestatten. So geschieht es.

Ob es noch etwas Dunkles an ihm gibt, will Arvind wissen.

»Nein ... doch! Da ist eine kleine Umhängetasche. Sie ist noch schwarz.« – »Was ist darin?« – »Ich weiß es nicht ... doch: Es ist mein Lebensplan! Was ich getan hätte, wenn ich weitergelebt hätte.«

»Oh, natürlich! Was wolltest du denn werden, wenn du am Leben geblieben wärst?«

»Ach ja!«

»Sag mir, was war das?«

»Ich wollte ein Wandermönch werden!«

»Seit so langer Zeit suchst du also schon deinen Weg!«, flüstert er.

»Oh, schon seit viel, viel länger ...«, höre ich mich wie von ferne sagen.

»Und du wirst ihn finden!«, verspricht Arvind und schaut mir dabei fest in die Augen

Ich bin von all dem überwältigt, zutiefst schockiert. Nie hätte ich gedacht, dass ein solches Erlebnis, ein solch immenser Schmerz der Verlassenheit in mir liegt. Wie soll ich mich dazu verhalten?

»Es ist vorbei, Diana, das Schreckliche ist vorbei! Du wirst wieder besser schlafen können. Es ist vorbei!«, wiederholt er suggestiv.

»Dein armer, toter Körper ist reingewaschen und gut bestattet. Viele Menschen, die nicht schlafen können, tragen in sich die Erinnerung an einen unerlösten Tod, einen unerlösten misshandelten Körper. Das ist für dich jetzt abgeschlossen. Mach in den nächsten Tagen diese Übung, wenn dich der Gedanke daran noch verfolgt: Suche dir einen Ort, den du sehr liebst. Lass Mathias zu dir kommen und sag ihm, dass jetzt alles vorbei ist, in Liebe befriedet worden ist. Sag ihm, dass es dir gut geht und du deinen wahren geistigen Weg finden wirst ...«

Doch dann zögert Arvind plötzlich und fährt fort: »Geh tief in dein jetziges Leben zurück. Siehst du dort etwas, was in irgendeiner Weise zu jenem alten Leben in Beziehung steht?«

Ich bin schon etwas erschöpft und ziemlich bedient. Muss das alles erst in mir ordnen, sehen, ob ich das überhaupt akzeptieren kann.

Aber trotzdem folge ich seiner Anweisung. Es ist nicht schwierig. Viele Abende und Nächte drängen sich in mein Gedächtnis, in denen ich als Kind allein in meinem Elternhaus war, weil meine Eltern ausgegangen waren. Babysitter gab es nicht. Mein Vater sagte nur, als er meine Angst sah:

»Bleib im Bett, dann passiert dir nichts!«

Ich lag also schweißgebadet im Bett, horchte auf jedes kleine Geräusch. Wagte nicht, mein Zimmer zu verlassen und auf die Toilette zu gehen. Meine Furcht vor Einbrechern und Geistern war enorm. Ich hoffte nur, dass meine Katze bei mir bliebe. Wenn endlich meine Eltern wieder nachhause kamen, empfand ich totale Erleichterung, das Gefühl, überlebt zu haben.

»Geh noch weiter, tiefer!«, fordert mich Arvind auf.

Da sehe ich mich auf einmal als neugeborenes Kind in einem Kinderbettchen in einem unpersönlichen großen Saal mit hoher Decke liegen. Ich kann nicht über die Wände des Bettchens hinausschauen.

»Fremde Frauen kommen, beugen sich über mich, geben mir die Flasche und gehen wieder, fremde Frauen wickeln mich und verschwinden. Meine Mutter ist nicht da.«
Arvind beendet die Sitzung, und ich kehre von meinen unerfreulichen Erinnerungen zurück in diesen Raum, in dem es mir viel besser geht.
»Warum war deine Mutter nicht da?«, will Arvind wissen. »Du hattest doch eine Mutter.«
»Ja, schon, aber die Geburt war sehr schwer für sie, und da fuhren die beiden, mein Vater und sie, zur Erholung zwei Wochen in Urlaub. Für mich sorgte die Kinderkrippe. So war das damals. Als ich dann endlich nachhause kam, zitterte mein Körper eine ganze Weile, so wurde mir erzählt, und auch dass meine Mutter bei meiner Geburt sterben wollte. Das Merkwürdige ist: Ich mochte den Geruch meiner Mutter nie! Das ist doch ungewöhnlich, normalerweise ist man auf den Geruch der Mutter positiv konditioniert ...« – Ich sehe Arvind an. Plötzlich kann ich nicht weitermachen, denn ich habe auf einmal das sichere Gefühl, dass die Frau, die mich mit jenem Mann in diesem Haus hatte verhungern lassen, meine Mutter ist.

Liebevoll und beruhigend hat Arvind die Sitzung beendet. Ich stehe ganz benommen am Ausgang des Hofes. Ich kann mich nicht bewegen, fühle mich fast, als würde ich versinken.

Irgendetwas spielt sich in mir ab, aber ich kann es nicht erfassen.

Artemisia:
Diese Geburt war nicht ohne Grund für Dianas Mutter ein beinahe mörderisches Erlebnis. Denn sie hatte sich in früheren Zeiten am grausamen Tod eben dieser Seele, damals Mathias genannt, schuldig gemacht. Indem diese Seele als Kind zu ihr zurückkam, um von ihr geboren zu werden, kehrte auch die Wucht der Schuld

zu ihr zurück, und sie wollte sterben. Dennoch gelang diese Geburt – doch nur mit Mühe, denn nicht nur für deine Mutter hatte deine Ankunft eine schwerwiegende Bedeutung. Auch die dunklen Kräfte des Universums, die negativen Kräfte der kosmischen Welt, versuchten deine Geburt mit aller Macht zu verhindern.

Während also deine Mutter unsägliche Schmerzen litt, erhob sich ein unerwarteter Sturm, jagte über den kahlen Himmel des Winters und fegte durch das Innere der werdenden Mutter. Ein Hauch kosmischer Angst und Einsamkeit durchwehte die Atmosphäre, umfing die Stadt, sammelte sich in dieser Frau und verschlang in einem gewaltigen Strudel ihre gesamte Kraft.

Auch der Mantel der Geborgenheit und Güte, der die Erde und ihre Bewohner sonst schützend umgibt, schien zerstört. Aber der Wille des geheimnisvollen Höchsten rief die Höllenhunde zurück, und so kehrten Güte, Geborgenheit und Leben wieder und vollendeten deine Rückkehr in diese Welt.

Niemand wusste das Geringste von den Hintergründen der Geburt, noch von all dem, was gleichzeitig geschah, denn menschliche Wahrnehmung geht nicht in die Dimensionen der Tiefe, aus denen die Ereignisse zu den Menschen kommen.

»Was für ein Wetter!«, hörte die Mutter eine Hebamme sagen, bevor sie in einen abgrundtiefen Schlaf fiel.

Ich stehe immer noch am Straßenrand – ich bin so unglaublich müde!

Die staubige Luft, die Luft voller Abgase, ist bereits extrem warm. Atmen muss man trotzdem. Der Himmel bleigrau. Selbst hinter einer dicken Wolkendecke heizt die südindische Sonne schnell auf. Mein langärmeliges Punjabi (indische Hose mit knielangem Oberteil), das Lucius als Willkommensgruß in mein Zimmer gelegt hatte, ist mir viel zu heiß. Glühend vor Hitze mache ich mich auf den Weg. Der Straßenrand voller Menschen; Kinder in Schuluniform, Frauen in Alltagssaris mit

Einkaufstaschen und Männer in weißen langen Dhotis mit abgenützten Aktenmappen drängen eilig an mir vorbei. Der Schock aus der Morgenzeitung ist im heiß-staubigen Wirbel des Tages untergegangen. Da beginnt es auf einen Schlag zu regnen, zu schütten. Die Männer stecken schnell den unteren Rand ihrer Dhotis in der Taille fest und eilen knielang weiter. Alles fängt an zu laufen, Regenschirme gibt es nicht. Wer würde schon mitten im Juni Regen erwarten? Aber das Wetter spielt ja seit einiger Zeit verrückt, alle sagen es, keiner rechnet damit.

Aus dem anfänglichen Matsch des Bodens werden Bäche – der Regen hat sich zu einer geschlossenen Wasserwand verdichtet, dreißig Sekunden, und es fließt von den Haaren, über die Augen, die Schultern, den ganzen Körper herab, und du siehst nichts mehr. In diesem universellen Nass werden alle Passanten zu Brüdern im gleichen Schicksal. Und doch – jeder schafft es gerade, sich um sich selbst zu kümmern. Ein Platschen, ein Laufen, und schon sind sie im dichten Nass verschwunden.

Ich rette mich in den Eingang eines zweistöckigen Apartmenthauses.

Vor den Türen der Wohnungen sehe ich keine Schuhe. Das heißt, niemand ist zuhause. Soweit kenne ich Indien bereits. Zunächst bin ich darüber erleichtert, setze mich auf die Treppe und starre hinaus in den tropischen Regen. Mit der Zeit aber werde ich unruhig. Mehr als eine Stunde sitze ich hier und starre unablässig auf die Steinstufen vor mir und hinaus auf die Wand aus fallendem Nass. Wie lange soll das noch so gehen? Ich fühle mich allein, gefangen an einem fremden, sinnlosen Ort. Ich fühle Mathias in mir, die Einsamkeit, Hilflosigkeit … Nervosität, ja eigentlich ist es Angst … Doch was jetzt in mir aufsteigt, hat nichts mit meiner augenblicklichen realen Situation zu tun, ich weiß es, aber ich spüre dennoch, wie dieses irrationale Gefühl meinen Körper durchrieselt, wie mir die kleinen Härchen im Nacken, den Rücken hinab und an den Armen entlang langsam zu Berge stehen. Das werde ich nicht erlauben. Ich lebe JETZT. Und wozu ist die Gegenwart da, wenn nicht, um Dinge zu erkennen und zu ändern!? Also gehe ich hinaus in den Regen. Er macht mich schließlich nur nass. Vorsichtig, um nicht auszurutschen, suche ich am Rand der Straße meinen Weg.

Da höre ich dicht neben mir ein intensives Rauschen. Ein Auto kommt nah heran, fährt langsam neben mir. Ich versuche durch die nasse Scheibe etwas zu erkennen. Jemand macht mir eifrig Zeichen, winkt, öffnet ganz leicht die Tür. Ich komme näher, ein fester Griff, und ich werde in ein fremdes Auto gezogen.

Lucius betrachtet mein regennasses Gesicht und lächelt.

»Sorry Ma'm, here please, for your convenience!« Der Chauffeur reicht mir ein Handtuch nach hinten. Verwirrt durch die Wasserbäche, die mir über das Gesicht laufen, nicke ich und wische mir damit das Gesicht ab.

»Nein!« Lucius lacht auf und nimmt mir das Handtuch aus der Hand.

»Darauf setzen sich die Autofahrer in Indien oft, um die Sitze vor der Nässe ihres verschwitzten Hinterteils zu schützen, wenn es zu heiß wird. Leg es dir drunter, damit das Polster trocken bleibt!«

Dann umarmt er mich vorsichtig aus einigem Abstand und haucht mir einen Kuss auf die nasse Wange: »Willkommen in Indien! Vergib mir, dass ich die ersten Tage nicht da sein konnte!«

2. Kapitel

Die Haushälterin, »Mami« genannt, eine ältere, rundliche Frau, hört uns kommen und öffnet die Tür. Sie sprudelt nur so vor Besorgnis und Engagement: Sofort müsse ich mich duschen und umziehen! Lucius' Wohnung ist jetzt licht und voller Leben. Die Köchin ruft aus der Küche nach uns. Lucius lächelt ein Willkommen auf Mami herab, spaziert mit mir zur Küche, begrüßt freundlich die Köchin Amma, die gerade ihre Einkäufe an frischem Gemüse auf dem dunkelgrünen Marmor der langen Küchenarbeitsplatte ausbreitet: Hellgrüne Okras, eckige Drumsticks, weiß-rot gestreifte Auberginen, vollreife Tomaten, kupferfarbene Süßkartoffeln, einige Bündel grüne Kräuter … und ganz hinten in einer offenen Tüte entdecke ich schlanke goldgelbe Mangos.

Der ausladende südindische Bauch, der unter Ammas Sari hervorlugt, hindert sie nicht daran, sich wie ein Taschenmesser zusammenzuklappen und mit durchgedrückten Beinen nach einer Milchtüte zu fischen, die zu Boden gefallen war. Aber Lucius kommt ihr zuvor. Erstaunt richtet sich Amma wieder auf, und Lucius überreicht ihr die Tüte mit der ihm eigenen Eleganz.

Als wohlhabender idealistischer Sohn eines der letzten Großgrundbesitzer Südafrikas und Kind der neuen Zeit ist er ein engagierter Unterstützer Mandelas und betont bei jeder Gelegenheit die Gleichheit zwischen sich und seinen Angestellten. – Im Grunde hält er sich doch noch für etwas Besseres, denke ich, sonst würde er sich nicht so demonstrativ bemühen! – Aber Amma freut sich: »Some tea for you?«, fragt sie geschmeichelt.

»That would be lovely!«

Die Dusche tat gut, alles wieder sauber, Haare gewaschen, die grünen Augen betont, auf den Lippen ein erleichtertes Lächeln. Ich betrachte meine westlichen Kleider auf dem Bett und wähle das Minikleid.

Im Wohnzimmer wartet Lucius auf mich, steht am Fenster. Auch er hat sich umgezogen. Er kommt von einer Reihe Gastvorträgen an der Universität Kalkutta zurück, und jetzt ist Entspannung angesagt.

Eine beige Hose im englischen Militärstil lässig mit einem Gürtel festgehalten, ein weißes T-Shirt mit dem südindischen Schweißtuch um den Hals, einem dünnen weißen Baumwolltuch, dessen Enden nach vorne über die Brust fallen, altindische Sandalen. An seinem langen schlanken Körper kann er anziehen, was er will, es sieht immer gut, eigenwillig und leicht nachlässig aus, zufällig sogar, so als wäre es ihm egal, was er trägt. Dabei bin ich mir sicher, dass er sich jedes seiner zufälligen Details genau überlegt.

Er mustert mich, und ich merke, dass irgendetwas nicht stimmt, aber er sagt nichts, schmunzelt nur und streicht sich die lange blonde Strähne, die ihm aufgrund eines Haarwirbels immer ins Gesicht fällt, nach hinten. Er hat mir immer gefallen: kräftige, sehr harmonische, eigentlich schöne Gesichtszüge, ein aufmerksamer Blick, der bei aller Liebenswürdigkeit nicht verrät, was in ihm vorgeht.

Da klingelt das Telefon. Er eilt ins Arbeitszimmer:

»Oh, hallo, du bist es!«, grüßt er das andere Ende der Leitung und schließt schnell die Tür.

Ich spüre, dass er mit einer Frau spricht. Das Gespräch dauert ein Weilchen, dann legt er auf, öffnet die Tür, aber schon klingelt es wieder. Er kehrt zum Telefon zurück: »Lucius hier! Oh! Wie schön von dir zu hören ...«, schnell schließt er wieder die Tür.

Am Ende des Sofas liegt ein Stapel Zeitschriften. Aus Langeweile blättere ich in der obersten. Und als ob mir der Himmel deutlich etwas sagen möchte, erkenne ich auf der dritten Seite, der »Who is Who«-Seite, auf der es immer einige wild montierte Fotos von prominenten Events in der High Society Indiens gibt, Lucius Arm in Arm mit einer hellhäutigen Schönheit, vielleicht Nordinderin, vielleicht Amerikanerin, auf der einen Seite und einer Blondine auf der anderen.

Amma kommt und stellt den Tee auf den Sofatisch, dabei schaut sie scheu und fast entschuldigend auf die Zeitschrift, auf mich und sagt:

»Lucius Saheb is very popular with the ladies …!« Ich nicke zustimmend. Das hatte ich fast vergessen.

Als er in Deutschland studierte, haben wir uns in einem Seminar über »«Charisma« kennengelernt. Ursprünglich ein religiöser Begriff, der all die besonderen Gaben oder Gnaden bezeichnet, die Jesus seinen Jüngern geschenkt hatte. Heute würde man sagen: parapsychologische oder spirituelle Fähigkeiten wie Hellsehen, Hellhören, Menschen durch Gedanken oder nur durch Ausstrahlung beeinflussen können, verstehen, ohne eine Sprache zu kennen, heilen. Er bewunderte mich, weil ich in diesen Dingen anscheinend besonders talentiert war. Außerdem flirtete er mich ständig an, während er gleichzeitig mit all den anderen Frauen loszog, zum Beispiel auch mit Katharina, die in unserem Kurs deutlich ein Auge auf ihn geworfen hatte … Kurz und gut, er war in kürzester Frist – vielleicht auch weil er genügend Geld von zuhause hatte – Teil der High Society geworden und ging »»Küsschen hier und Küsschen da« mit den wichtigen Leuten um. Ich wusste nie, was ich von ihm halten sollte, aber dass ich mich nicht in die lange Reihe seiner Eroberungen einreihen würde, das war mir klar. –

»Du bist zu stolz und lässt dich nur bewundern«, sagte er immer.

»Was suchst du eigentlich bei mir?«, wollte ich wissen.

»Das, was ich noch nicht gefunden habe« war die geheimnisvolle Antwort.

Wir trafen uns damals sehr oft, hatten sehr viel Spaß zusammen. Es war, als kannten wir uns schon so lange. Sofort war ein unerkläriches Vertrauen zwischen uns, vermischt mit tiefem Misstrauen auf meiner Seite. Diese oberflächliche Gewandtheit an ihm störte mich. Trotz allem, zwischen uns bestand eine sonderbare Beziehung, die er nie fallen ließ. Selbst als er Deutschland verlassen hatte, hielt er immer Kontakt mit mir. Und seit er Dozent für Religionsphilosophie in Madras ist, hat er mich immer wieder eingeladen und mit diesen geheimnisvollen Regressionstherapien gelockt. Und natürlich genau dann, als er gerade nicht da war, kam ich.

Die erste Tasse habe ich bereits getrunken, da erscheint Lucius mit einem liebenswürdigen Lächeln aus dem Arbeitszimmer und schwärmt:

»Du siehst übrigens wieder wundervoll aus! ... Du siehst ja immer wundervoll aus, selbst tropfnass.«

»Lucius, du weißt, dass ich Schmeicheleien und falsche Komplimente nicht mag ... außer natürlich, sie wären wahr!«

»Natürlich sind sie wahr. Würde ich dir sonst seit Jahren nachlaufen ...«

»Seit Jahrhunderten, seit Jahrtausenden vielleicht schon ...«, ergänze ich.

»Ach, kommt es dir schon so lange vor? Willst du mir das sagen?«

Lucius lächelt, gibt sich dann beleidigt:

»Oder hältst du mich wirklich nur für einen billigen Schmeichler?«

»Nein«, plötzlich fühle ich mich ernst und humorlos, »aber ich glaube, dass du den Leuten immer etwas Positives sagst, egal, was die Wahrheit ist.«

»Soweit würde ich nicht gehen, aber in der Tat kann ich nicht sehen, welchen Vorteil es bringt, die Leute zu beleidigen!«
»Jetzt gehst du ins Extrem. Darum geht es doch nicht. Es geht um Ehrlichkeit, Wahrheit, um Vertrauenswürdigkeit. Wenn einer dauernd schmeichelt, egal, wer vor ihm steht, dann kann man sich nicht auf seine Worte verlassen. Außerdem ist so ein Verhalten egoistisch, weil man es sich mit niemandem verderben will und aus einer Schmeichelei Vorteile ziehen möchte, wie du selbst sagst.«
»Vielleicht hat auch der Andere Vorteile, wenn er dabei positiv über sich denken kann und sich wohlfühlt.«
»Du schmeichelst also aus Fürsorglichkeit?«
»Für eine junge, schöne Frau bist du ziemlich kriegerisch und – Gott sei Dank nur relativ selten – ein langweiliger Moralprediger, aber ich kenne das ja … also lass uns das abschließen. Ich würde nämlich sehr gerne mit dir in den English Club zum Brunchen gehen. Dann würde ich mich freuen, wenn du mir von deiner Regression erzählst.«
»Einverstanden!«
Ich fühle mich etwas schlecht, ihn so hart angegangen zu haben. Wieso tue ich so etwas? Er ist ein lieber Mensch, ein toller Mann außerdem. Was geht es mich an, welches Leben er führt? Ich nehme mir vor, mich zu bessern und Lucius nicht zu irritieren.
»Übrigens«, sagt er so nebenher, »hast du noch etwas anderes als dieses Minikleid?«
»Was! Ich habe gedacht, ich sehe so ›wundervoll‹ aus!«
»Das tust du doch auch. Aber wir sind hier in Indien 1975, da bedeckt sich die Frau. Außerdem gehen wir zum Brunch in den English Club.«
In meinem Zimmer wähle ich jetzt meine enge weiße Hose mit weitem Schlag und ein bauchfreies Oberteil. Das passt zu den Saris, denke ich mir.

»Kommst du?«, rufe ich Lucius zu. Er soll mein Outfit begutachten. Lucius steht in der Tür.
»Na, was sagst du?«
»Wenn du vielleicht eine lange Bluse zum Drüberziehen hättest ... Enge Hose? ... hast du keinen langen Rock?«
Schließlich fahre ich wenig überzeugt in einem langen Zigeunerrock und einer Folklorebluse zum Brunchen in den sehr britischen, sehr edlen English Club. Der English Club von Madras liegt in einem wunderschön gepflegten Park, der an den Adhya Fluss grenzt.
In der Lounge des English Clubs herrscht bei aller Zurückhaltung und Diskretion helle Aufregung. An benachbarten Tischen werden Zeitungen ausgetauscht, ältere Herren, indische Gentlemen und Leute aus Übersee stecken die Köpfe zusammen. Einzelne Gäste stehen auf und gesellen sich zu anderen Tischgesellschaften, um mit leiser Stimme aufgeregt zu diskutieren.
Wir durchqueren die Lounge. Einige Herren nicken Lucius kurz zu. Im Gehen erklärt er mir leise:
»Überall große Unsicherheit. Die Ausländer hier und die großen Unternehmer beraten sich wegen der Hintergründe und wirtschaftlichen Konsequenzen des Ausnahmezustandes. Wir wissen noch nicht, welchen politischen Kurs Indira Gandhi fahren wird. Es bedeutet jedenfalls die Aufhebung der Demokratie und der Meinungs- sowie Pressefreiheit. Und wenn so etwas geschieht, kann ich dir erzählen, wie das weitergeht ... Und Indien hat keine ›Große Seele‹, keinen Mahatma mehr wie Gandhiji, der sich freiwillig für sein Vaterland zu Tode hungert oder dessen Hunger etwas bedeutet. Wer jetzt hungert, tut es aus Not.«
Ich bin betroffen, traurig, spüre die Anspannung und Schwere im Raum, spüre, dass etwas Neues, Umwälzendes bevorsteht, gleichzeitig fühle ich von allen Seiten neugierige,

abschätzende Blicke auf mir. Während wir durch die Lounge auf den Speisesaal am Ende des Raumes zugehen, sehe ich auf einmal dort hinten, wie auf einer fernen großen Filmleinwand, für eine Sekunde fremde Bilder: Polizisten, die gewaltsam in ein Haus eindringen. Im Esszimmer reißen sie einen Mann vom Speisetisch hoch, an dem er gerade mit seiner Familie sitzt, ich sehe die entsetzten Schreie seiner Frau und seiner Kinder ...

»Oh, Hallo!«, ruft uns ein wohlbeleibter Inder zu, der gerade mit einem amerikanischen Paar englischen Frühstückstee mit Milch genießt, und holt mich in die Realität zurück.

»Sehen wir uns heute Abend?«, wendet er sich an Lucius.

Wir bleiben vor seinem Tisch stehen.

»Es ist uns eine Ehre!«, bedankt sich Lucius. Dann beugt er sich doch tatsächlich zu der Amerikanerin hinab, um ihr mit den Worten »Gnädige Frau« so etwas wie einen Handkuss auf die Hand zu hauchen. Daraufhin nickt er ihrem Begleiter respektvoll zu. – »Müssen wichtige Leute sein!«, überlege ich.

»Bis heute Abend!«, bestätigt Lucius die Einladung des indischen Gastgebers noch einmal.

Das Erste, was mir in dem großen, englisch holzgetäfelten Speisesaal auffällt, ist ein enormes Buffet, das die ganze Rückwand beansprucht.

Ich habe unglaublichen Hunger!

»Das war der Polizeipräfekt«, murmelt Lucius. »Heute Abend findet in seinem Strandhaus ein Fest mit vielen Politikern statt, zu dem ich eingeladen bin – natürlich mit Begleitung. Siehst du, Tamil Nadu will unabhängig sein von der Regierung in Delhi. Das sieht nun nicht mehr danach aus. Aber der Führer der Anti-Indira-Gandhi-Bewegung wird heute Abend bei diesem Fest erwartet. Man will dort im kleinen Kreis über die Situation mit ihm diskutieren.«

Wir wählen einen Tisch auf der von schattigen Palmen umstandenen Terrasse und bedienen uns dann an dem unendlich reichhaltigen und verführerischen Buffet. Alles, was ein indischer und europäischer Brunch an Köstlichkeiten zu bieten hat, ist hier kunstvoll angerichtet.

»Möchtest du mir erzählen, was du bei Arvinds Rückführung erlebt hast?«, fragt mich Lucius, als wir vor unseren vollen Tellern sitzen.

Ich möchte gern erzählen, und ich möchte auch sehr gerne essen. Aber ich kann unmöglich mit vollem Mund von meinem Hungertod berichten, und ich kann es nicht einmal erzählen, während mein Gegenüber gemütlich isst.

So schieben wir die Teller zur Seite, und ich beginne. Wie ich damit fertig bin, sind die Speisen kalt, und wir wenden uns nur zögerlich unserem Brunch zu. Wir essen schweigend, bis schließlich Lucius das Wort ergreift.

»Es macht sehr viel Sinn«, findet er. »Und ich erinnere mich, dass du jedes Mal, wenn du etwas Hunger verspürtest und nichts zu essen hattest, ziemlich schnell völlig außer dir warst. Dass du immer etwas zu essen dabeihaben musstest, obwohl du nicht zuckerkrank bist. Und ich erinnere mich an die frustrierten Gesichter der Frauen, wenn sie sahen, wie viel du essen kannst und nie dicker wirst.«

»Das könnte natürlich auch andere Gründe haben, aber ich sehe tatsächlich Zeichen an meinem Körper, die ich jetzt verstehe.«

»Ereignisse aus früheren Leben können durchaus auch den Körper prägen, dazu gibt es einige wissenschaftliche Arbeiten aus Amerika, die inzwischen in Sachbüchern veröffentlicht wurden.«

»Dann ist da natürlich auch die Rolle meiner Mutter in der Rückführung. Diese Einsamkeit und diese Unsicherheit, die ich oft im Zusammensein mit ihr empfunden habe, könnten ...«

»Ich wusste, dass du tief eintauchen würdest. Jetzt musst du sehen, wie sich dieses Wissen auf dein Leben auswirkt.« Lucius' Forschergeist ist erfreut. Ich mag aber nicht mehr darüber nachdenken. Ich brauche eine Pause. Und so sind meine Gedanken bereits mit anderen Dingen beschäftigt.

»Heute Abend zu dieser Einladung, das sind ja wieder erwählte Kreise, hätte ich gerne etwas Passendes zum Anziehen. Überhaupt würde ich gerne Shopping machen!«

Dafür ist Lucius der richtige Mann. Quer durch die Stadt führt der Weg, durch Geschäfte, in denen wir Stunden verbringen, uns die wundervollsten, farbenprächtigsten Seidenstoffe durch die Finger gleiten lassen, Saris an mir anprobieren, Punjabis vergleichen, Schals umlegen, Schmuckstücke bewundern. Schließlich entscheiden wir uns, das heißt, die Verkäufer und Lucius entscheiden sich: Dieser Sari aus feiner weißer Seide mit kleinen goldenen Ornamenten darauf und einer goldenen Borte an den Stoffenden sieht so »wunderbar aus an Dir«, »wahrhaft königlich«, »wie eine griechische Priesterin« und so weiter. Den muss ich nehmen. – Ich habe ganz andere Sorgen. Das Ganze ist ja nur mit einer Sicherheitsnadel vorne auf Höhe der Taille befestigt. Ein unvorsichtiger Schritt, und ich trete auf das bodenlange, umgewickelte, gefältelte Tuch und stehe in der Unterwäsche da.

»Unsinn, das passiert nicht!«, kontert Lucius, die Verkäuferin lächelt geduldig.

Das Ganze ist außergewöhnlich und interessant. Also werde ich im Sari zur Abendeinladung gehen.

Bevor sie geht, hilft mir Mami noch den Sari binden. Nachdem sie den Rock befestigt hat und nun meinen Oberkörper im Sari-Blüschen betrachtet, um mir die restliche Stoffbahn über der Schulter zu drapieren, starrt sie erstaunt auf meine Oberweite. Dann geht sie um mich herum und kichert. Ich habe keine Ahnung, was los ist.

»Gut, Ma'm, dass ich da bin! Sie haben die Bluse verkehrt herum an.«

Ich betrachte mich im Spiegel. Ja, das Oberteil macht vorne ziemlich platt und hinten, hinten stehen zwei leere Hügel ab!

»Ma'm«, Mami lacht immer noch, »man schließt die Bluse mit den Häkchen vorne – da ist auch für den Busen vorgesorgt – und nicht hinten wie bei einem westlichen BH. Sonst stehen Ihnen hinten am Rücken leere Formen ab, was jeder sehen kann!«

Beschämt und doch auch ein bisschen amüsiert wende ich das Ganze um.

3. Kapitel

Das Strandhaus mit der weiträumigen Terrasse liegt auf einer kleinen Anhöhe mit Blick auf den indischen Ozean. Ein gepflegter Garten führt hinunter zum Strand.

Wie immer kommt man mit Lucius angemessen zu spät. So richten sich, als wir auf der Terrasse erscheinen, die meisten Blicke auf uns. Einige der vielen Gäste hatte ich schon vormittags im English Club gesehen, wie diese
Gruppe indischer Geschäftsleute, die sich hier auf der Terrasse mit Whiskygläsern in der Hand intensiv unterhalten, und dort drinnen, auf einer Chaiselongue nahe der weit geöffneten Gartentür, die zwei würdevollen, älteren indischen Damen, ohne Begleitung, die aussehen, als hätten sie höhere öffentliche Funktionen.

Der Polizeipräfekt kommt auf uns zu, begrüßt uns und führt uns ins Haus: ein weiter Salon mit westlichen Sofas, silbernen Tischchen und zwei Dienern, die den Gästen auf Tabletts Getränke und Appetithäppchen reichen.

»Nun musst du uns aber deine hinreißende Begleitung vorstellen!« Mit diesem Versuch galant zu sein, wendet sich der Polizeipräfekt vor allen Gästen nun lautstark an Lucius.

Dieser, elegant im lässigen weißen Anzug, macht es kurz: »Diana, eine frühere Studienkollegin aus Deutschland!«

Und in der Gewissheit, nun alles richtig am Leib zu tragen, lächle ich dem Polizeipräfekten entgegen.

Jetzt nähern sich mir einige vornehme indische Damen und bewundern meinen Sari. In Indien scheinen sich die Leute geehrt zu fühlen, wenn man indische Kleider trägt.

Inzwischen hat sich die Mehrzahl der Gäste um uns versammelt. Viele von ihnen allerdings mit ernster Miene und leicht abwesendem Blick. Doch der Hausherr hat offensichtlich beschlossen, die Gesellschaft nun endlich in Schwung zu bringen, und so wird auf den gemeinsamen Abend angestoßen. Man nippt an den Gläsern, lächelt und staunt, während Lucius unterhaltsam von seiner Studienzeit in Deutschland erzählt, von unserem gemeinsamen Charisma-Seminar mit den mentalen sowie spirituellen Übungen, womit er alle, die vorher nur halb gelangweilt geplaudert und auf die restlichen Gäste gewartet hatten, zu gespannten Zuhörern macht. Denn Indien ist das Land der Spiritualität und Fakire, und alle Inder lieben es, von übersinnlichen Dingen wenigstens zu hören.

»Sie kann zum Beispiel nur mit ihren Fingerspitzen Farben sehen!«, höre ich ihn auf einmal sagen. Ich werfe ihm einen erschreckten Blick zu. Das ist mir sehr unangenehm, auf diese Weise zum Mittelpunkt der Aufmerksamkeit zu werden. Sicher bin ich mir bei dieser Art Demonstrationen ja nicht.

Aber jetzt sind alle darauf aus, mir zu ihrer Belustigung bei ein paar Zirkustricks zuzuschauen. Allerdings gilt es, zuerst einige Probleme zu lösen:

Wie soll der Versuch durchgeführt werden, damit ich ja nichts sehen kann? Welche Objekte sollten es sein, damit ich sie nicht an Form und Material erkenne? Verschiedenste Vorschläge wirbeln durch die Luft. Fast jeder will bei den Sicherheitsvorkehrungen auf seinen kritischen Verstand aufmerksam machen.

Schließlich folgt man der Anordnung des Polizeipräfekten: Ich sitze mit dem Rücken vor einem Tisch. Auf diesem Tisch hinter mir liegen Bonbons in farbigem Papier. Ich soll hinter mich greifen, ein Bonbon wählen und die Farbe nennen, bevor ich es nach vorne holen und sehen kann.

Ich versuche es: »Blue … yes blue, red … yes red, yellow … yes yellow, blue … yes blue!« – Der Präfekt gibt die offensichtlichen Ergebnisse nochmals laut bekannt, macht sie gewissermaßen amtlich. Die Leute sind zunächst still und verblüfft. Dann kommen einige Ausrufe der Bewunderung, darauf folgt die Diskussion, wie das möglich sei. Es könnte ja doch Zufall gewesen sein. Ich kenne all die rationalen Überlegungen schon, durch die sich das Thema erschöpft und die Spannung schnell absinkt. Ich würde mich jetzt gern aus dem Fokus der Aufmerksamkeit zurückziehen.

Auf einem großen weißen Ecksofa konzentrieren sich ein amerikanisches Edelhippie-Pärchen und zwei sehr gepflegte indische Teenager auf einen großen Teller mit exotischen Leckerbissen, der auf einem Tischchen vor ihnen steht.

Der Polizeipräfekt schaut auf die Uhr.

»Schon nach acht, und J.P., unser heutiger Gast aus Delhi – Sie kennen den Anführer J.P. von Indira Gandhis Gegenpartei? – er müsste eigentlich schon vor zwei Stunden gelandet sein!«, murmelt der Polizeipräfekt verwundert.

Ich merke, er spürt, wie seine Gäste ungeduldig werden und auf den Fortgang des Abends warten: Dinner sowie einige wichtige politische Gespräche und Begegnungen in dieser angespannten politischen Situation, Diskussionen über die Frage, wie es in Indien, besonders in Tamil Nadu, weitergehen kann angesichts der unsicheren Zukunft …

Um die Stimmung zu wahren, schlägt der Polizeipräfekt noch einen weiteren Versuch mit mir vor. Ich fühle mich nicht danach, aber ich kann mich nicht entziehen, und so mache ich es vielleicht nicht ganz so gut:

»Blue … no red, yellow … correct yellow, orange … yes correct, green … no blue.«

»Sie ist ein bisschen müde jetzt, glaube ich«, unterbricht Lucius die Session.

»Gut, Miss Diana, eine große Leistung, aber wir können feststellen, dass solche Fähigkeiten doch etwas Unbestimmtes und Unzuverlässiges an sich haben«, fasst der Präfekt zufrieden über das Ergebnis zusammen. Für einen Amtsträger des modernen Indien hält er Rationalität und den Kampf gegen Leichtgläubigkeit für seine Pflicht und die angemessene Einstellung.

Das ruft Lucius auf den Plan. »In Amerika ist man dabei, diese Phänomene wissenschaftlich zu untersuchen. Es scheint etwas mit der Koordinationsfähigkeit beider Gehirnhälften zu tun zu haben!«

Aber in dieser Gesellschaft gibt es wohl keinen Wissenschaftler, und so wird seine Information mit einem interessierten Blick abserviert.

Ich lehne mich im Sofa zurück, versinke in mich selbst und beschränke mich aufs Zuhören.

»Trotzdem, J.P. müsste unter allen Umständen schon längst hier sein!«, überlegt der Polizeipräsident nervös.

»Selbst wenn er die erste Maschine wegen eines wichtigen Treffens versäumt haben sollte – die spätere Maschine aus Delhi ist auch schon längst in Madras angekommen!«

»Vielleicht hat das Flugzeug Verspätung!«, wendet einer der indischen Geschäftsleute ein.

»Ja, oder er ist irgendwie aufgehalten worden«, murmelt der Gastgeber. »Wenn er sich weiter verspätet, werden wir doch mit dem Dinner beginnen.«

Inzwischen sind auch die anderen Gäste, die J.P. anscheinend kennen, unruhig geworden. Die ganze Aufmerksamkeit richtet sich auf den abwesenden Politiker, den Anführer von Indira Gandhis Gegenpartei.

»Vielleicht hat er noch etwas in Madras zu tun!«, wirft eine der beiden älteren Damen ein.

»Was sollte das sein, um diese Zeit!?«, entgegnet der Polizeipräfekt irritiert.

»Sollen wir in seiner Wohnung anrufen?«, schlägt einer der beiden Teenager vor.

»Versuchen kannst du es!«, meint ein Herr in einer vornehmen seidenen Kurta.

Lucius hat sich von unserem Sofa erhoben und zum Polizeipräfekten gesellt, wohl, um ihn mit einer kleinen Geschichte abzulenken. Auch die meisten anderen Gäste bemühen sich jetzt um eine belanglos heitere Stimmung. Doch ich spüre, wie die allgemeine Unterhaltung ins Leere läuft, wie Hunger, Ungeduld und Beunruhigung die Atmosphäre im Raum verderben und wie sich unmerklich ein Schatten auf die Gesellschaft niedersenkt.

Ich sitze noch immer still auf meinem Sofa, während mein Blick auf einmal von etwas in der Ferne angezogen wird, von etwas jenseits all der Gäste: Vor meinen Augen entsteht ein Bild ... ein schreckliches Bild.

»Lasst uns noch ein wenig warten«, beschließt der Gastgeber.

»Er wird ja noch kommen, was sonst!«, beruhigt der amerikanische Hippie.

»Aber er kann nicht mehr kommen! Er wurde gerade verhaftet und brutal ins Gefängnis geworfen!«

Mir ist kaum bewusst, dass ich gesprochen habe, höre nur fern meine Stimme nachklingen.

Doch jetzt sind alle Gesichter der Gäste mir zugewandt, alle Blicke auf mich gerichtet – erstarrt und entsetzt.

Ich selbst kann es nicht fassen: Was war das?

Die Luft steht im Raum, nichts und niemand bewegt sich mehr. Schließlich fasst eine der älteren Damen den Entschluss, die Stille zu beenden:

»Sollte das eine Provokation, ein schlechter Witz sein?!«

»Ich bin mir nicht im Klaren darüber, überhaupt etwas gesagt zu haben!«, entschuldige ich mich ängstlich.

Der Polizeipräfekt wirkt jetzt, als sei er uniformiert:

»Sie haben gerade eine ungeheuerliche Behauptung ausgesprochen. Eine Behauptung, die bedeuten würde, dass wir ab jetzt willkürlichem, gesetzlosem Despotismus ausgeliefert wären! Sind Sie sich darüber im Klaren? Woher beziehen Sie überhaupt diese Information?«

Eindringlich und drohend geht er auf mich zu: »Dies ist eine heitere private Abendgesellschaft. Wenn Sie über besondere Informationen verfügen, dann bitte ich Sie, mir diese unter vier Augen zu übermitteln!«

»Ich weiß nichts, und wenn ich etwas Erschreckendes gesagt habe, dann ohne Absicht und ohne meinen Willen. Es geschieht mir manchmal, dass ich in einer Art Trance von Dingen spreche, über die ich gar nichts weiß!«

»Sie ist ein Medium«, ruft einer der gepflegten Hippies, »vielleicht sieht sie etwas voraus!«

Lucius mischt sich jetzt in das Gespräch: »Und wenn sie so etwas wie ein Medium wäre, dann wissen wir doch noch von vorhin, dass solche Phänomene nichts Zuverlässiges oder Sicheres sind. Ansonsten ist sie seit drei Tagen hier, den Ausnahmezustand gibt es seit heute Morgen, was soll sie wissen?«

Damit lassen die Gäste die Dinge auf sich beruhen. Der Polizeipräfekt ruft zum Dinner, das ebenfalls als Buffet bereitsteht. Das lockert die Stimmung auf, und bald ist der Schock für den Moment in den psychischen Untergrund versunken und damit auch mein schockierender Auftritt. Wir bedienen uns ein wenig an den Köstlichkeiten des Abends und verabschieden uns bald in aller Höflichkeit mit Entschuldigungen für die dumme Störung des gelungenen Abends. Als wir uns verabschieden, ist J.P. noch immer nicht da.

»Der Präfekt wird das nicht vergessen, das sage ich dir! Alles kommt jetzt darauf an, was wirklich geschehen ist. Weshalb J.P. zu spät oder gar nicht kommen konnte«, bemerkt Lucius auf der Heimfahrt. Wir sprechen nicht weiter darüber, sehen aus dem Fenster in die vorbeigleitende Nacht.

Das Apartment ist leer. Alle Hausangestellten sind nachhause gegangen. Wir stehen im Gang, sehen einander an und umarmen uns. Ein Wirbel der Leidenschaft durchtanzt unsere Körper. »»Normalerweise geht man jetzt miteinander ins Bett«, überlege ich. Er denkt wohl dasselbe: Normalerweise, heutzutage. Aber es stimmt so nicht. Ich schließe die Augen. »Seele sagt nein«, murmelt Lucius. Auch er hat es gespürt. Ich bin dankbar für die Einfachheit seiner Reaktion. Wir sagen uns gute Nacht.

Vor dem Einschlafen kann ich nicht mehr nachdenken über alles, was ich heute erlebt habe, inklusive der seltsamen Beziehung, die Lucius und mich verbindet. Ich bin zu müde. Und so mache ich es wie Scarlett O'Hara aus »Vom Winde verweht«: Ich verschiebe es auf morgen. Doch es ist eine besorgte, unruhige Nacht. Wie immer schlafe ich schlecht.

4. Kapitel

Als ich am nächsten Tag ins Wohnzimmer komme, sitzt Lucius bereits mit einer Tasse südindischem Kaffee und dem »Hindu« beim Frühstück.

»Nichts Besonderes ist los auf der Welt,« sagt er so nebenhin, aber ich weiß, dass er genauso besorgt wie ich auf Nachrichten wartet.

Amma legt mir ein weiteres Idli, einen kleinen weißen, im Wasserdampf gegarten Kuchen aus Linsen- und Reismehl auf den Teller, dazu Koriander- und Kokos-Chutney. Mami macht die Betten.

»Hättest du vielleicht Lust, den Felsentempel zu besuchen, der ein gutes Stück von hier in Richtung Madurai liegt? Er ist etwas Besonderes, du wirst sehen. Kaum ein Tourist kennt ihn, und dort sind die Rituale noch wirklich lebendig und original.«

Eine gute Idee, um uns beide abzulenken. Ich bin jedenfalls gespannt und freue mich.

»Dort kommst du mit den Abgründen des Lebens in Verbindung.«

Hm, was will er mir damit sagen?

Während ich brav mit der rechten Hand mein Idli in die Soßen tunke, betrachtet mich Lucius schweigend. Dann nimmt er meine freie Hand. Sein Blick ist merkwürdig durchdringend, fast sehnsuchtsvoll.

Dabei fällt mir zum ersten Mal ein kleiner Ohrring an seinem linken Ohr auf. Komisch, dass ich ihn erst jetzt entdecke. »Dieser Ohrring – hast du den schon lange? Bedeutet er etwas?«, frage ich. Er zieht seine Hand zurück, hebt die Brauen und antwortet beinahe streng: »Was soll der bedeuten? Es ist ein Diamant aus meiner Heimat. Ein Freund aus Südafrika hat ihn mir geschickt!«

»Aha!«
»Nichts Aha! Es ist Mode!« Er klingt ziemlich irritiert.
»Amma«, Lucius lächelt sie an, »ein freier Tag heute für cich. Kein Lunch oder Dinner, we are out of town und besuchen den Felsentempel Richtung Madurai!«
»Ah«, seufzt Amma, schließt kurz andachtsvoll die Augen, »very good!«, fährt sie fort und wackelt dabei zufrieden bei der Aussicht auf einen freien Tag mit dem Kopf.

Dann schaut Lucius auf seine Uhr:
»Wir sollten bald aufbrechen!«
Schnell bin ich mit dem Essen fertig, wasche meine Hände. Lucius ruft den Chauffeur. Der südafrikanischen Revolution, die er heftig unterstützt, zum Trotz hat er für alle Aufgaben in Haus und Hof Angestellte. Er ist es so gewöhnt, und ich mag, dass sie da sind. Es ist wie in einer großen warmen Familie.

Nur Krishna, der junge Chauffeur, stört mich etwas. Ein hübscher Kerl, aber dieser dünne, unruhige Typ, den man in Indien öfter findet. Superschlau, wendig und neugierig. Dauernd beobachtet er uns im Rückspiegel, anstatt auf den Verkehr zu achten, was weiß Gott nötig wäre.

Stattdessen gibt er uns laufend Ratschläge: Ob wir nicht lieber durch ein Vorstadtviertel fahren wollen, anstatt gleich auf die große Straße einzubiegen, weil dieser Weg kürzer ist und Madam mehr vom wirklichen Leben in Indien sieht. Was er uns dabei nicht erzählt, ist, dass dort sein Onkel wohnt, dem er unbedingt ein Paket vorbeibringen möchte.

Wir warten also am Straßenrand: eine Bude mit durcheinanderliegendem Autozubehör, eine Garküche, eine staubige Schneiderei, ein merkwürdiges kleines Hotel, eine Telefonzentrale, dazwischen Bananenpflanzen, Papayasträucher und ausgetrampelte Pfade, die zu kleinen, schockfarben gestrichenen Wohnhäusern in der zweiten Reihe führen, und viele Menschen, die so sehr ein Ganzes mit ihrer Umgebung bilden, dass man sie gar nicht unbedingt bemerkt.

Wir fahren weiter. Krishna kennt an der großen Straße, in die wir letztlich einbiegen, eine wunderbare Raststelle, wo es eine besonders saubere Toilette gibt. So sauber, dass alle Busse dort haltmachen und alle Leute dort austreten. Wir winken ab. Er wischt sich den Schweiß von der Stirn, noch eine längere Fahrt liegt vor uns. Endlich folgen wir seinem Rat und kehren in einem Restaurant ein. Das ist gut, denn dort hat er einen Bruder.

Nach einigen weiteren holprigen Stunden erreichen wir ein Felsmassiv, in das ein Tempel geschlagen wurde.

»Es ist ein Heiligtum für die schwarze Göttin, die geheimnisvolle Göttin der Tiefe«, erklärt Lucius leise.

Gläubige beten oder berühren die verschiedenen Götterstatuen, die die Menschen schon im Vorhof des Tempels erwarten. Auf der rechten Seite des Eingangs breitet sich ein Heer abgetragener Sandalen und Schuhe aus. Lucius zieht einen Stoffbeutel aus seinem Rucksack.

»Wenn wir hier unsere Schuhe zurücklassen, kriegen wir sie nie wieder!« Also kommen unsere Schuhe in den Beutel und dieser in den Rucksack. Zweifellos ist Lucius aus Erfahrung klug geworden.

Dann schließen wir uns der langen Schlange der Gläubigen an, die einer nach dem anderen im schmalen Eingang des dunklen Mysteriums verschwinden.

Artemisia:
Als der erste Impuls erweckte, was farblos-grau und ungekannt in der absoluten Stille nahe dem Zentrum zu schlafen schien, setzte sich die Maschinerie der Schöpfung in Gang. Unmerklich kreisende Bewegungen gewannen Momentum, erzeugten Energie, formten die verschiedenen Kräfte und schließlich die Ei-glei-

chen Samen, aus denen nach und nach die Welten entstanden. Und dann war es, als spuckte das Feld um den Ursprung aus der Tiefe seiner selbst die Seelen hinterher. Sie wanderten durch den sich ausdehnenden Kosmos, gelangten zu den unterschiedlichsten Orten und sammelten dabei die verschiedensten Eindrücke und Bilder, die sie wie Hüllen Schicht um Schicht umgaben, sich verfestigten, an Schwere gewannen und schließlich mit der Seele im Innern einen lebenden Körper bildeten, was neue Erfahrungen ermöglichte, doch auch den Tod.

Jetzt treten wir in den dunklen weiten Höhlenraum, in dem uns an einer Art Theke eine dicke Frau im roten Sari schweigend jeweils einen Becher Ghee reicht. Lucius antwortet mit einem großzügigen Geldschein. Dann wenden wir uns einem schmalen, dunkleren Gang zu, der in die Tiefe des Tempels führt.

»Aufpassen beim Gehen!«, ruft uns die Tempeldienerin leise nach. Das Ghee in der Hand setze ich einen Fuß vor den andern, denn in diesem Gang sehe ich so gut wie nichts, alles, auch die Wände um mich, ist schwarz. Dafür fühle ich sehr deutlich, wie rutschig der Boden ist. Das heilige Ghee nicht zu verschütten, gelingt wohl den wenigsten.

Lucius geht hinter mir und flüstert: »Das Ghee wird bei den kleinen Nischenaltären ...« Plötzlich setzt eine so laute, himmelschreiend schrille, wilde Trompetenmusik ein, dass ich nichts mehr hören kann. Ich würde diese Musik als Ausdruck menschlicher Panik, großartiger Ankündigung der höchsten Macht und wilder Verwirrung beschreiben.

Wir kommen zu einer kleinen Andachtsnische mit einigen Öllämpchen um eine schwarze Götterfigur. Zwei Leute stehen vor uns und gießen Ghee über die schwarze Figur. Wir gleiten an ihnen vorbei, immer weiter ins Dunkel, was vor und hinter uns ist, versinkt im Nichts. Eine eigenartig aufregende und zugleich abgründige Atmosphäre senkt sich, begleitet von dieser monumental hysterischen Trompetenmusik, auf mich herab. Nach einigen Schritten gelangen wir in einen größeren, ebenfalls dunklen Höhlensaal, in dem die Musiker sitzen und wohl für den gesamten Berg spielen. Lucius geht zum nächsten Gang voraus. Tiefer und tiefer werden wir in den dunklen Felsenberg geführt. Immer weiter entfernen wir uns von Licht und buntem Leben. Mehrmals rutsche ich aus, einmal falle ich fast, aber werde von Gläubigen hinter mir gehalten. Ein gemeinsamer Weg durch das Dunkel von Symbolik und Aberglauben. Der Mangel an frischer Luft, die vielen Lampen und unzähligen Räucherstäbchen an den Altären in den engen Gängen heizen das Innere des Berges auf, benebeln die Sinne, verbrauchen den Sauerstoff. Es wird enger. Immer mehr Menschen spüre ich vor und hinter mir, immer geringer wird der Abstand zwischen uns, immer drängender das Tempo. Ich fühle das Ghee an den Füßen, atme die trübe Luft, schütte mein Ghee über die dunklen Götter, die auch von den Flammen der Lampen, die sie umgeben, tief geschwärzt sind.

»Heb dir noch etwas Ghee auf!«, flüstert mir Lucius zu.

Schließlich durchschlittern wir einen Gang, der an einem größeren, von zahlreichen Flammen erleuchteten Heiligtum endet. Über die Köpfe der betenden Inder vor mir sehe ich sie von ferne: Durga, Mutter Natur, die Grausame, Großzügige, Barmherzige, Herrscherin des vergehenden und sich ewig erneuernden Lebens, tanzt auf einem leblosen Körper, um den Hals eine Kette aus Totenköpfen … Ich komme näher, jetzt erkenne ich sie genauer: Diese tanzende Göttin trägt in Wirklichkeit eine Halskette aus roten Rosen. Rote Rosen liegen in der Wasserschale vor ihr. Die Liebe erhebt, trägt über Angst, Schmerz und Begierden, über die Gesetze von Leben und Tod hinweg. Ewige, bedürfnislose Glückseligkeit! Der Göttin junger Priester mit Brahmanenschnur schräg über dem nackten, eingeölten Oberkörper und einem weißen Dhoti um die schmalen Hüften steht fürsorglich und würdig bei ihr, lächelt. Er ist ihr Diener. Nur noch wie eine ferne Erinnerung dringt die Musik zu uns herüber.

Der Duft von Sandelholz zieht in Schwaden durch das Halbdunkel. Als wir an der Reihe sind, vor die Göttin zu treten, schütten wir unser letztes Ghee auf sie. Der Priester nickt uns zu, pflückt eine Rose aus dem Rosenkranz um den Hals der Göttin und überreicht sie andachtsvoll Lucius. Ich bekomme eine Rose aus einer Wasserschale. Es ist ein besonderer Segen, den er uns damit ausspricht. Ich fühle das. Ob solch ein Segen tatsächlich eine Wirkung hat?

Der Höhepunkt des Mysteriums ist nun erreicht, wir sind der Göttin begegnet, sie gab uns ihren Segen.

Jetzt führt unser Weg zurück in die Welt. Wir folgen einem anderen Gang. In der Ferne schimmert weites Licht. Wir nähern uns offensichtlich einer Höhlenhalle, die etwas Tageslicht erhellt, eine Rückkehr ins Leben. Wie erleichternd! Doch während ich in diese Halle trete, spüre ich etwas Bedrohliches: Ich schaue nach oben und direkt auf die riesige bemalte Stirn eines enormen Elefanten. Er steht mit seinen riesigen Füßen, die mit Fußkettchen geschmückt sind und einen Menschen zertrampeln könnten, unmittelbar neben mir, nur zwei, drei Schritte entfernt und schlenkert mit dem Rüssel. Ein Tempelelefant also. Diesem gigantischen Wesen, wundervoll ausgestattet und unglaublich mächtig, gebührt Respekt. Noch nie bin ich neben einem Elefanten gestanden. Ich weiche zurück, fürchte mich tatsächlich.

Lucius habe ich fast vergessen. Er ist schon vorausgegangen und betrachtet die vielen Frauen, die dünne Strohhalme zu hübschen Gebilden knüpfen.

»Fast wie eine Kathedrale – so riesig und feierlich ist es hier!«, murmle ich. Die milde, friedliche Atmosphäre, das goldene

Licht, das in die Halle dringt, tun gut. Hier könnte man ein Weilchen bleiben.

»Das Ganze ist das Mysterium der schwarzen Göttin, der Mutter Erde. Sie ist fruchtbar und furchtbar zugleich, voller Liebe, aber auch grausam. Sie gibt Leben und zerstört es, ist voller Verständnis und gnadenlos. Wofür sie steht, ist der Abstieg in die Unterwelt, in die Tiefe des Unterbewusstseins mit all den Ängsten und Abhängigkeiten, und indem man der Göttin begegnet, begegnet man dem Tod, der Läuterung der Gefühle und der Wiedergeburt, der Erlösung, der Rückkehr ins Licht, der reinen Liebe.

Erinnert dich das nicht an die europäischen schwarzen Madonnen? Es ist ein universaler Mythos über das Wesen der Schöpfung, über Entstehen, Vergehen und Entstehen.«

»Er ist Dozent der Religionsphilosophie«, denke ich mir, als wir den Ausgang erreichen.

»Immerhin hat uns der Priester gesegnet! Dann sind wir ja vor den Untiefen des Schicksals sicher!«, füge ich halb ernst, halb ironisch hinzu.

Artemisia:
Auf der Erde erfährt die Seele das kosmische Wachsen und Werden, das ewige Leben und Sterben der Gestirne am eigenen Leib. Die Urgewalten und die archaischen Kräfte der Natur erscheinen im Menschen als Empfindungen, Leidenschaften und Emotionen, die ihn überwältigen und zerstören können oder, von seinem Geist und seinem Willen gemeistert, eine wunderbare Harmonie ergeben. In alten Zeiten personalisierte man diese Kräfte und machte sie zu Göttern, um deren Mitgefühl, um deren Gnade und Hilfe man beten, über deren Sinn man meditieren konnte.

In kosmischen Konstellationen sah man das Schicksal der Menschen abgebildet, der Lauf der Sterne war Musik, Freude oder Kummer.

Der Mensch sei ein Abbild des Universums, so hieß es damals. Doch man müsste demnach eigentlich sagen: Der Mensch ist das empfindende Universum!

Aber diese mythische, empfindende Zeit ist vorbei, denn wir haben einen modernen Mythos:

»Er, der blinde Uhrmacher«, der alles geschaffen hat, denkt nicht, fühlt nicht. »Er, der alles lenkt« weiß nicht, was geschieht. Er leidet nicht. Er empfindet nicht. Wieso sollte Er also eingreifen?

Können die Gebete der Menschen dann überhaupt wirken? Können sie den Dingen eine Bedeutung, eine Richtung geben, können sie »Ihn«, den Gefühllosen, durch die Kraft der Innigkeit erwecken?

Wenn aber auch dieser moderne Mythos Illusion wäre? Wenn das Universum letztlich, wie der Mensch, ein riesiger empfindender Körper wäre – von solch grenzenlosem Ausmaß allerdings, dass Menschen ihn nicht erfassen können. Trotz aller Teleskope sehen Menschen nur immer einen winzigen Teil des Ganzen, aus dem sie ihre Schlüsse ziehen. Es ist, wie wenn ein winziges Wesen mit Intelligenz jeweils nur das Funktionieren einer einzigen isolierten menschlichen Körperfunktion beobachten könnte. Dieses winzige intelligente Wesen würde wohl annehmen, dass der Mensch nichts als eine riesige, vielfältig funktionierende Maschine wäre. Es sieht ja nicht mehr.

Wenn das Universum aber wie der Mensch ein fühlender Körper wäre, dann hätte es wie der Mensch ein Zentrum, zu dem alles hinführt: ein kosmisches Herz. Und indem Menschen mit ihrem Herzen beten, könnten sie dieses große Herz der Schöpfung berühren, denn sie sprächen dieselbe Sprache.

So würde das Gebet zur Kommunikation zwischen dem unendlich Großen und dem winzig Kleinen.

Wieder draußen im Tageslicht, in der Welt: unglaublich viele Menschen, das Durcheinander von Schuhen, Buden mit Gemüse, Süßigkeiten, Blumen, Tee ... überwältigend in seiner Fülle wie das plötzliche Licht! Gerade überlege ich, wo wohl unser Auto ist, als ich an der Straße vor dem Eingang einen Polizeiwagen mit zwei Polizisten sehe.

»Schau mal, sogar die Polizei kommt hierher! Die brauchen besondere Läuterung«, witzle ich.

Lucius starrt sie an.

5. Kapitel

Sie gehen langsam auf uns zu: braune Uniformen mit breiten Gürteln unter oder auf den Bäuchen, mittelgroß, kräftig, dunkelbraune Haut, Schnurrbärte, schlecht gelaunter Blick. Ich spüre, dass sie nicht wegen der schwarzen Göttin hier sind. Instinktiv wechseln wir ein wenig die Richtung. Sie lassen uns aber nicht aus den Augen, kommen rasch näher und schneiden uns den Weg ab.

»J.P.!«, denke ich nur entsetzt. »Was ist mit ihm geschehen?!«

»Your good name, Sir?«, bellt der kleinere Dickere mit dem größeren Schnurrbart Lucius an. Lucius behält wie immer die Ruhe:

»Lucius van Dijk«, antwortet er sachlich und nimmt meine Hand.

»Passport!« Lucius zeigt ihm seine Papiere. Der kleine Dicke studiert sie eine Sekunde und gibt sie Lucius zurück.

»Und ihr Name?«, befiehlt er Lucius nun, ohne mich überhaupt anzusehen. Ich bin ja nur eine Frau, unverheiratet, mit einem Mann unterwegs.

Dabei lässt der andere, Größere von beiden seine runden Augen von oben bis unten langsam über meinen Körper gleiten. Was für eine Unverschämtheit!

»Madam trägt keine Waffe!«, informiert er seinen kleineren Kollegen, offensichtlich sein Vorgesetzter.

»Darum handelte es sich also nur bei seinem Blick!«, überlege ich einen Moment lang, dann beginnt der Größere zu lachen.

Er hat sich nur über mich lustig gemacht, um mich zu ängstigen und zu erniedrigen! – Ich bin wütend, aber auch unsicher.

Mit zitternden Fingern zeige ich dem Vorgesetzten meinen Pass.

»Wir werden sie nach Madras ins Polizeipräsidium mitnehmen«, informiert der Vorgesetzte Lucius.
Jetzt verliere ich die Nerven.
»Warum? Was soll das Ganze? Sie führen sich hier auf …!«
Keine Antwort. Lucius beobachtet die beiden, die meine Empörung ungerührt an sich abprallen lassen. Dann schaut er mir fest in die Augen. Ich soll wohl besser den Mund halten! Aber ich frage nochmals:
»Sie können mich nicht einfach mitnehmen!? Ich habe außerdem keine Ahnung, was Sie überhaupt von mir wollen!«
Der Vorgesetzte holt seinen Einsatzbefehl aus seiner Brusttasche und hält ihn Lucius unter die Nase. Ich schwanke innerlich zwischen Wutanfall und Tränen.
Lucius gibt sich als Freund des Präfekten.
»Ich werde sie zu ihm bringen. Wir kennen uns gut.«
Aber damit kommt er nicht durch.
»Sie ist ab jetzt in Polizeigewahrsam, und sie wird in dieses Polizeiauto einsteigen. Wir werden sie beim Präfekten abliefern und dafür sorgen, dass keine Fluchtmöglichkeit besteht!« Der Vorgesetzte packt mich hart am Ellenbogen und nötigt mich ins Polizeiauto.
Lucius wendet sich um und läuft zu seinem Wagen.
Mit diesen unangenehmen Männern auf engem Raum den langen Weg nach Madras zu fahren! Wie grauenhaft!
Gott sei Dank sitzen beide vorne. Ich bin allein auf der Hinterbank. Stundenlange, beängstigende Fahrt. Lucius folgt uns in seinem Auto.
Aber das gibt mir keine wirkliche Sicherheit. Er kann ja nichts tun.
Ich denke an menschliche Zerbrechlichkeit. Ich denke an die tanzende Göttin. Sie tanzt in der Tiefe des Lebens.
Ich frage die Männer immer wieder, was man mir vorwirft, was vorgefallen ist. Bekomme aber keine Antwort. Vor mir sit-

zen zwei unbewegliche viereckige Rücken in braunen Hemden. Ich bin verzweifelt, ich bete.

Schließlich redet tatsächlich der Größere von ihnen mit mir: »Prefect will inform you. We just bring you there!« Er klingt fast ein bisschen mitleidig.

Der Warteraum, Ort der Machtlosigkeit, ist klein, staubig, verwahrlost. Ich sitze auf einem der drei Metallstühle, die ich nicht verrücken kann. Sie sind fest aneinandergeschraubt. In der Mitte ein alter Holztisch. Ob überhaupt jemand hier ist? Ich höre nichts, sehe niemanden. Doch als ich gehen will, taucht plötzlich ein kleiner, rundlicher Polizist auf und erklärt mir barsch, dass ich weiterhin zu warten habe. Möglicherweise gehört das Warten zu meiner Behandlung. Nach mehr als einer Stunde werde ich von eben diesem Beamten aufgerufen und in das Büro des Präfekten begleitet.

»Ich werde Sie zurückrufen, sobald ich etwas in Erfahrung gebracht habe.«

Mit einem kurzen Seitenblick auf mich, legt der Präfekt den Hörer auf. Weist mir den Stuhl vor seinem mächtigen altertümlichen Schreibtisch zu:

»Es tut mir leid, Ihre kostbare Zeit in Anspruch zu nehmen, aber Sie können sich sicher denken, weshalb ich Sie hierhergebeten habe!?«, beginnt er, um Höflichkeit bemüht.

»Nein!?«

»Nun, Sie erwähnten gestern Abend, dass jener Politiker, den wir erwartet hatten, aus bestimmten Gründen nicht kommen konnte ... damit hatten Sie uns sehr überrascht – und auch schockiert, wenn ich das sagen darf. Wir hielten das aber, wie Sie selbst sagten, für einen Lapsus, eine Fehlschaltung Ihrer übernatürlichen Fähigkeiten ... Nun, wir erhielten heute Vormittag die vertrauliche Mitteilung, dass jener Politiker tatsächlich gestern am späten Nachmittag ohne richterlichen

Beschluss festgenommen und eingesperrt wurde. Die Frage, die wir uns also stellen müssen, lautet: Wie konnten Sie das wissen? Sind Sie tatsächlich eine Hellseherin, oder haben Sie andere, ganz materielle Quellen, aus denen Sie Ihre Informationen über zukünftige Ereignisse schöpfen? Wir haben gestern Abend ja nun erlebt, als Sie mit den Fingerspitzen Farben erkennen wollten, dass Sie durchaus nicht mit Sicherheit über außersinnliche Fähigkeiten verfügen.«

Er macht eine Pause und sieht mich forschend an. Eine unüberschaubare, bedrohliche, vielleicht erschreckende Situation andeutend. Ich fühle sie, aber ich will vor ihm keine Verzweiflung in mir zulassen, schaue ihm einfach nur in die Augen.

»Wir werden den Dingen nachgehen müssen. Sie wissen, wir befinden uns seit gestern im Ausnahmezustand. Niemand weiß, was mit uns allen, mit diesem Land ohne Parlament geschehen kann. Indira Gandhi hat diesen Plan sicher nicht erst gestern gefasst. Er ist schon länger vorbereitet – mit Unterstützung aus dem Ausland höchstwahrscheinlich …«

Dann wechselt er plötzlich den Tonfall, so als hätte er das Versteckspielen satt.

»Sie stehen unter Verdacht, in diese Affäre verwickelt zu sein, und befinden sich mit sofortiger Wirkung unter Arrest, bis Ihre Identität geklärt ist!«

»Aber ich habe damit nichts zu tun!!! Und was heißt ›unter Arrest‹? Was bedeutet das? Sie können mich wohl nicht einfach ins Gefängnis werfen?«

Während ich dies voller Empörung sage, kommen mir sofort Zweifel.

»Haben Sie Ihren Pass bei sich?«

Ich stehe automatisch auf.

»Nein, er ist zuhause«, behaupte ich. »Kann ich dann jetzt nachhause gehen?«

»Zu Lucius, meinen Sie? Das glaube ich nicht.«

»Dann will ich mit dem deutschen Konsulat sprechen, sofort!«

Ich bin aufgebracht, ängstlich und wütend. Darauf scheint der Präfekt gewartet zu haben. Er schaltet noch einen Gang hoch.

»Sie warten hier, bis entschieden ist, wo Sie in Gewahrsam bleiben werden!«

Der kleine, rundliche Beamte, der die ganze Zeit hinter mir gestanden hat, führt mich zurück in den Wartesaal. Ich bin jetzt müde, verzweifelt und den Tränen nahe. Wieder sitze ich lange Zeit isoliert, hilflos und wütend in der öden Leere des Raumes. Dann plötzlich erscheint der Beamte erneut – mit Lucius!

»Komm!«, sagt dieser nur.

Der Beamte, Lucius und ich gehen am halboffenen Büro des Präfekten vorbei. Er sitzt an seinem Schreibtisch und tippt nervös und nachdenklich mit einem Bleistift auf das Stück Papier, das vor ihm liegt.

Lucius fährt in seinem Wagen, ich mit dem Beamten in einem Polizeiauto. Wo bin ich da hineingeraten? Ich begreife gar nicht, was abläuft.

Zuhause händige ich dem Beamten meinen Pass aus. Er geht, ohne mich nochmals anzusehen.

Lucius hatte den südafrikanischen Botschafter in Delhi, einen Freund seines Vaters, angerufen und die Situation erklärt; dieser wiederum wandte sich darauf an den deutschen Botschafter, der sich beim Polizeipräfekten von Madras für Lucius und mich verbürgte. Ich bin unendlich dankbar!

»Jetzt dürfen wir Madras nicht verlassen, bis deine Unschuld geklärt ist!«

»Meine Unschuld?«

»Nun, bis erwiesen ist, dass du keine Spionin bist, die sich aufgrund außergewöhnlicher Unaufmerksamkeit verraten hat.«

»Das würde einer echten Spionin doch nie passieren!«
»Vielleicht bist du ja keine abgebrühte Professionelle, sondern nur eine kleine Gelegenheitsspionin!«, erklärt Lucius lächelnd.

Ich habe keine Lust, die Dinge leichtzunehmen und mir wird plötzlich heiß:
»Es ist außerdem so, dass ich in meinem Visum nicht angegeben habe, dass ich Journalistin bin …«, gestehe ich langsam.

»Was!?«
»Ich habe angegeben, dass ich Studentin bin, weil ich gefürchtet habe, dass mir als Journalistin eventuell das Visum verweigert werden könnte.«

»Wie kommst du denn darauf? Vielleicht bist du ja doch eine kleine Spionin, die unauffällig einreisen wollte!«

Ich schaue Lucius verzweifelt an:
»Du glaubst das doch nicht wirklich von mir? Es war einfach nur ein Gefühl, dass ich diesen Beruf besser nicht angebe. Mehr nicht.«

»Tja, ich weiß, dass du besondere Gaben hast. Aber damit ist hier keiner zufrieden. So etwas haben nämlich einige, aber sie schreiben trotzdem den richtigen Beruf in den Pass. Überleg dir, wie du das erklärst!«

»Ich werde einfach die Wahrheit sagen, so albern sie auch klingt.«

»Vielleicht ist es das Beste. Bis dahin lass uns die Zeit in Madras trotzdem genießen. Übrigens habe ich morgen noch einen Termin bei Arvind für dich reserviert. Erinnerst du dich?«

Ob das ein Genuss sein wird, bezweifle ich nach meinen Erfahrungen bei Arvind. Sich auf eine echte Rückführung einzulassen erfordert Mut, denn es ist, als ob man einer tieferen Schicht in sich selbst begegnet, als ob man ein verlorenes Stück Bewusstsein wiedererlangt, das man in manchen Fällen vielleicht gern dort unten belassen hätte. Meist kommt man ja mit einem Problem. Und Arvind ist Arzt, sucht nach den traumatischen Erfahrungen, sucht nach den im Unterbewusstsein noch immer blutenden Wunden, um sie zu heilen.

Im Gang vor unseren Schlafzimmern stehe ich vor Lucius. Wieder dieses Gefühl, dass es normal wäre, jetzt miteinander ins Bett zu gehen, weil wir schon einmal da sind, weil wir in diesen Zeiten leben, weil wir eine besondere Verbindung haben, weil wir uns mögen und etwas Wichtiges zwischen uns unentdeckt ist, weil wir, weil wir dabei alles Schlimme von heute vergessen könnten? Er sieht mir eine Weile in die Augen, dann sagt er:

»Du bist es, du willst es nicht!«

»Ich glaube, du hast recht!«, antworte ich nur. »Ich bin erschöpft.«

»Du hältst mich für einen Schmeichler, einen Don Juan ...«

»Einen oberflächlichen Genießer, der ...«, fließt es aus mir heraus.

Ich zögere, spüre meine Frustration über ihn, und dann liegt da noch die hilflose Wut, die ich auf der Polizeistation empfand, sprungbereit in mir, und so fühle ich in mir den vernichtenden Schlag aufsteigen, dem ich nicht entsage:

»... ein oberflächlicher Genießer, der Frauen benützt, zum ewig Gleichen, nicht schön finde ich das. Auch wenn es alle so machen, ist es nicht besser, es ist, als ob du dich jedes Mal mit einem Geruch, den du nicht wieder wegbekommst, infizierst, und innerlich trägst du so viele Gerüche mit dir herum, dass du dich selbst nicht mehr kennst! Es verunreinigt dich. Das Bedürfnis deines Körpers und deiner Eitelkeit verbirgt deine Seele, dein Innerstes vor dir selbst. Darum passt du dich auch ständig an!«

Habe ich das alles wirklich gesagt? Ich glaube es selbst nicht. Empfinde ich Feindseligkeit gegen banalen Alltagssex, weil keine Alchimie darin ist? Weil Sex nicht gleich Liebe ist? Weil ich Liebe suche? ... in ihm suche? Bin ich wütend, weil er sich so billig hergibt? – Er ist ein besonderer Mensch für mich, etwas verbindet uns so tief, aber hinter all seinem extrem angenehmen Wesen, seiner makellosen Form, seinem brillanten Intellekt, kann ich sein wirkliches Wesen nicht finden. Das tut mir weh, verunsichert mich.

Er schaut mich nun wirklich mit großen Augen an, so als staunte er nur über mich.

Aber bevor er noch etwas sagen kann, drehe ich mich auch schon um und gehe wortlos in mein Zimmer. Ich kann einfach nichts mehr ertragen. Egal, was jetzt zwischen uns geschehen ist. Ich möchte nur Augen und Ohren schließen. Die erste Rückführung, die Sache mit der Polizei, bei der ich nicht weiß, was mir noch droht, die unerlöste Beziehung zu Lucius und morgen die nächste Rückführung!

Von Lucius auf dem Gang höre ich nichts mehr. Natürlich kann ich nicht schlafen. Mein Gewissen sagt mir, dass ich zu weit gegangen bin, und es ist nicht nur das, ich kämpfe eigentlich gern, um zur Wahrheit durchzustoßen, also nicht nur so Degen zu kreuzen, sondern um Wahrheit zu finden, zu treffen. Ist das gut oder schlecht? Und Lucius? Ist sein Verhalten besser? Wo ist der richtige Weg?

Ich spüre etwas Dunkles, einen Abgrund in mir.

Dabei merke ich auch: Welch enormes Vertrauen ich trotzdem in der Tiefe zu Lucius habe, trotz allem, was ich ihm vorwerfe. Hätte ich ihm all das gesagt, wenn ich ihm nicht zutiefst vertraute, seiner Freundschaft, seiner Verbundenheit mit mir?

Eine schreckliche Nacht. Ich schlafe nur in kurzen Intervallen. Irgendwann sehe ich eine Geisha wie in einem Film vor mir. Ich bin wach, die Bilder laufen vor mir ab: Sie ist wunderschön geschminkt, kunstvoll frisiert, ein unglaublich wertvoller, prächtiger Kimono. Sie tanzt. Jede ihrer Bewegungen ist genau abgezirkelt, keine Regung, die nicht beherrscht wäre.

Sie tanzt vor einem Publikum langsam und vollendet. Dann verbeugt sie sich und verschwindet hinter einem Vorhang. Plötzlich sehe ich ein anderes Bild. Ein älterer Mann beugt sich über sie, schiebt ihren Kimono hoch. Sie lässt es geschehen, genauso beherrscht und vollendet, wie sie getanzt hatte, höflich. Der Mann bekommt, was er will. Nachdem er sie verlassen hat, wird sie weiß wie eine Tote und erbricht sich. Auch mir wird übel. Es ist egal, ob es eine Szene aus einem Film war oder nicht: Wer ist die Geisha, das ist die Frage: Lucius oder ich?

Ich schalte das Licht an, um die Erinnerung an diese Bilder zu verscheuchen. Das ist mein Zimmer, ich bin hier, alles ist gut! Auf einmal entspanne ich mich, und ich weiß, dass ich noch etwas schlafen werde. Also schalte ich das Licht wieder aus.

Am nächsten Morgen ist alles wie gehabt. Lucius sitzt am Frühstückstisch, liest Zeitung mit Toast und Ei dazu. Als ich ins Zimmer trete, empfinde ich Zärtlichkeit und Dankbarkeit für ihn, dass er es mir gestattet, so zu ihm zu sprechen. Ich weiß, dass er mich irgendwie verstanden hat, obwohl er mir diesen ironischen, irritierten Blick zuwirft. Aber darum geht es gar nicht, wie ich merke.

Mami im violetten Sari überfällt mich sogleich. Ob ich gut geschlafen habe, was ich essen möchte, oh, ich soll doch anstatt meiner engen Hose indische Kleidung tragen, ist doch viel schöner für eine Frau. Ich verspreche, mich umzuziehen, obwohl ich sicher bin, dass meine Kleidung heute niemanden sonst interessiert.

Lucius reicht mir die Zeitung. Ganz groß auf der ersten Seite die Schlagzeile: »»J.P. verschwunden!«

Wir sehen einander kurz an: In welche Geschichte sind wir da verstrickt!

»J.P. war der Anführer der regierungskritischen Bewegung … war … mein Gott: war es …!«, murmelt Lucius traurig.

»Lass uns an den Strand gehen, Elliot Beach ist nicht weit! Die Meeresluft wird uns guttun!«

Lucius und ich gehen über den breiten Sandstrand, der an diesem Vormittag vor allem von einer Unmenge Krähen bevölkert ist. Offensichtlich freuen sie sich nicht über unseren Besuch. Zwei von ihnen fliegen mich direkt an. Eine setzt sich auf meinen Kopf und greift mit ihren Krallen in meine Kopfhaut. Ich schreie auf und verscheuche sie mit den Händen, aber sie will nicht wegfliegen. Ich fliehe, Lucius schleudert einen Stein in die Luft zu den anderen Vögeln. Das lässt auch den meinen ein wenig aufflattern. Aber die schwarzen Vögel scheinen nicht beeindruckt, überfliegen uns schon wieder.

»Hitchcocks ›Die Vögel‹ basiert also auf einer wahren Geschichte. Wahrscheinlich hat er hier Urlaub gemacht«, kommentiere ich.

»Wahrscheinlich«, gibt Lucius zurück.

Er führt uns näher an die Straße. Die Krähen lassen von uns ab. Ein indischer Bettler gestikuliert, deutet auf mich und rauft sich die Haare, dazu ruft er etwas.

»Nistmaterial für ihre Nester!«, erklärt Lucius. Jetzt lacht er ein wenig. »Du hast genug auf dem Kopf, du könntest ihnen locker etwas abgeben!«

Nicht so sehr lustig, aber ich bin froh, dass er etwas Bitternis ablässt. Letztlich lachen wir doch beide wieder, die Laune ändert sich, wir laufen, wirbeln dabei Sand auf, setzen uns und blicken aufs Meer.

»Es tut mir sehr leid, mein Auftritt gestern, was ich gesagt habe, meine ich!«, beginne ich, um ihm zu signalisieren, dass ich ihn gernhabe und das alles nicht so meine.

»Lass stecken, lass es gut sein. Ich kenne dich ja.«

Dieser letzte Satz gefällt mir gar nicht. Das klingt wie eine wenig erfreuliche, oberflächliche Allround-Charakterisierung. Eine Schubladeneinordnung. Aber vielleicht hat er ja recht.

»Lass uns etwas essen gehen!«, unterbricht Lucius meine selbstkritischen Überlegungen. Wir streifen den Sand von den Kleidern und marschieren quer über den Strand in Richtung Straßenrand, zu einem Speiselokal mit »Blick aufs Meer«.

Da bewegt sich in einiger Entfernung von der Straße kommend eine kleine Gruppe auf uns zu. Die zentrale Person ist ein junger, hübscher Südinder, dunkelhäutig, mit langem, offenem Haar. Stolz hält er den Blick gesenkt, als ob niemand wert wäre, von ihm gesehen zu werden. Er ist leuchtend weiß im indischen Stil gekleidet, trägt eine Blumenkette um den Hals und hält vorsichtig eine rote Rose in der Hand. Die anderen vier Männer um ihn scheinen seine Bewunderer zu sein.

»Cockroach!«, murmelt Lucius.

»Ist das ein Guru?«, frage ich leise.

»A cockroach, eine Kakerlake«, kommentiert Lucius nochmals. »Eine schmutzige Seele, die sich in der weißen Robe als Guru darstellt, um sich von seinen Bewunderern, die dumm genug dazu sind, aushalten zu lassen!«

»Woran erkennst du das?« Die Heftigkeit seiner Kritik erschüttert mich etwas.

»Ein wirklicher Guru ist bescheiden, ein Heiliger, der anderen gibt, ohne etwas für sich zu wollen! An Kleidern ist er nicht zu erkennen. Aber leider wird die Leichtgläubigkeit und Frömmigkeit der Menschen hier häufig ausgenützt!«

Gut, dass der junge Kerl Lucius' Urteil über sich nicht gehört hat, dem hätte er sicher nicht standgehalten. Er kam mir vor wie ein Kind, das Guru spielt, und seine Freunde spielen mit.

Vor uns liegt das Restaurant mit Meerblick, ein viel gerühmtes Speiselokal. Zur Meeresseite mit einer Glaswand versehen. Davor auf einer kleinen Terrasse ein paar Stühle und Tische.

Wohl mehr zur Zierde, denn bei Temperaturen bis zu vierzig Grad flüchtet sich jeder in die Innenräume mit Aircondition. Doch es gibt keinen Mittelweg: Innen empfangen uns siebzehn Grad. Die indische Bevölkerung liebt das. Es ist wie ein plötzlicher Besuch auf dem Himalaya.

In einer Nische winkt uns ein Hippiepärchen zu, das wir von der Party des Präfekten kennen. Wir setzen uns gehorsam zu ihnen.

»Rosie«, stellt ihr Begleiter sie vor, »and Robert«, ergänzt Rosie in fließendem Dialog wie in einem Theaterstück.

Rosie: mager, blasse Haut mit Sommersprossen, taillenlange rote Haare, um die Stirn ein grünes eingerolltes Tuch gebunden. Der Blick mit den blassgrünen Augen wandert unstet umher. Es ist, als könnte er nicht fokussieren, als sähe sie einen nie wirklich an, und trotzdem, obwohl Rosies Blick hin- und hergleitet, hat man das Gefühl, als ob einen ein hungriger Raubvogel dahinter genauestens begutachtet. Robert, ein gesunder, gesetzter, dunkelhaariger Typ in schlichter weißer Kurta und schulterlanger Jesusfrisur, ebenfalls mit Haarband.

»Oh, Sie sind diese traumhafte Frau mit den hellsichtigen Fähigkeiten! Ich habe Sie so auf der Party bewundert! Sie sind einfach beautiful, fantastisch und außergewöhnlich!«, beginnt Rosie hingerissen.

»Sind Sie Amerikanerin?«, frage ich frech, denn diese Art direkter und oberflächlicher Schmeichelei ist mir aus der amerikanischen Society und von denen, die dazugehören wollen, gut bekannt. – Und stimmt tatsächlich.

»Und wie Sie die Inhaftierung von J.P. vorhergesagt haben«, – ich fühle mich scharf beobachtet – »war wirklich überwältigend!«

»Leider kam er ja nun tatsächlich ins Gefängnis – ohne Gerichtsverhandlung«, fügt Lucius tastend hinzu. Er scheint sich genauso wie ich mit den beiden unwohl zu fühlen. Gott sei

Dank kommt ein Kellner und bringt die Karte. So können wir die Unterhaltung auf den indischen harten Frischkäse »Paneer« lenken, den ich ja so gerne esse und so weiter. Wir bestellen. Nach einer Weile fängt Rosie wieder an.

»Ja, es war eine tolle Leistung, wenn man so ganz neu hier ist und gar nichts weiß ... Sie sind doch nicht in Schwierigkeiten gekommen?«

»Doch. Ich habe viele Stunden auf dem Polizeirevier verbracht. Unser Gastgeber wollte wissen, ob ich eine Spionin bin ...«, ich werfe ihr hin, was sie wissen will.

»Und nun sind Sie hier unter Arrest!«, kombiniert Robert. »Das kann dauern ...«, mithilfe seines Fladenbrotes sammelt er gekonnt zwischen Daumen und Zeigefinger die restlichen Paneerstücke in der Spinatunterlage zusammen, steckt sich das Ganze genüsslich in den Mund.

»Schön, essen zu können!«, gebe ich mitfühlend zurück.

»Wenn man Sie nicht rauslässt ...«

»Wie: nicht rauslassen?«, unterbreche ich Robert.

»Na, wenn man Sie nicht ausreisen lässt bis auf Weiteres.«

»Was!?«, ich spüre Panik in mir. »Wegen so etwas Lächerlichem, das kann doch nicht sein!«

»Sehen Sie, im Moment weiß niemand nichts, und das macht überaus misstrauisch«, ergänzt Rosie in Gedanken versunken.

»Aber für wen sollte ich denn überhaupt Spionin sein, für welche Partei, welches Land?«

»Genau darum geht es wohl«, fährt Robert fort, ganz so, als ob meine Identität als Spionin bereits feststünde.

»Aber, sollten die Sie nicht aus dem Land lassen, weiß ich, wie Sie über die Grenze kommen können«, er lächelt glücklich, so als überreichte er mir ein lang erwünschtes Weihnachtsgeschenk.

»Mein Vater arbeitet bei der amerikanischen Botschaft, sehen Sie, und einmal, so hat er mir erzählt, mussten die Leute aus der Botschaft – damals im Irak – einen unerwünschten Landsmann aus dem Land schaffen. Was haben sie gemacht? Es gibt ja diese Diplomatensäcke, das sind große Säcke, in denen Post oder sonstige geheime Dinge versandt werden. In solch einen Sack haben die Leute von der Botschaft den Amerikaner gepackt und in ein Diplomatenauto gesteckt. Als sie die Grenze erreichten, sahen die Grenzbeamten das »CD« am Auto, dennoch mussten die amerikanischen Diplomaten den Wagen öffnen. Die Beamten bemerkten den Sack, auf dem »Amerikanische Botschaft – streng geheim« stand. Niemand darf solch einen Botschaftssack anrühren, geschweige denn öffnen. Er unterliegt amerikanischer Oberhoheit, und es wäre eine krasse Verletzung amerikanischer Souveränität. Also haben sie das Auto durchgewunken. Drüben auf der anderen Seite nach einigen Meilen wurde der blinde Passagier dann herausgelassen. Er war vor Hitze und Luftmangel fast am Ende, aber er hatte es geschafft. Wow!«

»Eine verlockende Lösung«, lächelt Lucius.

»Ach, all das ist doch Unsinn, Sie sind eine tolle hellsichtige Frau …«, beginnt Rosie mit ihrem Schwebeblick mich wieder zu beweihräuchern.

»Aber gerade hellsichtige Leute kann man doch in auswärtigen Ämtern brauchen«, fällt ihr Robert ins Wort. Die beiden sind ein Selbstläufer. Eigentlich können Lucius und ich gehen, denn Rosie und Robert kommen allein in der Sache weiter. Da fängt Rosie noch einmal an:

»So eine eindrucksvolle Frau wie Sie, oh, darf ich ein Foto von Ihnen machen!«, ruft sie, und schon hat sie ihre Kamera bereit und stellt scharf. Wir sind perplex, doch in dem Moment, in dem sie abdrückt, hält Lucius seine Hand vor mein Gesicht.

»Oh, jetzt haben Sie es verdorben!«, ärgert sich Rosie.

»Entschuldigen Sie, aber wir wünschen das nicht. Fotos, über

die man nicht selbst entscheidet! Was wollen Sie damit?«, erklärt Lucius wütend. Er schaut auf die Uhr.
»Sie müssen uns entschuldigen, wir haben noch einen Termin und sind schon spät.« Er wirft Geld auf den Tisch, und wir verlassen das Paar in Unfrieden. Für Lucius ungewöhnlich. Draußen flüstert er mir zu:
»Plötzlich wusste ich wieder, wer sie ist. Sie arbeitet für ein reißerisches, gesamtindisches Tageblatt: ›*Spionin oder Medium? Woher wusste angebliche Touristin von heimlicher J.P.-Verhaftung?*‹ So eine Schlagzeile ist genau, was wir jetzt nicht brauchen können!«

Wir halten uns fest an der Hand, während wir über den Sand zur Strandpromenade gehen und Lucius' Wagen suchen.

Tatsächlich, um zu Arvinds Session zu gelangen, muss man die ganze – »verkehrsintensive« Stadt wäre ein beschönigender Ausdruck – von Autos verpestete und verstopfte Stadt durchqueren. Lucius überlässt mir Wagen mit Chauffeur: »Macht nichts, wenn es dauert und er warten muss. Chauffeure sind hier warten gewöhnt. Es ist der größte und wichtigste Teil ihrer Aufgabe.« Lucius selbst hat anderes vor und ruft nach einem Taxi.

6. Kapitel

»Hallo?«, melde ich mich zögerlich. Arvinds kleine Praxis scheint leer zu sein. Die Tür war offen, er offensichtlich noch nicht da. Also setze ich mich auf das Sofa im Empfangsraum und betrachte die vielen Fotografien, die allesamt majestätische Schwäne zeigen: Schwäne mit ausgestreckten Flügeln, Schwäne mit gefalteten Flügeln, Schwäne, die ihr Köpfchen ins Wasser tauchen ... da stürzt er zur Tür herein: Arvind, der Vielbeschäftigte, Liebenswürdige und Unbeirrbare.

Diesmal, erklärt er mir, wird er mich anders in mein Unterbewusstsein, in die vergessene Innenwelt, diese tiefere Schicht führen, die doch so viel in uns allen steuert.

Es geht noch einmal um den Schlaf, der sich noch nicht gebessert hat.

Ich schließe wieder die Augen. Sein beruhigender Singsang beginnt, und er fährt fort:

»Schau mit deinem dritten Auge zwischen den Augenbrauen ... was siehst du?«

Eine kleine Weile, dann ist es merkwürdig einfach für mich. Es ist, als könnte ich wunderbar mit geschlossenen Augen sehen.

»Ich sehe mich stehen im Halbdunkel einer Kirche, es ist, als wäre es jetzt, und doch ist es lange her ... ich bin ein Mann. Mitte vierzig vielleicht. Ich trage einen hüftlangen Umhang, eine Art Mantel aus grünem Samt mit einem weiten Pelzkragen.«

»Wie ist dein Name?«

Wieder weiß ich ihn, ohne nachzudenken.

»Und wann lebtest du?«

»So um 1400/1500 herum, mehr oder weniger!«

»Was siehst du?«

»Ich bin in einer gotischen Kirche. Dort an der Wand erkenne ich dunkle schwarze Figuren, wohl aus Stein gehauen. Es gibt weiter hinten einen Eingang, durch den manchmal Nonnen aus einem Kloster in die Kirche kommen und singen. Aber sie wissen nichts. Und die Priester, die ich befragt habe, wissen auch nichts über das Leben, das Jenseits und Gott.« Ich stocke, kann nicht weiter.

»Was ist draußen, außerhalb der Kirche, was siehst du?«

»Da ist ein kleines Städtchen, etwas mehr als ein Dorf, um die Kirche gebaut. Außerhalb des Dorfes stehe ich auf einmal vor einem riesigen Schlachtfeld. Mit Toten übersät. Sie tragen vielfarbige kurze Hosen, die ihre Oberschenkel in Kugelform umschließen, so wie das vor vielen Jahrhunderten bei Landsknechten üblich war. Sie sind von langen Lanzen durchbohrt. Ich sehe sie alle wie in einem Film, als ob die Kamera über das Schlachtfeld schwenkt. Dabei fühle ich mich schwer, verzweifelt, belastet. Ich weiß, dass sie wegen mir gestorben sind, dass diese Katastrophe meine Schuld ist.« Pause.

»Erzähle von deinem Leben, deiner Kindheit. Wo bist du da?«

»In einem großen Haus mit dicken Steinmauern. Als Kind habe ich viele Frauen um mich, die sich um mich kümmern und mit mir spielen. Dann sehe ich mich älter, als jungen Mann. Ich bin groß und dünn und ein toller Kämpfer. Ich lebe es zu fechten, zu reiten, zu kämpfen und zu siegen … Ich bin sehr, sehr gut darin. Ich bin ein außergewöhnlicher Kämpfer.«

»Was machst du sonst? Worum geht es in deinem Leben?«

»Ich lerne, was man tut, wie die Regeln sind, welche Gesetze gelten. Ich denke nicht darüber nach. So ist es eben … ich bin selbst das Symbol für diese Gesetze, ich repräsentiere sie durch mein Dasein, wenn die anderen mich auf dem Pferd sehen, gebe ich ihnen Sicherheit durch die Ordnung und die Kraft, die ich darstelle.«

»Was geschieht weiter?«

»Plötzlich – ich bin jung – schleiche ich mich in ein anderes großes Haus aus Stein. Es ist düster, wohl Nacht. Ich laufe eine weite Steintreppe hinauf, niemand ist da, niemand sieht mich. Dann komme ich zu einem Zimmer. Darin liegt in seinen Gewändern ein älterer Mann hohen Standes auf einem Diwan und schläft. Er ist ein Widersacher. Ich habe eine Pflicht zu erfüllen. Ich ziehe meinen Dolch aus meinem Wams und blicke auf den Schlafenden. Ich bin mir nicht sicher, ob es mir gelingen wird, den Dolch zwischen den Rippen in sein Herz zu stoßen. Damit habe ich keine Erfahrung, aber ich muss es schaffen, es ist beschlossene Sache. Mit aller Kraft stoße ich zu. Da öffnet der Schlafende die Augen und schaut mich an – einen Augenblick nur –«, und dieser Blick trifft mich – genau wie ihn mein Dolchstoß – mitten ins Herz. Er berührt etwas in mir, das es bislang nicht gegeben hat, das bis jetzt in mir geschlafen hatte. Plötzlich erkenne ich, nein fühle ich, dass ich etwas Schlimmes getan habe, etwas Böses. Ich spüre zum ersten Mal in meinem Leben, dass es nicht nur das Richtige, das Notwendige, die Macht, die Ordnung gibt, die das Wohl und ein funktionierendes Zusammenleben aller Menschen garantiert, eine Ordnung, die darum unter allen Umständen erhalten werden muss – und jetzt? Ich spüre zum ersten Mal, dass unabhängig von dem, was für den Staat richtig ist, so etwas wie Gut und Böse existiert, über das einzig das Herz entscheidet. Das individuelle, persönliche Herz. Jetzt, im Gefühl, Böses getan zu haben, ist mein Herz bleischwer, während der Feind für immer die erstaunten Augen schließt. Eine Sicherheit und Ausgeglichenheit in mir ist zerstört. Ich weiß nicht mehr, was wichtiger ist, das innere Gefühl oder die Staatsraison, die Erhaltung des ganzen Gefüges oder mein Herz.«

Pause.

»Es ist wie eine tiefe Wunde, die in mir aufklafft, … ich habe mich dabei selbst erstochen …«

Ich kann nicht weitersprechen.
Arvind gibt mir Zeit.
»Und dann?«, fährt er fort.
»Dann läuft alles.«
»Du musst eine Art König gewesen sein. Wie steht es mit deinem Vater?«
»Mit ihm stehe ich gut, er unterstützt mich, keine Probleme … Aber da sind die Kriege. Ich führe viele Kriege, um das Reich zu vergrößern. Und all diese Menschen sterben. Das zerfrisst mir das Herz. Das Schlimme ist nicht nur, dass sie selbst im Krieg sterben, sondern dass ich sie durch den Krieg gezwungen habe, andere zu töten.«
Ich kann kaum atmen. Nach einer Pause:
»Und ich weiß, wie sich das anfühlt, und doch zwinge ich sie in diese Schuld. Das ist mir unerträglich. Diese Kämpfe machen mich groß und gleichzeitig zutiefst schwermütig. Ich beschließe, nie mehr Krieg zu führen.«
»Und was tust du dann?«
»Nicht viel mehr. Es gibt niemanden mehr, der über mir steht. Ich bin ganz oben. Es gibt all die Leute um mich, die ich durchschaue, dulde, eigentlich genieße ich sie auch, aber sie tun mir nichts Gutes.«
»Und weiter?«
»Ich habe einen Vogel, den ich sehr liebe, ich gehe mit ihm auf die Jagd; ich reise dauernd, gebe mehr Geld aus, als ich habe, unterstütze die neuen Künste. Ich bin der Mittelpunkt, aber ich bin nicht glücklich. Ich erkenne den Sinn des Lebens nicht, ich weiß nicht, wie ich meine innere Last loswerden kann. Ich sehne mich nach Erlösung. Und dann eines Nachts, ich liege in einem Bett, das von Vorhängen umgeben ist …
Ich weiß nicht mehr, ob all das in einem Traum geschah oder in Wirklichkeit, jedenfalls fühlt es sich ganz an, als wäre es Wirklichkeit: Da kommt einer meiner Leute – ich hatte immer

überlegt, wer es sein könnte –«, er kommt und ersticht mich im Bett, im Schlaf. Ich spüre den Stich, aber keinen Schmerz. Ich fühle nur, wie das Blut aus mir fließt, unendlich aus mir fließt, und es ist mir, als ob alle Sünde mich dabei verlässt, mich reinwäscht, und ich schwebe fast dankbar, erleichtert über mir, in einen immer weiteren Raum, in eine Befreiung, aber ich bleibe fern von der Erkenntnis, was das Leben bedeutet, denn es wird schwarz um mich.«

Arvind nach einer Weile:

»Wie empfindest du dieses Leben heute, wenn du zurückblickst?«

»Ich empfinde und fühle Düsternis, Schwere, Schuld, ein staubiges Halbdunkel, Enge, Belastung. Ich spüre Eitelkeit, Macht, Bedeutung, Mittelpunkt sein ...«

»Du hast einen Menschen im Schlaf getötet und im Schlaf dein Leben verloren. Es ist ausgeglichen. Das weißt du, nicht wahr? Jetzt kannst du in Ruhe schlafen. Es ist vorbei, lange vorbei. Niemand bedroht dich. Jetzt ist Licht, und du wirst finden, was du suchst, deinen Weg! Das fühle ich.«

Diesmal gab es keine Unterbrechung der Session, aber jetzt klingelt sein Telefon. Der Abschluss zur rechten Zeit!

»Gib mir ein Feedback, wie es dir geht. Du kannst ja nachsehen in den Geschichtsbüchern, ob du etwas findest ...«

Zunächst finde ich den Wagen nicht. Erst weiter entfernt am Straßenrand entdecke ich ihn; der Fahrer schwätzt an die Tür gelehnt – einen Plastikbecher Tee in der Hand – mit einem jungen Mann in einem langen weißlichen Alltagsdhoti.

Zuhause angekommen ist Lucius noch nicht da. Wie gern würde ich ihm jetzt alles erzählen und dabei gleichzeitig die Dinge verstehen, sie in mich integrieren.

Ich suche nach Lexika. Irgendwo hat er doch zumindest die Encyclopædia Britannica. Unter seiner Schlafzimmerdecke läuft ein Regal alle vier Wände des Zimmers entlang. Alles Lexika. Ich suche Geschichte, die Zeit ab 1400–1600. Ich suche unter meinem damaligen Namen. Tatsächlich, da finde ich ihn. Ich lese über sein Leben, über seine Fähigkeiten als Kämpfer. Dann kommt etwas Seltsames: In einem fremden Land war er kurze Zeit im Gefängnis! Wie kann jemand in seiner Stellung ins Gefängnis kommen? Sein Vater befreit ihn. Eine wechselhafte Karriere, aber er erreicht höchste Ehren, steht über allen anderen. Und er hat das größte Reich, das sich durch Europa erstreckt, begründet. Seine letzten Jahre schlimm: ruhelos, ein Büßer, von Schwermut und Schuldgefühlen belastet. Nur sein Tod ist anders überliefert. Vielleicht habe ich das in der Rückführung mit einem anderen früheren Leben vermischt, vielleicht stimmt die offizielle Überlieferung nicht.

Egal. Der Gedanke an dieses Leben belastet mich, wie düsterer Staub hüllt er mich ein. Wie bei der ersten Regression wünschte ich, es wäre nur ein Hirngespinst und ich könnte diese innere Welt abschütteln, beiseitelegen, wie ein Buch, das ich nicht mehr lesen möchte. Aber es ist wie eine ungenutzte dunkle Kammer in einem Haus, deren Tür man nie zuvor geöffnet hatte, in der man aber jetzt das Licht angezündet hat und seither weiß, was darin ist, auch wenn man die Türe wieder schließt.

Nachdenklich blättere ich weiter und lese: Einige Jahrzehnte später lebte eine Persönlichkeit gleichen Ranges, gleichen Namens, der Enkel des ersten. Vielleicht ist eher das die richtige Adresse? Ich sehe aber sehr schnell, dass dieses Leben mit dem meinen nichts zu tun hat. Dennoch lese ich etwas weiter, und dann kann ich es nicht fassen: Dort steht zu lesen, dass dieser Herrscher einen unehelichen Sohn namens Mathias hatte, der als Kind auf mysteriöse Weise verschwunden war, und dass man ihn ohne Ergebnis gesucht hatte … Und ich lese außerdem, dass es am Hof dieses Herrschers einen Wandermönch gegeben hatte, der die ganze Familie stark beeinflusste, aber dann eines Tages seiner Wege gegangen war. Das klingt vollkommen nach meiner ersten Rückführung!!! Könnte ich zweimal in derselben Familie auf die Welt gekommen sein? Einmal als Herrscher und dann als Urenkel, als Bastard mit grausamem Tod, als Buße vielleicht für das vorherige Leben als Herrscher?

Ich weiß natürlich nichts mit Sicherheit, aber es fügt sich auf überraschende Weise zusammen. Beide Leben ein Desaster, ein blindes Herumirren, Einsamkeit, Leid, Sehnsucht nach Erkenntnis, aus dem »Gefängnis des Nicht-Wissens«, wie es oft heißt, zu entkommen. Wenn ich das Lucius erzähle, wird er begeistert sein. Das untermauert seine These, dass unser aktuelles Schicksal und unser Charakter durch die Ereignisse und Eindrücke aus früheren Leben geprägt werden. Wie vergangene Erlebnisse das Leben formen können, wie eines das andere bedingt, so meint er, kann jeder schon innerhalb seines einen Lebens beobachten.

Ich warte ungeduldig auf Lucius und verspeise schließlich Ammas liebevoll zubereitetes Abendessen allein. Aber Lucius kommt nicht. Ich gehe in mein Zimmer, ins Bett, kann nicht schlafen nach all den Aufregungen, aber ich höre ihn nicht zurückkehren. Ich bin allein in der Wohnung. Wie schon einmal. Schwebe in denselben Ängsten wie vor drei Tagen, dazu noch die Traurigkeit, die ich soeben in mir erlebt habe, ohne sie von mir abstreifen zu können. Denn obwohl Arvind am Ende jeder Session eine Art Katharsis herbeiführt, bleiben die Erinnerung und der Nachgeschmack dennoch in mir.

7. Kapitel

Am nächsten Morgen sitzt Lucius wie immer am Frühstückstisch.

»Du warst heute Nacht gar nicht da?«, frage ich erstaunt.

»Ach nein?«

Ich fühle mich verunsichert.

»Ich wollte dir nur erzählen, was ich bei Arvind erlebt habe …«

»Sehr gerne, aber sieh dir einmal das hier an!« Er öffnet eine Zeitung, und dort auf der Seite vier steht in dicken Lettern: »*Spionin oder Medium? Woher wusste sie von J.P.'s Inhaftierung?*« Und dazu mein Foto mit Lucius' Hand vor dem Gesicht.

»Ich wusste es, diese Schlampe!«, schimpft er.

»Eine ehrgeizige Schlampe ist sie«, antwortet Lucius auf meinen erstaunten Blick.

»Sie trägt, was sie nur kann, dazu bei, dass sich diese unschuldige Sache zu einem echten Skandal hochschaukelt. Die Behörden dieses Landes sind unberechenbar, alles hängt von den Launen der Beamten ab, ihrem Karriereehrgeiz und von Beziehungen natürlich.«

»Aber die hast du ja!«, versuche ich mir Mut zu machen.

»Im Moment müssen wir abwarten, ob sie deine Unschuld beweisen wollen oder können. Du bist Journalistin, hellsichtig, welche Spur ergibt sich für sie daraus? Wie werden sie mit all den Informationen und Mutmaßungen, die jetzt zu ihnen kommen, umgehen, welche Konsequenzen … Das Ganze könnte im Ausland im Vorhinein geplant gewesen sein … du als Mitwisserin … Die Spannbreite der Konsequenzen hier reicht von Inhaftierung, einem ewigen Makel an deinem Namen mit Einreiseverbot, bis zu Freilassung mit höflicher Entschuldigung. – Erzähl jetzt lieber von deiner neuen Rückführung!«

Mich bedrückt in diesem Moment aber vor allem eine Sache:
»Du sagst, dass Ereignisse in früheren Leben Ereignisse in diesem Leben bedingen können, dass sich auch Dinge wiederholen ...?«

»Das scheint so zu sein.«

»Ich erzähle dir gleich alles, aber es scheint, ich war in jenem Leben im Gefängnis – in einem anderen Land!«

Lucius stützt den Kopf auf seine Hand:

»Nun, dann werden wir ja bald erfahren, ob das Gesetz der Wiederholung immer zutrifft!«

Ich fühle mich so jämmerlich. Alle Gedanken kreisen nur noch um negative Möglichkeiten.

»Du musst dich jetzt zusammenreißen«, unterbricht Lucius meine düsteren Fantasien.

»Erzähl mir lieber, was du diesmal erlebt hast!«

Nachdem er die ganze Rückführungsgeschichte von mir erfahren hat, stellt er nach einer Weile fest:

»Dein Problem in jenem Leben scheint Schuld gewesen zu sein! Hast du das Gefühl, dass dieser Tod dich davon erlöst hat?«

»Nein, nicht wirklich, nur für den Moment.«

»Fühlst du dich gar nicht erleichtert, nachdem du die schweren Dinge aus deinem vergangenen Leben wieder gesehen hast?«

»Im Moment nicht ... ich weiß es noch nicht. Vielleicht kommt es noch.«

»Und dein späteres Leben als Junge aus derselben Familie, der allein eingesperrt verhungern musste, das könnte man ja als von der Seele selbst gewählte, spätere Buße betrachten. Wäre dieser schlimme Tod des Jungen akzeptabler für dich, wenn du ihn in Zusammenhang mit deiner jetzigen Geschichte siehst?«

»Nein, auch nicht. All das wiederzusehen hat mich eher beschwert, obwohl Arvind immer eine Katharsis herbeigeführt hat, wo man seine Emotionen herauslassen konnte. Schmerz bleibt Schmerz, wenn er in mir seit langer Zeit eingegraben liegt.«

Wir sind beide still geworden vor dem Gefühl der Wucht und Tiefe, mit der sich Ereignisse eines Lebens im Inneren einprägen.

»Anscheinend gibt es Eindrücke aus der Vergangenheit, die so tief liegen und so gravierend sind, dass man sie nicht so leicht loswerden kann«, fasst Lucius zusammen.

»… wiedererleben kann man sie wohl schon, vielleicht nicht eins zu eins, aber in ihren wesentlichen Aspekten lassen sie sich an die Oberfläche bringen, wenn man dafür reif oder stark genug ist …. Aber man müsste etwas finden, das die emotionalen Spuren der Vergangenheit im Innern löschen kann. Das wäre eine wirkliche Wohltat für die Menschheit! Wenn man bedenkt, dass Forschungen ergeben haben, dass Menschen, wir alle, zu achtzig Prozent von unserem Unterbewusstsein gesteuert werden und dass das Unterbewusstsein aus den Prägungen unserer Vergangenheit besteht. Auch wenn wir das nicht merken und politische Idealisten immer glauben, wir könnten ganz frei sein, wenn wir unsere Staatsform ändern oder die Menschen unserer Umgebung.«

Ich bin ganz versunken in Lucius' Ausführungen.

Da klingelt es an der Tür. Mami öffnet. Ein Telegramm.

Für mich.

»Sofort nachhause kommen, Vater in gefährlichem Zustand! Mama«

Ich lasse mich auf das Sofa mit den Zeitschriften fallen. Ich kann nicht mehr. Mein Vater war vor einiger Zeit operiert worden, alles war gut gegangen, aber dann entwickelte sich eine Lungenentzündung, von der die Ärzte annahmen, dass sie diese leicht in den Griff bekämen. Sie hatten sich also getäuscht.

»Ich muss hier weg! Schnellstens weg!«, rufe ich verzweifelt. »Während zuhause mein Vater stirbt, werde ich hier in landesverräterische Probleme verwickelt, die mich nichts angehen, vertiefe ich mich noch dazu in abscheuliche Geschichten, grauenhafte Selbstportraits, ohne die ich sehr gut leben könnte …!«

Lucius setzt sich zu mir und streichelt über mein Haar, traurig, mich offensichtlich zu einem Alptraum eingeladen zu haben. Er küsst mich auf die Stirn. Ich schließe die Augen und lasse die Tränen laufen in dem sanften Gefühl, getragen zu werden, und allmählich beruhige ich mich, das Vertrauen kehrt zurück, und ich bin dankbar, dass Lucius da ist.

Artemisia:
In manchen Augenblicken scheint es, als würde alle Schwere von dir genommen, als würde alles, was geschah, eingetaucht in goldenen Frieden und unendliche Zärtlichkeit. Ein Hauch aus einer Welt, in der alles Gnade, alles Liebe ist – ein Moment der Vergebung.

8. Kapitel

Radhakrishnan ist ein guter Anwalt, spezialisiert auf internationales Recht und ein Freund von mir. Lass uns zu ihm gehen und ihm alles erzählen. Vielleicht weiß er Rat.«
Im Nu hat Lucius einen Termin bei Radhakrishnan am selben Nachmittag arrangiert.
Radhakrishnan lebt und arbeitet in einem Einfamilienhaus mit Garten in einem der vielen Villenviertel von Madras. Das Haus scheint sich im Umbau zu befinden oder noch nicht ganz fertig zu sein, denn zwei Männer mischen neben dem Eingang in einem Erdloch Mörtel und schaufeln ihn auf große flache Metallpfannen, drei Männer stehen dabei und sehen zu. Zwei von ihnen übernehmen die Pfannen, tragen sie ins Haus, während die ersten beiden neuen Mörtel mischen. Nur einer bleibt übrig, um das Zuschauen zu übernehmen.
Radhakrishnan, ein kleiner Mann mit glattem Gesicht und Glatze, trägt das kurzärmelige Herrenhemd mit offenem Kragen über der Anzughose, Bekleidung der meisten Geschäftsleute hier in diesem heißen Land. Er begrüßt mich mit Händedruck. Schweigend lässt er sich auf seinem alten Schreibtischstuhl nieder und weist uns die zwei Stühle gegenüber zu. Bittstellerplatzierung. Über den Fall J.P. ist er natürlich bis ins Detail informiert. Während Lucius unsere persönliche Situation erläutert, beobachtet mich der Anwalt. Ich bin mir sicher, dass er bereits alles über mich weiß, aber er lässt sich nicht anmerken, was er über mich denkt. Seine Aufgabe ist es zwar, mir Lucius zuliebe aus meiner Situation herauszuhelfen, aber auf einen allzu komplizierten Fall würde er sich wohl nicht einlassen.
»Sie wollten also Ihren Freund Lucius besuchen, waren aber ein paar Tage, bevor er von seiner Reise zurückkam, schon in

Madras. Wie haben Sie sich die Zeit vertrieben, zum ersten Mal in Indien, allein, wo Sie niemanden kannten ...?«

»Ich war ja bestens von Lucius' Personal versorgt und habe außerdem bei einem Arzt eine Rückführung gemacht.«

Radhakrishnan beginnt bei dem Wort »Rückführung« zu lächeln.

»Wie schätzen Sie selbst Ihre hellseherischen Fähigkeiten ein? Überlegen Sie sich ihre Antwort gut, Sie wissen ja, von dieser Frage hängt einiges ab!«

Während ich versuche, seine Fragen vernünftig und unverfänglich zu beantworten, steigt alte Angst in mir auf. Angst, mich in fremder Mentalität, fremden politischen Zusammenhängen zu verirren, Angst, in weitere Konsequenzen verwickelt zu werden.

»Keine kluge Entscheidung, sich im Visum als Studentin auszugeben, wenn Sie Journalistin sind!«, bemerkt er mit bedenklicher Miene.

Meine Furcht steigert sich, und ich habe das Gefühl, schnellstens austreten zu müssen.

Schließlich frage ich, ob ich bei ihm die Toilette aufsuchen darf. Mit einer großzügigen Handbewegung und einem Blick zur offenen Glastür, die in den Garten führt, nickt er mir zu.

»Wo wäre das genau?«, frage ich scheu.

»Na, wo Sie wollen, der Garten ist ja groß genug!«

Mit so viel schlichter Natürlichkeit hatte ich nicht gerechnet. Betroffen schaue ich zu Lucius hinüber. Er spricht jetzt sehr intensiv mit dem Anwalt über den Polizeipräfekten ... Sie verstehen sich, ich fühle es. Und plötzlich hat sich alles in mir wieder beruhigt. Vollkommen. Ich bleibe einfach still sitzen, während die beiden diskutieren. Jetzt scheint mich auch niemand mehr zu beachten. Radhakrishnan wird mit dem Präfekten reden und herausfinden, wo der Fall gelandet oder gestrandet ist, was man bislang über mich recherchiert hat – soweit es ihm möglich ist.

Und dann beim Abendessen zuhause kommt Radhakrishnans Anruf. Er will mich sprechen.
»Madam, in zwei, drei Tagen werden Sie Ihren Pass mit einem neuen Visum bei mir abholen können. Sehen Sie zu, dann so schnell wie möglich das Land zu verlassen! Guten Abend!«
Mir laufen die Tränen über das Gesicht. Ich umarme Lucius wortlos. Er hat sofort verstanden, drückt mich und murmelt: »Freund des Präfekten.«
Am selben Abend schicke ich ein Telegramm nachhause: »Bin in spätestens drei Tagen zurück. Grüße an Papa! D.«
»Out of town tomorrow, and day after tomorrow coming back, Mami! Wir gehen in ein Holiday Resort in Mahabalipuram!«, ruft Lucius ihr zu.
»Ja, das ist eine gute Ablenkung. Ich will nicht abfahren, ohne im Meer gebadet zu haben!« Ich bin glücklich.

Auf der Fahrt die karge Küste entlang nach Süden klärt mich unser schlauer Chauffeur über die Gefahren des Meeres in Südindien auf: »Madam, better not swimming in the sea! Das Meer ist gefährlich. Nur im Pool schwimmen!«
»Aha, wieso?«
»Haifische, viele Haifische, Madam, und gefährliche Unterströmungen! Und die Wellen am Ufer so stark, dass sich viele verletzt haben.«
Lucius zieht die Augenbrauen hoch. Er schätzt es gar nicht, wenn Leute vorsorglich schon verängstigt werden.
Der Ventilator dreht sich beständig und sanft im Empfangsbungalow des Hotelkomplexes. Die Wände aus tropischen Hölzern, die großen Fensteröffnungen, vor denen einladende Bambussessel stehen, sind von Bambusrollos halb verdunkelt. Zwei hübsche, leicht geschminkte Inderinnen in auserlesenen Saris begrüßen uns mit einem Fruchtcocktail und legen jedem von uns eine duftende Blumenkette um den Hals. Das ist In-

dien für Touristen. Warum nicht mal etwas Luxus! Wir lächeln und stoßen miteinander an.

Unsere Suite mit Blick auf das Meer hat zwei Badezimmer, eines davon mit Badewanne, Whirlpool, Dusche, Massagebank, Spiegel in verschiedenen Größen, insgesamt so groß wie ein Wohnzimmer. Es gibt außerdem einen Salon und zwei Schlafzimmer; die beziehen wir beide einzeln. Vor den Zimmern eine gemeinsame große Terrasse mit diesen speziellen altindischen Liegestühlen im Kolonialstil. Ich liebe sie und probiere sofort einen aus. Lucius kommt in karierten Badeshorts:

»Ach nein, nicht jetzt schon herumliegen. Lass uns runter gehen ans Meer!« Also wandern wir mit Badetüchern Richtung Meer.

Doch dort unten am Strand herrscht große Aufregung. Ein Mann liegt bewegungslos im Sand ... Mehrere Leute knien um ihn, auch zwei Sanitäter bereits. Aus einiger Entfernung beobachte ich, wie sie den Körper ganz vorsichtig auf eine Bahre heben, ihn vom Meer mit weichen Schritten den Hügel zum Hotelparkplatz hochtragen und in einen Krankenwagen schieben. Er könnte ja noch leben.

»Das Meer ist gefährlich«, murmelt ein Gast neben mir. »Rührt er sich noch?«, fragt ein anderer wie von fern. Alle blicken zum leeren Strand hinunter in der Empfindung einer gemeinsamen Vision.

Dort unten: Der Strand, an dem der leblose Mann von der Kraft des ein- und ausatmenden Meeres ans Ufer geworfen wurde ... oder kroch er noch selbst aus dem Meer dorthin? Atemlos, sprachlos, beziehungslos, gestrandet, verloren ... der Mensch, den niemand sehen will ... im Leben ... in sich selbst.

Und oben: Im Atem des Luxus und der lachenden Leute sieht man über das Kommen und Vergehen des Lebens hinweg. Ich fühle es und wende mich ab.

Das luftige, mit tropischen Blumen geschmückte Restaurant

stellt uns einem endlosen Büffet gegenüber. Ein Tablaspieler, ein Violinist und ein Flötist spielen, improvisieren die Raga des Abends. Wie immer nehme ich mir viel zu viel auf den Teller, möchte alles probieren und habe vielleicht noch mehr Hunger, was sich eigentlich immer als Irrtum erweist. Lucius weiß hingegen, was und wie viel er möchte.

Wir sind beide eher still und ernst.

»Was wirst du tun, wenn du wieder in Deutschland bist?«, beginnt Lucius schließlich.

»Nicht mehr an dich denken!«

»Ah, das klingt, als ob dir das gar nicht so leicht fiele.« Lucius gibt sich geschmeichelt.

»Vielleicht!«, beschwichtige ich, weil ich meine herausfordernde Antwort schon wieder bereue.

»Ich weiß eigentlich nicht, was mich dazu bringt, dir gegenüber immer so schnell aggressiv zu werden«, überlege ich.

»Irgendetwas an mir scheint dich zu irritieren.«

»Das ist richtig.«

»Nun, mir gefällt auch nicht alles an dir. Aber bin ich deswegen aggressiv?«

»Nein, du sagst immer, was der andere hören will. Das habe ich ja schon erwähnt. Man weiß nicht, wann dir etwas ernst ist. Wahrscheinlich ist nur deine Liebe zu Büchern, zum Studium und zu intellektueller Erkenntnis echt.«

»Nun ja. Vielleicht geht ja in puncto Gefühl eben gar nichts in mir vor!«

»Typische Männerantwort!«

»Und du willst Liebe und lieben, aber was du dir aufbaust, wirfst du mit deinem mangelnden Zartgefühl gleich wieder herunter!«

»Jetzt weich nicht aus, indem du auf mich abzielst! Wir reden hier gerade über deine mangelnde Ernsthaftigkeit.«

»Oder über deine Art, Beziehungen wegen einer kleinen

Schwäche des anderen durch unmäßige Kritik aufs Spiel zu setzen!«, kontert Lucius.

»Wegen einer ›kleinen‹ Schwäche!!! Du hast unzählige Frauenbeziehungen, und bei jeder tust du so, als seiest du ihr perfekter Mann. Aber in Wirklichkeit liegt dir kaum etwas an ihnen. Ich sag es jetzt krass: Du handelst wie ein banaler Egoist, eitel und gierig nach Vergnügen, und bedeckst das durch gute Manieren ... und übrigens will ich ja mit meiner Kritik etwas Gutes für dich erreichen!«

Lucius sieht mich mit kritisch gerunzelter Stirn an und schüttelt dann nur verwundert den Kopf, was mich verunsichert und die Schärfe meines Angriffs sofort dämpft.

»Oder vielleicht – ich nehme ›gierig‹ zurück – langweilst du dich ja auch nur im Leben und suchst ein bisschen Abenteuer und Abwechslung auf eine Weise, an die du eigentlich nicht wirklich glaubst. So oder so: Was soll mir daran gefallen? Und wie geht es den Frauen dabei? Ich verteidige hiermit die Frauen – alle deine Frauen – mit meinem Angriff auf dich!«

»Warum gehst du nicht ins Kloster mit deiner Haltung? Gott sei Dank leben wir in einer befreiten Zeit. Jeder kann machen, was er will, insofern er den anderen nicht schadet – auch die Frauen übrigens. Ich zwinge sie zu nichts. Im Gegenteil, sie sind hinter mir her.«

»Und eine so intime Begegnung, ohne den anderen wirklich zu kennen oder zu lieben, befleckt dich nicht, verletzt dich nicht und auch nicht die jeweiligen Frauen?«

»Was weißt du davon, du erlebst ja nichts!«

»Ich gebe dir zurück, was du sagst: Was weißt du denn schon? ... aber ich habe mich nie gut dabei gefühlt, wahrscheinlich weil ich noch ein bisschen rein bin!«

Lucius starrt mich an.

Jetzt hat er genug von mir, gleich wird er einfach aufstehen und gehen! Mein Herz zieht sich zusammen.

Lucius schaut mich sehr streng und humorlos an.
»Du bist wirklich far out. – Was suchst du überhaupt?«
»Reinheit, Liebe und Wahrheit. Die Reinheit, die Tiefe, die Wahrheit in der Liebe. Aber wenn man einen nach dem anderen hat, kann das nicht Wahrheit sein, man verbraucht sich und den anderen nur. Und so sind jetzt fast alle: müssen mehr und mehr erleben, weil sie nicht mehr in der Lage sind, wirklich etwas zu erleben. Ganz abgesehen davon glaube ich, dass ich nicht noch länger herumprobieren muss, weil es sowieso keinen für mich gibt.«
»Was ist dieses Negative dauernd in dir? Du negierst die Lebensfreude, den Genuss des kostbaren Augenblicks, den unschuldigen Genuss, das Glück einer unerwarteten Begegnung und machst daraus ein Drama. Was ist los mit dir? Es gibt keinen für dich? Unsinn, du kannst doch jeden haben.«
»Das schmeichelt mir, wenn du das sagst. Aber in Wirklichkeit interessiert mich nicht jeder. Weißt du, du bist ja auch mein Freund ...«
»Ach, trotzdem!?«
»... ja, und deshalb sage ich dir, was ich noch niemandem erzählt habe: Als ich vierzehn Jahre alt war – vierzehn oder so –«, wollte ich wissen, wo mein geliebter Seelenpartner, meine wahre Liebe ist. Ich schaute über die Erdkugel, innerlich, aber wohin ich auch schaute: Er war nicht da. Er war nicht da. Entweder war er schon gestorben, oder er war noch nicht geboren, oder ich durfte ihn nicht finden. Und das gab mir das Gefühl und die traurige Überzeugung, dass meine wahre Liebe, die Einzige, die mich ganz erfüllen könnte, nicht lebt, dass ich ihn daher nicht finden kann, und er mich auch nicht, und ich daher nie im Leben meine Liebe erleben werde. Dass mein Herz allein bleibt. Und wenn ich versucht habe, mich mit dem Körper anderer zu verbinden, dann war das nur fremd, unrein. Warum sollte ich das denn dann tun?«

»Halt mal, aus einem Visionsversuch als Vierzehnjährige schließt du, dass du dein Lebtag lang allein bleiben musst!? Das glaub ich dir jetzt nicht! Du redest dir etwas ein. Du willst es nicht anders!!!«

Plötzlich fühle ich mich leer, stumm, gelähmt, infrage gestellt, am Ende einer Straße. Gleichzeitig wächst in mir die Empörung, als ob alles, was ich empfinde, nicht der Beachtung wert wäre, als ob es keinen Respekt verdiente, als ob SEIN oberflächliches Leben mehr wert wäre!

»Du bist verzweifelt, das tut mir leid«, flüstert Lucius nach einer Pause und senkt den Blick.

Lucius' Hinweis auf meine Verzweiflung, sein Mitgefühl, machen mich erst wirklich verzweifelt, es geht mir zu weit, zu tief, überschreitet die Grenze der Unberührbarkeit zwischen uns, an der wir uns permanent bewegen, weil sie das Wesen unserer Beziehung ist. Um sie aufrechtzuerhalten, weise ich ihn ab, bin ich kritisch mit ihm, um sie zu erhalten, bemüht er sich dennoch um mich.

Nach einem Moment des Schweigens fasst Lucius zusammen: »Ich liebe nicht, behauptest du, aber lebe das gute Leben oberflächlich, egoistisch, nütze die Gelegenheiten und genieße die Freuden in vollen Zügen.

Du liebst aber auch nicht, weil du dir einbildest, dass es nur den Einen gibt und diese mit dir verbundene Person nicht auf der Welt zu finden ist. Vielleicht gibt es aber ganz viele liebenswerte Personen, aber du erkennst sie nicht, weil du dich nach Mr. Unbekannt sehnst und darum nicht fähig bist, das zu lieben, was da ist. Wer ist hier schlechter? Und wer ist hier schlechter dran? Du kennst doch auch den Song: ›… And if you can't be with the one you love, love the one you're with ….‹«

»Aber das tust du ja auch nicht, lieber Lucius, wirklich den zu lieben, mit dem du bist, höchstens nur zeitweise und nur ganz oberflächlich.«

Wir werden beide still, hören ein Weilchen der »Raga Desh«, der Raga des Abends zu. Ragas geben musikalisch die Stimmung oder Atmosphäre eines Naturgeschehens wieder, sei es einer Tages-/Nachtzeit oder eine Witterung wie zum Beispiel Regen. Zu uns passt die melancholische Abend-Raga im Augenblick sehr gut.

Der Bambusflötenspieler schickt die süßesten Töne der Sehnsucht in die nach »»Queen of the Night«-Blüten duftende Nachtluft, begleitet vom Tablaspieler, der die verborgene, zurückgehaltene Energie der Sehnsucht in Rhythmus umsetzt, sie untermalt, intensiviert, und dann, ab und zu, erhebt sich die samtig-volle, tief empfindende Klage der Violine.

Lucius betrachtet mich aus einer prüfenden Distanz.

»Du hast eine hohe Erwartung an die Liebe. Vielleicht ... vielleicht bist du in Berührung mit etwas aus deiner Vergangenheit oder aus deiner Zukunft, das dich warnt oder dich ruft, das dein Gefühlsleben bestimmt und dich führt. Vielleicht hast du eine besondere Bestimmung! Ich habe dieses Empfinden nicht. Auf mich wartet nichts anderes, nichts Besonderes ... aber auf dich?«

»Nein, Lucius, bei dir fühle ich doch, dass es eine Tiefe in dir gibt, die unberührt, stark und selbstlos ist, aber du kannst nichts damit anfangen, du hast den Kontakt dazu nicht, und deshalb lebst du so. Wahrscheinlich haben wir Menschen die wirkliche Liebe noch nicht entdeckt, und wir begnügen uns mit, mit ...«

»Vielleicht ist Liebe etwas, was zu einer anderen Evolutionsstufe gehört?«, fügt Lucius hinzu.

»Und wir Menschen sind heute noch immer auf der Stufe des Egoismus.«

Wir schauen uns in die Augen. Wir sind uns zu nahe gekommen. Und dabei sind wir beide ruhiger geworden, wesentlicher. Etwas von dem Spiel zwischen uns hat sich erschöpft.

Er ist mit seiner Aufmerksamkeit zu seinem Teller zurückgekehrt, und auch ich konzentriere mich auf die Speisen, die inzwischen ebenfalls etwas an Hitze verloren haben.

Am nächsten Morgen spazieren wir zunächst durch die in der Nähe gelegenen Tempel von Mahabalipuram. Uralt, frei, offen, verwitterte Reste einer versunkenen Hochkultur. Und schließlich, bevor wir zurückfahren, noch ein letzter Strandspaziergang. Wir gehen dicht nebeneinander durch den Sand, aber halten uns nicht bei den Händen.

Plötzlich bleibe ich stehen und schaue ihm in die Augen.

»Danke, Lucius!« Ich möchte noch mehr sagen, aber ich kann nicht.

Er lächelt und drückt meine Hand.

Dass alles auf einmal in Indien so schnell gehen kann, gehört zu den unberechenbaren Wundern im Land der Wunder. Ich kann jetzt nachhause zu meinem kranken Vater fliegen!

Meinen Pass mit neuem Visum und dem Flugticket in der Tasche sitze ich im Flughafen und warte, bis sich die Schlange vor meinem Schalter ein wenig verkürzt hat. Lucius und ich haben uns vorhin mit einer kurzen Umarmung und einem tiefen Blick inneren Einverständnisses verabschiedet:

»Grüß Katharina von mir!«, warf er mir noch zu.

Ach, Katharina! Muss er alles tun, um mich zu ärgern!

Er weiß es und lacht. Dann reicht er mir noch die »Times of India«.

Leitartikel: »*Neue Verhaftungen, Säuberung der Regierungsmitglieder, Beamten ...*« Mir reicht es. Ich habe genug von Indien oder von indischer Politik. Ich werfe die Zeitung in den Abfalleimer. Nicht mehr mein Problem.

9. Kapitel

Heimkehr Frühsommer 1975

Mein Problem ist jetzt eher, mein Leben zuhause sinnvoll zu gestalten. Eigentlich ist das überhaupt das Thema meiner Generation. Wir haben alles, können alles machen und leben in dieser Freiheit sorglos dahin. Wir machen Erfahrungen und wollen über das banale, spießige, vorprogrammierte Leben unserer Eltern hinaus, wir wollen Spaß haben, in die Tiefe gehen, wir wollen wissen, worum es im Leben geht. Also ich jedenfalls will nicht nur Erfahrungen machen, sondern auch was kapieren dabei.

Ich werde tun, was Lucius angesprochen hat: den Weg meiner Bestimmung suchen, und was vielleicht dort auf mich wartet.

Im Warteraum vor dem Abfluggate nach Deutschland sehe ich einen sehr, sehr sympathischen jungen Mann auf den Platz neben mir zusteuern. Aber er ändert die Richtung und setzt sich schräg gegenüber. Ab und zu schauen wir uns an. Er mag wohl Anfang dreißig sein, intellektuell wahrscheinlich, kein Manager oder Geschäftsmann, kein Künstler, kein Politiker vor allem. Sein Gesicht ist von feiner Männlichkeit. Er wirkt unabhängig, scheu und freundlich zugleich. Er hat Niveau, nicht nur intellektuell, sondern auch menschlich, das kann man sehen. Ich schließe die Augen, bin zu müde für mehr Bewunderung. Aber nicht einschlafen, sonst versäumst du den Flug!

Es ist zwei Uhr nachts. Das Flugzeug ist zum Einsteigen bereit. Ich finde meinen Platz in einer Zweierreihe am Fenster. So froh, zurück nach Europa und Deutschland zu fliegen! Im Gang des Flugzeuges betrachtet der junge Mann von vorhin länger seinen Boarding Pass und den Platz neben mir … dann setzt er sich tatsächlich neben mich. Es scheint ihm fast peinlich zu sein. Mir auch, aber trotzdem freut es mich.

Nachdem er sich auf seinem Gangplatz eingerichtet hat, wendet er sich mir, die ihn aus den Augenwinkeln beobachtet, zu.

Er heißt Peter, lebt in Barkley und ist Vulkanologe. Gerade kommt er aus Indonesien, Java, wo er einige Daten über den Vulkan Semeru gesammelt hat. Ich erzähle ihm, dass ich Journalistin und Filmemacherin bin, gerade begonnen habe, für das Fernsehen Berichte zu machen. – Interessant, scheint sein Gesicht zu sagen. Die Unterhaltung fällt wunderbar leicht zwischen uns, wenn wir nicht so unfassbar müde wären, hätten wir sie weiter fortgesetzt. Mir fallen die Augen zu. Ich denke an meinen Vater, konzentriere mich innerlich darauf, wie es ihm wohl geht.

In früheren Zeiten hatte ich das schon manchmal gemacht, wenn ich meine Eltern nicht treffen konnte. Da sah ich sie immer innerlich wie zwei schattige Figuren, und ihr Anblick vermittelte mir, was mit ihnen los war. Aber diesmal ist mein Vater auf einmal hell leuchtend – wie von Licht durchströmt. Es freut mich, und es verwundert mich auch. Dann schlafe ich so langsam ein.

Artemisia:
Drei Geschichten darüber, wie sich Dianas Seele auf der Erde eingewöhnte und dem Zwang der Wiedergeburten erlag:

Büffelleben
Als sie (ihre Seele) zum ersten Mal aus dem Kosmos in die Erdatmosphäre eintauchte und einen menschlichen Körper annahm, versank sie in noch nie erlebte Dumpfheit. Sie empfand nur noch, was der Körper spürte, und war völlig überwältigt von dieser ganz den Bedürfnissen des Körpers ergebenen Existenz.

So lebte und starb sie lange Zeit.

Wenn sich ein neuer Körper bildete, der für sie bestimmt war, schlüpfte sie hinein, um ihm Leben zu geben, und später, wenn es Zeit zu sterben war, verließ sie ihn wieder. Ihre Seele wechselte von Körper zu Körper, von Leben zu Leben, als Mann oder Frau und hatte nicht mehr Bewusstsein als der Büffel, der ihr und anderen bei der Arbeit half. Denn die Seele war dermaßen fest eingebunden in den Körper des Mannes oder der Frau, den sie jeweils belebte, dass sie darin keinen anderen Gedanken fassen konnte als den an ihre körperlichen Bedürfnisse und Nöte. Als Mann stand sie auf, ging hinter dem Büffel her, der den Pflug zog, aß, was die Frau zubereitet hatte, paarte sich, badete im Fluss, fing Fische, erntete Getreide, kämpfte mit Tieren und feindlichen Männern, wurde verletzt und starb. Als Frau wühlte sie in der Erde, arbeitete mit Pflanzen und Feuer, gebar Kinder, verlor die Zähne und starb – oft an infektiösem Wasser. So ging das viele Leben lang, bis sich die Seele angepasst hatte an die Herrschaft der Schwerkraft, der Hormone und der Säfte des Körpers, und sie Emotionen wie Wut, Freude, Paarungstrieb und Trauer besser integrieren konnte. Doch allmählich lockerte sich die feste Verschweißung der Seele mit dem jeweiligen Körper, sodass die Seele wieder atmete, sich eine betrachtende Instanz im Innern bildete, die mehr und mehr Verständnis für die Dinge des Lebens aufbrachte. Und dann, eines Tages, geschah ein riesiger Sprung. Es war wohl, weil der Umgang mit dem Körper kein Problem mehr darstellte, dass die Seele wieder zu ihrer ursprünglichen Größe expandieren konnte.

Der schöne Mönch

Und so erwachte die Seele etwa hundert Jahre später in einem kleinen, fein säuberlich gepflegten Dorf mitten im Dschungel des alten Indien.

War sie ein Mann oder eine Frau geworden? Die Seele wusste es zunächst nicht, denn es hatte keine Bedeutung. Sie wuchs in einem festen, gesunden Körper heran und war, wie sie erkannte,

ein Mönch, ein Yogi in einem Ashram, vielleicht vor 2000 Jahren – von heute aus zurückgezählt.
Dieser Yogi war nur einer unter vielen. Wie alle anderen lebte er in einer eigenen kleinen Bambushütte mit Palmdach, die er peinlich sauber hielt. Durch die täglichen Übungen war sein männlicher Körper gestählt, durch täglich mehrmals wiederholte Waschungen immer sauber und duftend, sein Geist rein und still durch tiefe Meditationen. Er war in sich abgerundet, und sein Gesicht schön, fast wie das einer Frau. Aus ihm strahlte Gesundheit, innere Vollkommenheit, Wunschlosigkeit, wie eine saftige Mango schimmerte er in ewiger Jugend; er war ein Glücksfall der Natur. Das fühlte er auch, lächelte fast immer und genoss die innere Harmonie, Freiheit und Einheit mit dem Schöpfer. Die Seele befand sich in ihm sozusagen in freiem Flug. In ihm konnte sie sich entfalten. Sie bestimmte, was der Körper fühlte oder wollte, anders als bei den Büffelmenschen, bei denen der Körper alles bedeutet hatte.
Täglich trafen sich die Yogis auf einem großen Platz vor der Hütte des Meisters in der Mitte der Einsiedelei. Immer konnte der Meister seine Schüler noch ein Stück weiter zu Erkenntnis und Seligkeit führen. Streit und Zwietracht gab es unter ihnen nicht.
Doch dieser schöne Yogi, aus dem das Leben der Seele strahlte, dieser Yogi mit seinem fast vollkommen abgerundeten Wesen, hatte eine Schwachstelle. Die Mönche mussten nämlich einmal wöchentlich in das nahegelegene Dorf gehen und um Nahrung betteln. Es gehörte zu den spirituellen Aufgaben, den Demutsübungen. Doch der schöne Mönch tat es nur sehr widerwillig. Er zeigte es nicht, aber die Nähe der Dorfbewohner mit ihren ungewaschenen Körpern stieß ihn zutiefst ab. Es war nicht nur der Mangel an körperlicher Reinheit, sondern auch ihre innere, menschliche Unsauberkeit, ihre Primitivität, die ihn anwiderte. Er musste seine ganze Kraft aufwenden, um ihre Nähe freundlich zu ertragen, wenn sie ihm ihr Almosen gaben. Wieder zurück in

seiner kleinen Hütte wusch er sich selbst und die Almosen sorgfältig mit Wasser aus einem Bottich. Auch innerlich reinigte er sich von allem, was durch die Nähe der Dorfbewohner auf ihn abgefärbt haben könnte. So ging sein Leben lange Zeit, bis schließlich in den »höheren Himmeln«, wenn man es so nennen möchte, beschlossen wurde, ihn zu prüfen. Bestand er die Prüfung, würde er seine irdische Existenz beenden und zu ihnen aufsteigen.

Doch das war nicht sein Schicksal.

Das Opfer des erwählten Mädchens

Sein Bewusstsein erwachte im Körper eines kleinen Mädchens. Als Trägerin seiner lichten Seele, als Erbin der Schönheit, Reinheit und spirituellen Größe des Yogis wurde das weibliche Kleinkind auserwählt, mit dem Hohen Priester, wenn es erwachsen wäre, ein reines, engelsgleiches Kind zu zeugen.

Diese uralte Kultur zielte nämlich darauf ab, möglichst edle, spirituelle Menschen hervorzubringen, denn alles war auf hohe Geistigkeit ausgerichtet, war äußerst zeremoniell und unterlag festen Regeln, die jede Niedrigkeit, jede Grobheit, Dreistigkeit und jeden Egoismus von vorneherein unterbinden sollten.

Eine Traube von Dienerinnen umsorgte die Kleine, die einzig und allein auf den großen Tag hin verwöhnt, erzogen und ausgebildet wurde, an dem sie sich mit dem Hohen Priester vereinen sollte, um dieses göttliche Kind zu empfangen. Mit wachsendem Alter umgab sie die Seele mehr und mehr mit Schönheit und Grazie. Wegen ihrer Reinheit und seelischen Vollkommenheit, ihrem süßen, hinreißenden Wesen entzückte sie alle Menschen.

Als sie das gewünschte Alter erreicht hatte, war sie ein vollkommenes Kunstwerk. Dann kam der Tag, der genau nach dem Lauf der Sterne und anderen alten Wissenschaften errechnet worden war. Gebadet, duftend eingeölt, mit Blumen geschmückt, in den feinsten Gewändern trat sie in das Gemach, in dem sie der Hohe Priester erwartete. Sie fühlte keine Angst. Sein Wesen war

grenzenlose, feinste Energie. Er umarmte sie, und beide flogen in himmlischer Vereinigung ins Formlose, Endlose. Als sie zu sich kamen, spürte sie sanfte Wärme, alles umfassende Liebe. Sie fand ihn wunderschön, demütig, bescheiden, liebevoll ... so liebevoll.
Dann trennte man das Paar, führte das Mädchen fort. Sie hatten ihre gemeinsame Aufgabe, die ihnen die Gesellschaft auferlegt hatte, erfüllt. Er folgte seinen Pflichten, kehrte an seinen Platz in der Gesellschaft zurück, der nicht der ihre war. Sie, die junge Frau, liebte ihn, liebte ihn ganz persönlich. Seine sakrale Funktion jedoch verbot jede emotionale Gemeinsamkeit, egal, was er empfinden mochte, er opferte es, denn er trug das spirituelle Schicksal der Gemeinschaft in sich. Sie trug sein Kind. Das bedeutete Glückseligkeit, aber ER war unerreichbar für sie. Nie würde sie wieder bei ihm sein. Dann kam das Kind. Es hatte diesen besonderen Schimmer. Aber sie würde nie wissen, wie ihr Kind heranwuchs, wie es ihm erging, wie es aussehen würde, denn es wurde ihr weggenommen. Andere Menschen erzogen ihr Kind nach den geltenden spirituellen Regeln. Emotionale Bindungen wurden als zu egoistisch und eng empfunden.
So war sie allein, sinnlos geworden, weggeworfen, nachdem sie ihre Aufgabe erfüllt hatte. Äußerlich lebte sie in Luxus, doch kaum jemand interessierte sich noch für sie. Die Gesetze der spirituell orientierten Gesellschaft bestimmten ihr Leben: Sie sollte demütig, gehorsam sein, glücklich, dass sie einer großen Sache hatte dienen dürfen.
Aber sie war es nicht, opferte ihre Gefühle nicht. In ihr wuchs die Sehnsucht nach den beiden Menschen, denen sie ihr Leben geweiht hatte, und die Wut. Sie raste vor Wut gegen die Regeln einer Gesellschaft, die behauptete, spirituell zu sein, und die menschliche Liebe und Zusammengehörigkeit nicht gelten ließ. Vielleicht machte sie ihrem Leben ein Ende. Es bedeutete nichts.
Sie hatte ihre entscheidende Prüfung nicht bestanden, die Prüfung der Demut und der selbstlosen Liebe, die nie vergeht. Statt-

dessen lebte sie im Schmerz ihres Verlustes. Ihre Nähe zu Gott, ihre Vollkommenheit ging verloren. Die Seele leuchtete nicht mehr.
Ich sah es, trauerte mit ihr, und auch mein Licht verminderte sich mit dem ihren, denn ich wusste, dass das nur der Anfang eines langen, mühseligen Weges sein würde.
Die große Sehnsucht nach der vollkommenen Liebe in ihr, der Wunsch nach einer wahrhaft menschlichen Gesellschaft wollten leben, aber auch die Wut, die Erfahrung der Einsamkeit, die Verlassenheit, all das wollte leben und korrigiert werden. Und so schleuderte sie sich selbst in die Maschinerie der Wiedergeburten. Es war ihre Wahl gewesen: ihre persönliche Liebe für ein überpersönliches Ideal zu opfern oder ihrer Sehnsucht, ihrer Wut und der Sorge um sich selbst zu gehorchen; eine Wahl, der sie als liebendes Mädchen nicht gewachsen war ... denn so war es vorgesehen.

Ich erwache von der Empfindung, dass etwas auf meinen Oberschenkel gefallen ist. Ich fahre erschrocken hoch und sehe eine dicke Zeitschrift, die meinem Sitznachbarn wohl im Schlaf aus den Händen geglitten war. Meine plötzliche Bewegung weckt auch ihn. Er zieht seine Zeitschrift zu sich und entschuldigt sich für sein Missgeschick. Ich nicke verständnisvoll zurück ... und schon schlafe ich wieder ein.

Als ich morgens erwache und die Sonnenblende öffne, sehe ich den Sonnenaufgang über der Wüste von oben. Zunächst nur transparentes Grau. Dann erscheint am Horizont allmählich ein rosa, lila und orangefarbener Schimmer, ein feiner Strich fast nur, der sich zu einer zarten, vielfarbigen schmalen Fläche erweitert, an deren Rand eine erste kleine blutrote runde Sichel auftaucht, die schnell größer und voller wird, alle Farben zum Leuchten und dann wieder zum Schmelzen bringt, um endlich zu dieser goldenen Scheibe, unserer Sonne, zu werden. Jetzt ist alles vom Morgenlicht erleuchtet, die Weite des Himmels hellblau und wolkenlos, der Boden weit unter uns: hellbraun-grau, steinfarben mit großen Maserungen darin.

Das Frühstück wird serviert, und Peter und ich unterhalten uns über den Schlaf in einem solch engen Sitz, über unsere Arbeit, über das Frühstück und reden weiter und weiter. Wir mögen uns. Leicht und munter gleitet unser Gespräch dahin. Ich erzähle von der Krankheit meines Vaters und der Zeit in Madras. Er von den Vulkanen in Indonesien und dem »Ring of Fire«, der Kette aktiver Vulkane im Pazifik. Wir wollen uns gar nicht mehr trennen, und so ist es fast normal und gleichzeitig wunderbar, dass er vorsichtig erwähnt, er hätte noch drei Tage Zeit, bevor er zurück an seine Universität müsste. Er hätte sowieso daran gedacht, einen Zwischenstopp in Europa einzulegen, um sich von den vielen langen Flügen zu erholen. Was ich davon halte, wenn er in Deutschland mit mir ausstiege und die Tage in meiner Stadt verbrächte. Ich denke an meinen Vater, der vielleicht nicht mehr lang zu leben hat … andererseits werde ich ja trotzdem noch etwas Zeit übrighaben. Ich verdränge, welch traurige Aufgabe auf mich zukommt. Vielleicht hat Lucius recht, und ich soll nicht ewig träumen und auf ein Hirngespinst warten … die Zeit ist kostbar. Irgendwie wird beides gehen. Hocherfreut stimme ich zu.

10. Kapitel

Deutschland, Flughafen, auf Koffer warten, Toilette: Mein Gott, sehe ich fertig aus! Hände waschen: Wie kalt das Wasser hier aus dem Wasserhahn kommt! Natürlich, wieder zurück in der kühlen Heimat.

Ich nehme Peter mit in meine Wohnung. Meine Lebenswirklichkeit lässt nicht auf sich warten. Das Telefon läutet, kurz nachdem wir angekommen sind. Meine Mutter:
»Der Papa ist heute Nacht gestorben. Komm heim! Dein Bruder ist schon da.«

Schnell suche ich einen Stadtplan für Peter und stürme davon. Ich werde in ein Zuhause kommen, in dem mein Vater tot liegt. Ich war noch nie mit dem Tod konfrontiert. Wie sich das anfühlt, ihn so liegen zu sehen? Ich fürchte mich ein wenig, weiß aber, dass ich mich beherrschen muss.

Ich umarme meine Mutter, meinen Bruder, die mir die Tür öffnen. Wir steigen die Treppe zu den Schlafzimmern hinauf. »Er ist im Schlaf gestorben«, sagt Mama.

Als ich das Zimmer betrete, liegt er in seinem Bett – auf der Seite –«, als schliefe er. Aber die Stimmung im Zimmer beinhaltet eine andere Dimension. Ich spüre viel deutlicher als sonst, dass es noch eine Realität gibt, die unser Leben durchdringt. So vieles, für irdische Augen Unsichtbares, geschieht im selben Raum gleichzeitig. Vielleicht könnten wir viel leichter geistige Dinge um uns wahrnehmen, wenn wir Menschen nicht so große Angst davor hätten.

Ich setze mich auf seine Seite des Ehebettes und betrachte meinen verstorbenen Vater. Da ist ein dunkelroter Bluterguss auf der Wange, das Herz hat zu schlagen aufgehört, einfach so im Schlaf. Plötzlich habe ich den Eindruck, als schwebe er über uns allen im Raum. Ähnlich wie im Schlaf ... jedenfalls habe ich gehört, dass die Träume, vor allem diejenigen, in denen man das Gefühl hat zu fliegen, dadurch entstehen, dass der subtile Körper in uns aus dem fleischlichen Körper austritt, über ihm schwebt und durch die berühmte Silberschnur – wie die Tibetaner es nennen – mit ihm verbunden ist. Nach tibetanischem Verständnis kann die Seele nur an dieser Schnur wieder in den Körper zurückkehren und aufwachen. Aber, als mein Vater schlief, das spüre ich ganz deutlich, schwebte er über seinem Körper wie immer und dachte, er träume. Doch jetzt, ich »sehe« es gewissermaßen, blickt er auf sein Schlafzimmer unter sich, auf meinen Bruder, der stumm und tiefernst im Zimmer steht, auf meine Mutter, die heftig weint, auf mich, die ihn ungläubig betrachtet. Er erschrickt, was soll das bedeuten? Wir, die Familie sind alle da. Er will aufwachen, zurückkehren in seinen Körper ... aber das geht nicht. Er kann nicht zurück und da, beim Anblick der Tränen meiner Mutter, wird ihm bewusst, dass er tot ist. Welch immenser Schock für ihn! Im Schlaf zu sterben ist wohl doch nicht so schön, wie es sich manche Menschen vorstellen!

Meine Mutter und mein Bruder gehen hinunter in die Küche, um Kaffee zu machen. Ich bleibe noch eine Weile still sitzen und versuche, über meine Gedanken zu ihm zu sprechen. Ihm zu sagen, dass wir ihn lieben, er sein Leben erfüllt hat und jetzt ruhig seinen Weg ins Licht gehen kann. – Das Licht, das ich gestern Nacht in ihm wahrnahm, als ich ihn innerlich vor mir sah – dieses Licht, das ihn ganz durchdrang, war also ein Zeichen, dass er schon von der anderen Welt erfüllt und kaum mehr von dieser Erde war – auch wenn ihm das selbst nicht bewusst wurde.

Ich gehe jetzt zu den anderen hinunter, die inzwischen auf der Terrasse sitzen und über alles sprechen, was nun zu tun ist. Da spüre ich innerlich, wie er mich ruft, mich zu sich ruft, es ist wie ein sanftes Ziehen in meinem Herzen. Er braucht jemanden, an dem er sich orientieren kann, der ihn versteht, der ihm einen Hinweis gibt. Aber ich spüre auch gleichzeitig, dass er sich nicht an einen Lebenden klammern sollte. Dass ich das nicht zulassen darf. Ich sende ihm den Gedanken, dass er seinen Weg ins Licht gehen soll, weiter ins Licht, dass die Leute hier nichts über seinen Weg wissen. Ich bete für ihn ohne Unterlass, dass er ihn finden möge.

Bald kommt der Leichenwagen. Ich gehe nicht mit den schwarzen Männern hoch zu dem Toten. Der fertige Sarg wird heruntergetragen, in den Wagen geschoben. Dabei durchfährt mich noch einmal ein Schauer: in den Sarg, den Leichenwagen zu müssen. Ich weiß einfach, denn ich nehme es wahr, dass soeben Verstorbene mit ihrem Bewusstsein noch ganz auf der Erde, in ihrer normalen Umgebung sind. In den meisten Fällen jedenfalls, in diesem jedenfalls.

Wieder bete ich und sage ihm: »Schau nicht auf all das, was jetzt geschieht, das geht nur deinen Körper an. Du bist frei, geh ins Licht, es ist etwas Schönes, was dich erwartet, hab Mut!«

Dann suche ich meine Mutter, um sie zu trösten, um bei ihr zu sein, auch wenn mir das oft nicht so ganz leichtfällt, denn irgendetwas ist wie eine Schranke zwischen uns. Wenn nicht stimmt, was ich bei meiner ersten Regression mit Arvind in Bezug auf sie erlebt habe, dass sie mich verhungern ließ ... dann jedenfalls ist unsere Beziehung belastet, als wäre es so gewesen.

Sie sitzt im Herrenzimmer und hat ein Glas Cognac vor sich – für den Blutkreislauf, wie sie jedes Mal erklärt, wenn sie sich eine Cognacpause gönnt. Sie ist keine Trinkerin, aber sie liebt es, auf diese Weise mit neuer Energie in Fahrt zu kommen und mit rotem Hals wie in einem euphorischen Adrenalinrausch laut über etwas zu schwärmen, ihre Meinungen ungehemmt zu verkünden und über alles besser Bescheid zu wissen, ja, auch andere Menschen und deren Erfahrungen zu disqualifizieren. Sie redet über Situationen und Gefühle hinweg, als wollte sie sie damit unschädlich, inexistent machen.

Niemals hat sie mir eine Schwäche gezeigt – abgesehen von ihren Nervenzusammenbrüchen –«, niemals ehrlich über sich mit mir gesprochen. Es tut ihr aber doch gut, wenn ich da bin, wenn auch als Objekt ihrer sehr häufigen Unzufriedenheit.

Erzählt sie aber doch etwas Gefühlsmäßiges von sich, dann vor allem ein Kriegserlebnis. Ein Soldat hatte sie, als sie mit ihrem Baby auf dem Fahrrad über Land unterwegs war, angehalten und nach ihren Papieren gefragt. Sie empfand das als große Bedrohung, der sie mit ihrem Kind hilflos ausgeliefert war. Sie weint immer noch jedes Mal, wenn sie davon erzählt. Die Nerven dieser Generation sind wohl für immer vom Krieg gezeichnet.

In jungen Jahren hatte sie Schauspielerin werden wollen, aber wegen des Krieges war es unmöglich gewesen. Sie hatte stattdessen jung geheiratet. Man musste ja froh sein, wenn man als Frau nach dem Krieg noch jemanden abbekam, und mein Vater war noch dazu ein sehr fescher Kerl – für jene Zeit ein wenig zu südländisch vielleicht.

Schön war für mich, wenn sie uns gelegentlich Zeilen aus den Gedichten ihrer Lieblingsdichter vortrug, von Büchern erzählte, über den tieferen Sinn anderer Religionen schwärmte und, während sie nähte, mit dem Tonbandgerät Fremdsprachen lernte. Sie konnte auch sehr gut zeichnen, liebte Tiere und machte schöne Blumensträuße, kochte gut. Aber mit den Jahren verloren sich ihre Höhenflüge mehr und mehr, und die übererregten Cognacpausen nahmen zu. Es war, als wäre ihr ursprünglicher Enthusiasmus weggeschmolzen, als hätte sie sich auf einen Kern, einen ungelösten, sie belastenden Kern in sich reduziert, den sie aber nicht verstehen und erkennen konnte.

Heute ist sie etwas stiller. Sie ist erschöpft, überschaut das Leben nicht, das jetzt auf sie zukommt. Von meinem Vater berichtet sie nur, dass er noch gestern Nachmittag einen Spaziergang zu einem Fluss mit Wasserfall gemacht und darüber gesagt hätte: »Die Natur ist etwas Gewaltiges!«

Mein Bruder setzt sich zu uns. Er sieht aus wie ein attraktiver südländischer Casanova. Er will nicht hören, dass man ihn für einen Italiener oder Spanier halten könnte. Von dort kommen die meisten Gastarbeiter, mit ihnen möchte er nicht verwechselt werden. Franzose, wenn schon. Als Kinder hatten wir sehr viel Spaß zusammen, da er sehr einfallsreich ist. Später wurde unsere Beziehung distanzierter, blieb aber doch von Sympathie getragen. Auch er hatte ein schwieriges Verhältnis zu den Eltern. Aber jetzt ist er Mutters Stütze.

Am Nachmittag kehre ich zu mir nachhause zurück. Peters Koffer sind da. Er selbst ist in die Stadt gegangen, mit dem Stadtführer, wie ich sehen kann. Was für eine Zeit: Tod und die große Aufregung einer neuen Liebe zugleich.

Ich packe aus, wasche, mache alles wieder für mein Leben hier bereit. Dabei bin ich innerlich immer bei meinem Vater.

Spätnachmittags kommt Peter. Wir essen, umarmen uns, lieben uns. Es ist ein Gefühl von zuhause sein, Vertrautheit und Vertrauen, voller Rücksicht und Ehrfurcht, voller Freude und Liebe, so empfinde ich es. Vielleicht habe ich mich damals mit vierzehn Jahren bei meiner Vision doch getäuscht. Eine neue Zeit ist angebrochen! Wenn Lucius das wüsste, wie leicht ich all meine Vorsätze über Bord geworfen habe, nur weil ich an diese Person glaube – glauben will!?

Nachts träume ich, dass mein Vater im Wohnzimmer seines Hauses im Sessel sitzt und sein Fotoalbum durchblättert. Alle Bilder seines Lebens betrachtet, ruhig und nachdenklich. So habe ich ihn oft sitzen sehen, so einsam und nachdenklich.

Und immer hatte es mir ein unheimliches Gefühl vermittelt, denn ich fürchtete, er bereitete sich innerlich auf seinen Tod vor. Immer kam ich dann und schlang ihm von hinten die Arme um den Hals und sah mit ihm Fotos an, um ihm seine dummen Gedanken zu vertreiben.

Heute Nacht im Traum trat ich wieder zu ihm, legte ihm die Arme um den Hals, aber dann sah ich die roten Blutergüsse auf seinen Wangen, und ich erinnerte mich daran, dass er tot war, und zog mich sofort erschrocken zurück. Tote und Lebende vermischen sich nicht! Das wäre krankhaft, morbide. Ich erwache ziemlich mitgenommen.

Beim Frühstück erzähle ich Peter davon.

»Mein Vater geht sein Leben durch, bevor er sich ganz zurückzieht. Das zeigt mein Traum, das ist ganz klar. Ich habe das Gefühl, dass wir eigentlich ganz leicht in andere Dimensionen des Seins eintauchen könnten. Im Schlaf zum Beispiel. Man träumt oft von Dingen, die in der nahen Zukunft passieren werden, oder – wie ich jetzt – von Menschen, die schon auf der anderen Seite sind. Im Schlaf fühlen wir unseren Körper nicht, und deshalb können wir Dinge auf der körperlosen Ebene erfahren.«

»Du glaubst, dass es eine körperlose Welt gibt?«

Es kränkt mich, dass er das überhaupt infrage stellt.

»Das ist doch offensichtlich: Wo bist du im Tiefschlaf, wo im Traumzustand?«

»Nach wie vor in meinem Körper. Im Traum verarbeitet man Erlebnisse durch chemische Prozesse, das ist Abfallverarbeitung im Grunde, und das gibt ganz komische Kombinationen im Gehirn, die zu seltsamen Bildern und Gefühlen werden«, erklärt er mir das Ganze populärwissenschaftlich.

»Das mag ja oft stimmen, aber nicht immer. Nicht immer bestimmen Stoffwechselprozesse deine Wahrnehmung.«

Er nickt mir nett zu und lächelt:
»Darüber weiß ich noch nichts, aber es klingt interessant.«
Peter wird sein Weltbild schon noch erweitern! Ich gebe ihm einen Kuss.

Meine Mutter ruft an, um mir zu sagen, dass ich heute nicht kommen muss. Sie und mein Bruder werden sich um die Organisation der letzten Dinge, Trauerfeier, Beerdigung kümmern. Ich werde nicht aufgefordert mitzuhelfen. Ich bin sowieso ein Sonderling in meiner Familie. Wenn mich jemand ein wenig verstanden hatte, war es mein Vater, aber er lebte weiß Gott nicht danach. Seine Aufgabe im Leben war es offensichtlich, etwas Materielles auf die Beine zu stellen. Oft habe ich ihn im Alter durch sein Haus spazieren sehen, wie er all die schönen Figürchen, Vasen, Bilder, Möbel, Teppiche betrachtete und dann sagte, wie gut es sei, im Leben so viel Schönes geschaffen zu haben. Das war sein Erfolg.

»Ja, mich tröstet Schönheit auch«, erkläre ich Peter später, während wir in der sommerlichen Sonne im Park zwischen gepflegten Wegen und säuberlich gejäteten Blumenbeeten sitzen.

»Aber ich weiß, dass es mehr und Großartigeres gibt, als was man sehen, berühren, hören kann. Ich bin mir sicher, weil ich dieses andere, diese Seele, wenn du willst, spüre wie ein tiefes, schönes Gefühl im Herzen, das nach Nahrung verlangt und mich glücklich sehen will.«

Peter schweigt dazu, scheint aber mitzuschwingen.

»Mein Vater ist beim Holzfällen tödlich verunglückt«, erzählt er nach einer Weile und schaut zu Boden.

»Dann ist alles recht praktisch abgelaufen. Kirche, Friedhof, und keiner von uns hat dabei wirklich nachgedacht ... auch jetzt kann ich mir das mit der Seele nicht wirklich vorstellen, aber ich finde es sehr schön, wenn du davon erzählst!«

Auf dem Kiesweg unter unseren Füßen rutscht er mit seinen weißen Turnschuhen ein wenig auf und ab und stupst schließlich vorsichtig meine Füße in den leichten Sommersandalen an.

»Ich würde gern mehr von dir über die Seele erfahren, weil ich durchaus glaube, dass wir Menschen viel zu wenig von der Welt und dem Leben wissen!« Er nimmt meine Hand.

»Siehst du, ich weiß auch als Vulkanologe, dass es Kräfte und Energien in der Natur gibt, von denen sich die Menschen normalerweise kein Bild machen … und selbst wir Wissenschaftler wissen in Wirklichkeit zu wenig, obwohl wir überzeugt sind, wie viel wir doch wissen.«

Er gibt mir einen Kuss und hält meine Hand fest gedrückt.

»Auch von der Bedrohung«, fährt er fort, »ahnen die Menschen nichts, oder sie wollen sie nicht sehen. Ein kleines Niesen der Natur und unser Leben ist ausgelöscht, unser Leben – nur ein Wimpernschlag vor den ewigen Zyklen der Natur! Wie oft sind in Indonesien Vulkane ausgebrochen, welche die gesamte Bevölkerung vernichtet und einen jahrelangen atmosphärischen Winter herbeigeführt haben. Auch in Europa gibt es Vulkane, die nach unseren Messungen immer aktiver werden, während die Bevölkerung nicht viel davon mitbekommt. Im Golf von Neapel, um nur einen Ort zu nennen, ist nicht der bekannte Vesuv die große Gefahr, sondern das gesamte Gebiet brodelt unterirdisch, besonders etwas nördlich von Neapel. Unter Wasser liegt ein Vulkan, der so riesig ist und so gewaltige Kraft besitzt, dass ganz Europa durch einen Ausbruch völlig verändert werden würde. Ganz zu schweigen von dem größten Krater im Yosemite Park in USA, er würde die ganze Erde verdunkeln!«

Ich möchte jetzt nichts mehr davon hören. Wir umarmen uns in einem gemeinsamen Gefühl der absoluten Machtlosigkeit angesichts der Kräfte der Natur und damit des menschlichen Schicksals.

Es sind drei wundervolle Tage mit Peter. Noch nie habe ich mich mit jemandem so nah und harmonisch gefühlt. Alle

meine Bedenken sind verflogen. So aufrichtig ist unser Kontakt, so spontan, obwohl wir uns doch gar nicht kennen. In unserer letzten Nacht liegen wir aneinandergeschmiegt im Bett, erzählen uns Erlebnisse aus unserer Kindheit, halten uns an den Händen, schweigen. Da plötzlich reißt er mich unvermittelt an sich, packt mich, umfasst mich fast grob ...
ein Zittern läuft durch meinen Körper. Er zieht sich sofort zurück:
»Liebe, was hast du? ... ist es, weil ich morgen wegmuss?«, flüstert er.
Ich spüre, wie mein Körper bleischwer auf der Matratze liegt. Mir wird schwindelig ...
»Es ist doch alles gut. Wir bleiben in Verbindung ... ich melde mich gleich, wenn ich zuhause bin!« Peter spricht eindringlich, versucht mich durch die bleichen Schleier zu erreichen, die mein Bewusstsein mehr und mehr umhüllen. Tiefer und tiefer sinke ich in diesen sich verdichtenden Nebel, in dem ich jetzt undeutlich ein Stück Kimono wahrnehme und das weißgeschminkte maskenhafte Gesicht erkenne, das Gesicht einer Geisha. Der Schwindel überwältigt mich, verschluckt alle Bilder, und ich nehme nur noch Übelkeit wahr, das Gefühl, als müsste ich mich gleich übergeben ...
»Ich verspreche dir, wir sehen uns bald wieder!«, flüstert Peter ins Nichts.
Jetzt, jetzt kann ich mich nicht mehr beherrschen, wenn ich nicht Peter und das ganze Bett mit meinem Mageninhalt übergießen will, muss ich schnellstens ... ich stürze aus dem Bett ins nahe Bad und erreiche das Waschbecken noch gerade rechtzeitig. Es geht mir furchtbar elend. Wieder und wieder muss ich mich übergeben. Dann blicke ich langsam auf, öffne den Wasserhahn, spüle alles in den Abfluss, wasche mir den Mund und schaue in den Spiegel. Auf meinem totenblassen Gesicht schimmern für einen Moment die Züge von ... Lucius – ver-

woben mit den meinen. Schnellstens wende ich mich wieder dem Wasserhahn zu und wasche mir das Gesicht. Ich kann nicht, egal was, bin zu erschöpft, um mich zu wundern oder über etwas nachzudenken, das alles kommt mir nicht einmal merkwürdig vor. Ein müder Blick in den Spiegel: Mein Gesicht ist wieder da wie immer. Also alles gut. Ich wanke zurück zu Peter ins warme Bett, kuschle mich an ihn, entschuldige mich ansatzweise ...

»Komm, wir schlafen ein bisschen«, flüstert er mir zärtlich zu und drückt sanft meine Hand. Aber ich kann nicht schlafen. Ich spüre Peter nah bei mir und gleichzeitig unerreichbar: wie er dort liegt, mit geschlossenen Augen, in sich ruhend, schlafend, in seiner eigenen Welt. Ich denke an Lucius. Wir sind so verbunden, obwohl wir fast in nichts übereinstimmen; ich denke an diese Geisha, die mir auch nach dem Konflikt mit Lucius in Indien erschienen ist und mir beide Male solch ein sonderbares Gefühl von Einsamkeit und Hoffnungslosigkeit vermittelt hat ... Peter! Ein so schönes männliches Gesicht, von dem ich in Wirklichkeit nichts weiß und das ich doch so gerne habe.

Unser letztes Frühstück an meinem kleinen Esstischchen. Frische Semmeln, Marmelade, Käse. Er hält meine Hand die ganze Zeit; ich esse kaum. Dann muss er los. Wir umarmen uns. Adieu! Er steigt ins Taxi. »Ich melde mich, sobald ich zuhause bin!«, ruft er mir noch zu.

Ein anderer Tod als der meines Vaters. Ich kehre in mein Apartment zurück, Tränen und doch die Hoffnung, dass wir in Kontakt bleiben und uns bald wiedersehen. Das hat er gesagt. Das sind die letzten Bilder in meinem Kopf.

Am nächsten Tag ist Beerdigung – auf dem Land, in einem kleinen, lauschigen Friedhof auf der höchsten Erhebung des Dorfes. Dort in der Nähe besitzt meine Familie Land, dort wurden bereits meine Großeltern beerdigt.

Statt Trauer erfüllt mich ein unglaublich intensives Gefühl der Freude, je mehr ich mich dem Dorf, dem Friedhof, nähere. Eine außergewöhnliche atmosphärische Spannung. Mein Vater ist da, spürbar, und er ist nicht mehr verloren. Sein Wesen breitet sich über uns aus, umarmt uns und verströmt seine Liebe. Blumen über Blumen, weiß und rosé, wie bei einer Hochzeit, alles licht, sonnig, leicht und froh. Jeder ist erfüllt von einer ganz besonderen, ganz feinen, elektrisierenden Energie.

»Was lässt ein Verstorbener zurück, das wichtiger ist als alle materiellen Güter?«, fragt der Priester in seiner Trauerrede am Grab. »Er lässt seine Liebe zurück!«

Diese Worte treffen direkt in mein Herz. Natürlich, mein Vater ist eingegangen in ein höheres Energiefeld der Liebe. Die Liebe, die er hier erlebt hatte, und seinen Segen hinterlässt er uns, bevor er in den feineren Welten seiner Wege zieht. Ich fühle mich über meinen Kummer um Peter hinausgetragen, für jetzt wenigstens. Es gibt doch noch mehr als die aufreibenden persönlichen Geschichten, die zwischen uns Menschen ablaufen!

Dann folgt ein inoffizielles Beisammensein im Landhaus meiner Eltern: die Familie, nur wenige Gäste, Schock, Trauer, dazu die übliche Unterhaltung. Alles nicht wirklich tief. Bald vorbei. Meine Mutter bestürzt, hilfsbedürftig und eng meinem Bruder zugewandt.

Abends kehre ich in meine leere Wohnung zurück.

Ach, die Geschichten, die zwischen uns Menschen ablaufen, die sind es doch, die weh tun oder glücklich machen! Nicht irgendeine andere Welt!

11. Kapitel

Vielleicht gibt es schon ein Telegramm, oder vielleicht kommt ein Anruf von Peter, dass er gut angekommen ist. Nichts dergleichen. Nun, er muss ja auch gerade erst gelandet sein – ich reiße mich zusammen. Mir selbst Vernunft vortäuschend, blättere ich in einer Zeitung. Ich muss mich schließlich informieren als Journalistin, Fernsehjournalistin genauer gesagt.

Also: Woche drei im Juni 1975. Es wird berichtet über: Schneefall im sommerlichen Deutschland, gleichzeitig Hungersnot wegen extremer Dürre in Afrika, tausende Hungertote. Suezkanal wieder geöffnet. In Mexiko nächsten Monat UN–Frauenkonferenz. Wo Peter wohl ist? Wie die Untertitel in einem fremdsprachigen Film, so begleitet mich seine innere Gegenwart immerzu.

Gott sei Dank hat es geschneit, während ich weg war, dann konnten sie mir diesen Bericht gar nicht anbieten. Aber aus Ägypten oder Mexiko hätte ich sehr gern berichtet. Ob Peter jetzt gerade an mich denkt?

Morgen werde ich wieder in meiner Fernsehredaktion auftauchen und sehen, welche Aufträge da für mich liegen. – Ich muss mein Leben ja wieder in Schwung kriegen. Während meine Gedanken im Vordergrund pflichtgemäß ablaufen, warte ich auf ein Lebenszeichen von ihm, schaue zum Telefon.

Ich spaziere wieder mit ihm durch meine Wohnung, durch das völlig weiße Schlafzimmer, das aussieht, als schwebe es in der Luft, das Wohnzimmer, das an ein tropisches Haus erinnert – Indochina beispielsweise – mit vielen Bambusrollos und Sitzkissen. Viele Bücher, ein Fernseher am Boden. Hier habe ich drei außergewöhnliche Tage mit Peter erlebt, Tage, die mir wieder Vertrauen in mein Lebensglück vermittelt haben …

oder? Ich gehe zum Telefon, horche in den Hörer, ob auch alles funktioniert. Das Freizeichen. Ich hänge auf ...
 Ich lenke mich ab, indem ich mich um meine Arbeit kümmere. Dazu mache ich mich schön. Andere Frauen tun das absichtlich nicht und kommen mit selbstgestrickten Socken, ohne BH und mit Holzschuhen daher. Aber ich glaube nicht, dass dieser Protest irgendetwas ändert oder die Situation der Frau verbessert. Heutzutage ist man als moderne Frau im Berufsleben emanzipiert, aber nicht unabhängig. Doch wer ist das schon? Die Männer etwa? Als Frau in einem von Männern diktierten Berufsleben ist es meine Erfahrung, dass gutes Aussehen und Charme einem viel Sympathien und Unterstützung bei den ausschlaggebenden Männern einbringen. Man muss interessant und besonders sein und doch eine bestimmte Form der Zurückhaltung wahren. Katharina ist bei diesem Thema ganz streng. Sie findet, dass man sich durch weibliche Machtspiele und Sex den männlichen Respekt verscherzt und die Bewunderung vermindert, die den Männern sonst das noble Gefühl gibt, dass sie einen unterstützen wollen.
 Wir Frauen sind frei und doch abhängig. Entweder wir werden emotional bevorzugt, oder wir haben neben Männern kaum eine Chance, denn mal ehrlich, begabt sind wir hier alle, Mann oder Frau.

Meine Redaktion liegt in einem der hinteren Gebäude auf dem Gelände. Viele miteinander verbundene Räume, Durchgangsräume eigentlich, künstlicher Teppichboden, der einem die Haare fliegen lässt und die Schuhe elektrisiert, überall telefoniert jemand, sitzen, schreiben, laufen Mitarbeiter hin und her, die man grüßt oder arbeiten lässt, Sekretärinnen, die schnell und fehlerfrei auf den Schreibmaschinen tippen.
 Dort am Fenster sitzt Katharina, eine Kollegin von mir. Wie immer in einem weiten, bunt bestickten Folklorehemd und

hüftengen hellblauen Jeans mit Schlag. Sie spricht konzentriert ins Telefon, ihre langen, zurzeit roten Haare mit einer Stricknadel hochgesteckt. – Von der restlichen Redaktion halb abgewendet spricht sie zum Fenster hinaus. Typisch! Sie verbreitet immer solch eine Atmosphäre von Heimlichtuerei und konzentrierter Willenskraft, als ob sie an etwas ganz Besonderem, sehr Wichtigem und äußerst Kompliziertem arbeitet, von dem die anderen aber noch nichts wissen dürfen. Worum es wohl jetzt gerade geht? Jedes Mal macht mich das wieder neugierig! Sie muss es gespürt haben, denn sie wendet den Kopf und sieht mich mit ihren goldbraunen Augen an. Ich nicke ihr im Vorbeigehen meine Begrüßung zu. Aber sie winkt mich trotz Hörer am Ohr heran, als wollte sie sagen: Komm, ich bin gleich fertig! – Na gut, also spaziere ich zwischen den Tischen zu ihr hinüber, während sie schnell das Gespräch beendet.

»Ciao!«, begrüßt sie mich lässig und kommt sofort zum Punkt. »Du bist früher zurückgekommen als erwartet! Was ist los?« Tatsächlich ist die Neugierde zwischen uns beiden ziemlich gleich verteilt. Immer ist da das latente Gefühl, der andere käme vielleicht beruflich besser voran.

»Mein Vater ist unerwartet gestorben.«

»Oh! Ganz plötzlich!« Nach ein paar pietistischen Schweigesekunden fährt sie direkt fort:

»Hast du jetzt ein Gespräch mit dem Chef? Er hat, glaube ich, aber nicht viel Zeit im Moment!« Sie lächelt mit einem hilflosen Gesichtsausdruck und zuckt mit den Schultern. Dann lutscht sie an ihrer vollen Unterlippe und fragt:

»Wie war's in Indien? ... ich will da nämlich auch hin, zu Bhagwan, du weißt schon ... warst du da?«

»Nein!«

»Was, echt nicht! In Indien und nicht bei Bhagwan!? Das dort muss nämlich tatsächlich was bringen, echte Selbsterfahrung!

Nicht so ein sinnloses, theoretisches spirituelles Gelabere wie sonst wo ...«

Das ist Katharina: sofort die Fronten geklärt: Da bin ich, und da bist du, du Trottel! So ist sie: Ehrgeizig, ungeduldig, konkret, ein Kämpfer und Macher.

»Ich weiß jetzt, dass es frühere Leben gibt, und zwar aus Selbsterfahrung, Reinkarnationstherapie«, werfe ich ihr entgegen.

»Damit kannst du deine Konditionierungen aus früheren Leben auflösen«, füge ich noch bedeutungsvoll hinzu, um ihr ein wenig zum Nachdenken zu geben.

Sie zieht die Brauen zusammen und sieht mich forschend an.

Das wiederum amüsiert mich an ihr: Sie hat nie genug, und daher kann man sie kurzfristig ganz leicht durcheinanderbringen, wenn man sie glauben lässt, dass es vielleicht doch noch etwas Besseres gibt als das, was sie gefunden hat.

»Aber jetzt gehe ich trotzdem mal zum Chef!«, schließe ich ab.

»Na dann, viel Glück!«, murmelt sie und greift wieder nach dem Hörer.

Im Vorzimmer sitzt meine Lieblingssekretärin, die Chefsekretärin Bettina. Sie ist lustig, schon Ende zwanzig, recht hübsch, dunkelhaarig und hat keinen Mann, was ihr großes Problem ist. Ich merke schon, dass sie den unverheirateten Redaktionsleiter nicht verschmähen würde. Er merkt das wohl auch, zeigt sich oft großzügig und charmant, hält aber seinen Abstand. Gelegentlich spielt er auch auf seine ironische Art mit ihren heimlichen Gefühlen, denn er ist ein wenig grausam. So rief er neulich vor allen Mitarbeitern in ironischer Dramatik durch die Räume:

»... ich kaufe Ihnen einen Pelzmantel, ich kaufe Ihnen einen Pelzmantel ...!«

Es war klar, er spielte das bekannte Stück: »Chef will Sekretärin verführen«, aber machte er sich wirklich nur so krass lustig über sie? Es war nie ganz auszumachen, da er auch viel Mitgefühl mit ihr zeigt, wenn sie Probleme hat. Darum überlegt sie, ob es ihm einfach nur an Mut fehlt, ihr »näherzutreten«(was ich nicht glaube). Jedenfalls legt sie sich oft, wenn er gerade weg ist, heimlich Karten auf dem Bürotisch. Als er einmal unerwartet auftauchte, warf er einen forschenden Blick auf die Karten, lächelte auf seine unergründliche Art und verschwand in seinem Zimmer. Nie hat er sie deshalb angesprochen. Er liebt das Undurchschaubare, Skurrile und vor allem seine eigene Unberechenbarkeit.

»Schön, dass du wieder zurück bist, Diana! Der Chef hat aber gerade Besuch. Du musst warten, aber ich sag ihm mal, dass du da bist!« Die Sekretärin ruft kurz zu ihm durch.

»Heute hat er keine Zeit mehr, aber morgen um drei Uhr!«, richtet mir Bettina aus.

»Na, dann geh ich mal«, überlege ich.

Aber Bettina ist neugierig: »Wie war Indien, und hast du jemanden kennengelernt?«

»Ach, Indien ... in Indien nicht!«

»Also hast du! Ist er von hier?«

»Nein, er lebt in Amerika, aber jetzt muss ich los!«

Ich will nicht darüber reden, vor allem nicht hier.

Auf dem Gang begegnet mir Elias, der unbedingt seit Monaten einen Bericht über die heruntergespielte Verschmutzung der Flüsse in Deutschland machen möchte, aber keinen Redakteur für eine kritische Recherche über dieses Thema finden kann.

»Was machst du gerade?«, frage ich ihn. Er ist ein netter Kerl, erfolglos begabt, politisch engagiert, inzwischen leicht melancholisch. Vielleicht hat er ja endlich Glück mit seinem Projekt, denke ich.

»Nachtaktive Tiere in unseren Stadtgärten.«

»Nein!?«

»Doch, gehen wir in die Kantine mittagessen?«

»Der Dreh war ein Fiasko!«, erzählt er mir bei einer Schlachtplatte mit Sauerkraut, die er sehr zügig verschlingt. Ich höre ihm bei Kaiserschmarren mit Apfelkompott schweigend zu.

»Obwohl wir doch als Fernsehsender illustre Gäste und eine hoch ausgebildete Belegschaft haben, bekommt man ein ziemlich mieses Kantinenessen, findest du nicht?«, murrt Elias schlecht gelaunt, verabschiedet sich geistesabwesend, nimmt seine Mappe und geht zum Ausgang.

Armer Elias, ein typischer Loser im TV-Business! Kann allerdings jeden treffen. Von der Theke kommt die freundliche Bettina mit einem vollen Tablett und setzt sich zu mir.

Während sie mir von ihrer letzten Liebesaffäre erzählt, schaue ich ein wenig aus dem Fenster und sehe – ich traue meinen Augen nicht – Folgendes: Da spaziert Katharina doch neben dem Chef zu seinem Auto. Er hält ihr die Tür auf. Sie lachen beide, als sie es sich auf dem Beifahrersitz bequem macht. Dann fahren sie fort. Bettina erzählt munter weiter, hat nichts gesehen. Gott sei Dank!

»Durch Machtspiele und Sex verdirbt man sich also seine Karriere!« Katharina, du falsches Stück! Sie packt jede Gelegenheit beim Schopf, wüte ich innerlich. – Nein, falsch: »Sie schafft sich Gelegenheiten!«, fährt es mir durch den Kopf.

»Hörst du überhaupt zu oder träumst du?«, fragt mich Bettina, die junge, in den Chef verliebte Sekretärin.

»Oh, ja, ich habe darüber ein bisschen nachdenken müssen, also über das, was du gesagt hast.«

»Und was denkst du darüber?«

»Ja, ich denke, du hast es richtig gemacht!«

»Echt?«

»Ja, man kann ja nicht immer nur zuschauen, man muss auch handeln, Erfahrungen machen«, zitiere ich Katharina.

»Selbst wenn es weh tut?«
Plötzlich spüre ich wieder Peter in mir.
»Vielleicht schon.« Ich breche schnell auf.

Zuhause liegt keine Post aus Amerika, kein Anruf kommt. Ich stehe am Fenster und schaue auf die Straße, so als könnte er dort plötzlich auftauchen oder wenigstens der Briefträger ... Er hätte sich unter normalen Bedingungen schon längst melden müssen ... Und wenn sein Flugzeug abgestürzt wäre, hätte ich davon gehört! Vielleicht ist er ja krank? Ich wandere ins Schlafzimmer hinüber ... aber dann hätte er doch trotzdem anrufen können ... außer natürlich, er läge im Krankenhaus ... Ich denke, ich spekuliere, stelle mir alles Mögliche vor, um nicht zu spüren, wie verzweifelt ich tief im Herzen bin, weil ich mich verlassen, ungeliebt, getäuscht fühle, nachdem ich mich so geöffnet habe ... Ich ertrage diese negativen Gefühle nicht, lege mich auf mein Bett, unser Bett, versuche, wieder unsere Nähe zu spüren, unsere Zärtlichkeit, mein Vertrauen von damals ... Er hat vielleicht ganz viel zu tun und wartet auf einen ruhigen Moment, um mich anzurufen, mir zu schreiben, manchmal bleibt ja auch die Post liegen ... Was bin ich für ein Idiot! Ich versuche mich ständig von der Erkenntnis abzulenken, dass er mir nur etwas vorgemacht hat, dass ich Illusionen nachhänge ... oder hat es ihn abgestoßen, dass ich in unserer letzten Nacht ins Waschbecken gereihert habe, anstatt mit ihm zu schlafen ... oder habe ich mich übergeben müssen, weil ich unbewusst gespürt habe, dass er nicht ehrlich ist, dass keine Wahrheit in unserer Beziehung ist ... war? Oder: Ich will nicht sehen, dass das nur mein Theaterstück war, dass ich mir selbst diese wahre, tiefe Liebe vorgespielt habe! Dass ich unehrlich mir selbst gegenüber war, aus lauter Wunschdenken, und dass er nichts dafürkann. Ich stehe auf und gehe ins Bad.

Warmes Wasser sprudelt in die Badewanne, ein entspannender Anblick und warm baden tröstet, ist, wie im Bauch der Mutter sein, weich, behütet, getragen. Dann hole ich mir noch mein Telefon ins Bad – es hat eine sehr lange Leitung, sodass man es überallhin mitnehmen kann –«, sinke in die Wanne und will gerade Sofie, meine liebe, immer tröstende Freundin, anrufen, da klingelt das Telefon! Emotionale Hundertachtziggradwendung! Ich bin glücklich, so erleichtert. Endlich!!! Es war doch Liebe. Peter!

»Diana! Wie geht es Dir?«

Es ist Lucius.

Ich kann mich nur langsam auf ein Gespräch mit Lucius einstellen. Ich erzähle ihm von Vaters Tod, von meinem Bruder, meiner Mutter und so weiter. Dann fragt er doch tatsächlich nach Katharina: wie es unserer lieben Katharina geht. Ich bin erschüttert. Niemand scheint mich zu meinen. Selbst Lucius denkt in Wirklichkeit an sie, während er mich anruft? Schnell lasse ich ihn wissen, dass sie mit dem Chef unterwegs ist …

Lucius lacht auf.

»Komm Diana, du willst ihn doch gar nicht! Du schaffst es auch so!«

»Im Moment schaffe ich aber gar nichts!«

Nach ein paar beschwichtigenden, beruhigenden Worten kriegt er mich dann doch dazu, ihm zu sagen, was mit mir los ist.

Nachdem ich ihm die Geschichte mit Peter erzählt habe, schweigt er eine Weile.

»Du hast dich also verliebt!«, konstatiert er.

Stille.

Er sagt es jetzt nicht! Nein, bitte, bitte sag es nicht! flehe ich innerlich. Sag nicht, dass ich von Wahrheit in der Liebe keine Ahnung habe, dass ich mich genau auf das eingelassen habe, was ich bei ihm so ablehne, auf einen oberflächlichen Verführer …

Nach einer Pause schlägt Lucius aber einfach nur vor:
»Warum benützt du denn nicht deine außergewöhnlichen Fähigkeiten, um herauszufinden, was mit ihm los ist, was er gerade macht?«
»Du meinst, ich soll hellsehen, was er macht!? Daran habe ich gar nicht gedacht, aber es funktioniert ja sowieso nicht hundertprozentig.«
»Probier's mal, oder warum rufst du ihn nicht einfach an?«, fragt er trocken.
»Ich habe seine Telefonnummer nicht«, fällt mir plötzlich auf. »Ich hatte ja fest damit gerechnet, dass er zuerst anruft.«
»Aber du weißt doch, dass er an der Uni Berkeley in der Abteilung für Vulkanologie arbeitet. Die Nummer kriegst du doch raus!«
»Ich ihn anrufen, wenn er sich nicht meldet!?«
»Wenn du wissen willst, was los ist!« Lucius ist pragmatisch.
»O.k., ich denke darüber nach. Aber wie geht es dir, in der Arbeit, in der Liebe. Etwas Neues?«
»Ich korrigiere gerade einige Arbeiten der Studenten zum Thema meiner letzten Vorlesung: ›Spiritualität traditionell und modern.‹«

Das reißt mich etwas aus meiner Depression.

»Klingt super, der Mief der Jahrhunderte verglichen mit moderner Bewusstseinserweiterung! – Ist natürlich hoch aktuell, wo so viele junge Leute jetzt in der Welt herumreisen, um erleuchtet zu werden. Unsere Generation: ›The Age of Aquarius‹!«

Er lacht: »Aber so miefig und überholt sind die Alten nun auch wieder nicht!«

»Bin gespannt zu hören! – Wie steht es denn in der Liebe bei dir? Gibt es etwas Neues?«, frage ich besser gelaunt.

»Vielleicht«, lächelt er bedeutungsvoll durchs Telefon.

»Aha«, sage ich nur. Irgendwie frustriert mich das, obwohl es Lucius ist. Aber ich bewältige nicht noch mehr Gefühle in mir, nicht mehr Verwirrung im Moment. Also sage ich ihm, dass es mich so gefreut hat, von ihm zu hören, aber ich jetzt müde bin und schlafen muss.

Nachdem wir uns verabschiedet haben, schließe ich die Augen in der warmen Wanne und bemühe meine Hellsichtigkeit. Ich denke an Peter, versuche mir vorzustellen, wo er gerade ist, seine Beziehung zu mir. Aber ich kann nichts sehen, nicht mal seine Umrisse, nur Dunkelheit. Ich versuche, mich auf die Gefühle einzuzoomen, die er auf mich ausstrahlt. Da ist nichts, ich sehe nichts. – Ich geb's auf, ich kann's nicht mehr! Aber ich will es jetzt wissen! Also steige ich aus dem Bad, und in den Bademantel gewickelt rufe ich die internationale Auskunft an: Universität Berkeley, California.

Sofort werde ich mit der richtigen Abteilung verbunden: Vulkanologie. Mein Herz klopft so stark, dass meine Brust bebt. Da ist eine Sekretärin am Apparat: »Peter Jonasson? One moment please!« Sie verbindet mich. Das heißt, er ist da, sitzt womöglich an seinem Schreibtisch neben dem Telefon und hat mich nicht angerufen! Ich merke Panik in mir, die Peinlichkeit, dass ich ihm hinterherlaufe, wenn ich ihm nichts bedeute! Gerade will ich auflegen, da meldet sich die Frauenstimme wieder: »Sorry, he is not there, shall I take a message?«

»Oh, no thank you, it's all right!«

Thank you!

Danke, das war's jetzt! Ich bin so wütend – letztlich auf mich selbst, dass ich plötzlich den Entschluss und die Kraft in mir spüre, mit der ganzen Sache Schluss zu machen. Basta, das war's! Einfach nicht mehr daran denken! Kurz darauf werfe ich mich in mein Bett und schluchze, weine, jammere, wüte und weine: Warum nur habe ich mich überhaupt so blitzschnell auf ihn eingelassen?!!! War ich wirklich so verliebt, hatte ich wirklich so viel Vertrauen oder WOLLTE ich es nur haben?

Wollte ich mir selbst beweisen, dass ich gar nicht so prüde bin, wie Lucius mich darstellt! Oder wollte ich es Lucius beweisen und ihn bestrafen? ... wofür?

Endgültig, jetzt reicht es mit all dem!!! Nach einem letzten Tränenausbruch bin ich völlig leer.

Um mich gänzlich abzulenken, schaue ich mir im Fernsehen eine Doku an. Es geht um Findelkinder in Deutschland. Ganz interessant und einfühlsam gemacht. Wer von uns wohl der Autor war? Ich lese die Schlusstitel: Kamera, Ton etc. und dann Buch und Regie: Katharina Bogner. Na klar, sie kann es schon. Mit einem tiefen Seufzer beschließe ich, schlafen zu gehen.

Artemisia:
Wenn du nur den Lauf der Dinge in deinem Sinn beeinflussen könntest! Aber ob du handelst oder nicht, weißt oder nicht, alles geht weiter, alles bewegt sich in eine Richtung, die du letztlich nicht kennst.

Und was dich selbst betrifft: Auf der Waagrechten, der Achse der Zeit, verändert sich dein Körper; Freude und Kummer zeichnen dein Gesicht, beeinflussen deine Psyche.

Auf der Senkrechten, der Achse deiner Höhen und Tiefen, der Messlatte deiner Ziele, deiner Werte und Erfolge, zieht es dich hinauf und hinab.

Dieses Auf und Ab verwandelt sich in der Tiefe deines Bewusstseins aber in ein Hinein und Hinaus, in eine Pendelbewegung zwischen deinem spirituellen Innersten, dem Ewigen IN dir, in das du dich zurückziehen kannst, und dem Vergänglichen AUSSERHALB und um dich, dem Ort, an dem du dich beweisen musst. Meist unbewusst wanderst du zwischen deinem ruhenden seelischen Kern und den Bedürfnissen, den Wünschen deiner äußeren Person hin und her. Fast alle Menschen befinden sich in dieser Pendelbewegung. Der wesentliche Unterschied zwischen den

Menschen besteht nur darin, wie lange sie sich jeweils in einem der Bereiche aufhalten.

Aber natürlich kann ich nicht einschlafen. Ich fühle mich ohne Schutzhülle, einsam ... einsam in meiner Wohnung, die ich sonst so gernhabe, entfremdet. Plötzlich habe ich das Gefühl in meinem Zimmer, in meinem Bett beobachtet zu werden. Einsamkeit verwandelt sich in Unsicherheit. Ich schließe die Augen und mir ist, als umringten mich und mein Bett feindselige Geistwesen! Angst rieselt mein Rückgrat hinab. Näher und näher kommen sie, bilden einen dichten Ring um mich. Sie wollen mich einschüchtern, alle bekannten beruhigenden Dinge um mich verdrängen, sodass ich ganz meiner Angst, ganz ihnen ausgeliefert wäre. Eine unerträgliche Spannung umgibt mich: das Gefühl, jede Bewegung könnte mich verletzlich machen und ihnen die Möglichkeit zum Angriff liefern.

Wie eine Katze liege ich zusammengerollt und unbeweglich unter meiner Decke. Das Gefühl der Bedrohung durch etwas aus einer anderen Welt ist so stark, dass ich mich fast in Todesstarre befinde. Seit frühester Kindheit konnte ich Dinge sehen, die in einer Welt parallel zu dieser stattfanden, so wie meine Großmutter.

»Du musst dir vorstellen, dass du im Licht bist, dann bist du geschützt!«, hatte sie mir einmal geraten, als ich vierjährig im Bett Angst vor Gespenstern hatte. Also stelle ich mir jetzt vor, ich läge im Licht und alles, was auch immer es sei um mich herum, würde machtlos. Aber leider funktioniert das heute genauso wenig wie damals.

Stell dir vor, dass du jemanden innig liebst, dann bist du unangreifbar! – Dieser Satz kommt stattdessen wie eine Erleuchtung zu mir. Ich weiß zwar niemanden, an den ich dabei denken könnte – Peter fällt ja weg, und Lucius ist es ja wohl auch nicht –«, aber das Gefühl inniger, absoluter Liebe kenne ich, das liegt tief in mir, wie in jedem Menschen. Ich konzentriere mich darauf. Und nach und nach fühle ich mich ganz sacht, ganz zart und gütig eingehüllt und beschützt. Allmählich lässt meine Angst nach, bis ich mich geradezu übermütig oder provokativ den Geistern gegenüber längs im Bett ausstrecke.

Und während sich der Schutzmantel der Liebe aus mir selbst, aus meinem Herzen über mir ausbreitet und immer weiter wird, bis er das ganze Zimmer umfasst, weiß ich: Ich besitze die Gnade des Lebens und damit den Willen und die Fähigkeit, hier und jetzt zu entscheiden, welchen Dingen ich Aufmerksamkeit schenken will, was ich verstärken will und was nicht. Denn das ist vor allem eine Sache der Gedanken. Vor allem aber habe ich als Mensch den Schutz der Liebe. Ich muss sie nur wachrufen. Die Vorstellung, nicht geliebt zu werden, zerstört diesen Schutz! Die Geister aber sind Schall und Rauch. Sie können mich nur psychisch erwischen, indem sie mich in Angst versetzen. Doch weil ich lebe, habe ich die Macht über die Fakten, bestimme ich den Ton der Musik. Ich bestimme die Realität. Wenn ich nicht mitmachen will, was können sie denn tun? Entspannt schlafe ich schließlich ein.

Als ich aufwache, fühle ich mich wie gerädert, aber ich weiß, dass ich in dieser letzten Nacht etwas Wichtiges verstanden habe: Ich bin niemandes Opfer!

12. Kapitel

Am nächsten Vormittag besuche ich meine Mutter. Sie sitzt im Garten. Mein Bruder ist auch gerade bei ihr. Irgendwie scheine ich die beiden zu stören. Im Hintergrund vor einer Ecke des Gartens entdecke ich ein tiefes Loch.
»Was ist denn hier los?« Auf meine Frage reagieren beide etwas betreten.

Zuerst noch ein wenig beschämt erzählt meine Mutter, dass mein Bruder ein Metallsuchgerät geliehen hat, um den Goldschatz, den mein Vater hier vergraben hatte, zu heben. – Ich bin erschüttert.
»Ohne mir etwas zu sagen!?«

Mein Vater hatte mir einmal in Anwesenheit meiner Mutter verraten, dass er nach dem Krieg einen kleinen Schatz, das heißt ein Marmeladenglas voller Goldstücke, im Garten an dieser Stelle vergraben hätte und dass er für mich bestimmt sei. Ich sollte das nur niemandem – auch nicht meinem Bruder – weitererzählen. Das Verhältnis meines Vaters zu meinem Bruder war noch gestörter als das zwischen meiner Mutter und mir.

Und nun erlebe ich also, wie meine Mutter dabei ist, mich zu verraten und heimlich zu übergehen, indem sie hinter meinem Rücken mit meinem Bruder diesen »meinen« Schatz finden wollte. Ohne mich, ganz klar ohne Erfolg: Er war ja nicht für sie bestimmt!

»Natürlich hätten wir dir davon erzählt«, sagt meine Mutter. »Wir wollten nur mal sehen, ob überhaupt etwas zu finden wäre, bevor wir dich dazugerufen hätten!«
»Dann hätten wir alles geteilt!«, fügt mein Bruder hinzu.
»Ja, klar!«, murmle ich zynisch.

Ich denke an meinen Vater und habe keine große Lust, noch lange zu bleiben.

Das Loch im Garten meiner Eltern ist wie das Loch in meinem Herzen.

Ich verabschiede mich höflich.

Auf dem Weg zum Gartentor kommt mir meine Mutter mit schnellen Schritten hinterher:

»Ach, du, ich war doch vorgestern in der Oper und hinterher mit Gitti essen, und weißt du, wen ich da kennengelernt habe!?« Ich bleibe stehen.

»Wen?«

»Den Leiter der Abteilung Politik und aktuelle Berichterstattung deines Senders!«

Erschrocken starre ich sie an.

»Ich habe ihm natürlich erzählt, dass meine Tochter in der Abteilung Kultur Filme macht!«

»Und?«, frage ich nervös.

»Er sagte, er hätte dich schon seit einiger Zeit im Blickfeld, und meinte, du bist eine besondere Person. Da erzählte ich ihm natürlich, dass du hellsichtig bist!«

»Das ist nicht wahr! Was mischst du dich ein!«, rufe ich voller Entsetzen.

»Er fand das ganz interessant«, ergänzt meine Mutter, überrascht, dass ich mich über diesen Kontakt anscheinend nicht freue.

Ich gehe nach hause, kümmere mich um Dinge, die erledigt werden müssen.

Am frühen Nachmittag des nächsten Tages spaziere ich dann in das Gebäude, in dem meine Redaktion untergebracht ist. Auf dem Gang schleicht mir Elias entgegen. Er wirkt wie immer ein wenig schlapp und zu kurz gekommen.

»Na, wie ist die Abnahme deines Tierfilmes gelaufen?«

Er schaut mich müde an und sagt nur:
»Ich hätte keinen Scheinwerfer für die Nachtaufnahmen einsetzen dürfen, sondern eine Infrarotkamera, damit die Tiere ganz natürlich beobachtet werden können und nicht durch das Licht überrascht werden. Der Chef hat meinen Film niedergemacht, obwohl er echt nett war.«
»Tut mir so leid, Elias. Der Chef ist schon wirklich unglaublich – muss schlechter Laune sein. Hast du dich mal in einer anderen Redaktion umgesehen?«
»Meinst du wirklich?«
»Ich glaube schon. Du willst doch eigentlich mehr Aktuelles machen, über die Vertuschung der Umweltverschmutzung berichten … und was bekommst du für Themen? Er erkennt dich nicht an. Lass dich nicht zerstören!«

Ich gehe zu Bettina und warte auf mein Treffen mit dem Leiter der Redaktion. Sie ist sehr beschäftigt, denn sie muss zwei Visa nach Ägypten für den Redaktionsleiter und weitere für das Team organisieren.

Während Bettina arbeitet, überlege ich, welche Themen ich anbieten könnte, da der Bericht zum Suezkanal ja schon vergeben zu sein scheint.

Da öffnet sich die Türe, und der Chef tänzelt heraus, begrüßt mich mit einer noblen, einladenden Geste. Er ist äußerlich nicht gerade schön, aber er hat etwas Souveränes, als schwebe er in anderen gesellschaftlichen Regionen – als Alleinherrscher. Was andere sagen, braucht ihn da nicht zu bekümmern. – Und er mag mich, glaube ich jedenfalls, er ist ja undurchschaubar.

In seinem Zimmer erzählt er mir dann, bei einem Glas Wasser, dass er Katharina Ägypten, das aktuelle und natürlich äußerst wichtige Filmthema gegeben hat, da er ja geglaubt hatte, dass ich noch viel länger wegbleiben würde.

Ich zähle kurz eins und eins zusammen: Bettina organisiert Visa für den Chef und auch für Katharina, denn sie macht den

Film ... Er kümmert sich wohl um den politischen Teil, und beide fahren zusammen dorthin ... verstehe schon, warum sie so heimlich tut.

»Wie ist das mit Mexiko?«, frage ich schnell.

»Die Konferenz bekommen wir von unserem Korrespondenten zugesandt, da sparen wir uns die Flüge. Ägypten ist ja schon so teuer!«

»Ja, klar, natürlich!«, nicke ich verbittert.

»Aber aus Mexiko könnten wir schon einmal etwas bringen, etwas anderes ... mal sehen, wie das alles mit der Programmplanung weiterläuft!«

Ich muss wohl sehr deprimiert ausgesehen haben, denn plötzlich sagt er:

»Ich will Sie nicht so gehen lassen. Sie sind mir eine sehr gute Mitarbeiterin. Eine kleine, aber sehr interessante Aufgabe hätte ich da noch, ein Interview mit diesem Wissenschaftler zum Thema Schicksal, wenn Sie wollen ...!?«

Ich bin begeistert, und der Chef lächelt gönnerhaft.

Nachdem sich seine Tür hinter mir geschlossen hat, setze ich mich zu Bettina an den Schreibtisch und frage so nebenbei, ob der Chef und Katharina also zusammen in Ägypten sind, um den Bericht in Ägypten zu machen. Bettina schaut mich zuerst mit großen Augen an, dann lacht sie:

»Nein, so ist das nicht, keine Angst.«

»Wieso Angst?«, verteidige ich mich.

»Er bleibt einen Tag in Kairo, um den Präsidenten zu interviewen, und kehrt am nächsten Tag schon wieder zurück. Sie fährt von Kairo für drei Tage nach Port Said am Suez Kanal! – Also da ist nichts!«, wiederholt Bettina mit einem zweiten Blick aus ihren großen braunen Augen auf mich. Nun, sie hat ja die beiden nicht ins Auto steigen sehen! – Wegen der Reise ihres Chefs ist sie nicht eifersüchtig, also muss ich es auch nicht wegen Katharinas tollem Auftrag sein, so sieht sie das. Ich nicke.

Um diese mir peinliche Situation ganz vom Tisch zu wischen, bitte ich sie, noch einmal für mich die Karten zu legen.

Die Wahrsagekarten machen keine Hoffnung. Im Gegenteil, die Karte, die für Peter steht, befindet sich irgendwo weit weg von der Karte, die mich symbolisiert, so, als wäre da gar keine Beziehung. Das weiß ich ja inzwischen. Ansonsten ist mein Leben in jeder Hinsicht fast so richtungslos wie das meiner Mutter im Augenblick. Keine Liebe, keine Arbeit, von der Konkurrentin ausgebootet. Krise überall – ist mir auch schon klar. Danke an die Karten! Aber immerhin verwunderlich, wie sich das Leben mit seinen Schwingungen in einem Kartendeck spiegelt. Bettina und ich schauen einander in die Augen: Es kann doch nicht auf ewig für uns so weitergehen!

Was ich vom Leben wissen will, konnte mir bisher niemand vermitteln. Soll ich es machen wie Lucius und einfach genießen, was kommt, ohne mir weiter Gedanken zu machen? Könnte ich das? Ich weiß nicht einmal, ob mir die Beziehung zu einem Mann helfen würde, glücklich zu sein, Zufriedenheit in mir zu entwickeln, normalerweise ändert sich das Hochgefühl der Liebe ja recht bald. Ich frage mich also, ob die Liebe, so wie sie normalerweise gelebt wird, mein Leben erfüllen könnte, oder ob ich eine Liebe und einen Sinn suche, die auf dem tiefsten Meeresgrund meines Wesens, jedes Wesens, verborgen liegen, aber an die wir normalerweise nicht herankommen. Außerdem bin ich nicht die Einzige, die die Ewigkeit in der Liebe ergebnislos gesucht und – ach ja – ein unglückliches, unerfülltes Leben gelebt hat.

Das Gedicht »Lebenslauf« von Hölderlin sagt alles in wenigen Worten. Deshalb konnte ich es nie vergessen.

»Hoch auf strebte mein Geist, aber die Liebe zog
  schön ihn nieder; das Leid beugt ihn gewaltiger;
    So durchlauf ich des Lebens
      Bogen und kehre, woher ich kam.«

Die Depression schlechthin, dieses Gedicht! So soll mein Leben nicht laufen! Die Lösung bitte

Ihre langen blonden Haare trägt sie heute offen, hat sich die Wimpern getuscht und sieht toll aus mit ihrem Engelsgesicht: Sofie, meine liebste Freundin, Physikerin im Institut für Quantenphysik.

Sie hatte vorgeschlagen, dass wir uns in dieser neu eröffneten Bar im afrikanischen Stil treffen sollten, um über meine Sinnkrise zu sprechen.

Warum sie wohl gerade diesen Ort dazu ausgesucht hat? Schwarz-Weiß-Fotos von wilden Tieren und afrikanische Masken an den Wänden, Zebra- und Büffelfelle auf den Sitzbänken und den Hockern der Bar, an der wir sitzen.

Dort hinten unter der Fotografie eines Nashorns schauen drei junge Kerle zu uns herüber. Jetzt kommt sogar der betont lässige Typ mit schulterlangen braunen Haaren und Peace-Zeichen auf dem T-Shirt auf uns zu.

»Na!«, sagt er zu Sofie. Sie mustert ihn von oben bis unten: »Hm«, antwortet sie.

»O.k.«, meint er und geht wieder.

Ihr Blick ist von ihm fort in die Ferne gerichtet.

»Klasse Gespräch«, grinse ich.

»Was?«

»Ich musste dabei nur an einen Witz denken: Auf einem Ozeandampfer nach Amerika fährt ein junger Mann und sieht alle Tage diese junge Frau, die ihm so gut gefällt. Schließlich, am letzten Tag, als die Skyline von New York immer näher rückt, spricht er sie schüchtern an und fragt:

›Fräulein, fahren Sie auch auf dem Schiff?‹« –
Sofie lächelt etwas nachsichtig.
Ich wechsle das Thema und konzentriere mich darauf, ihr die Probleme meines Lebens verständlich zu machen.
»Ich glaube«, sagt sie schließlich mit diesem weisen Gesichtsausdruck, den sie immer annimmt, wenn sie nicht über Wissenschaft oder sich selbst redet, »dir bleibt nichts anderes übrig, als Vertrauen zu haben, Vertrauen darin, dass dir nichts zufällig geschieht, sondern dass du geführt wirst und dass du aus deinen Erfahrungen dabei lernen kannst. Das tust du ja, du wertest alles aus. Das ist gut. Mache ich bei unseren Forschungen ja auch. Und du forschst eben auch … auf deine Art.«
Jetzt kommt ein junger Mann an die Bar, der an einem Tisch in einer Ecke mit einem wesentlich älteren Herrn gesessen hatte. Die beiden waren mir als ein besonderes Paar sofort aufgefallen. Der Ältere zwischen fünfzig und sechzig, gutaussehend und vornehm, der Junge, etwa Mitte zwanzig, mittelgroß, von ganz eigenartiger Schönheit. Er steht jetzt direkt neben mir und bestellt einen Cocktail. Im Spiegel hinter der Bar betrachte ich seine feinen Gesichtszüge mit den fremdartigen, leicht geschlitzten Augen und der rotbraunen Haut. Auch seine Augen wandern über mein Gesicht, und ich schaue verunsichert weg. Für mich ist klar, dass er in einer Beziehung mit diesem älteren Herrn lebt. Während er so dicht neben mir auf seinen Cocktail wartet, begegnen sich unsere Blicke immer wieder im Spiegel. Ich spüre eine selbstverständliche Nähe zu ihm, weshalb es mich nicht wirklich wundert, dass er plötzlich meine Hand berührt, mit der ich mich auf dem Hocker abgestützt habe. Sanft ziehe ich meine Hand zurück … und lege sie dann ganz automatisch auf die seine – ohne Furcht oder Peinlichkeit – sehr ungewöhnlich für mich.
Sofie blickt – feinfühlig wie sie ist – in eine andere Richtung. Dann fragt er mich auf Englisch, ob wir tanzen wollen. Dass

man tanzen kann, habe ich gar nicht bemerkt. Ich schaue etwas unsicher zu seinem Partner, aber der scheint das Lokal verlassen zu haben. Wir gehen zu den zwei anderen Paaren auf die kleine Tanzfläche zwischen den wenigen Stühlen und tanzen in geradezu hypnotischer Harmonie.

»Was ist mit deinem Freund?«
»Oh, er ist schon gegangen! Ich sehe ihn später. Wie heißt du?«
»Diana, und du?«
»Solrac.«
»Solrac, woher kommt dieser Name?«
»Ich bin Inka.« Wir tanzen weiter.
»Lass uns spazieren gehen!«, schlägt er nach ein paar Minuten der Stille zwischen uns vor.

Und dann drehen wir Runde um Runde in den nächtlichen Straßen unweit des Lokals. Wir gehen und sprechen, sprechen und gehen, über Intuition, feine Wahrnehmungen, innere Verwandtschaft, das geheimnisvolle Verschwinden der Inka und alter unbekannter Kulturen.

Bewusst weiß er nicht viel mehr darüber als ich, aber es ist etwas in seinem Wesen, das dieses Erbe, über das wir nur sprechen können, tief und vielleicht unerreichbar in sich trägt.

Schließlich lade ich ihn zu mir ein, denn ich wohne ganz in der Nähe. Zwischen uns ist eine eigenartige Liebe, aber wir flirten nicht miteinander. Die Sympathie und Anziehung zwischen uns beruht auf einer selbstverständlichen Sicherheit, auf Vertrauen, gepaart mit Abstand, Respekt und Bewunderung.

Ob wir uns schon länger, in anderen Existenzen gekannt haben, ob wir sehen können, wer der andere ist oder war, das wäre interessant zu wissen ...

Wir flirten weiterhin nicht, während wir uns einander gegenüber auf mein Bett setzen.

Nein, Beziehungen müssen nicht immer gleich ablaufen. Uns fasziniert etwas anderes: Schweigend schauen wir einander an,

tief und unablässig, und plötzlich verändert sich sein Gesicht vor meinen Augen, verwandelt sich in ein anderes. Ich sehe auf einmal einen anderen Menschen aus einer anderen Zeit vor mir, sehe, wie sich sein Gesicht immer weiter verändert. Eines folgt auf das andere, als blätterte ich in einem Album.
»Ich sehe so viele Menschen in dir!«
»So wie ich auch: Ich sehe so viele Menschen in dir!«
Nach einiger Zeit ist es genug. Wir trinken eine Tasse Tee in meiner Küche. Dann muss er gehen. Er hat seinen Herrn schon zu lange warten lassen. Er wird ärgerlich sein.
»Wo bist du gewesen? Was hast du gemacht?«, wird er sagen.
Wir umarmen uns innig, dann geht er die Treppen hinab, verschwindet aus meinem Leben für immer. Das weiß ich.

Die Nacht und den nächsten Tag brauche ich, um das Erlebnis innerlich zu verdauen: Nach den beiden früheren Leben, die ich in Indien erlebt habe und den vielen Inkarnationen, die Solrac offensichtlich in mir sah, stellt sich doch die Frage, wer ich eigentlich WIRKLICH bin!
Letztendlich rufe ich Sofie an. Sie, die Wissenschaftlerin, hat entweder eine vernünftige Antwort darauf oder macht all den Reinkarnationskram endgültig zunichte.
»Wenn solch krasse, schlimme und völlig unerwartete Geschichten und Bilder wie in Indien in dir auftauchen«, säuselt sie mit ihrer sanften Stimme ins Telefon, »dann müssen sie in irgendeiner Weise für dich kennzeichnend sein, selbst wenn es nur Fantasien waren, sagen sie etwas über dich aus. Wenn es sich dabei auch noch um Zusammenhänge handelt, die du gar nicht wusstest oder wissen konntest, die aber im Kleingedruckten eines Lexikons überliefert sind – wie zum Beispiel das Verschwinden von ›Mathias‹ – dann ist das schon erstaunlich … hm.

Wenn es also tatsächlich die Wiedergeburt gibt – wovon ich trotzdem nicht überzeugt bin –«, dann muss es in Bezug auf dein Ich logisch betrachtet so sein:
Du hast dich in den Rückführungen immer gleich wiedererkannt. Du wusstest, dass das ›du‹ bist. Und Solrac wusste, dass ›du‹ es bist, der sich verwandelt und nicht, dass auf einmal eine fremde Person vor ihm saß. Demnach wären all diese Persönlichkeiten, die du mit Arvind sahst und Solrac in dir gesehen hat, nur Kostüme um dein Ich, Rollen, die du gespielt hast. In dir ist ein Kern, eine Identität, die hinter all deinen Verkleidungen oder Tätigkeiten dieselbe ist.«

»Und was ist dieses Ich?«

»Na, wenn du durch all die Leben etwas lernst, also etwas an dir hängenbleibt, dann würde ich sagen: Die Summe aus all dem«, schlägt Sofie vor.

»O.k., und wenn man jetzt die äußerlichen Erfahrungen und Inkarnationen wieder abzieht, was ist der innere ewige Kern, um den herum alles geschieht, wie sieht der aus?«

»Tja, das musst du vielleicht selbst herausfinden!«

Am nächsten Tag treffe ich mich mit meinem Kamerateam, drei nette, abgebrühte Männer mittleren Alters. Sie erleben die Wirklichkeit unmittelbar, hautnah und schonungslos durch die Linse. Wir fahren zu meinem Termin mit dem Physikprofessor. Es geht um die Frage, ob es ein Schicksal gibt. Ein gutes Thema hat mir der Chef da gegeben! Genau die Frage, die mich gerade beschäftigt. Nun sage mir einer, dass nicht alles irgendwie zusammenstimmt!

Er sieht wunderbar aus, wie ein Professor aus den Comics von Hergés »Tim und Struppi«: durchgeistigtes Gesicht, gütige Augen, wirre Haare.

Auf meine Frage zum Thema Schicksal und inwieweit wir festgelegt sind, führt er mich zu einem Tisch, auf dem ein

Pendel steht. Er stupst es an, und es beginnt, regelmäßig hin- und herzuschwingen. Dann spricht der Wissenschaftler über das Leben:

»Wir wissen aus der Quantenphysik, dass die Welt im Wesentlichen nicht determiniert ist, aber wir merken das nicht so, weil wir in Systemen leben, in denen wir uns genauso bewegen wie dieses Pendel hier, vorhersehbar, festgelegt in unserem eigenen alltäglichen Rhythmus, wir wiederholen das Gleiche, das Bekannte. Wir überschreiten uns nicht. – Aber dieses Pendel hat einen besonderen Punkt, wenn es nämlich auf dem Kopf steht.« [*]

Er stellt das Pendel nach oben – seinem Ruhepunkt unten entgegengesetzt – und hält es dort fest.

»Dort ist es nämlich instabil, denn in dieser Position kann es sich nicht lange halten. Wird es nach rechts oder nach links fallen? Wir wissen es nicht. Es ist jetzt unbestimmt, nicht determiniert. Das ist ein Krisenpunkt, und an diesem Punkt öffnet es sich und beginnt mit dem ganzen Universum zu reden. Wohin es fallen wird, hängt davon ab, mit wem es – sozusagen – am intensivsten redet.«

Er blickt mich an und fährt fort:

»Wir mögen Krisensituationen nicht, aber eigentlich ist das der Moment, in dem es uns möglich ist, kreativ zu werden und etwas Neues zu beginnen, und in dem wir uns von etwas Größerem als von unserer Gewohnheit und Prägung bestimmen lassen können. Aber es braucht eine besondere Zufuhr von Energie, um aus dem Trott heraus in diesen Instabilitätspunkt zu kommen und vor allem, um sich dort zu halten, ohne abzustürzen …«

Der berühmte Physiker lässt das Pendel los, und es schwingt wild und ungezähmt hin und her.

---

[*] Aus einem Interview mit dem deutschen Physiker Prof. Hans-Peter Dürr.

»Hm, der Lauf der Dinge, also die Ereignisse, bringen einen an diesen instabilen Punkt, wenn man den Trott nicht mehr aushält«, murmle ich.

»Dann verpassen Sie Ihre Krise nicht!« Der Wissenschaftler lächelt mich freundlich an.

»Genau, aber ich möchte mich eben auch dort halten, damit ich mich mit den Kräften des Universums besprechen kann, ich möchte von dort meine Antworten bekommen!«

»Das ist möglich – aber unbestimmt. Wir wissen nie, wann und wo etwas geschieht.«

»Ein super Typ!«, sagt der Kameramann auf der Heimfahrt nach einiger Zeit gemeinsamen Schweigens. Ich bin dankbar dafür. Ich brauche diese Stille, um zu überlegen, wie ich mein Leben weiter ordnen soll. Denn dieses tiefe Gefühl, eine Bestimmung zu haben, aber meinen Weg nicht finden zu können, mich ständig zu verirren, verwirrt und frustriert mich grundlegend.

Aber ich werde offen sein und mir all die kosmischen und nichtkosmischen Stimmen anhören, die mich umgeben und mir begegnen – ohne Vorurteil – und dann entscheiden … – nur nicht im Trott versinken, auch nicht, wenn er gerade mal unterhaltsam ist.

13. Kapitel

Auf dem Fahrrad fliege ich durch die Stadt; bin unterwegs zu meiner Mutter. Sie ist jetzt Witwe, und ich fühle, dass ich ihr beistehen sollte ... falls das überhaupt geht.

Als ich mich der Universität nähere und der Straße, an der ich immer abbiegen muss, wird der Lärm aufgeregter Menschen immer lauter. Sprechchöre. Jetzt sehe ich es: Die breite Straße vor der Uni ist von der Polizei abgeriegelt – eine große Studentendemo gegen Korruption, das hatte ich vergessen. Die Polizisten vor mir bilden eine uniformierte Menschenkette gegen den Aufruhr, sogar ein, nein zwei berittene Polizisten mit ihren Pferden sind dabei. Da ist kein Durchkommen. Dicht an dicht stehen die Studenten, Haarschopf an Haarschopf, junge Männer und Frauen in engen T-Shirts und abgewetzten Jeans oder in bunten Stoffen, schieben Transparente vor sich her, brüllen ihre Forderungen gegen die Staatsmacht, schleudern den Polizisten Beleidigungen entgegen, skandieren wütend, angriffslustig. Plötzlich fliegt ein großer Stein durch die Luft und trifft das Pferd eines Polizisten. Das Pferd erschrickt, bäumt sich auf, wiehert, schlägt aus, wirft den Polizisten ab, durchbricht die Polizeikette, sucht einen Fluchtweg aus der Menschenmenge, die Studenten stürzen zur Seite, das Pferd flieht in eine Querstraße, der Reiter rennt hinter seinem Pferd her, und dann beginnt ein wildes, schreiendes, blutiges Handgemenge zwischen Polizei und Studenten ... Ich schaue dem Ganzen entsetzt zu. Dabei erkenne ich dort an der Straße auf einmal eine junge rotblonde Frau, die sich in das Chaos mischt und furchtlos hautnahe Fotos von dem ganzen Geschehen macht ... Ist das nicht ...? Ist sie überhaupt schon zurück? Doch, das ist Katharina, tatsächlich mitten im Getümmel. Sie ist schon toll!

Aber ich für meinen Teil steige wieder auf mein Fahrrad. Ich glaube einfach nicht, dass ein anderes politisches System die Menschen besser machen kann. Solange sich die Menschen nicht selbst ändern, wird letztlich immer wieder dasselbe herauskommen. Politik zieht mich nicht an. Ich habe da keine Illusionen. Vielleicht habe ich das Staatsgeschäft in einem letzten Leben schon durchgemacht und durchschaut ... wenn meine Rückführung in Indien stimmt ...

Wir sitzen im Herrenzimmer. Draußen scheint die Sonne. Innen Antiquitäten. Sie nippt an ihrem Cognac, ist einsam, das spüre ich, aber sie hat sich schon nach Unterhaltung umgesehen: Bridgeclub. Außerdem hat sie vor, sich einen Schäferhund zu kaufen.

Unterton: Sie wartet nicht auf meine Unterstützung in irgendeiner Form.

Ihr schweigender Vorwurf: Wozu wärst du schon gut? –

Meine schweigende Antwort: Ich soll mich schuldig und schlecht fühlen, weil ich nicht bin, wie du mich gerne hättest. Darum lässt du mich deine lebenslange Enttäuschung über mich spüren. Außerdem wärst du auch zu stolz dazu, mich um Hilfe zu bitten.

Nach einem weiteren Schluck fragt sie mich, wie es mir geht.

Ich erzähle, dass ich gerade einen kleinen Film gedreht habe, aber dass es für größere Projekte im Moment nicht so gut für mich aussieht.

»Na, mein Kind, dieser Beruf ist nichts Festes, das wusstest du doch. Aber das ist auch nicht so schlimm, denn du bist eine Frau und heiratest ja einmal ...«

Bei diesen Worten hält sie den Kopf etwas schief und betrachtet mich misstrauisch.

»Dann ist der Beruf nicht mehr so wichtig. Dann hast du eine Familie ... Hast du schon jemanden gefunden? ... das dachte ich mir. Du suchst dir auch immer nur so komische, unmögliche Kandidaten aus!«

»Du meinst, das soll mein Lebensziel sein, dass ich heirate? Ich meine, du wolltest doch selbst mehr, also zum Beispiel Schauspielerin werden! Warum hast du das nicht gemacht?«

»Das war nach dem Krieg, da musste man froh sein und die Gelegenheit ergreifen, wenn man einen Mann bekam. Dein Vater hätte das nie geduldet, dass ich Schauspielerin würde.«

Stille, eine unüberwindliche Distanz zwischen uns. Also frage ich sie, was sie in nächster Zeit vorhat.

»Ah, eine Reise nach Ischia für den Rücken, kombiniert mit einer Bildungsreise an die Stätten der Antike in Süditalien.«

Dann sagt sie plötzlich: »Du hast ja studiert, du könntest auch Lehrerin werden!«

Ich bin entsetzt: »Das würde mich aber nicht erfüllen, zusehen, wie die anderen, die Schüler, Jahr für Jahr hinaus ins Leben, in die Welt gehen, und ich bleibe für immer im Gymnasium sitzen und komme nicht weiter, als immer denselben Stoff zu predigen. Nein, das könnte ich nicht aushalten! Das macht für mich keinen Sinn! Ein Pädagoge bin ich auch nicht.«

»Der Sinn des Lebens ergibt sich von selbst. All die kleinen Dinge, die du tust, das ist dein Leben! All das andere, das sind Illusionen.«

Ist das jetzt Altersweisheit oder Spießigkeit, also Trott? Einen Moment lang bin ich fast unentschieden.

»Ich glaube, der Sinn des Lebens ist, sich zu entwickeln, aber dazu muss man die Richtung, das Ziel kennen, dann verirrt man sich nicht und verschwendet keine Zeit!«

Daraufhin genehmigt sich meine Mutter noch einen Schluck: »Es gibt so viele Ziele, der eine will Erfolg und Geld, der andere …«

»Aber das sind keine Ziele auf Dauer, wenn man sie erreicht hat, was dann? Was ist das Ziel des menschlichen Lebens an sich? Es muss etwas Größeres sein, etwas, das für jeden Menschen stimmt, weil es menschlich richtig ist.«

»Also ein moralisches Ziel, na gut, das erfüllen wir doch alle nebenher, während wir ein anständiges Leben führen.«
»Nein, das meine ich nicht!«
»Wie immer bist du abstrakt und allgemein, damit du dich auf nichts Konkretes festlegen musst!«
»Nein, das ist es nicht. Ich bin hellsichtig, und meine Wirklichkeit ist deshalb größer als deine!«, schleudere ich ihr wütend entgegen.
»Hellsichtig! Mein Gott!« Jetzt schüttelt sie den Kopf, als wollte sie sagen: Es steht ja noch viel schlimmer um dich, als ich dachte!
Ich esse schweigend meinen Kuchen auf. Sie sieht mir dabei schweigend zu.
Als ich von ihr fortgehe, ist mein Herz schattiger geworden. Sie ist nicht nur wegen des Verlustes ihres Mannes traurig, sie ist auch traurig wegen mir, und ich bin zu schwach, um nicht mitgerissen zu werden. Ich wünschte, ich könnte sie glücklich machen, stattdessen fliehe ich mit wundem Herzen.

Abends treffe ich Sofie in einem kleinen Café bei der Uni. Sofie, die sich sonst eher ruhig und überlegt gibt, ist heute überschwänglicher Stimmung. Sie kommt von einem kleinen Geburtstagsumtrunk bei ihrem Professor und hat wohl schon ein paar Gläschen intus.
»Meine Mutter findet«, erzähle ich ihr, um den inneren Druck und die Traurigkeit loszuwerden, »dass ich nur eine unbestimmte Vorstellung von meiner Zukunft habe, und daher keinen Lebensplan. Ich nenne das aber Sehnsucht.«
»Ach!«, widerspricht Sofie meiner Mutter, »alle suchen doch heutzutage nach etwas Neuem, Unbestimmtem, Außergewöhnlichem, nach der zündenden Idee, der ultimativen Inspiration ... nach dem Plan für eine neue Welt, für eine neue Art zu leben ...«

»Du auch?«, frage ich frech. Immerhin hat sie einen Job an der Uni und hat eine vorhersehbare Zukunft.

»Hör mal, in meinem Beruf kann ich die ganze Vorstellung von unserem Universum auf den Kopf stellen!«

»Ja, du hast recht! Wir werden eine neue Welt entdecken auf allen Gebieten! Du durch die Wissenschaft, ich durch meine Forschungen in anderen Dimensionen und im Bewusstsein. Wir werden die Evolution weiterbringen!«

Ein paar Studenten, die an der Theke stehen, um ein Bier zu trinken, haben sich grinsend zu uns umgedreht.

»Genau!«, feuere ich weiter, denn ich muss meine Wut weiter loswerden, »wir haben 1975 und endgültig genug von der Kriegsangst der Elterngeneration und der Unterdrückung durch eine schmalspurige Moral, genug von Fantasielosigkeit und Angepasstheit, genug vom Trott!«, füge ich eingedenk des Professors mit dem Pendel hinzu.

»Genau, weil wir frei sind, weil uns die Zukunft offen steht und weil wir diese starre Lebenseinstellung nicht an unsere Kinder weitergeben wollen, falls wir je welche kriegen!«, bestätigt lauthals Sofie und kichert dazu.

»Dabei haben wir auch noch Spaß im Gegensatz zu den Eltern, die nichts suchen und keinen solchen Spaß haben wie wir, nur Sicherheit und Status!«

Da kommt einer der Jungs im Peace-T-Shirt auf uns zu und bietet uns halb verdeckt einen Joint an.

Wir lehnen beide ab. Er zuckt die Schultern und geht zu seinen Freunden zurück.

»Also, pass auf!«, flüstert mir Sofie jetzt zu, »lass mal deine Sinnsuche kurz ruhen, und komm heute Abend mit auf das super Fest von Lucca, einem meiner Schulfreunde. Da gibt es übrigens auch massenhaft Sinnsucher«, grinst Sofie abschließend, wohl um mich gänzlich zu überzeugen, was nicht nötig gewesen wäre.

»Super!« Ich überlasse meine Mutter ihrer Generation und reihe mich in meine ein.

Luccas Eltern sind unfassbar reich, dementsprechend ist auch das Fest: erlesener Partyservice, Pool, weitläufiges Haus, toller Diskjockey mit toller Musik. Die Eltern scheinen ihm die meiste Zeit im Jahr das Haus überlassen zu haben, denn sie besitzen außerdem noch eine Villa in Florida mit Strand, Steg und Boot, wo sie sich gerne aufhalten.

Lucca freut sich, dass Sofie gekommen ist. Mich mustert er von oben bis unten.

Lucca, Halbitaliener, ein außergewöhnlich schöner Junge mit dunklem Haar und dunkelblauen Augen wendet sich von uns ab und kümmert sich um andere Gäste. Seine Mutter war einst ein berühmtes italienisches Model.

Auf der breiten Terrasse sitzt ein Kreis von etwa fünfzehn jungen Leuten am Boden, alle mit langen Haaren, die meisten wie immer mit engen T-Shirts und engen Jeans mit weitem Schlag. In ihrer Mitte auf dem Boden eine Tischdecke mit Teetassen und Süßigkeiten. Sie kichern und lachen, trinken Tee und reichen Plätzchen herum.

»Wollt ihr auch?«, ruft uns eine Blondine im Indianerlook zu, hält ein Plätzchen hoch und schüttelt sich vor Lachen. »Da ist was drin!«

Jetzt kommt ein Diener mit Orangensaft und Champagner auf einem noblen Tablett herbei, beugt sich herab, und platziert das Ganze geschickt auf der Tischdecke. Die Gläser kommen noch.

Sofie und ich setzen uns dazu.

Einer von ihnen, indisch gekleidet mit langem Haar und Bart, zieht an seiner gluckernden Hookah, die vor ihm auf der Tischdecke steht. Der Duft ist eindeutig Haschisch ... wir dürfen alle mal, wenn wir wollen. Er gibt sich den Flair des abgeklärten weisen Guru und erzählt, wie und warum in Benares die Toten verbrannt werden, und dass nur das Herz des Toten unbeschadet übrig bleibt. Was das wohl zu bedeuten hat? – Pause – Und wirklich alles dort – ein tiefer Eindruck, der dich für immer verwandelt! Oh, und der heilige Fluss! Darin hat er auch gebadet.

»Das in Benares würde ich gerne mal erleben!«, ruft ein romantisches Mädchen mit langem blondem Lockenhaar und duftigem Blumenkleid – eine Gitarre auf ihrem Schoß. Neben ihr lagert ein sehr unschuldig aussehender, junger Mann auf ein Kissen gestützt und schaut sie ununterbrochen bewundernd an, als läse er von ihren Lippen. Gegenüber unterhalten sich zwei Abenteurer im Trapperlook, die es sich auf einer Decke bequem gemacht haben.

»Sicher echte Goldgräber!«, flüstere ich Sofie ins Ohr.

»Ganz sicher!«, flüstert sie zurück.

Das Goldgräbergespräch wird jedoch von einem hageren Jesustypen rechts von ihnen dominiert. Sprunghaft und wirr plaudert er lautstark vor sich hin und bricht dabei immer wieder in grelles Lachen aus.

»Mein Gott, ist der voll!« Sofie schüttelt den Kopf. »Einsam und voll«, ergänze ich. »Wie du sagtest, hier kann ich meine Sinnsuche echt vergessen!«

Zwei offenbar völlig nüchterne Bhagwan-Schüler in orangen Gewändern und mit Mala um den Hals, die an Sofies Seite sitzen, nicken mir überlegen zu. Der neben Sofie kommentiert ganz unbekümmert und laut:

»Das bringt doch alles nichts, für Bewusstseinserweiterung muss man an sich arbeiten, damit man seine Grenzen überwinden kann. Das hier ist doch keine Bewusstseinserweiterung, sondern einfach nur Bewusstseinsverzerrung!«

»Stimmt schon, aber kiffst du vielleicht nicht?«, fragt einer der Trapper gegenüber, der offenbar alles mitgehört hat.

»Doch, aber beim Kiffen geht es doch nur um Spaß!«
»Was ihr in Poona macht, ist auch Spaß!«, schießt der Trapper zurück. Er war auch mal da.

Im Haus lagern einige Pärchen auf den Sofas, knutschen oder langweilen sich, bis sie der Alkohol in Fahrt bringt. Ein Fernseher läuft vor sich hin. Draußen kommen immer mehr Gäste. Unter anderem einer, der wie ein versponnener außerordentlicher Universitätsprofessor aussieht. Sofort erheben sich ein paar Jungs, die auf der Wiese ihren eigenen Kreis gebildet hatten, um ihn zu begrüßen.

Wir essen vom Büffet vor dem Swimming Pool, wir tanzen draußen auf dem Gras, wildes Gedränge, und ich falle dabei in den Pool – ein im Film oft und gern gesehener Gag, der aber in Wirklichkeit in einer immer noch kühlen Frühlingsnacht weniger vergnüglich ist und mich schlotternd mit angeklatschten Kleidern in den Keller zum Wäschetrockner laufen lässt, in den ich meine gesamte Kleidung stecke. Nun sitze ich neben der sich drehenden Maschine in einen dicken Bademantel gehüllt und föhne meine Haare.

Drei betrunkene Jungs, die ich vorher gar nicht bemerkt hatte, sind mir offensichtlich ins Haus gefolgt, haben mich gesucht und gefunden. Ich schalte den Föhn aus, versuche zu fühlen, was sie wollen. Sie umstehen mich, tasten mich mit ihren Blicken ab, hungrig, gefühllos, angriffslustig umkreisen sie mich wie Haifische, die auf den guten Moment zum Angriff warten. Dabei sehen diese Kerle aus, als hätten sie vor Kurzem noch auf dem Gymnasium ihre Pausenbrote von Mutti gegessen. Jetzt haben sie die Möglichkeit, sich als brutale Machos zu beweisen, wie im Film. Ich ziehe meinen Bademantel fester um mich, überlege voller Angst, wie ich die drei loswerden könnte.

»Habt ihr gesehen, Claudia ist gekommen und tanzt!«, rufe ich ihnen zu und tue so, als seien sie meine Freunde und als wüsste ich nicht, was sie vorhaben. Ich versuche unschuldige

Selbstverständlichkeit zwischen uns zu säen und die destruktiv erotische Spannung umzuleiten. Sie schauen mich zweifelnd an: So schnell wollen sie ihre Beute nicht loslassen.

»Du meinst die Kommunen-Claudia, die Superbraut?«, fragt misstrauisch einer von ihnen.

»Ja, genau die! Du weißt schon, was für Connections Lucca hat. Wie die heute aussieht ... Aber sie kann nicht lang bleiben, sagte sie!«

»Echt, die ist da!?«

»Hast du sie nicht gesehen, wie sie auf die Terrasse gekommen ist?«

Unschlüssig wägen sie ab, ob sie den Moment ihrer Macht über mich weiter auskosten oder dem seltenen Reiz von Claudias Präsenz erliegen sollen. Dann macht einer kehrt und geht aus der Tür. Die anderen beiden folgen.

Sofort schließe ich die Tür ab, halte den Trockner an und hole meine Sachen heraus. Wie feucht auch immer sie sein mögen – egal. Nur raus hier und nach oben – ganz schnell.

Ermüdet setze ich mich auf ein Sofa im Garten. Ich friere und würde gerne nachhause gehen; warte nur auf Sofie.

Da erscheint Lucca. Er torkelt etwas und setzt sich zu mir.

»Du bist die Einzige hier – außer Sofie –«, die etwas draufhat.«

»Und was ist mit dir? Was hast du drauf?«, frage ich übermütig zurück und bereue es sofort. Wer weiß, was eine Herausforderung bei einem Betrunkenen auslöst!

»Das werde ich dir zeigen, komm mit!«

Ich zögere.

»Komm schon!«

»Wo ist Sofie?«

»Im Haus, komm schon, ich tu dir nichts!«

Komischerweise und weil es fast beleidigend wäre, nicht zu kommen, folge ich ihm. Sofie lagert tatsächlich auf einem Sofa in einem der Wohnzimmer und schäkert mit zwei Jungs und einem Mädchen.

Als sie mich sieht, mache ich ihr im Vorbeigehen ein Zeichen, dass ich sie brauche. Sie nickt.

Lucca führt mich hinunter ins Untergeschoss. Er öffnet eine Tür, und vor mir liegt eine Art Waffenkammer. Eine Reihe Jagdgewehre und was dazu gehört.

»Ach, deine Eltern gehen zur Jagd?«

»Natürlich, das gehört dazu wie das Golfspielen in Schottland.«

Er klingt weder stolz noch einverstanden.

»Machst du da auch mit?«

»Sicher nicht. Ich habe auch keinen Waffenschein«, fügt er hinzu und streichelt einen Gewehrlauf.

»Aber ich brauche auch keinen. Ich mache, was ich will! Niemand kann mir etwas sagen«, ruft er auf einmal und zieht eine Pistole aus einer Schublade. Dann zielt er auf mich.

»Ich tue, was ich will ... zuerst du, dann ich ...«, lacht er auf einmal abgründig, »wie bei den romantischen Dichtern!« Seine Alkoholaugen glänzen. Da kommt Sofie mit einem der Jungs, die mit ihr auf dem Sofa lagen, herein, erfasst die Situation und ruft:

»Lucca! Bist du wahnsinnig?!«

Artemisia:
Eine Geburt auf der Erde bedeutet, zu vergessen. Du weißt weder, woher du kamst, noch wozu oder weshalb du geboren wurdest. Warum auch? Es gibt so vieles in der Welt, das deine Aufmerksamkeit, deine Sehnsucht weckt.

Erst wenn die Harmonie deines Lebens zerstört ist und dir jedes irdische Ziel unglaubwürdig erscheint, fragst du nach dem Sinn deines Daseins. Diese Frage nach dem Sinn zeigt, dass du aus einer anderen Welt kommend mit der Aufgabe geboren wurdest, dein

Leben dankbar zu akzeptieren, daraus zu lernen, etwas daraus zu machen, und dass versteckt in dir die Verbindung mit diesem Ursprung lebt, der ewig ist und dich zu sich hinziehen will. Um aber zu diesem inneren Ort des Friedens zurückzukehren, musst du dich würdig erweisen und deine Aufgabe erfüllen. Dafür erhältst du immer wieder das Geschenk des Lebens. Bist du aber nicht willig, dich dieser Herausforderung zu stellen, die – wie auch immer sie aussehen mag – genau auf dich abgestimmt ist, dann lehnst du das Geschenk des Ewigen ab, lehnst das Leben ab. Durch Überheblichkeit, Ungehorsam, fehlenden Glauben hast du deine Verbindung mit deinem innersten Kern zerstört. Wohin willst du dann gehen?

Er lacht und deutet mit der Pistole an seine Schläfe. Der Junge springt zu ihm und zieht ihm blitzschnell die Pistole weg. Im gleichen Moment drückt Lucca trotzig ab, und ein Schuss durchbohrt die Wand vor ihm und hinter mir.

»Was?! Die war geladen?!«, stammelt er.

Nur eine Viertelstunde später kommt die Polizei. Die Nachbarn müssen sie gerufen haben, als sie einen Schuss in der Partyvilla gehört haben.

Gott sei Dank ist nichts passiert. Ich bin zutiefst schockiert, Sofie völlig verstört, alle anderen versuchen, in ihrem Rauschzustand möglichst klar zu wirken.

»Ein dummes Versehen«, erklärt Lucca. Er habe die Pistole entdeckt, wollte wissen, ob sie geladen war, aber kenne sich nicht mit Waffen aus und habe daher einen Schuss auf die Wand abgegeben. Die Eltern besäßen einen Waffenschein.

Es ist schon fast Morgen, als ich endlich zuhause bin.

Falle in mein Bett und verschiebe den Gedanken an die Sinnlosigkeit des Daseins auf morgen.

Wie ich gegen Mittag mein Apartment verlassen möchte, klingelt das Telefon. Soll ich oder nicht? Ich gehe ran. Es ist Lucca.

»Entschuldige, ich habe deine Nummer von Sofie. Ich wollte dir nur sagen, dass es mir leidtut.«

Ich lasse meine Tasche fallen und setze mich zum Telefon auf den Boden.

»Danke dir, aber was meinst du? Das Fest oder die Schießerei?«

Stille.

»Die Schießerei natürlich, wieso fragst du das?«

»Ist schon o.k., du wusstest ja nicht, dass die Pistole geladen war ... aber dass du überhaupt auf diese Idee gekommen bist, mich, dich zu bedrohen, finde ich schon etwas extrem.«

»Und was war mit dem Fest?«

»Außer der Gruppe um den Universitätsprofessor und den zwei Bhagwanis haben sich die Leute doch alle nur mit Alkohol und Drogen zugemacht.«

Und plötzlich höre ich mich selbst unaufhaltsam und wie von ferne sprechen, ich kann es nicht aufhalten; es ist, als werde ich gesprochen:

»Ein solches Leben ist die reine Verwirrung, blinde Ratlosigkeit: Wir alle sind eingebettet in alles, was das materielle Leben zu bieten hat, aber sonst haben wir nichts. Wir wollen dem Materialismus entkommen, können es aber nicht. Wir sind in einem Käfig und sehen den Ausgang nicht. Das Verrückte ist auch, dass dieser Käfig so tut, als sei er die Freiheit, die keine Grenzen hat. Doch seine Wände sind Spiegel. Wir sehen uns immer nur selbst darin, uns selbst mit unseren Vorstellungen und Wünschen, denen wir dann nachjagen. So sind wir alle, unsere ganze Gesellschaft, egal, wie reich oder arm jemand ist, egal ob alt oder jung, wir denken nur an uns selbst, machen es jeweils nur ein bisschen anders. Wir können nicht hinaus in eine Atmosphäre, in der die Seele atmen kann. Das merken

besonders wir Jungen irgendwie. Drum nehmen wir Drogen, drum reden wir von Bewusstseinserweiterung, aber nichts geschieht, außer dass wir high sind und reihenweise ausflippen.«
Stille.
Dann spricht Lucca:
»Und was ist dann die echte Befreiung, der Tod oder was? Sag mal, findest du dich selbst nicht auch ausgeflippt? Du spinnst doch nur vor dich hin! Außerdem bist du, verdammt noch mal, arrogant und beleidigend. Du glaubst, du siehst mehr, weißt alles besser. Wenn du das wüsstest, würdest du dich anders benehmen.«
Plötzlich bin ich wieder ganz bei mir.
»Was habe ich eigentlich genau gesagt? Ich war ein bisschen weggetreten. Wahrscheinlich bin ich noch müde. Entschuldige bitte! Und wahrscheinlich hast du recht mit dem, was du über mich denkst!«
»Ja!«
»Ja!«
»Tschüss!«
»Tschüss!«

14. Kapitel

Während ich in der U-Bahn sitze, um zum Sender zu fahren, lese ich ein wenig auf der Rückseite der Zeitung, die mein Gegenüber vor sich ausgebreitet hält. Ein Artikel mit spannenden Close-up-Fotos über die Ausschreitungen bei der Studentendemo gestern. Gerade, als ich mich etwas vorbeugen möchte, um zu sehen, wer den Artikel geschrieben hat und von wem die Fotos sind, faltet mein Gegenüber die Zeitung zusammen, legt sie zur Seite und steigt bei der Haltestelle aus. Rasch hole ich mir die Zeitung herüber: Tatsächlich, Katharina hat es geschafft, ihre Fotos im Artikel eines bekannten Journalisten zu platzieren! Ich muss schon sagen: Sie vergeudet keine Zeit!

In der Redaktion angekommen spüre ich, dass Bettina schlecht gelaunt ist. Ihre braunen Augen blitzen wütend. Sie geht gerade die Reisekostenabrechnungen der Ägyptenreise durch.

»Na?«, frage ich sie nebenbei. Sobald wir allein in ihrem Zimmer sind, faucht sie:

»Stell dir vor, der Chef hat umgebucht und ist doch nicht früher, sondern mit Katharina aus Ägypten zurückgekehrt!«

»Aber da ist doch nichts!«, wiederhole ich ihre eigene Feststellung. Jetzt hat sie also Zweifel und ist dementsprechend traurig.

Sie selbst sei ja nur Sekretärin, und daher hätte sie keine Chancen bei ihm. Während sie gerade so vor sich hin jammert, öffnet sich plötzlich die Tür, Bettina verstummt und der Redaktionsleiter bittet mich zu sich. Er ist gemütlicher Stimmung, bietet mir sogar Kaffee an und telefoniert zur »Sekretärin« durch, sie möchte uns bitte Kaffee servieren. Die Ärmste. Das tut mir so leid für sie! Sich immer wieder so zweitklassig fühlen zu müssen! Der Redaktionsleiter ist zwar durchaus intuitiv und feinfühlig hinter seiner nonchalanten Art, aber er hat wohl gerade keine Lust, sich über Bettinas Befinden weitere Gedanken zu machen. Stattdessen erzählt er mir großzügig, wie er notgedrungen mit dem Zug nach Port Said gefahren sei, um dort den Präsidenten zu interviewen, da dieser seine Verabredung mit dem deutschen Fernsehen in Kairo nicht eingehalten hatte. Dies sei auch deshalb gut gewesen, weil Katharinas Drehgenehmigung nicht vollständig war und sie am Suezkanal nicht drehen konnte wie geplant. Nur aufgrund seiner Anwesenheit habe sie überhaupt einige wenige Aufnahmen machen dürfen und sei früher als vorgesehen mit ihm nachhause geflogen.

»Der Orient! Ich sag's Ihnen! Aber nun zu Ihnen! Hätten Sie gerade Zeit für einen kurzen Beitrag?«

Katharina stürmt in die Kantine, um ein paar Sandwiches für sich und die Cutterin im Schneideraum zu holen. Sie trägt enge Jeans und ein gelbes bauchfreies Top, die roten langen Haare fallen ihr offen über die Schultern, ihre goldbraunen Augen ungeschminkt. Als sie mich sieht, kommt sie sofort zu mir.

»Ich habe schon gehört, dass das nicht alles nach Plan verlaufen ist in Ägypten. Hast du dann gar nichts vom Land gesehen?«, frage ich.

»Wüste, den Kanal und Wüste, den Kanal, Zugfahrt durch die Wüste, in der Ferne Pyramiden, Taxi, Flugplatz ...«

»Und ... du warst doch mit dem Redaktionsleiter unterwegs. Wie war das so?«

»Diana, langweilig, was sonst. Ich habe dir gesagt: Niemals etwas mit seinem Chef anfangen. Niemals! Klar?«

»Hm, da gebe ich dir völlig recht ... außerdem sieht er nicht gut aus. Aber das macht ja nichts ...?«

Katharina wirft mir einen durchdringenden Blick zu. Ich

halte ihrem katzengoldenen Blick freundlich stand. Katharina ist nicht falsch, sondern ein Geheimnis, was sie unter allen Umständen zu wahren gedenkt.

»Ich habe dich bei der Studentendemo gesehen, kaum zurück aus Ägypten, wie du da Fotos gemacht hast, und dann wählen die Bildredakteure in der Zeitung deine Fotos aus für den Artikel vom Chefredakteur, das ist irre. Kennst du die Zeitungsleute denn?!«

»Nein, aber das hättest du genauso machen können, man muss nur wach sein und in der Realität leben ... aufpassen, was geschieht, zur richtigen Zeit am richtigen Ort sein und dann machen, einfach machen!«

»Ach ne!? Willst du mir sagen, dass ich nicht in der Realität lebe!? Meine Realität ist einfach etwas weiter gespannt, da gibt es mehr, worauf ich aufpassen muss!«

»Jetzt sei nicht gleich beleidigt! Ich weiß, dass du hellsichtig bist, das hat sich ja im Charisma-Seminar damals bewiesen, aber es ist hier in dieser materiellen Welt, in der man handeln muss, sonst muss man sich eben fragen, warum man Gelegenheiten verpasst ...«

»Was meinst du mit ›Gelegenheiten verpasst‹? Ich hätte diese Demo ja gar nicht dokumentieren wollen! Ich glaube nämlich nicht an so etwas. Ich glaube nicht, dass Demos die Realität verändern können, ich glaube nicht, dass sich ein Politiker danach richtet. Ich glaube aber, dass ein höheres Bewusstsein die Welt verändern kann!«

Katharina schaut mich ironisch an:

»Na, dann hoffe ich, du verdienst gut dabei ...«

»Als ob du besser im Geschäft wärst als ich!«

Katharina lächelt, was mich allmählich richtig ärgert.

»Ich habe gute Aufträge wie du, aber man hat nicht für alles Zeit, und ich recherchiere eben noch an einem Thema, für das sich heutzutage ganz viele Menschen interessieren: Spiritualität.

Inwiefern der Mensch erst durch Spiritualität sein Potential voll entfalten kann.«

»Ach, du meinst Uri Geller, der nur mit Gedanken und seinem Willen das Besteck verbiegen kann. Seine Fernsehshows faszinieren die Leute weltweit. Klar, das ist schon eindrucksvoll, aber entschuldige mal: Was soll das!?«

»Das ist natürlich nicht Spiritualität, sondern PSY. Besondere psychische Kräfte, außersinnliche Wahrnehmungen zeigen aber immerhin, dass im Menschen mehr drinsteckt, als wir bisher glauben. Bei der spirituellen Entwicklung geht's aber nicht um Effekte, sondern um Evolution. Hoch entwickelte Leute stehen auf einer ganz anderen Bewusstseinsstufe, und das ist wichtig für unser Überleben auf der Erde … dass wir Frieden halten können und die Umwelt nicht versauen«, lege ich etwas handfester nach.

Katharina spielt mit der roten Haarsträhne, die ihr hinter dem Ohr in einer langen Locke über die Schulter fällt.

»Na, das werde ich ja dann alles bei Bhagwan in Indien praktisch erleben! Ich fliege in ein paar Tagen nach Poona.«

»Klingt spannend! Lucius wird übrigens eine Vortragsreihe mit dem Thema ›Traditionelle und moderne Spiritualität‹ halten …«, werfe ich ein.

»Ach, Lucius ist ein Bücherwurm, studiert nur. Ihm fehlen echte Erfahrungen!«

»… die du ihm geben kannst!«, rutscht es mir heraus. Irritiert sieht sie mich an.

»Ach, übrigens wird er mich besuchen, wenn ich bei Bhagwan bin, um sich das Ganze dort mal anzusehen«, erwähnt sie scheinbar gleichgültig, als hätte sie es fast vergessen.

»Waaas!!!! Ich wusste gar nicht, dass ihr noch in Kontakt seid!«

»Eifersüchtig?«

»Nein, nein, aber ich dachte, ihr habt euch aus den Augen

verloren, weil er mich neulich angerufen und nach dir gefragt hat.«

»Ach echt!« Sie scheint erfreut zu sein. Das auch noch!

»Also, Diana, ich muss wieder an die Arbeit. Ich tue was und kümmere mich ... während du in der Kantine sitzt und über ein erweitertes Bewusstsein nachdenkst«, grinst sie, »und trotzdem genug Geld hast,« fügt sie sauer hinzu.

»Du bist eben mit dem Silberlöffel geboren,« analysiert sie mich weiter, während ich beunruhigt darüber nachdenke, was sie wohl mit »Ich tue was und kümmere mich« meint. Hat sie sich auf ihrer Reise nach Ägypten irgendeinen Spezialauftrag verschafft!?

»... meine Mutter und ich mussten immer hart kämpfen, um zu überleben und beisammenzubleiben ... bis sie vor zwei Jahren starb.« Einen Moment betrachtet sie still ihren Zeigefinger mit dem silbernen Ring und streicht sanft damit über einen Fleck auf dem Tisch. Plötzlich fährt sie hoch: Jetzt hat sie etwas von sich preisgegeben! Ihre Nasenflügel zittern.

»Aber das wollte ich dir gar nicht erzählen. Ich wollte dich nämlich eigentlich etwas fragen: Ich muss aus meiner Wohngemeinschaft, dieser Kommune raus. Die paar Tage, bis ich nach Indien fliege, habe ich keine Wohnung, könnte ich bis zu meinem Abflug bei dir wohnen?«

»Klar!«

Nach dem Dreh für einen Fünf-Minuten-Film über antiautoritäre Erziehung mit nervigen Kindern in einem chaotischen Kindergarten und einem schlecht gelaunten Team mache ich mich ruhebedürftig auf den Heimweg. So ist mein Beruf, wenn man Pech hat.

Katharina war in meiner Abwesenheit schon da und hat ihren großen Rucksack und den Schlafsack im Wohnzimmer abgestellt. Sie kann ganz unabhängig kommen und gehen, denn ich habe ihr meinen Zweitschlüssel gegeben. Schnell bereite ich eine Matratze mit Bettzeug im Wohnzimmer bei ihren Sachen vor, damit sie in einem eigenen Zimmer ihre Ruhe hat. So nah sind wir uns auch nicht, dass wir gleich im Ehebett schlafen müssten.

Am nächsten Morgen stelle ich fest, dass alles noch unberührt dasteht, wie gestern Abend. Merkwürdig, Katharina hat gar nicht hier geschlafen.

Artemisia:
In diesen Jahren bewegt sich die Zeit langsamer: Der Kosmos hat euch Zeit geschenkt. Doch es sind nur ein paar außergewöhnliche Jahre, um zu spielen, zu experimentieren, zu suchen und zu finden. Es ist der Vorabend einer neuen Epoche, die Stille und die Unbekümmertheit vor dem Sturm. Getragen von einem einzigartigen Zustrom von Energie wollt ihr euch neu erfinden und in ein befreites, glückliches Leben stürzen, die Tiefen der Psyche erforschen und bis an die Grenzen des Bewusstseins vordringen! Vieles von dem, was ihr jetzt findet, könnte das Denken der kommenden Jahrzehnte verändern. Jetzt habt ihr die Freiheit, euch zu entwickeln oder in Sinnlosigkeit und Leere zu verlieren. Verschwendet diesen kostbaren Moment nicht! Bald wird die Zeit an Momentum gewinnen, sich immer schneller bewegen, der Kreislauf des Lebens in ein rasendes Tempo übergehen, sodass die Menschen durch die Wucht der Schnelligkeit wie in einer Wäschetrommel an die Wand getrieben werden, und wenn der Druck der sich steigernden Geschwindigkeit aus ihren Herzen Ehre, Respekt und Menschlichkeit schleudert, werden sie ihren Blick nicht weiter richten können als auf das, was unmittelbar vor ihnen ist.

René, ein Kollege, klein, quirlig und immer voller Ideen stürmt in meinen Schneideraum, wo ich mit meiner antiautoritären Erziehung sitze.

»Hi, Diana, bist du bald fertig? Ein paar alte Freunde von mir haben gerade beschlossen, ein Happening im Wald zu veranstalten. Thema ›Alice in Wonderland‹. Du kannst entweder das weiße Kaninchen mit der Uhr sein oder der verrückte Hutmacher. Die anderen Rollen sind schon weg.«
»Wen machst du denn?«
»Ich bin Alice.«
»Klingt super! Aber ich habe nie ›Alice in Wonderland‹ gelesen, weiß nur so ein bisschen darüber!«
»Das interessiert doch nicht. Wir verteilen unsere Rollen, und dann ergibt sich von Augenblick zu Augenblick, was passiert.«
»Toll, richtig kreativ! Wann und wo?«
»Morgen um 20:00 Uhr Treffpunkt auf der Lichtung im Wald hinter der ›Einkehr‹.«

Mein Chef kommt gleich danach in den Schneideraum, segnet den Film ab und bittet mich, nachdem ich das kleine Werk fertiggestellt haben werde, noch zu sich ins Büro.

»Ich weiß«, sagt er dann zu mir, nachdem ich mich vor einem Glas Wasser niedergelassen habe.

»Sie sind ein wenig stiefmütterlich behandelt worden. Katharina hat es besser getroffen, aber wir haben eine besondere Spende von einer großen Pharmafirma erhalten, und nun können wir doch dieses Projekt in Mexiko verwirklichen, das ich Ihnen hiermit übertrage! Sie werden gleich sehen, welches Interesse die Pharmaindustrie daran haben könnte.«

Ich bin völlig überwältigt. Ist das nun der Zustrom besonderer Energie, von dem der Professor gesprochen hat?

»Wann?«, frage ich nur.

»So bald wie möglich. Allerdings muss ich Ihnen auch sagen, dass wir dann für dieses Jahr kein Projekt mehr für Sie haben, weil all unsere Ressourcen von einer sehr großen und kostspieligen Reportage verschluckt werden.«

Ich starre ihn wohl so fragend an, dass er sich genötigt sieht, noch ein wenig preiszugeben.

»Für die nächste Olympiade trainieren die Schwimmerinnen Europas und Amerikas ja bereits sehr intensiv. Mit der Sportredaktion zusammen haben wir nun beschlossen, die zwei aussichtsreichsten Schwimmerinnen bei ihrem Training und in ihrer persönlich-menschlichen Vorbereitung auf die Olympiade zu begleiten und ihre Entwicklung zu dokumentieren.«

»Gute Idee, aber dazu brauchen Sie doch sicherlich ...«

»Wir halten es für das Beste, alles in eine Hand zu geben, um so einen Stil wahren zu können. Ich denke, die Filmemacherin ist dieser Aufgabe allein gewachsen ...«

Ich frage nicht nach, das wäre peinlich, und ich will auch nicht hören, dass es Katharina ist!

»Aber nun wieder zu Ihrem ebenfalls wunderschönen Projekt«, wendet sich der Redaktionsleiter gönnerhaft an mich. »Sie werden dort zwei Filme drehen können. Einen über die Situation der Frau in Mexiko – also privat ohne Kongress – und den anderen über Heilpflanzen in Mexiko. Sie sehen das Interesse der Pharmafirma! Wir unterhalten uns aber noch genauer über den Inhalt und alles Weitere.«

Ich bin glückselig und gleichzeitig vor den Kopf gestoßen. Genau das habe ich mir immer gewünscht: Einen tollen Film in einem fernen Land. Das hätte auch ein Schritt in meiner Karriere sein können, hätte ich nicht das Gefühl, hinter den Kulissen ausgebremst zu werden.

Aber ich verschiebe weitere Erkenntnisse und Gefühle auf später. Ich muss jetzt meinen Auftritt beim Happening im Wald vorbereiten. In einem Happening kann alles passieren. Es ist sozusagen existenziell, ein Spiegel dessen, was gerade ist. Also eine Stimme der Wirklichkeit. Ich telefoniere mit Sofie:

»Komm schon mit! Geh als Herzdame, das ist einfach. Ich

mache das weiße Kaninchen und muss noch in den Kostümverleih!«

Sofie trägt ein schwarzes langes Kleid und klebt sich vor Ort noch die Spielkarte der Herzdame an die Stirn. Meine weiße Hasenkapuze mit den langen Ohren und den Hasenoverall ziehe ich auch erst auf der Lichtung an. Nach und nach erscheinen Renés Freunde und Freundinnen, viele bereits wild verkleidet. Sie bringen Cola und Gin, Wodka, Chips etc. René kommt in einem hellblauen Kleid mit Schleife im Haar und einem Plattenspieler mit Batterie. Allmählich stehen auf der Lichtung die merkwürdigsten Gestalten herum: Die Grinsekatze und die Hookah rauchende Raupe schleichen im Gras an mir vorbei.

Es dämmert, und René legt Jefferson Airplane »The White Rabbit« auf. Ich springe in die Mitte des Durcheinanders und schwenke meinen Wecker. »Anfangen Leute, anfangen, es ist schon spät, schnell, schnell, los, los!«, rufe ich aufgeregt und springe wieder ins Abseits. Dann, zu der Zeile »One pill makes you larger and one pill makes you small« des voll aufgedrehten Songs, tritt eine riesengroße, weißgekleidete Gestalt mit venezianischer Schnabelmaske in unsere Mitte, schreitet würdig von Person zu Person und bietet jedem eine Pille an. Ich nehme meine Pille entgegen, aber lasse sie sogleich heimlich auf den Boden fallen – ich nehme nicht einfach irgendwelche Tabletten, und auch Sofie lässt die Pille verschwinden.

Dann beginnen die Figuren nach und nach zu fantasieren, vor sich hin zu kriechen, zu springen, zu trinken oder sich auf dem Boden zu rollen. Ich nehme meinen Wecker, denn das ist mir zu langweilig, und fordere sie auf, schnell, schnell, bevor das tödliche Schachspiel beginnt, miteinander zu beraten, wer mit Alice zur Königin gehen darf. Doch das wird auch nichts: Alice ist verschwunden! Einige klettern auf Bäume, um sie zu finden, versuchen es zumindest, oder verschwinden im Gebüsch, andere stehen herum oder beginnen ihren Nachbarn die Masken und Kleider herunterzureißen, Dritte plappern wirr vor sich hin. Letztendlich finden sich Grüppchen zusammen, um zu schmusen und zu balgen.

Sofie und ich stehen etwas abseits und betrachten den ganzen konfusen, drogenschweren Haufen. Da sehe ich plötzlich jemanden am Rand der Lichtung ... es ist Lucca. Sofie geht auf ihn zu, und ich folge ihr. Er wirkt wie immer distanziert, ernst, aber auch ein wenig spöttisch.

»Du wolltest sicher, dass das ein richtiges Theaterstück mit Sinn ergibt, nicht wahr?«, lächelt er mich an, nachdem ich meine Hasenkapuze abgenommen habe. »Ich hätte einen schicken Wecker für dich gehabt ...«

»Stimmt, ein bisschen mehr Zusammenhang und Beziehung zwischen den Figuren hätte ich mir schon gedacht, nur eben nicht nach Buch, sondern etwas, was spontan, kreativ entsteht.«

»Das ist die Illusion, dass alles Sinn machen müsste. Das legen sich die Leute so zurecht – aus Angst. Aber es gibt kein Ziel und keinen Sinn, keine Wahrheit, es gibt nichts, außer, was gerade passiert.«

»Ich weiß, dass das Leben einen Sinn hat und ein Ziel, wir kennen es nur nicht, deshalb ist alles beliebig. Und mich frustriert hier, dass die Leute bei dem Happening eigentlich nichts anderes machen als sonst auch. Sie sind weder kreativ noch anders als ihre Eltern, sie sind nur einfach jetzt jung und lassen sich dementsprechend gehen.

Und wenn das alles ist, was wir können: High und verwirrt sein, Sex haben und trinken, dann finde ich, dass die Menschen ruhig von anderen, denen mehr einfällt, in manchen Dingen etwas unterdrückt oder angeleitet werden können!« Ich werde rebellisch, provokativ – und extrem wütend.

Lucca sieht mit seinem dunkelblauen von dunklen Wimpern umkränzten Blick in mich hinein, schweift ab.

»Das Leben ist eine selbstzerstörerische Sackgasse! Ich wünsche euch noch einen schönen Abend!« Mit diesen Worten wendet sich Lucca zum Gehen.

Habe ich ihn jetzt zu sehr provoziert, verärgert, sodass er geht? Ich habe meine eigene Frustration an ihm abgeladen und genau gesprochen wie ein autoritärer Lehrer. Ich bereue es, denn ich mag ihn. Ich spüre, dass auch er auf der Suche ist, oder sucht er gar nicht mehr? Er ist so deprimiert, zynisch, einsam. Ich würde ihm gerne helfen. Aber ich weiß nicht wie, er verunsichert mich zu sehr.

Jetzt stecken einige der benebelten Figuren brennende Fackeln an die Ränder der Lichtung. Das kommt mir gefährlich vor, bald wird die Polizei erscheinen, wenn das so weitergeht. Ich suche René, um ihn zu warnen, doch der amüsiert sich gerade mit der Grinsekatze und ist nicht ansprechbar.

»Lass uns gehen, Sofie!« Ihr ist die ganze Zeit auch nichts eingefallen, wie mir scheint. Und so ist sie sofort bereit, mit mir zu kommen.

Wie ich zuhause mein Badezimmer betreten will, steht ein riesengroßer schwarzer Schatten mit menschlichen Umrissen vor mir in der Badezimmertür. Ich sehe ihn, besinne mich und gehe ohne Umstände einfach durch ihn hindurch zu meinem Waschbecken. Ich will mich nicht mehr so leicht erschrecken lassen. Als ich mich umwende, ist er verschwunden ... Sie kommen immer, wenn ich mich schwach fühle.

Am nächsten Morgen ist Katharina schon weg. Sie muss spät gekommen sein. Ihr Bett ist gerichtet, ein Blumenstrauß steht auf dem Tisch. Ich beschließe, in der restlichen Wohnung ein wenig Ordnung zu machen. Als ich aber den Abfall im Bad ausleeren will, sehe ich zwei leere Spritzen darin. Katharina! Ich bin nicht nur schockiert, ja es tut mir geradezu im Herzen weh, wenn ich mir vorstelle, dass sie süchtig sein könnte.

Wenn sie sich allein zuhause spritzt, dann steckt sie schon tief drin. Ich hole die Spritzen aus dem Müll und lege sie auf das Waschbecken.

Dann verlasse ich meine Wohnung und gehe ins Archiv des Senders: alles über Frauen und Pflanzen in Mexiko ansehen. Als ich abends nachhause komme, ist Katharina im Bad. Ich höre die Dusche. Im Wohnzimmer blättere ich ein wenig in einem Farbband über Mittelamerika. Dann kommt sie mit den Spritzen in der Hand und sagt nur:
»Klaus hat mich geimpft – für Indien: Hepatitis und Malaria.«
»Bei mir zuhause!? Nicht im Institut?«
»Nein, hier.«
Es geht mich eigentlich nichts an, es ist ja ihre Sache, wie sie lebt. Aber merkwürdig ist es schon, zuerst klärt sie mich über meinen Mangel an Realismus auf, als ob es sie selbst beträfe, und jetzt fühle ich mich persönlich betroffen beim Anblick ihrer Spritzen.
»Das ist dann ja praktisch gewesen«, sage ich nur.
»Ja, ich habe einfach noch so viel zu erledigen, bevor ich abfliege ... und Klaus tut ja alles für mich!«, fügt sie lächelnd hinzu. »Übrigens hier sind ein paar Reden von Bhagwan, kannst sie ja mal lesen!«

Es ist Abend. Vor mir liegt ein Stapel Formulare, die ich für meine Drehreise nach Mexiko ausfüllen muss, als auf einmal das Telefon klingelt. Immer, wenn ich hochkonzentriert bin! Sofie – am anderen Ende der Leitung – weint, schluchzt ...
»Er hat sich erhängt! In seinem eigenen Zimmer. Er ist tot!«
Unfassbar. Mein Herz – ich fühle nur den Schmerz dieses Todes. Für eine lange Weile sitze ich reglos in meinem Zimmer, dann laufe ich hinaus auf die Straße und gehe, gehe, gehe, egal wohin. Ich gehe, atme, sehe nur noch ihn.

Zuhause lege ich mich ins Bett, schließe die Augen: Ich sehe nur ihn vor mir. Er steht da, ein unklarer Schatten – in dunkler Ferne – schaut zu mir herüber: Lucca! Ich bete für ihn, für seine Seele, dass sie nicht gefangen sei in seiner Verzweiflung, seiner Einsamkeit. Dass ihm verziehen werde, seinem Leben ein Ende bereitet zu haben, so als sei es sein Eigentum und nicht geliehen, eine Chance, so wie ich das sehe, geliehen als Chance, um sich hier auf der Erde zu korrigieren, zu entwickeln; ich bete, dass er die Dunkelheit verlassen darf, dass endlich Licht zu ihm komme und ihn führe in eine lichtere Welt. Ich bin so traurig, ich bete die ganze Nacht für ihn. Dann sehe ich ihn nicht mehr … aber ich bete noch weiter, bis ich fühle, dass es genug ist.

Erst am nächsten Tag treffen wir uns, umarmen uns, trauern über sein Schicksal, über ihn, dass er sich selbst so etwas Grauenhaftes antun wollte. Er war für uns beide ein besonderer Junge, und wir liebten ihn auf eine Weise.

»Er hat dich, glaube ich, auch geliebt«, flüstert Sofie unter Tränen.

»Er kam nur zu dem Happening, weil ich ihn wissen ließ, dass du mich mitnimmst.«

»Was sagst du da? Glaubst du, ich hätte etwas für ihn tun können?«

»Vielleicht, ich weiß es nicht!«

»Jetzt gib mir bitte kein Schuldgefühl! Er kam mir immer vor wie einer, der sein Schicksal schon besiegelt hatte, der nicht offen war, eher arrogant und zynisch, wie jemand, bei dem es innerlich nicht weitergeht, weil er es gar nicht wollte.«

»Im Grunde wart ihr euch ähnlich, Lucca und du. Ihr habt beide gewusst, dass euch das Leben so nicht genügt, dass mehr dahinter sein müsste, dass es eine Tiefendimension, einen Sinn haben müsste. Lucca hatte nur weniger Geduld und weniger

Hoffnung als du ... aber du musst jetzt die Antwort, diesen Sinn finden, sonst ... endest du noch wie er! Nur weil du glaubst, dass das Leben einen Sinn hat, hast du ihn ja nicht gefunden, und nur, weil du ein paar Geister gesehen hast, heißt das auch nicht, dass du dich in der anderen, unsichtbaren Welt oder der Parallelwelt auskennst. Und übrigens, als Physikerin kann ich dir sagen: Wenn es eine Parallelwelt gibt, dann gibt es nicht nur eine, sondern mehrere, viele, unendliche vielleicht ... Drum such dir jemanden, der dir wirklich etwas sagen oder besser noch zeigen kann, egal wo, denn so wie bisher wird das nichts!« Sofie hat offensichtlich Angst um mich.

»Und was ist mit dir? Du bist so eine kluge Frau. Suchst du nicht nach mehr?«

»Ich bin so sehr in meine Physik vertieft, in der es so viel über die Wirklichkeit zu entdecken gibt, das ist faszinierend, das ist im Moment alles, was ich brauche.«

»Na gut, und ich bin Dokumentarfilmerin, dabei begegne ich vielen Welten und Kulturen. Da wird schon auch mal etwas dabei sein in puncto Parallelwelt!«

15. Kapitel

Mexiko 1975

Alles ist so weit für den Dreh in Mexiko bereit. Jetzt geht es nur noch um das Team. Ich wähle Manfred, den Ruhe ausstrahlenden, mit Bäuchlein und hartnäckigem Widerspruchsgeist versehenen Kameramann – ein hochbegabter Bildermacher. Er wählt das Team aus: Victor, den kleinen, dünnen, erfindungsreichen Assistenten; Bruno, den langen, geistesabwesenden Tonmann; und für die Bühne den kräftigen, bodenständigen Werner, der schon längst etwas mehr Karriere hätte machen wollen, als Schienen für Kamerafahrten aufzubauen oder dergleichen. Wir haben schon öfter miteinander gearbeitet und vieles gemeinsam durchgestanden, denn neben der Freude, kreative Bilder und spannende Interviews zu bekommen, gibt es auch diese Spannungsmomente, Schwierigkeiten aller Art, in denen die Meinungen oft in völlig verschiedene Richtungen gehen. Dann braucht man Leute, mit denen die Zusammenarbeit klappt.

Langwierige Drehgenehmigungen gehen der Abreise voraus.

In der Nacht, bevor wir schließlich abfliegen: ein erschreckender Traum: Ich bin in einer Landschaft in Mexiko, und plötzlich sehe ich, dass ein Pfeil, ein Indianerpfeil, direkt auf mich zufliegt. Er will meine Kehle durchbohren. Ich weiche aus, doch der Pfeil passt sich meinen Bewegungen an, kommt immer näher, rast auf meine Kehle zu. Ich laufe so schnell ich kann, laufe und schaue hinter mich, um mich zu vergewissern, ob ich ihn abgeschüttelt habe. Da sehe ich den Pfeil nur noch schwach, denn er ist aufgegangen in dem enormen dunklen Schatten eines Riesen im Hintergrund, der mich aus der Ferne beobachtet, dessen Form ausfranst und zu einer düsteren, ausufernden Blutlache anwächst. Ich wache jäh auf mit dem intensiven Gefühl einer Bedrohung, einer deutlich auf mich gerichteten Bedrohung ... oder war es Abwehr?

Etwas zerknautscht und unausgeschlafen komme ich am Flughafen an.

Endlich sind alle unsere Kisten eingecheckt, und so lassen wir uns für einen langen Flug in unsere Sitze fallen.

Victor, der Bildungsbeflissene, sitzt neben mir und studiert in einem Reiseführer die Geschichte der Maya, Azteken, Olmeken und anderer mehr oder weniger blutrünstigen Indianerstämme Mittel- und Südamerikas. Die Azteken rissen – so steht zu lesen – Sklaven und Kriegsgefangenen, aber auch eigenen Kindern das schlagende Herz aus der Brust, um es dem Sonnengott zur Speise entgegenzuhalten. Tatsächlich bereiteten sie sich danach selbst ein kannibalisches Mahl aus »Menschenmaiskörnern« zu.

»Da fahren wir tatsächlich hin!« Mir ist das Ganze zutiefst widerlich.

Aber Victor ist cool und tröstet mich:

»Jetzt machen sie es nicht mehr!«

Wir sehen uns die Fotografien der in Stein gehauenen Fratzen, Götter, Tiere an, und ich verspüre erneut, obwohl es lächerlich ist, eine geradezu persönliche Bedrohung. Aber nun, voll wach und unter Freunden, kann ich dieses Gefühl leichter abschütteln, und als wir am Flughafen von Mexico City landen, bin ich aufgeregt und bester Laune, freue mich auf unser gemeinsames Abenteuer.

Es beginnt damit, dass wir zwar all unsere Kisten aus dem Flugzeug bekommen, aber am Zoll aufgehalten werden.

Es fehlen tatsächlich zwei Papiere für die Einreise mit unserem Equipment. Seit kurzer Zeit notwendig. Das Sekretariat und der Produktionsleiter haben es mal wieder nicht gewusst – ich auch nicht. Die Zollbeamten zeigen nicht die geringste

Lust, für uns ein Auge zuzudrücken, trotz meiner Überzeugungskünste, obwohl ich alle Register zu ziehen versuche, um ihr Herz zum Schmelzen zu bringen: von Mitleid für die junge unschuldige Journalistin bis zu einer international dringlichen politischen Berichterstattung – nichts hilft, besonders nicht mein Hinweis, dass doch eh niemand davon erfahren würde, wenn sie uns nun einfach durchließen. Nein, alle unsere Kisten mit der teuren Ausrüstung werden konfisziert, mit dem Siegel des Staates Mexiko versehen und in einen Lagerraum, zu dem wir keinen Zutritt haben, verfrachtet. Mein mit allen Wassern gewaschener und mit der Zeit gegen Probleme immun gewordener Kameramann beobachtet mich, wie ich vor hilfloser Wut bebe, und rät mir zu Selbstbeherrschung.

»Das ist doch schon längst gelaufen, du kannst da gar nichts machen, das wissen und genießen die Typen!«

Also lassen wir die Ausrüstung am Flughafenzoll, fahren mit einem Taxi ins Hotel und besprechen die Lage. Wir telegrafieren nach Deutschland in meine Redaktion, damit man die Papiere beschafft, an den Zoll im Flughafen Mexico City sendet, und beschließen, eine Fernsehkamera anzumieten. Dann essen und schlafen wir ein wenig.

Am Vormittag des ersten Tages besuchen wir das archäologische Museum in Mexico City. Höchst eindrucksvolle Exponate: Krüge, Töpfe, lebensechte Köpfe aus Ton, Skalps, schreckliche Fratzen ... mir wird übel. Es fühlt sich an, als ob mein Herz schwächer und schwächer würde.

»Das ist die Höhe. Mexico City liegt auf dreitausend Metern, das belastet das Herz!« Victor weiß über vieles Bescheid.

Meine Freunde bringen mich ins Hotel zurück, wo ich ganz schnell etwas essen muss.

Die folgenden zwei Tage gehen mit den Fraueninterviews dahin. Was man in Bezug auf Emanzipation schon erreicht hat, noch erreichen müsste und sollte. Das läuft so weit ganz gut. Wir machen noch einige Straßenaufnahmen, Aufnahmen in privaten Wohnungen, um die Interviews zu untermalen, doch von den ärmeren Vierteln, die interessanter wären, wird uns eindringlich abgeraten: lebensgefährlich, Diebstahl, Schießereien, Drogenkrieg. Ich erinnere mich, wie erschüttert ich war, als ich hörte, dass einer meiner Studienkollegen in Mexiko auf der Straße erschossen worden war. Er hatte sich wohl auf das Drogengeschäft eingelassen. Ansonsten warten wir. Jeden Tag warten wir auf die Freigabe unserer Ausrüstung. Am fünften Tag der geplanten Zeitspanne in Mexico City war ein Flug auf die Halbinsel Yucatán geplant, um dort die Reportage über die Heilkräuter Mexikos zu drehen. Am Tag davor wissen wir noch immer nicht, ob wir unsere Kisten rechtzeitig für den Weiterflug bekommen werden.

Also gönnen wir uns einen Ausflug zu den Pyramiden in Teotihuacán nur wenige Stunden von Mexico City entfernt. Ich knabbere auf der Hinfahrt an einer Packung gerösteter Kichererbsen, um gerüstet zu sein.

»Was du essen kannst … als ob du am Verhungern wärst. Wir haben doch gerade gefrühstückt! Und dabei wirst du nicht einmal dicker!« Manfred mit seiner fülligeren Statur steht vor einem Rätsel.

»Wer am Verhungern ist, wird nicht dick, mehr verrate ich nicht!« Ich denke an meine Regression in Indien.

Teotihuacán: ein enormes Städteareal für letztlich 200.000 Einwohner vor mehr als tausend Jahren gebaut, symmetrisch durchgeplant, mit der großen Hauptstraße, die Straße der Toten genannt, und der ehrfurchtgebietenden Sonnenpyramide, die drittgrößte Pyramide der Welt. Ob dort oben wohl die Rituale der Azteken durchgeführt wurden, bei denen den Gefangenen das schlagende Herz herausgerissen wurde? Ich steige an die 65Meter hinauf bis auf das Plateau an der Spitze. Jetzt stehe ich wie schwebend zwischen Himmel und Erde, schaue über die ganze riesige Ruinenstadt, das Tal mit der trockenen Ebene auf der einen Seite und das ehemalige Dschungelgebiet auf der anderen. Es ist, als stünde, schwebte ich wahrhaft über allem, ein Gefühl, über all das erhaben zu sein, über es zu herrschen, nicht umsonst bedeutet Teotihuacán »Wo man zu einem Gott wird«. Ich blicke nach oben.

Aber der Himmel über mir hat sich mit einem Schlag verändert. Dunkle Wolken fliegen mit großer Geschwindigkeit auf das Plateau zu, obwohl kein Wind zu spüren ist. Von unten steigen Victor und Werner schwerfällig herauf. Die anderen beiden sehe ich weitab unten auf der Straße umherwandern. Über mir sammeln sich die schwarzen Wolken, es wird jetzt düster auf der Sonnenpyramide, der Himmel färbt sich bleigrau. Mehr und mehr Wolken folgen, stapeln sich, schweben tief, stehen direkt über mir, türmen sich über mir auf, es ist drückend, ich bekomme kaum Luft – woher kommen sie, da doch gerade noch überall blauer Himmel war? Ich kann nicht wegsehen. Bewegungslos starre ich in sie hinein. Mein Hochgefühl hat sich in merkwürdige Furcht verwandelt. Vor meinen Augen bilden sich aus den Wolken Bilder, Gesichter, schlimme Fratzen, Wirbel, immer neue verformte Gesichter beobachten mich, starren auf mich herab, verschwinden – wie eine bedrohliche Sprache, die mir etwas mitteilen soll, ich verstehe sie aber nicht, mein Verstand fasst das alles nicht, mir wird schwindelig, es ist mir, als zögen die Geister des Ortes auf, umringten mich, zwängen mich, sie anzusehen, um mich einzuatmen, um Macht über mich zu gewinnen, ich verliere den Boden unter den Füssen ... Jemand hinter mir fängt mich auf.

»Wird dir schlecht? Verträgst du die Höhe nicht?«, fragt Victor.

»Ich habe ehrlich gesagt lauter verzerrte, bedrohliche Gesichter gesehen, es war, als ob sie mir etwas antun wollten, das war wirklich gruselig.«

»Das sind sicher die Wächter. Sie passen auf, dass niemand hierherkommt, der die Schwingung des Ortes stört! Das ist normal«, erklärt mir Victor, für den alles Esoterische so handfest und normal ist, als spräche er vom Oktoberfest.

»Schon wieder!« Werner schüttelt nur missbilligend den Kopf und schaut in eine andere Richtung. Er kann Victors Normalitäten nicht leiden.

Victor hat recht, denke ich und steige die Pyramide wieder hinunter, sehe Manfred etwas unter mir, der gerade nach oben klettert. Dabei stolpere ich und rutsche einige Stufen hinunter zu ihm, der mir wieder aufhilft.

»Du hast es aber eilig. War das nichts da oben?«

»Doch, es war schon etwas ...« Ich schaue an mir hinunter. Meine Hose ist aufgerissen, mir tut das Hinterteil weh, einige Blutflecken im Stoff und Abschürfungen an den Handflächen, sonst nichts ... wahrscheinlich.

»Bin gespannt, wie es für dich ist!«

Bruno, der Tonmann, steht unten bei einer Häuserruine an der Straße, hat seine Kopfhörer auf und schaut in die Ferne. Ob er etwas Interessantes hört? Ich gehe zu ihm.

»Es ist wie ein ganz feines, hohes Pfeifen, was meinst du?« Er gibt mir die Kopfhörer. – Tatsächlich!

»Es klingt irgendwie jenseitig!«

»Wie aus einem anderen Dasein«, fügt Bruno sachlich hinzu.

Ein Druck baut sich in und um meinen Kopf auf. Mein Herz klopft hart. Ich höre das leise, feine Pfeifen deutlicher. »Es ist wie der kaum hörbare Ton in einer gespenstischen Leere«, konstatiere ich und gebe ihm die Kopfhörer zurück.

Plötzlich fällt mir auf, dass keine anderen Touristen in der Nähe sind. Auch kein Tier, kein lebendes Wesen außer uns lässt sich blicken. Ich spüre, wie sich meine Brust verengt. Jetzt vernehme ich das Pfeifen ganz deutlich auch ohne Kopfhörer, ich muss so schnell wie möglich von hier verschwinden! Das spüre ich.

Während wir unten auf die anderen Jungs vom Team warten, kommen die Wolken über dem Gipfel der Pyramide wieder in Bewegung. Der Entschluss zu gehen bringt Erleichterung.

»Komm, noch ein paar Fotos!«, ruft Manfred zum Schluss. Er nimmt uns als Gruppe auf und dann noch einige Portraits von uns einzeln. Ich soll mich zum Kopf der aus Stein gemeißelten gefiederten Schlange setzen, dem Schöpfergott des Himmels und der Erde. Auf seinem Rücken sind einige mit Federn geschmückte Köpfe aus Stein aufgereiht. Ich setze mich dazu, auch wenn die Wächter des Ortes mir nicht besonders gut gesonnen waren, wie Victor erklärt hat.

Zurück in unserem Hotel muss ich zunächst einmal duschen, alles wegwaschen, was mich dort unsichtbar umgeben hat.

Dann halten wir Kriegsrat. Manfred telefoniert mit der Redaktion in Deutschland. Die fehlenden Papiere müssten jetzt hier am Flughafen angekommen sein. Morgen versuchen wir weiterzufliegen. Schließlich betrachten wir unsere Fotos: kollegial und lustig. Nur auf meinem Portrait stimmt etwas nicht.

»Die Schlange und alle Köpfe schauen mich an! So war das doch gar nicht in Wirklichkeit!« Ich bin verstört.

»Diana, jetzt dreh nicht durch. Das ist nur die verschobene Perspektive!« Manfred lacht. Das erleichtert mich. Es ist alles nicht so, wie ich es mir eingebildet habe.

»Alles ganz normal«, sagt Victor.

»Normal!«, seufzt Werner.

Neue Unruhe steigt in mir auf. Aber ich werde mich jetzt beruhigen, all das liegt hinter mir. Und eines ist klar: Das sind keine kosmischen Stimmen, mit denen ich mich unterhalten will. Bedrohlich, böse, wirr, zerstörerisch wie psychische Abgründe, so habe ich sie empfunden. Kann es im Universum eigentlich das Böse geben? Ist dort nicht alles neutral, weise, förderlich, letztlich gut, weil eins mit den ewigen Gesetzen? – So stelle ich mir das jedenfalls vor.

Artemisia:
Veränderung ist das ewige Gesetz. Nichts bleibt ewig gleich. Auch das Universum verändert sich. Gegensätzliche Kräfte sorgen dafür, dass Neues entsteht und Altes vergeht. Veränderung ist ein neutraler Prozess. Erst durch den individuellen Geist der Menschen oder anderer Wesen verschwindet diese Neutralität. Was aufbauend und unterstützend ist, wird von Menschen als »gut« und positiv empfunden, was zerstört, ohne dass ein »guter« Effekt sichtbar wäre, ist »böse« oder negativ. Dieses »gut« oder »böse« kann durch den Geist des Einzelnen verzerrt, übersteigert, pervertiert werden und die verschiedensten Formen annehmen.

So schufen die mexikanischen Indianer ihr »gut oder böse«, ihre Götzen und mentalen Gestalten, die der indianischen Vorstellung und Kultur entsprachen. Sie wurden von der menschlichen Energie und Schöpfungskraft verzerrt, aufgeladen, sodass sie Befehle empfangen und auf die menschliche Welt einwirken konnten. Als gute oder böse Mächte werden sie oft von ebenso gearteten unerlösten Seelen begleitet.

Am nächsten Morgen bekommen wir am Flughafenzoll tatsächlich unser gesamtes Equipment wieder – im letzten Moment. Wir laufen zu unserem Flugzeug, nachdem wir das Verladen der Kisten überwacht haben, stürzen gerade noch vor dem Schließen der Türen hinein. Klassische Musik. Die Stewardess lächelt und führt uns zu unseren Plätzen. Ich setze mich und denke: Das kenne ich doch, diese Melodie …

»Die deutsche Nationalhymne – das ist ja witzig, uns zu Ehren!?« Manfred im Sitz neben mir sieht mich freudig überrascht an. Fast jeder glaubt ab und zu an Wunder, und wenn es sich nur um eine Preissenkung handelt. Das hier ist die Art Wunder, an die Manfred glaubt.

»Du Mani, für die ist das nur ein Stück von Haydn, die wissen nicht, dass es die deutsche Nationalhymne ist. Aber wir wissen es. Und das gilt!«

Ich drehe mich nach Victor hinter mir um. Wie immer, wenn er unterwegs ist, vertieft er sich in seinen alternativen Reiseführer.

»Die meisten sind Traumpflanzen«, lässt er mich zufrieden wissen. Er hat seinen Carlos Castaneda gelesen.

»Wie jetzt? Sind sie echt oder nur geträumt?«, stichelt Manfred.

»Ach, du weißt schon: Wenn du sie einnimmst, träumst du ganz außergewöhnliche Sachen!«

Werner neben ihm und ich sagen nichts dazu. Ich aus innerer Erschöpfung und weil ich keine Erfahrung damit habe, Werner aus Prinzip.

Wir landen sicher in Yucatán, bekommen unsere Kisten, fahren zu unserem Hotel. Es ist erst Mittag. Am Nachmittag sind wir mit dem Heiler verabredet, der uns zu den Kräutern führen soll.

Pacco steht an seine Hütte gelehnt – eine Holzhütte mit Palmdach am Rand der Wildnis, der ein kleiner eingezäunter Gemüsegarten vor dem Haus abgetrotzt wurde. Unser Mietwagen hält. Pacco reckt sich in die Höhe und kommt uns langsam entgegen. Für einen Mexikaner ist er ungewöhnlich groß, schlank, vielleicht Anfang fünfzig. Tiefe Furchen durchziehen sein Gesicht. Die Augen wirken europäisch, doch die Iris ist von einer dunklen Tiefe, wie sie in Mitteleuropa kaum zu finden wäre. Um die Schulter trägt er einen Umhang aus Fell.

Niemand spricht. Wir betrachten ihn, er betrachtet uns. Erst nach einer Weile haben wir uns so aufeinander eingestimmt, dass wir sprechen können. Mit ihm übertönt man die unsichtbare Annäherung nicht durch oberflächliches Geschwätz. Wir kommen sofort zum Wesentlichen:
»Morgen früh, nur mit dem Nötigsten (wozu haben wir nur all unsere Ausrüstung mitgenommen!), werden wir eine Kräuterwanderung über die Steppenlandschaft unternehmen, in einer Hütte auf dem Weg übernachten und von dort aus weiter nach den bedeutendsten Kräutern suchen.« Das ist Paccos Info für heute. Wir verabschieden uns, das war's.
Wir kehren ins Hotel zurück, packen um, ruhen uns aus.

Am nächsten Morgen fahren wir mit unserem gemieteten Auto, kleiner Ausrüstung und wenigen persönlichen Dingen für die Nacht, meinem ganz eigenen Notproviant in Form von Nüssen inklusive, zu unserem Kräuterexperten. Seine Lebensgefährtin begrüßt uns. Eine Indiofrau. Sie mag wohl vierzig sein, trägt einen langen weiten Rock, eine bunte Bluse und hat sehr lange schwarze Haare, die sie offen nach hinten fallen lässt. Er sei nicht da, sagt sie auf Spanisch. Er sei schon vor Morgengrauen aus dem Haus gegangen, um die Pflanzen zu suchen und sie um Erlaubnis zu bitten, dass wir sie filmen dürfen. Wir sollten nur zu diesem Hügelkamm dort in der Ferne gehen, dort werden wir ihn treffen. Sie lädt uns noch zu einer Tasse Kräutertee ein, ein Tee aus Kräutern, wie wir sie suchen werden.
»Damiana« ist hauptsächlich gut für fast alles: beruhigend, bei Asthma, Depressionen, Sexualitätsstörungen, Verdauung.
Er schmeckt süßlich und angenehm. Ich frage nach einer weiteren Tasse. Doch sie schaut mich etwas prüfend an und meint, dass er inzwischen stärker gezogen hätte. Ich schüttle nur den Kopf als Zeichen, dass das schon o.k. ist. Ich trinke also noch ein Tässchen, wir bedanken uns und brechen auf.

»Damiana, gelbe Blüten!«, ruft sie uns nach.
»Danke, danke! Auf bald!«, rufen wir zurück.
Die Wanderung beginnt.
Nach einer Stunde Gehen und Schleppen erreichen wir den Hügelkamm. Wir schauen uns nach unserem Führer um und nach kleinen gelben Blumen im wilden Bodenbewuchs. Doch was wir sehen, sind Büsche, niedrige Gräser, Steine. Dann steht er plötzlich bei uns. Pacco, unser Führer sieht etwas beunruhigt aus.
»Ich weiß nicht, ob wir etwas finden werden!«
»Wie? Aber Sie gehen doch hier immer Kräuter sammeln?«
Ich bin aufgebracht, unverständliche Rückzieher in letzter Minute, das will ich nicht gelten lassen. Immerhin muss ich ja etwas ins Bild bringen und mit einem Film nachhause kommen.
Er schüttelt nur den Kopf und murmelt etwas vor sich hin. Dann geht er los und wir mit ihm. Manfred mit seiner Filmkamera, Victor mit einer der ganz neuen Videokameras, bei denen man sofort sehen kann, was man gefilmt hat. Sehr nützlich, um einen ersten Eindruck zu gewinnen!
Irgendwie fühle ich eine große Müdigkeit in mir aufsteigen, manchmal habe ich sogar das Gefühl, dass das Schwindelgefühl von gestern wieder auftauchen könnte. Aber ich ignoriere das, denn ich muss mich auf die Bilder konzentrieren.
Tatsächlich sieht die Flora in der ganzen Gegend jämmerlich und ausgetrocknet aus. Manfred und Victor scheinen anderer Meinung zu sein. Sie filmen hier und filmen da, obwohl dort nur kleine hutzelige Gewächse, vertrocknete Bodendecker zu sehen sind. Sie aber benehmen sich, als sähen sie die wundervollsten Pflanzen. Na ja, denke ich. Es ist gut, wenn sie sich freuen und etwas zu tun haben. Sonst ist es zu frustrierend. Aber so, wie es für mich aussieht, werde ich wohl einen Film machen, in dem ich ständig sagen muss, dass es traditionsgemäß viele Heilkräuter gibt, wir aber leider keines davon finden konnten.

»Vielleicht führt er uns absichtlich nicht zu den Plätzen, wo etwas wächst!«, flüstere ich Manfred schwankend zu. Irgendwie stehe ich auf diesem Hügel schlecht. Es ist, als hätte ich keinen festen Boden unter den Füßen. Mani schaut mich nur erstaunt an und schiebt seine Makrolinse ein.

»Ich habe Superbilder!«

»Mexikanischer Estragon, Chacruna, Aztekensalbei, Ayahuasca …?«

Pacco sieht mir tief in die Augen. Dann schüttelt er den Kopf und geht weiter.

Da höre ich ein ungewohntes Geräusch hinter uns. Schnell wende ich mich um und sehe den Schatten eines Bären verschwinden.

»Was ist los? Panther, Jaguar?«, ruft Victor erregt. Manfred, Bruno und Werner schauen sich um, sehen aber nichts.

Manfred hat sofort die Kamera parat. Werner blickt unschlüssig drein. Bruno horcht mit den Kopfhörern auf verräterische Geräusche. Victor beobachtet misstrauisch unseren Kräutermann.

»Es ist ein Bär«, erklärt Pacco.

»Ein Bär in Mexiko!?«, wiederholt Manfred ironisch. »Gibt es doch gar nicht.« Er kennt Bären, hat schon unter Lebensgefahr einen faszinierenden Film über Bären in Kanada gedreht.

»Ah, dann war es ein Krafttier!« Victor kennt sich endlich wieder aus.

»Die leben in der Geisterwelt und sind Heiler, Helfer der Menschen. Ich glaube, jeder Mensch hat ein für ihn typisches Krafttier! Bei mir ist es die Ameise, hat mir ein Schamane gesagt. Ameisen – grins nicht so Werner! – stehen für Kommunikation und Zusammenarbeit, Erkenntnis … Natürlich sieht nur jemand ein Krafttier, der in die Geisterwelt sehen kann, so wie Diana!«

»Oder der voller Rauschmittel steckt!« Ich versuche von meinem Geistersehertalent abzulenken. Nachdem wir den ganzen Tag gewandert sind und – wie mir schien – sinnloses Zeug gefilmt haben, stehe ich vor einem riesigen Exemplar Stachelmohn.

»Manfred!«, rufe ich erfreut.

»Traumkraut«, murmelt Pacco bedeutungsvoll.

Nachdem wir das Gewächs nach allen Richtungen abgelichtet haben, schneidet Pacco einige kleine Äste ab und steckt sie in die Tasche seines Fellumhanges.

Noch einige atemberaubende Bilder des weiten Hochlandes in der Abendsonne und wir erreichen eine kleine Hütte, in der wir diese Nacht verbringen sollen. Inzwischen sehe ich alles doppelt, wahrscheinlich Müdigkeit.

Vor der Hütte gibt es eine Feuerstelle, über der unser pflanzenkundiger Führer einige schwarze Bohnen und Mais mit viel Chili wärmt. In der Ferne erkenne ich den Bären, jetzt in merkwürdig schrillen Farben. Vielleicht halluziniere ich ja, aber ich habe das Gefühl, dass er uns beobachtet. Nach dem Essen zeigt uns Pacco, wie man aus dem Stachelmohn Tee bereitet. Wir sind alle interessiert, da er ja ein leichtes Opiat enthält.

Inzwischen lässt Victor seine Aufnahmen mit den heutigen Bildern noch einmal durch die brandneue Videokamera laufen, und wir schauen durch den Sucher. Es ist, wie ich sagte: Alles nur winzige, kaum definierbare Pflänzchen …

»Das gibt es doch nicht! Ich habe all die Pflanzen genau gesehen und gefilmt. Sie waren groß, kräftig, wunderbar!!!«, ruft Victor und schaut nachdenklich drein. Manfred ist außer sich. Dann müsste ja auf seinem Film eventuell auch nicht das zu sehen sein, was er glaubt, aufgenommen zu haben. Er, der großartige Kameramann, der einfallsreiche Victor, Bruno, der geistig Abwesende, und der praktische Werner diskutieren wild, was geschehen sein könnte.

Pacco schaut durch den Sucher, und ich erkläre die Sache so gut ich es auf Spanisch kann. Er versteht trotzdem.
»Keine Erlaubnis«, sagt Pacco schlicht.
Manfred und Werner sind wütend, und jetzt stürzt sich Manfred auf Pacco und packt ihn an den Schultern:
»Was geht hier vor? Ich habe klare Bilder von kräftigen Pflanzen gemacht. Und nur wirres, vertrocknetes Unkraut ist zu sehen! Ist das ein indianischer Zauber oder was!?«
Pacco nimmt Manfreds Hände weg.
Ich versuche das Ganze notdürftig, aber etwas höflicher ins Spanische zu übersetzen.
»Wenn du Heilkräuter aufnehmen willst, brauchst du genauso eine Erlaubnis, wie wenn du einen Menschen filmen möchtest«, beginnt Pacco nun in bestem Englisch.
»Die Geisterwelt ist hier in Mexiko ganz nah. Sie haben dafür gesorgt, dass du nicht das äußere Erscheinungsbild, sondern nur den Energiekörper der Pflanzen aufnehmen konntest, und der hat sich vollkommen in sich selbst zurückgezogen. Diana konnte es die ganze Zeit sehen.«
»Einen Bären hat sie auch gesehen!«, ergänzt Manfred sauer.
»Der Bär unterstützt die Kommunikation mit der anderen Welt«, erklärt Pacco und schenkt jedem etwas Tee in eine blecherne Tasse.
»Ihr werdet gut schlafen … und vielleicht solltet ihr versuchen, euch mit den Geistern hier gut zu stellen, und nicht glauben, dass ihr einfach machen könnt, was ihr wollt!«
Keiner sagt etwas dazu. Wir haben ja noch morgen.
So sitzen wir nahezu gemütlich vor der Hütte, überblicken die weite Hügellandschaft und trinken etwas Tee für eine gute Nacht.
Plötzlich flüstert Manfred:
»Ich glaub es fast. Weißt du noch Diana, wie wir in dieser mystischen Kapelle damals filmen wollten. Ich hatte die Ka-

mera vorher geprüft. Alles o.k. Aber als wir mit dem Interview dort anfingen, blieb die Kamera nach einiger Zeit stehen. Nichts ging mehr. Als ich nachschaute, was wir bisher gemacht hatten, war nichts drauf. Ich fuhr zum Sender und ließ die Mühle untersuchen. Alles war in Ordnung mit ihr, aber auf dem Film war absolut nichts drauf. Die Techniker hielten mich für verrückt. Es war völlig unerklärlich.«
»Für die unerklärlich!«, ergänzt Victor. Schließlich legen wir uns alle in Decken gewickelt auf den Boden der kleinen Hütte, um zu schlafen.

Ich falle sofort in Schlaf wie in ein tiefes Loch. Dann erwache ich, aber ich habe das Gefühl, dass ich immer noch schlafe. Ich laufe jetzt frei und ohne Müdigkeit über die weiten Hügel. Auf einmal erhebt sich in der Ferne ein dunkler Schatten, höher und höher, und gleichzeitig rennen einige Indianer, nur mit einem Schurz bekleidet, aus diesem Schatten aufsteigend auf mich zu. Immer mehr Indianer stürzen in meine Richtung. Der Schatten im Hintergrund wird zu einer Pyramide mit einem Tempel. Ich fliehe vor den feindlichen Kriegern, klettere auf einen Baum und schwinge mich von Ast zu Ast, denn ich bin jetzt im Dschungel. Aber die Krieger sind mir nachgekommen und umfassen den Stamm des Baumes, auf dem ich gerade stehe, und halten mich dadurch fest. Ich schüttle den Baum ab und springe mit einem riesigen Satz über sie alle hinweg. Jetzt ist mein Körper mit langen roten Streifen bemalt, mein Haar ist lang mit einigen Federn darin, ich blute, habe ein Messer und kämpfe mit drei Indianern. Ich kann mich befreien und laufe durch die Straßen einer Indiostadt. Dort kommen mir Kinder mit blutigen Händen entgegen, kleine Familien sitzen vor ihren Lehmhäusern und braten über einem Feuer Fleisch, Menschenfleisch, ich weiß es. Sie sprechen mich mit einer gespenstischen Sprache an, laden mich ein mitzuessen.

Ich lehne angewidert ab. Da steht der Mann auf und schlitzt mir blitzschnell mit dem Messer die Brust auf. Ich laufe fort, die ganze Stadt läuft hinter mir her. Sie sind gierig auf mein Herz. Da sehe ich, dass ein Lichtstrahl aus dem Himmel mein Herz trifft, es begleitet, es erleuchtet. Ich habe jetzt unendliche Kraft und bleibe stehen. Drehe mich zu meinen Verfolgern um. Ich könnte sie alle mit einem Atemzug vernichten, töten für ihre barbarische Grausamkeit, für ihre Verbindung zu den dunklen Mächten des Universums. Der Speichel geifert ihnen blutrot aus den Mündern, ihre Augen sind gelb vor Kriegslust ... und dann schicke ich ihnen mein Herz. Es ist so groß, dass alle darin Platz finden, sie stehen im Licht, das von oben mein Herz erleuchtet und nach unten weithin scheint. Auf einmal legt sich, schmiegt sich wie ein zärtlicher, sanfter Windhauch ein großes Verzeihen über uns und in uns alle.

Auf einmal ist alles ruhig. Frieden. Die Dunkelheit fällt ab, Hügel blühen auf, Menschen gehen zusammen ihres Weges. Ich wache wieder auf, aber ich glaube, ich schlafe noch. Ich überlege, woher kam diese Vergebung? Vergebung für alles, das Schlimmste. Hatten wir das verdient? Muss man sie verdienen, oder kommt sie, wenn eine neue Zeit beginnt? Was immer war, ist vorbei. Alles ist gut. Ich sinke in eine tiefe Ruhe.

»Sie wacht auf!«

Ich fühle mich gut. Wir frühstücken, sprechen nicht, zwischen uns ist stilles, weiches Einverständnis, Harmonie. Jeder fühlt es, ist wie erfüllt davon. Es ist einfach so, und niemand möchte die Stimmung stören. Ich werde auch nichts von meinen wirren Träumen erzählen. Wozu? Wir wandern zurück. Alles erscheint mir frisch und neu, die Hügel schimmern silbrig im Morgentau. Die Blätter der Blumen und Kräuter glitzern vor Feuchtigkeit. Die Kräuter, die wir suchen, finden wir, gesund, saftig, wahr. Manfred macht jetzt die Bilder, die er gestern hätte machen wollen. Was in der letzten Nacht geschehen ist, weiß niemand, auch ich nicht wirklich, der Effekt genügt. Pacco ist ein sanfter Führer, fast zärtlich deutet er auf die eine oder andere Pflanzenart, die wir übersehen hätten.

Zurück in seinem Häuschen reicht uns Paccos Frau eine Tasse heiße Schokolade. Wir sitzen zusammen wie Brüder, wie alte Freunde, die sich ohne viel Worte verstehen. Zum Abschied schenkt ihm Manfred noch einen Bildband unserer Redaktion mit den schönsten Dokumentationen, die in den letzten Jahren gemacht wurden. Pacco nimmt ihn ehrfurchtsvoll entgegen.

»Wirklich Zeit, nachhause zu fahren – Auftrag erfüllt!«, konstatiert Werner in der Abflughalle des Flughafens von Mexico City mit einem so zweideutigen Tonfall, dass ich fast geneigt wäre, dahinter eine geheimnisvolle Anspielung zu vermuten – wenn der Satz nicht von Werner gekommen wäre. Und da merke ich, wie oberflächlich ich ihn immer beurteilt habe.

Sobald das Flugzeug abgehoben hat, kommt es mir vor, als hätte ich wieder festen Boden unter den Füßen, als sei ich in die Wirklichkeit zurückgekehrt. Meinen Erlebnissen in Mexiko stehe ich ratlos gegenüber. Die meiste Zeit habe ich mich in einer irrealen Welt bewegt, habe mit irrealen Gestalten gekämpft, während sich gleichzeitig auch in der Realität etwas verändert hat. Und dann das Herz: einerseits der gruselige Umgang der Indianer mit den menschlichen Herzen ... und andererseits mein Erlebnis im Traum, in dem mein Herz, EIN Herz, sie alle befriedet hat. Im Herzen wohnt die Seele, wie die Religionen sagen. Vielleicht war es das, was wir erfahren haben.

16. Kapitel

Nach all den Wochen mit dem Team bin ich nicht mehr gewöhnt, allein zu sein. Katharina ist aus der Wohnung verschwunden, die Artikel von Bhagwan, die ich in all dem Chaos vor dem Abflug nicht mehr lesen konnte, auch, und meine Wohnung fühlt sich fremd und leer an. Immerhin hat Katharina die Pflanzen gegossen.

Ich telefoniere mit Bettina in der Redaktion. Ja, Katharina ist dort. Sie kommt später bei mir vorbei. Ob sie wohl orange Kleider und die Mala trägt? Wäre interessant zu sehen, wie man im Sender darauf reagiert …

Aber nein, außer den mit Henna gefärbten Haaren sieht sie aus, wie man eben aussieht, wenn man trendy ist. Mit anderen Worten, sie trägt eine enge Jeans mit Schlag, eine enge weiße Bluse mit lang herabfallenden Spitzen an der Knopfleiste und Manschetten wie aus dem 18. Jahrhundert und eine dunkelblaue, goldverzierte Militärjacke mit goldenen Knöpfen – alles frisch aus London mitgebracht.

»Bist du verrückt! Bhagwan-Kleider würde ich nie anziehen. Wir müssen doch als Vertreter des deutschen Fernsehens mit den verschiedensten Leuten umgehen und ihr Vertrauen gewinnen!«, sagt sie, so wie sie aussieht.

»Ich bin gespannt, wie es bei Bhagwan war!«

»Wild und interessant war es«, erzählt sie. »Es ging vor allem um Befreiung von verklemmter Sexualität, von verdrängten Aggressionen … wäre eigentlich was für dich gewesen!«

»Ach, ich hatte gedacht, du gehst da für spirituelle Erlebnisse und Entwicklung hin!«, gebe ich zurück.

»Tu ich auch, aber im Moment ist für viele im Ashram die Befreiung von Emotionen und verklemmter Sexualität der Schwerpunkt. Es heißt, diese Ebene auszuleben sei Voraussetzung, um für die Spiritualität bereit zu sein. Bewusstseinserweiterung funktioniert nicht wirklich, wenn du da unten festhängst, sagt Bhagwan. Außerdem ist die sexuelle Energie göttlich, also sollen wir sie genießen und feiern. Aber was MICH betrifft, so brauche ich für diese Art ›Erweckung‹ nicht extra hinzufahren!«, deutet sie mit einem herablassenden Blick auf mich an. »Vielleicht lässt das Interesse an Weiterentwicklung dann aber eher nach … Ich kenne so einige Bhagwan-Schüler hier, die schon länger dabei sind und diese Energie total frei ausleben, aber ich habe bei ihnen sonst nicht viel Entwicklung festgestellt.«

Katharina lacht.

»War Lucius auch da?«

»Er kam tatsächlich, aber nur ganz kurz. Er schaute sich das Ganze an, amüsierte sich, aber ich glaube, er nahm das alles überhaupt nicht ernst. Es war schön, wieder mit ihm zusammen zu sein!«

»Ja, das kann ich mir vorstellen!«, bemerke ich.

»Komm hör auf, du weißt, dass wir nur alte Freunde sind.« (Weiß ich das? Geht es mich eigentlich etwas an?)

»Aber, obwohl Lucius ein bisschen arrogant ist«, erzählt Katharina weiter, »fand er doch, dass Bhagwan inspirierende Vorträge hält, und dabei total witzig und originell ist, sodass man oft richtig lachen muss. Ich habe dir übrigens etwas mitgebracht!« – Ein Buch oder eine kleine Halskette vielleicht? Aber Katharina holt eine Art Prospekt aus ihrer Tasche.

»Nichts Besonderes, nur am Flughafen in Bombay lagen diese Hefte mit der Darstellung der menschlichen Chakren oder Energiezentren aus. Da kannst du sehen, aus welchen Bewusstseinsebenen und Energiemustern der Mensch besteht. Ich dachte, das interessiert dich vielleicht.«

Sie breitet die farbige Darstellung der Chakren vor mir auf dem Tisch aus.

»Kenne ich vom Sehen, aber erklär mal!«
Katharina schiebt sich die hennaroten Haare hinter die Ohren und – frisch aus Indien gekommen – legt sie los:
»Aber jetzt nur ganz knapp:
Also, unten das Wurzelchakra. Die Energie im 1. Chakra bezieht sich auf Besitz, Sicherheit, Fortpflanzung und alles, was man zum direkten Überleben braucht, dafür ist sie da.
Dann das nächste – das 2. Chakra eins höher – ist das Sexualchakra, der Name spricht für sich, darin liegt viel Power.
Bei der Energie im nächsthöheren, dem 3. Chakra, geht es um Integration in eine Gemeinschaft, um die Rolle, die man in einer Gruppe oder der Gesellschaft spielt.«
»Das heißt, wenn ein bestimmtes Chakra aktiv ist, dann fließt diese Energie vermehrt in dein Leben ein?«, frage ich.
»Ja, aber das kann mehr oder weniger Energie sein. Zum Beispiel das 4., das Herzchakra, steht für Mitgefühl, Hingabe, Güte, selbstlose Liebe, so etwas. Es ist bei allen Menschen aktiv und in allen Religionen ein zentraler Punkt, aber wie aktiv es bei den einzelnen Menschen ist, das ist unterschiedlich … Verliebt sein gehört hier nicht unbedingt her, das ist mehr das 2. Chakra …«
»Nach meinen Erfahrungen in Mexiko habe ich das Gefühl, dass das Herz etwas ganz Zentrales und Geheimnisvolles ist. Bei den Indianern dort gab es ja diesen unfassbaren Herzkult … Ich glaube, wenn ein Priester so ein schlagendes Herz in der Hand emporgehoben hat, muss er gefühlt haben, dass er das Geheimnis des Lebens selbst in Händen hält und den Göttern darbietet.«
»Puh, keine Ahnung. Dann, bei der Energie im 5. Chakra, dem Chakra hier am Ansatz des Halses, geht es um die Fähigkeit zu unterscheiden, Klarheit, um Illusionen, aber auch um Kreativität und Kommunikation. Wir haben diese Energien alle, aber sie wirken sich nicht bei allen gleich aus, wir sind nicht alle Schriftsteller, wenn du verstehst.«

»Und was sagt mir dieses System jetzt eigentlich Neues? Wir haben diese Energien verschieden stark in uns, das weiß man doch: Jeder hat seine Veranlagung und fertig!« Katharina beginnt mich zu nerven.

»Ja, aber jetzt kommt das Interessante! Da auf der Abbildung ist es ja deutlich zu sehen: Wir haben noch fünf weitere Chakren ...«

»... mit fünf weiteren Lebensbereichen, dazugehörigen Lebenserfahrungen und jeweils spezieller Energie!«, ergänze ich, denn jetzt sehe ich erst, was sie mit dem Ganzen sagen will.

»... die wir aber nicht erleben, von denen wir nichts haben. Denn diese höheren, spirituellen Zentren sind zwar auch in allen Menschen vorhanden, aber es gibt nur wenige, die überhaupt davon wissen, und noch weniger Menschen, bei denen sie erweckt wurden, die dort bewusst sind oder diese Erfahrungen und Kräfte in ihr Leben integriert haben.« Katharina deutet auf den oberen Bereich des menschlichen Chakrensystems.

»Ich erklär es nur ganz grob: Das 6. Chakra zum Beispiel hat viel mit Hellsichtigkeit und derartigen Energien zu tun. Von dort wird die Energie aus dem Kosmos nach unten in die materielle Welt verteilt. In den Chakren sieben, acht, neun liegen weitere, noch höhere spirituelle Energien, Erfahrungen und Fähigkeiten verborgen ... und im 10. Chakra erfährt man die ›Einheit mit Gott‹ oder was die Leute mit der berühmten ›Erleuchtung‹ meinen. Alles das würde zu einem Menschenleben dazugehören, aber wie gesagt, sie sind in jedem von uns vorhanden, aber in einem unerweckten ›schlafenden‹ Zustand. Es ist so, als hättest du einen Ferrari in der Garage, aber du weißt es nicht, weil du die Garage nie aufmachst.«

»Guter Vergleich!«, lache ich.

Katharina steht auf, geht zum Fenster und wendet mir den Rücken zu. Sie holt etwas aus ihrem indischen Brustbeutel und nestelt eine Weile mit ihren Händen herum.

»Hast du Feuer?«, fragt sie, während sie sich zu mir umdreht. Sie hält eine kleine selbstgedrehte Zigarette in der Hand. Ich zeige auf die Streichhölzer auf dem Tisch neben der Kerze. Nachdem sie sich die Zigarette angezündet hat, philosophiert sie weiter.

»In Wirklichkeit kennen wir Menschen uns gar nicht selbst! Mach dir das mal klar! Unsere Selbsterkenntnis bezieht sich normalerweise immer auf die unteren Ebenen: Warum habe ich das nicht? Wie bekomme ich, was ich will oder brauche. Was fürchte ich? In wen bin ich verliebt? Wen brauche ich? Gehöre ich dazu, wie gehe ich mit anderen um, wie mache ich Karriere? ... mehr sehen wir nicht von uns.«

»Du hast recht!«, stimme ich aufgeregt zu, während ich die schmalen Rauchschwaden beobachte, die im Zimmer aufsteigen und langsam zu mir herüberziehen.

»Wir wissen überhaupt nicht, was in uns steckt, die ganze andere Hälfte in uns selbst, die kosmische Welt in uns, kennen wir nicht! Und Leute, die sehr mit den unteren Etagen beschäftigt sind, interessieren sich auch überhaupt nicht für mehr ... Jetzt rieche ich deutlich, dass sich Katharina einen Joint gedreht hat.

»Lass mal ziehen!«, rufe ich in bester Stimmung.

Es ist selten, dass ich Haschisch rauche, aber ab und zu schon, weil es einen in neue Räume trägt. Musik zu hören mit Haschisch ist eine großartige Erfahrung: Man sieht die Töne geradezu durch den Raum fliegen, Schokolade schmeckt dann unglaublich gut, und reden, ja reden geht wunderbar, man sieht Zusammenhänge ... Da fällt mir plötzlich etwas ein.

»Weißt du was, dieses uralte System des menschlichen Bewusstseins, da müssen wir eine Reportage darüber machen, das wird nämlich auch von der modernen Wissenschaft unterstützt!«

»Ja? Wie denn!?« Katharina runzelt die Stirn.

Ich hole eine psychologische Zeitschrift aus dem Bücherregal und lege sie aufgeschlagen neben Katharinas Chakrendarstellung in die kleinen Rauchschwaden, die den Tisch umschweben.

»Schau! Hier ist die ›Bedürfnispyramide‹ des amerikanischen Psychologen Abraham Maslow. Sie erinnert doch an die Darstellung der indischen Chakrentheorie. Er sagt, wenn ich ein Bedürfnis habe, bin ich mir ja dessen bewusst … Bedürfnis erweckt also Bewusstsein, er zieht das Ganze nur anders auf.« Ich nehme noch einen Zug. »Maslow ordnet dementsprechend die menschlichen Bedürfnisse nach ihrer grundlegenden Dringlichkeit in Stufen an …«

Katharina nimmt mir lächelnd den Joint weg und genehmigt sich einen tiefen Zug. Ich rede unaufhaltsam weiter. Ich glaube, mein Kommunikationszentrum kommt in Schwung.

»Die Bedürfnisse sind zwar nicht so genau aufgegliedert wie im indischen Chakrensystem, aber unten stehen auf der ersten und zweiten Stufe auch bei Maslow die überlebensnotwendigen Bedürfnisse wie Essen, Atmen, Schlafen, Sicherheit und Sexualität; Bedürfnisse, die Menschen und Tiere gemeinsam haben, das ist daher die breiteste Stufe.«

Ein weiterer Zug.

»Dann folgt das Bedürfnis, sich in eine Gemeinschaft zu integrieren, was dem 3. Chakra entspricht. Siehst du, hier ist die Stufe ein wenig schmäler, obwohl auch Tiere diese Bedürfnisse haben. Aber dann werden, wie du siehst, die Stufen progressiv kleiner, es kommen Individualbedürfnisse hinzu, das heißt, weniger und weniger Menschen sind auf diesen Stufen bewusst …«

»… und weniger Tiere!«, Katharina fängt an zu lachen, »… haben derartige Bedürfnisse.«

Ich muss auch lachen. Wenn das Lachen bei Haschisch anfängt, kann man sich nur noch schwer beherrschen, aber ich bemühe mich, weil ich das gern noch fertig sagen möchte.

»Auf der 4. Stufe geht es um Individualität, um Mögen und Nichtmögen, um ›richtig und falsch‹, um Selbstausdruck, sich profilieren … – … gilt weniger für Tiere!«, stößt Katharina lachend hervor.

»Oder doch für manche!« Ich puste grinsend ein paar Rauchschwaden in die Luft.

»Danach führt die Pyramide über intellektuelle, ästhetische Bedürfnisse …«, mir ist, als hätte ich einen unkontrollierbaren Grinsekrampf, während ich versuche, die Worte ernsthaft auszusprechen.

»Gilt noch seltener für Tiere!«, gluckst Katharina und gibt mir den Joint, an dem ich noch einmal so kräftig ziehe, dass er rot aufleuchtet.

»Es ist mir aber ganz ernst«, versichere ich kichernd, »… es geht vom ästhetischen Bedürfnis zum Bedürfnis nach Selbstverwirklichung und bis hinauf zum Bedürfnis nach Transzendenz ganz oben …«

»Auch für Tiere?« Katharina macht ein besorgtes Gesicht. Jetzt kann ich mir das Lachen endgültig nicht mehr verbeißen. Immer wieder bemühe ich mich erfolglos, etwas Wichtiges zu sagen:

»Maslow meint …« – mir kommen die Tränen vor Lachen, ich kann nichts dagegen tun – »… es seien vielleicht zwei Prozent der Weltbevölkerung … die sich über die drei Grundbedürfnisebenen hinaus entwickelt haben … obwohl er allen Menschen ein eingebautes Wachstumspotential zugesteht. Das ist doch der Wahnsinn, wir Menschen entwickeln uns nicht. …« Ich ersticke fast vor Lachen und Tränen.

»Inzwischen sind es aber vielleicht schon drei oder vier Prozent, die Welt geht ja weiter.« – Katharina zieht noch mal zitternd am Joint und verschluckt sich fast: »Von wie viel hundert Milliarden Menschen – vier Prozent?«

Wir biegen uns vor Lachen.

»… vier Prozent der Menschheit haben mehr als die Bedürfnisse der Tiere … oder vielleicht sind es sogar schon sieben Prozent, ist das grotesk!«

Wir liegen flach in unseren Sesseln, uns tun die Bäuche weh. Wie absurd das ist!

Man bekommt furchtbar Durst von solchen Joints. Also gehe ich in die Küche und mache uns Tee. Nach einer Tasse schwarzen Tees bin ich wieder etwas nüchterner. Auch Katharina sieht konzentrierter aus. Wir schweigen eine Weile, in der sich die ausgelassene Stimmung beruhigt, die Laune trockener wird.

»Es gibt ja die Diskussion, ob der Mensch aus der Evolution kommend vom Affen abstammt oder aus einer anderen von ›Gott geschaffenen‹ Linie entstanden ist, darüber habe ich einmal einen Film gemacht. Es gibt hunderttausende Jahre alte Skelette von Affen und auch von Urmenschen, aber man hat keine Knochenfunde von einem Wesen gefunden, das ein Bindeglied wäre zwischen Affen und Menschen. Darum kann man die Evolution vom Affen zum Menschen nicht beweisen. Dazu sagte der Verhaltensbiologe Konrad Lorenz …«

»Ja, den kenne ich«, lässt Katharina schnell einfließen.

»Ich weiß«, bestätige ich schnell. »Also Konrad Lorenz hat so ungefähr gesagt: Kein Wunder, dass man das Bindeglied nicht findet. Denn das Bindeglied zwischen dem Affen und dem Menschen sind ja wir! – Er sagt damit, dass wir noch nicht wirklich das sind, was im Menschen angelegt ist, oder was wir sein könnten, wir sind noch recht nah am Affen.«

Katharina lächelt. Den Film, das weiß ich noch, hätte sie damals auch gerne gemacht.

»Maslow dachte übrigens zunächst auch, dass man erst die unteren Bedürfnisse erfüllt haben müsste, um zu den höheren zu kommen – also wie Bhagwan, der sagt, erst musst du die sexuellen Bedürfnisse befriedigt haben, bevor du dich weiterentwickeln kannst«, erklärt sie jetzt.

»Aber inzwischen weiß man, dass das nicht so ist«, füge ich hinzu.

Auf diese Bemerkung schaut mich Katharina bedeutungsvoll an, als blickte sie in meine Seele.

Wir merken beide, dass die Stimmung langsam umschlägt und etwas latent Gefährliches in der Luft liegt, aber ich will es nicht wahrhaben.

»Sag mal, wo, auf welcher Stufe, in welchem Chakra siehst du mich? Ich bin ja hellsichtig, jedenfalls oft hellsichtig«, frage ich sie vertrauensvoll, um ihr zu zeigen, wie viel ich von ihrer Meinung halte.

Katharina sieht aus, als hätte sie nur darauf gewartet, bis ich mich ihr ausliefere.

»Natürlich bist du was Besonderes ...«, Katharinas ironischer Unterton ist nicht zu überhören. »... das wissen wir doch alle. Das fühlt man auch, aber was nützt es dir, wenn du auf den höheren Chakren erweckt wärst, zum Teil ein höheres Bewusstsein hast, aber auf den unteren Ebenen in Schwierigkeiten steckst! Oder halt, ich würde sagen, auf zwei und drei bist du leicht behindert, auf der ersten hast du es gut getroffen!«

»Was!« Ich glaube es nicht, wie sie mir so etwas sagen kann. Schon öfters hat sie über mein Beziehungsleben, von dem sie kaum etwas weiß, ironische Bemerkungen fallen lassen, auch vor anderen, so, als ob sie darüber Bescheid wüsste. Außerdem gibt sie regelmäßig giftige Kommentare darüber ab, dass ich aus einer vermögenden Familie stamme. Das macht mich jetzt so wütend, dass mir jeder Humor verloren geht. Ich würde sie am liebsten aus der Wohnung werfen.

»Du redest über mein Sexualleben, als ob du eine Ahnung davon hättest oder es bewerten könntest! Und ehrlich gesagt, geht es dich einen Dreck an. Du mit deiner Freiheit bist ja nur ein Mitläufer und machst, was alle machen. Dir fehlt jedes Verständnis für die Hintergründe meines Lebens, genauso wie für das Thema, ob meine Eltern Geld haben oder nicht! Such bei dir selbst, jeder kann sehen, dass bei dir vieles nicht stimmt!«

»Gut, das mag sein, ich bin ja sehr anders als du …«

Katharina ist erschrocken. Offensichtlich hat sie wahrgenommen, dass sie eine Grenze überschritten hat.

Plötzlich ist Stille zwischen uns, beide sind wir verletzt, erstarrt, wie aus unserem verrückten Taumel geweckt, zurück in der Realität. Eine Weile schweigen wir versunken in uns selbst. Dann kommt mir eine Erkenntnis:

»Egal welches Chakra, welches Bedürfnis in einem Menschen zu kurz kommt oder nicht erweckt ist …«

Und plötzlich sprechen wir im Chor weiter:

»Wenn ALLE Chakren offen und erweckt sind, erst dann ist der Mensch vollkommen!«

Wir sehen einander mit großen Augen an. Uns ist gleichzeitig dieselbe Erleuchtung gekommen. Ja, so einfach ist das: Wenn all das im Menschen steckt, aber nur eine dieser Fähigkeiten und Bewusstseinsebenen verdrängt oder nicht erweckt ist, sodass sie im Leben nicht mitspielt, nicht dabei ist, dann ist man nicht vollkommen.

»Und weißt du was?«, flüstere ich ihr zu, als wäre sie meine beste Freundin, »ich verstehe jetzt auf einmal, warum Mäßigung oder Beherrschung traditionell als Tugenden edler Menschen gelten: Denn wenn alle Ebenen und die gesamte Bewusstseinsskala erweckt und bewusst sind, beeinflussen sie einander so, dass alle einander ausgleichen, dass keine die andere dominieren kann. Dann ist zwar alles da, aber es wird genau das benützt, was gerade nötig und angemessen ist, und zwar im richtigen Maß. Das ist die totale Harmonie. Die Vision der Vollkommenheit!«, behaupte ich.

Nach einer Weile: »Hat Bhagwan in seinen Vorträgen übrigens irgendetwas über das Herz gesagt?«

»Als ich dabei war nicht, und sonst war das auch gerade kein Thema zwischen uns.«
»Hast du jetzt eigentlich eine Wohnung?«, frage ich schließlich.
»Ja, mir hat jemand geholfen, etwas Passendes zu finden.«

Am nächsten Tag in der Redaktion setze ich mich zu Bettina, während ich warte, dass ich mit dem Chef sprechen und ihm von der Drehreise berichten kann. Dabei höre ich Katharina und den Redaktionsleiter in seinem Büro lachen und scherzen. Eine Viertelstunde später kommt Katharina glücklich lächelnd heraus und geht, ohne uns weiter zu beachten, aus dem Zimmer.

Verblüfft schaue ich Bettina an.
»Ach, du weißt es noch gar nicht! Warst ja lange weg! Die beiden sind jetzt ein Paar!«
Bettina wirkt abgekühlt und gelassen. Gut für sie, dann schlägt sie sich endlich ihren Chef aus dem Kopf!
Aber ich bin wütend. Katharina, dieses falsche Stück! Kein Wort hat sie mir gestern davon erzählt, obwohl sie doch wissen musste, dass ich es bald erfahren würde. Und wozu braucht sie Vollkommenheit, sie scheint ja mit dem 2. Chakra allein bestens zurechtzukommen, alle Probleme von Chakra eins und drei lösen sich so wie von selbst! Man muss ja sagen, sie tut was für sich.
Jetzt bin ich dran, der Chef lässt bitten. Als ob nichts wäre, empfängt er mich superfreundlich wie immer – er hätte ja ein wenig peinlich berührt sein können wegen seiner Affäre mit meiner Kollegin, aber nein, er ist viel souveräner als das, lehnt sich im Sessel zurück, bestellt uns bei Bettina Kaffee und lässt sich dann lächelnd unsere Abenteuer auf der Drehreise erzählen. Schließlich wünscht er mir Glück für meinen Schnitt an zwei »schönen Filmen«. In einer Woche werde ich mit dieser

Arbeit beginnen, an der ich viele Wochen sitzen werde, sinniere ich, als ich das Chefzimmer verlasse. Bettina betrachtet mich von ihrem Tisch aus mit forschendem Blick und erhobenen Augenbrauen.

»Na, hast du's schon gehört?«

Ihr Blick verunsichert mich.

»Was meinst du?«

»Na, Katharinas neuen Auftrag meine ich.«

Und dann erzählt mir Bettina, die Chefsekretärin, dass Katharina einen Riesenauftrag an Land gezogen hat, der – so wie sie das abschätzen kann – wohl nicht mehr viel Geld für andere Filme in diesem Jahr übrig lassen wird. Das heißt, nach den Mexikofilmen wird für mich in diesem Jahr Schluss sein.

»Sie hat vorgeschlagen«, erklärt Bettina, »die Vorbereitungen der Olympiaschwimmerinnen für die Olympiade nächstes Jahr filmisch zu dokumentieren. Und was, meinst du, kam dabei heraus? Einen Monat lang wird Katharina jeweils das Training der Favoritinnen dreier Nationen verfolgen: einer Deutschen, einer Engländerin und einer Französin. Dieses Jahr das erste Trainingsstadium und nächstes Jahr die Endphase des Trainings. Mit all den Reisen, was glaubst du, was das kostet? Und natürlich füllt das unser Programm ... da sind dann nur noch Wiederholungen drin. Davon hat er dir nichts gesagt?«

Ich schüttle nur den Kopf. Natürlich ist das finanziell problematisch für mich, karrieremäßig bleibe ich natürlich auch zurück, denn Sport bringt immer eine Menge Zuschauer. Aber der eigentliche Tiefschlag für mich ist Katharinas Verhalten mir gegenüber. Nicht nur verführt sie den Chef, nachdem sie mir vorgebetet hat, dass so etwas moralisch ausgeschlossen ist, nicht nur reißt sie sich dadurch auf unfaire Weise alle finanziellen Mittel und den ersten Platz auf der Stufenleiter des Erfolgs unter den Nagel, nein, nicht nur all das: Sie hat mir die ganze Zeit Kollegialität, ja, in gewisser Weise auch Freundschaft vorgespielt, sie hat in meiner Wohnung gewohnt und mich gleichzeitig hintergangen. Ich habe sie schon als meine Freundin gesehen. Und vor allem deshalb fühle ich einen tiefen Schmerz im Herzen.

»Bettina, ich pack's jetzt!«, sage ich nur und wandere zur Kantine. Ich muss jetzt etwas essen, um mich zu beruhigen.

Es passt zu meiner depressiven Stimmung, dass mir Elias, der allein an einem Tisch sitzt, zuwinkt. Also gut: Loser zu Loser. Aber nein, Überraschung! Ihm geht es prächtig. Er hat in einer anderen Redaktion Gehör gefunden und darf einen ausführlichen Film über den sauren Regen und das Waldsterben machen. Ich freue mich für ihn, gratuliere ihm und breche bald auf. So ist das Leben: ein ewiges Auf und Ab.

17. Kapitel

Sofie hat eine winzige Wohnung, in der man es sich bei Regenwetter zwischen Stapeln von Büchern und wissenschaftlichen Zeitschriften gemütlich machen kann. Man teilt sich den Platz mit ihrer freundlichen rotweißen Katze Miu, die, weil heute die Sonne scheint, gerade von Sofies Balkon auf einer kleinen Leiter hinab in den begrünten Innenhof klettert. Wir folgen Miu auf den Balkon und lassen uns dort mit einem vollen Obstkorb nieder.

»Katharina hat mir ein Chakrensystem aus Indien mitgebracht ...« Sofie hört meinem Chakren-Haschisch-Erlebnis aufmerksam zu.

Eine Weile kauen wir beide schweigend an Sofies Obst und betrachten Miu, die sich zufrieden in der Sonne streckt.

»Aber wie willst du diese Zentren erwecken, die dich so interessieren?«, fragt Sofie praktisch.

»Durch Meditieren, heißt es.«

»O.k., aber woher weißt du, was es wirklich ist, was sich in dir dabei tut? Wenn es in dir hell wird und du ein bisschen gelassener wirst, glaubst du, du hast die Erleuchtung, während es nur ein Phänomen auf dem Weg ist oder irgendeine Verzerrung der Wirklichkeit wie bei Drogen ... Also, ich glaube, du brauchst schon jemanden, der wirklich Bescheid weiß und die Kraft hat, dich durch unbekanntes Gebiet zu führen ... und vor jeglichem Ausflippen zu bewahren«, fügt Sofie, die Wissenschaftlerin, mit einem scharfen Blick auf mich hinzu.

Sofies genauer und kritischer Geist hat so etwas Sicheres und Vernünftiges an sich! Das beruhigt mich immer.

Wir sprechen eine Weile nicht, genießen einfach die Sonne. Meine Finger sind schon ganz feucht von dem abgeknabberten Apfel, den ich die ganze Zeit in der Hand gehalten habe.

In hohem Bogen werfe ich ihn jetzt endlich in den Hof. Miu schaut auf und rennt mit kleinen geduckten Schritten auf die neue Beute zu.

»Was machst du da? Du kannst doch nicht einfach großmächtig deinen Apfelbutzen in den Hof werfen! Wenn das jeder täte!« Sofie ist empört, und ich schäme mich:
»Tut mir leid, ich habe ganz vergessen, dass wir hier nicht allein sind!«

Eine Weile herrscht Stille, in der wir uns wieder aufeinander ausrichten.

Dann plötzlich bricht es aus Sofie heraus:
»Ich habe mich verliebt!«

»Was!!!« Dass sich Sofie, dieses Engelsgesicht, dieses kluge Wesen, meine liebevolle Freundin, verliebt, ist nichts Alltägliches!

»Oh Gott, und wer hat dich eingefangen?«
»Vielleicht würde dir das gefallen, er ist ein Dichter!«
»Echt? Ein Dichter, heute noch?! Wie heißt er denn?«
»Ich glaube nicht, dass du ihn kennst«, erklärt Sofie zögernd, »er hat, glaube ich, noch nichts veröffentlicht.« Kleine Pause.

Dann fährt Sofie mit leicht unsicherem Unterton fort:
»Um Geld zu verdienen, arbeitet er momentan als Fernfahrer ...«, sie wirft mir einen prüfenden Blick zu.

»Darum sehe ich ihn nicht allzu oft, aber wenn, ist es wunderbar!« Ihre blauen Augen bekommen einen verträumten Glanz.

Ich bin fassungslos: Das ist jetzt die rationale, beruhigende, konzentrierte Wissenschaftlerin, die verlässlich und sicher weiß, was man tut, wo es langgeht, die zur geistigen Elite Deutschlands gehört und sich daher nicht einfach so idiotisch verliebt, wie ich!

»Sag mal, du hast dich wirklich in einen Lastwagenfahrer

verliebt, der den ganzen Tag im Auto schwitzt, dabei Gedichte schreibt, und den du kaum siehst!«

Sofie starrt mich an.

»Du hast ja üble Vorurteile, du Spießerin!«, ruft sie aus, und ich erkenne an ihrem Blick, dass ich sie gerade schwer enttäuscht oder beleidigt habe und in ihrer Wertschätzung tief gesunken bin.

»Das war eine dumme Reaktion, verzeih mir, es war einfach, weil du mich so überrascht hast. Aber in der Liebe sind wir eben alle unberechenbar! Ich meine, in Wirklichkeit bin ich total gespannt, ihn kennenzulernen. Wenn du ihn magst, dann kann er nur ein toller Kerl sein!«

Sie mustert mich misstrauisch.

»Das hätte ich nicht von dir erwartet!«, bemerkt sie knapp.

»Sofie, verzeih mir, ich war überhaupt nicht innerlich bei dir, sondern habe nur auf dieses blöde Wort reagiert. Wirklich, ich schäme mich, es tut mir leid. Ich denke nicht wirklich so!«

Sofies Blick wird milder.

Sie kann sich sehr gut selbst von außen betrachten, und so versteht sie, wie sehr sie mich mit dieser plötzlichen Information aus der Bahn geworfen hat, und ist bereit zu verzeihen.

»Weißt du, ich lege keinen Wert auf sozialen Status«, erklärt sie leise.

Plötzlich zieht sich mein Herz zusammen, und mir wird klar, dass ich mir nie die Mühe gemacht habe, sie ganz zu kennen, dass ich mich letztlich mit einer oberflächlichen und einseitigen Vorstellung von ihr zufriedengegeben habe, dass ich sie im Grunde egozentrisch als beruhigende Stütze »benütze«. Ich habe nicht nur Vorurteile gegen Fernfahrer, sondern auch meiner liebsten Freundin gegenüber. Ich begnüge mich mit einem Teil von ihr, der lieben, klugen Wissenschaftlerin, aber als ganzen Menschen habe ich sie nie wirklich wahrgenommen.

»Das macht nichts, ich bin dir nicht böse, du kennst ihn ja nicht!«, lächelt Sofie versöhnlich.

»Wirst du ihn mir vorstellen?«, frage ich kleinlaut.

»Natürlich, wenn ihr beide wollt!«
Ich biete ihr eine Birne aus ihrem Korb an. Sie nimmt sie mit einem kleinen Lachen.

»Ach, übrigens, da fällt mir gerade ein ... (Das ist das Tolle an ihr, wie schnell sie verzeihen kann.) ... ich könnte dir möglicherweise jemanden vermitteln, der dir in puncto geistigem Lehrer weiterhelfen kann!« – »Wirklich!«, rufe ich begeistert aus, und schon sind wir wieder in unserem alten Fahrwasser.

»Wer ist das denn?«

»Ein Rosenkreuzer, ein Freund hat mir von ihm erzählt.«

»Und was ist ein Rosenkreuzer, bitte?«

»Wusste ich zuerst auch nicht, aber so viel ich erfahren habe, sind die Rosenkreuzer eine Geheimgesellschaft, die sich auf die Lehren des Christian Rosenkreuz aus dem Mittelalter beruft. Es gibt mehrere europäische Geheimgesellschaften, die zu verschiedenen Zeiten entstanden sind und jeweils ihre Gründer hatten, aber die geheimen Lehren fast aller Geheimgesellschaften gehen letztlich auf das spirituelle Wissen der alten Ägypter, der Araber und Juden zurück, ein Geheimwissen, dem einige Kreuzritter im Heiligen Land begegnet waren und das sie mit nach Europa gebracht hatten.

Das waren Lehren, die den engen Rahmen des päpstlichen Christentums sprengten. Und darum mussten diese Vereinigungen ihr Wissen und ihre Rituale vor der Kirche und der kleinlichen Hexenjagd der Spießbürger – also vor uns allen – über die Jahrhunderte verbergen. Darum nennt man sie Geheimgesellschaften, voilà! Und weil das Ganze geheim ist, darum habe ich auch keine Telefonnummer, keine Adresse von ihm. Aber mein Bekannter könnte für uns ein Treffen organisieren, wenn du willst.«

Artemisia:
Wie merkwürdig – die Menschen suchen nach der Unendlichkeit im Weltall, aber selten in sich selbst!

Drei Tage später betreten Sofie und ich ein altehrwürdiges Café: goldumrahmte Spiegel, goldene Schnörkel an den Wänden, dicke Teppiche am Boden, große Kuchentheke mit dicken Torten und die »Bedienung« im schwarzen Kleidchen mit weißer Schürze.

Hierher hat uns also der Rosenkreuzer, ein Bekannter eines Bekannten von Sofie, bestellt. Auch Sofie hat ihn vorher nie gesehen. Aber ER weiß, dass ihn hier zwei junge Frauen treffen wollen, um mit ihm zu sprechen. Sofie blickt sich suchend um. Ein kleiner dünner Herr mittleren Alters im hinteren Teil des Cafés nickt uns zu. Blass und mit schütterem Haar, wirkt er auf mich, als verbrächte er viel Zeit zwischen Büchern und in geschlossenen Räumen. Er begrüßt mich sehr höflich, wirkt vornehm und bescheiden. Nach einer Weile kommen wir zum Thema.

Vorsichtig beginnt er zu erzählen, indem er das Ganze durch den Schleier des Geheimnisvollen hindurch sichtbar macht. Wir erfahren, dass es ganz hoch entwickelte Menschen mit einem unbegrenzten Bewusstsein gibt, die unter uns leben. Sie befinden sich gleichsam geistig über der ganzen Menschheit und blicken auf sie hinab. Und wenn sie eine Seele sehen, die bereit ist, »sich zu erheben« und sich höher zu entwickeln, dann werfen sie, bildlich gesprochen, ihre Netze aus und ziehen denjenigen zu sich, um ihn zu ihrem Schüler zu machen und ihm das geheime Wissen zu vermitteln.

»Wieso sagen Sie ›geheimes‹ Wissen? Inwiefern unterscheidet es sich von dem, was die Wissenschaft oder die Psychologie lehrt?«, fragt Sofie irritiert.

»Die Wissenschaften beschäftigen sich mit der Materie, dem

materiellen Weltall, dem materiellen Körper und der Psyche, also mit dem, was der Mensch in diesem Leben fühlen, denken und sich errechnen kann. Aber beim geheimen Wissen geht es um die geistige Matrix dahinter, um die Unsterblichkeit des Menschen, um Alchimie, bei manchen auch um Magie und Macht, also um die besonderen Fähigkeiten, die in jedem Menschen schlummern, aber von denen die Menschen im Allgemeinen nichts wissen.«

Sofie beobachtet den Rosenkreuzer kritisch:

»Und was ist bei all diesen Arbeiten nun herausgekommen?«

Der Rosenkreuzer blickt zu Boden. Klar, diese Frage geht zu weit.

»Das wäre aber doch für jedermann interessant. Warum ist das eine Geheimlehre?«, forscht Sofie weiter.

»Weil man in früheren Zeiten dafür auf den Scheiterhaufen gekommen wäre. Man wollte auch nicht, dass diese heiligen Dinge von unwürdigen Menschen entweiht würden.«

»Und entwickeln kann man sich nur mithilfe dieser höheren Seelen oder geistigen Lehrer?«, will ich wissen.

»Ab einer gewissen Stufe schon …«

»Gehören diese Lehrer einer bestimmten Gruppierung oder geheimen Organisation an?«, fragt Sofie weiter.

»Nein, nicht unbedingt, sie können aus verschiedenen Richtungen kommen.«

»Sind sie alle auf dem gleichen Level in dem, was sie lehren?«

»Nun, es gibt da viele Abstufungen in der geistigen Vollkommenheit, und da ist einer, der über allen anderen steht, der Höchste.«

»Das kling sehr interessant!«, melde ich mich wieder zu Wort.

»Was kann man tun, um so eine hohe Seele, einen solchen Lehrer zu finden? Also einen, der mir meinen Weg zeigt und keiner Geheimgesellschaft von früher angehört?«

»Man kann nichts Konkretes tun, nein.«

»Oder, wie kann man der höchsten Seele begegnen? Ist Ihnen das schon passiert?«

Der Rosenkreuzer weiß nicht, wie er auf meine unsensible Frage antworten soll. Er schüttelt nur lächelnd den Kopf. Schließlich rafft er sich doch noch zu einer Antwort auf: »Der Meister findet Sie, wenn Sie entsprechend vorbereitet sind.«

Das Gespräch ist beendet, das spüren wir deutlich. Mehr wird er uns nicht sagen. Wir bedanken uns höflich, verabschieden uns. Während wir zum Ausgang des Cafés gehen, flüstert mir Sofie zu:

»Ich frage mich, was hohe Seelen sonst noch so tun!«

Draußen ist es dunkel geworden und spätherbstlich kalt, die Straße voller Leute, die Läden hell erleuchtet.

»Kannst du kurz warten? Ich muss schnell in dieses Wäschegeschäft. Nur einen Augenblick!« Sofie verschwindet im heißen Gebläse der offenen Ladentür.

Ich bleibe vor dem nächsten Schaufenster stehen und betrachte Schuhe. Plötzlich berührt jemand meine Schulter.

Ich wende mich um. Es ist der Rosenkreuzer. Er kommt nah an mich heran und flüstert, wobei ich seinen warmen Atem an meinem Ohr spüre: »Sie sind auserwählt!«

Gänsehaut läuft mir den Rücken hinab, während seine schicksalshaften Worte durch meine Adern pulsieren. Wie erstarrt schaue ich ihm nach, sehe ihn mit schnellen Schritten in der Menge verschwinden.

»Halt!«, rufe ich und laufe hinter ihm her. »Halt! Ich will aber nicht Rosenkreuzer werden!«

Augenblicklich bleibt er stehen, dreht sich zu mir um, schüttelt den Kopf und antwortet: »Sie werden nicht Rosenkreuzer!«

Er geht einige Schritte weiter, bleibt aber dann noch einmal

stehen, wendet sich mir zu, streckt Daumen und Zeigefinger in die Luft und ruft:
»Zwei Menschen!«
Verblüfft starre ich ihn an.
»Zwei Menschen und Sie werden eins!«
Hastig biegt er um eine Ecke. Ich bleibe entsetzt und verwirrt zurück.
Jetzt kommt Sofie mit einem kleinen Päckchen auf mich zu, legt mir den Arm um und sagt vergnügt: »Ich habe noch ein Rendezvous!«
»Ach!«, lache ich noch etwas verwirrt. »Ich freue mich für dich!«

18. Kapitel

Ich muss mit Lucius reden. Er lehrt Religionswissenschaften und Spiritualität! Er wird mir wohl etwas mehr über außergewöhnlich hoch entwickelte Menschen sagen können. Leider ist es sehr teuer, von Deutschland nach Madras in Indien anzurufen. Lucius aber kann von seinem Institut kostenlos telefonieren.

»Mein Gott, wenn er mich doch jetzt zufälligerweise anrufen würde!«, seufze ich und lasse mich resigniert auf meinen Kissen nieder, um mich zu entspannen.

Meine Gedanken schweben eine Weile lose durch den Raum. Allmählich fokussieren sie sich aber doch auf Lucius. Wo er wohl gerade ist? Wo könnte er wohl sein? Ich tagträume vor mich hin und sehe vor meinem inneren Auge, wie er einen schmalen Gang entlanggeht und das Arbeitszimmer eines Mannes – vielleicht eines Professors – betritt. Dann setzt er sich zu ihm an den Tisch und beginnt mit ihm zu reden. Merkwürdig, ich sehe das Ganze so deutlich, als ob es eine Filmszene wäre. Lucius und der »Professor« scheinen sich gut zu verstehen.

Das kann dauern, denke ich mir, und so kommt mir plötzlich die Idee, ich könnte Lucius telepathisch mitteilen, dass er mich anrufen soll. Ich konzentriere mich auf ihn, auf sein Gehirn und versuche ihm diesen Gedanken zu übermitteln ... Jetzt hat er ihn empfangen, da bin ich mir sicher, aber dieser Gedanke macht sich neben all den anderen Gedanken, die gerade Vorrang haben, nicht bemerkbar. Oh! Ich muss ihm das Gefühl eingeben, dass er mich anrufen MÖCHTE. Dazu, das spüre ich genau, muss ich mich an eine andere Adresse in seinem Gehirn wenden. Ganz automatisch, als ob ich irgendeine Ahnung von den Sphären des Gehirns hätte, richte ich meine Konzentration mit dem Gedanken »Ich möchte jetzt gerne Diana anrufen« auf eine andere Stelle in seinem Kopf. All das vollzieht sich wie von selbst in mir, während ich noch immer entspannt auf den Sitzkissen liege. Dann fällt mir ein, ich müsste ihm eigentlich sagen, wie er das jetzt machen könnte. Also teile ich ihm in einem Zustand hoher Konzentration und gleichzeitiger Neutralität mit, dass er jetzt aufstehen und aus dem Raum gehen möchte, um in seinem Zimmer mit mir zu telefonieren. Dabei sehe ich, wo diese Idee in seinem Gehirn eintrifft, sehe, wie er sich von diesem Herrn verabschiedet, aufsteht, das Zimmer verlässt, den Gang zurückwandert und in seinem Zimmer auf das Telefon zugeht. Jetzt wählt er eine Nummer ...

Ich bin in solch einem verinnerlichten Zustand, dass mein Herz vor Schreck einen Sprung macht, als plötzlich in der Realität meines Zimmers das Telefon läutet.

»Na, meine Schöne, wie geht es dir? Rat mal, wer dich hier anruft!«

»Lucius!« ... zunächst weiß ich nicht, was ich sagen soll.

»Oh, habe ich dich geweckt?«

»Nein, nein, viel schlimmer. Ich habe gerade versucht, dir telepathisch mitzuteilen, dass du mich anrufen sollst, und du tust es!«

»Du steuerst mich fern?«

»Nein, es war nur ein Wunsch, und dann geriet ich in einen ganz automatischen Prozess hinein.«

»Du hast echt Talent!« Lucius klopft mir verbal auf die Schulter, nachdem ich ihm beschrieben habe, was ich bei der Gedankenübertragung wahrgenommen hatte.

»Das ist toll, dass du im Gehirn lokalisieren konntest, welches Zentrum auf welchen Impuls reagiert.«

»Ich bin ja hellsichtig, sagst du selbst immer. Vielleicht ist ein höheres Chakra bei mir schon erweckt?«, proviziere ich den Dozenten für Religionswissenschaften und Spiritualität. Es funktioniert wie immer.

»Also, nur dass das klar ist, Gedankenübertragung und dergleichen sind nicht unbedingt ein Zeichen dafür, dass jemand besonders hoch entwickelt ist. Viele Menschen und auch Tiere haben außersinnliche Fähigkeiten, ohne dass sie auf der Stufenleiter der Evolution in irgendeiner Weise über den anderen stehen. Oft ist es sogar umgekehrt ...«

»Oh, danke!«

Lucius lacht.

»Ich will damit sagen, dass der Intellekt oft ein Hindernis ist, Dinge wahrzunehmen, weil man zu sehr in seiner Gedankenwelt ist und auch Dinge beurteilt und wegschiebt, wenn sie dem Verstand nicht entsprechen. Was du aber da hingelegt hast, könnte man glatt als gelungenes wissenschaftliches Experiment bezeichnen. Allerdings funktioniert Gedankenübertragung besonders gut bei Menschen, die sich lieben ...! War also klar, dass das bei uns klappen würde!«

Ich fühle mich verunsichert. Ist er ironisch? Kurze Pause zwischen uns. Ich muss nachdenken.

»Außerdem passt das in unser Schema, denn du bist, wie wir wissen, die Spirituelle, und ich der dumme Wissenschaftler, der deinen Impuls empfängt«, fügt Lucius hinzu und lacht noch mehr, was mich weiter irritiert. Habe ich ihn bei meinem letzten Aufenthalt zu sehr gekränkt, oder macht er sich ganz generell über mich lustig? Zwei gleich unangenehme Vorstellungen.

»Nein, niemals hast du mich gekränkt, und lustig mache ich mich schon gar nicht! Das haben wir doch schon alles hinter uns! Diana, was ist denn eigentlich los?«

»Hm, eigentlich würde ich gerne wissen, wie man einen richtig guten Meister oder Guru findet?«

»... na, du kennst ja das Bibelwort: *Viele sind berufen, aber wenige sind auserwählt!*«

Mein Herz beginnt heftig zu schlagen.

»Ihr habt doch in eurem Institut sicher eine ganze Liste von Gurus und spirituellen Lehrern, da könnten wir doch ...«
»Verstehe, aber ich bin zurzeit nicht frei, um herumzureisen.«
»Aber du warst ja doch mit Katharina bei Bhagwan!«
»Ja, ... höre ich da einen kritischen Unterton heraus?«
»Nein, nein, aber wie war das?«
»Nun, Katharina ist schon eine tolle Frau!«
Das sagt er jetzt, um mich zu ärgern. Aber nicht mit mir, wenigstens nicht jetzt.
Schweigen zwischen uns.
»Hör mal, Katharina und ich sind Freunde, nicht mehr, so wie wir beide. Sie ist eine mutige Frau, eine Frau der Tat. Sobald sie etwas interessant findet oder Arbeit vor sich sieht, stürzt sie sich hinein. Ich bin ein Mann des Wissens, der Erkenntnis und des Studiums ... und du bist ein Mensch des Herzens.«
»Was meinst du damit?«
»Bei dir ist das Herz dominant. Alles berührt dich direkt im Herzen, du verstehst mit dem Herzen, du heilst mit dem Herzen. Liebe ist dein Thema, aber leider stehst du dir dabei selbst im Weg, weil du so empfindlich bist und dich das Unvollkommene so verärgert ...«
»Tut mir leid, dass du mich so siehst!«, murmle ich beleidigt.
»Weißt du, es gibt im Yoga diese drei Wege zur Vollendung ...«, fährt Lucius fort, ohne auf meine gekränkte Bemerkung einzugehen.
»... den Weg der Tat, den Weg des Wissens und den Weg des Herzens, der Liebe. Ich gehe von Natur aus den Weg des Wissens, du des Herzens und Katharina der Tat.«
»Und du wanderst auf einem beschaulichen, sicheren Weg dahin«, räche ich mich jetzt für seine Kritik an mir.
»Du lernst nur etwas ›über‹ eine Sache, hältst deinen intellektuellen Abstand und verwandelst dich nicht dabei, wie denn

auch! – Mein Weg, finde ich, ist besonders schmerzlich, und Katharinas ... jetzt erzähle ich dir mal was ...«

»Ach, musst du nicht, ich kenne sie schon. Von meinem Weg hast du keine Ahnung, und was dich betrifft, bin ich mir ganz sicher: Dein Weg ist nur deshalb schmerzlich, weil du nicht wirklich weißt, was Liebe ist.«

Einen Moment bleibt mir der Mund offen.

»Weil du es weißt! Weil du das richtige Wissen kennst und Katharina das Richtige tut! Wir wissen doch alle nichts.«

»Dennoch steht mir durch mein Wissen mehr Orientierung zur Verfügung als euch!«

Immer wieder kommen wir dazu, uns zu streiten.

»Aber Diana, sag jetzt endlich, was wirklich los ist!«

Also erzähle ich ihm mein Erlebnis mit dem Rosenkreuzer und wie er mir hinterher sagte – überraschend und ganz im Geheimen –«, dass ich »auserwählt« sei.

»Der Rosenkreuzer scheint ja ein Seher zu sein ...«

»Stell dir vor, er sagte mir zum Schluss noch etwas Merkwürdiges: Er streckte zwei Finger in die Luft und sagte: ›Zwei Menschen und Sie werden eins.‹«

Stille.

»Und dann?«

»Verschwand er um eine Straßenecke.«

»Typisch, von den Leuten, die aus Geheimgesellschaften kommen, erfährt man das Wesentliche nie. – Diana, ich will dich nicht ärgern. Zurück zu deiner Frage: Wenn du nicht suchen willst, musst du beten. So sagt man in Indien: Bete um ihn, und der Meister kommt an deine Tür!«

»Und wenn es niemanden für mich gibt?«

»Es gibt schon jemanden, so besonders bist du nun auch wieder nicht ... Vielleicht ... ich plane eine Reise nach Afrika, Senegal, Guinea-Bissau, um zu sehen, welche magischen Bräuche dort noch lebendig sind. Wenn du willst, kannst du

mitkommen. Dort gibt es auch einige außergewöhnliche Menschen, das kann ich dir versichern.«
»Wann?«
»Wann kannst du?«
»Wenn ich mit meinem Film fertig bin, ab dann habe ich möglicherweise mehr Zeit als mir lieb ist.«
»Gut, mein Herz, dann ist das abgemacht. Du meldest dich bei mir, wenn du fertig bist, und ich sehe zu, dass ich mir die Arbeit so lege, dass wir uns zusammen in Afrika treffen können!«
Eine kleine Pause zwischen uns beiden, in der wir schweigend beisammen sind.
»Ich freue mich sehr darauf, Diana!«
»Ich mich auch, Lucius!«
Mit klopfendem Herzen lege ich auf. Ich spüre die Wärme in seinem und meinem Herzen. Ach, ich wäre so gern wieder verliebt! Eine Weile lehne ich mich verträumt in meine Kissen zurück. Ob das mit Lucius je etwas werden könnte? Er würde mich aber wohl nie ernst nehmen, genauso wenig wie all die anderen Frauen, und ich würde ständig das Besetztzeichen hören, wenn ich bei ihm zuhause anriefe, weil er gerade mit einer anderen telefonieren würde … Andererseits, wie er meine telepathische Botschaft wahrgenommen hat, zeigt doch, wie sensibel er für mich ist … Ob diese Gedankenübertragung nur deshalb so gut funktioniert hat, weil wir eine besondere Freundschaft haben? Wäre interessant zu wissen, ob Gedankenübertragung mit jemand anderem auch funktionieren würde, oder ein Gebet? Ist ja auch Gedankenübertragung.

Also ein Gebet, um einen richtigen Meister zu finden! Aber wie oder was soll ich beten, um mich solch einer Persönlichkeit anzunähern? Solch ein Gebet sollte Würde haben, überlege ich. Ich kenne das »Vaterunser«, dieses weltumspannende, neutrale,

große Gebet. Also versuche ich es konzentriert vorzutragen. Doch schon nach einer Zeile springen meine Gedanken fort, und ich habe den Faden verloren. Ich kann mich auch nach weiteren Versuchen nicht länger als ein paar Sekunden auf den Inhalt konzentrieren. Grauenhaft. Ich glaube, ich müsste erst einmal so weit kommen, dass ich wenigstens eine Minute bei solch vorgegebenen Gedanken bleiben kann!
Bei meiner Arbeit habe ich allerdings keine Konzentrationsprobleme. Weil mich meine Arbeit interessiert. Ein vorgegebenes Gebet interessiert mich nicht. Es rauscht an mir vorbei, weil es kein wirklicher Ruf meines Herzens ist. Beten muss spontan tief aus dem Herzen kommen, so empfinde ich das, es kann nicht anders sein. Also warte ich lieber darauf, dass es von selbst kommt. Allerdings, wenn das Gebet ein Ruf meines Herzens ist, kann es doch auch ganz still oder sogar unbewusst aus mir kommen, ohne dass ich es überhaupt bemerke. Ich glaube, so laufen viele Gebete in uns Menschen ab, die unser Leben bestimmen, ohne dass wir es wirklich wissen.

19. Kapitel

Winter 1976

Melanie, meine Cutterin, Anfang vierzig, mit kurzen blonden Haaren und wegen Mangel an Bewegung mit rundlicher Figur, sitzt neben mir im Tonstudio, eine Reihe hinter dem wortkargen, braunhaarigen Tontechniker. Endlich entspannt bewundern wir die Endmischung unserer zwei fertigen Filme. Der Sprecher, ein junger Schauspieler, hat den Text, den ich für ihn geschrieben habe, mit Engagement vorgetragen, die Musiken sind angelegt, alle Übergänge fließen endlich sanft ineinander.

»Sehr schön geworden«, kommentiert unser Tontechniker, der lieber Komponist wäre, und dreht sich zu uns um. Melanie und ich klatschen die Handflächen aufeinander. Geschafft!

Jetzt warten wir nur noch auf den Chef, der nach einer halben Stunde beschwingt und elegant wie immer erscheint, um das Endresultat abzusegnen. Schweigend und mit kritischer Konzentration betrachtet er unser Werk, Bild für Bild, lässt sich manchmal noch eine Minute im Film zurückfahren, um eine Szene noch einmal zu begutachten. Dann wendet er sich mit leuchtendem Blick an mich:

»Ich weiß einfach, wenn ich Ihnen Arbeit gebe, dass ich ein exzellentes Resultat bekommen werde. Diese Filme wieder ... ich bin begeistert!«

Ich lächle ihn an.

»Ich hoffe, Sie sind zufrieden!«, füge ich vorsichtig hinzu, denn er zeigt sich mir und meiner Arbeit gegenüber immer begeistert.

»Zufrieden!? Ich sehe einen deutschen Fernsehpreis vor mir!«, ruft er geradezu empört aus. Dann fügt er nach einer kleinen Pause hinzu:

»Ach ja, übrigens Diana, haben Sie Zeit, morgen kurz in mein Büro zu kommen? Wir müssen uns noch unterhalten.«
Ich ahne schon, was er mir sagen wird. Aber heute will ich noch nicht daran denken, sondern feiern, und so gehe ich mit den Kollegen in meinem Lieblingslokal die »einzig wahre Pizza der Stadt« essen.

Mit einer einladenden Handbewegung bittet mich der Chef, Platz zu nehmen. Im Gesicht sieht er ein bisschen aus wie eine Kreuzung zwischen Pferd und Schwein. Aber trotzdem nicht schlecht, denke ich, wie ich ihm nun in seinem Büro mit dem üblichen Glas Wasser gegenübersitze.
»Ja, wir müssen uns noch unterhalten.« Er schaut mich prüfend an.
»Es ist etwas Unvorhergesehenes eingetreten. Sie erinnern sich doch, dass wir Katharina dieses Projekt mit der Langzeitbegleitung unserer vielversprechenden Olympiateilnehmerinnen übertragen hatten – das ich übrigens viel lieber Ihnen gegeben hätte ... aber Sie waren ja nicht da!«
(Unsinn, das ganze Projekt hat er sich mit Katharina ausgedacht. Und außerdem, wie soll ich mich daran erinnern, wenn er mir kein Wort davon gesagt hat!) Ich nicke freundlich.
»Also, die Sache ist die, dass das Projekt nun doch viel umfangreicher und kostspieliger geworden ist, wir außerdem noch ein paar große Sportübertragungen übernehmen werden und so weiter ... kurzum ...«
Ich nicke weiterhin bescheiden. Was kann ich schon tun? Ich werde dieses Jahr in meiner Redaktion nichts mehr verdienen, daran ist nichts zu ändern. Der Chef ist froh, dass ich keine Schwierigkeiten mache. So habe ich mir wenigstens für die Zukunft keine Steine in den Weg gelegt.
»Gut, aber haben Sie vielleicht schon einen Sendetermin für

meine Filme?«, frage ich nun doch noch, während er mir schon die Tür zum Gehen aufhält.

»Oh mein Gott! Das hätte ich beinahe vergessen! Ich weiß im Moment nicht, wo mir der Kopf steht …«

Es scheint ihm tatsächlich peinlich zu sein, wie geistesabwesend er ist … »Aber wenn schon, dann sollte ihm noch vieles mehr peinlich sein!«, denke ich bitter.

»Also, ich habe gleich jetzt eine Sitzung, in der wir die nächsten außerordentlichen Sendetermine festlegen. Ich werde alles daransetzen, dass der erste Ihrer beiden Filme spätestens in drei Wochen gesendet wird. Ich lasse es Sie gleich nach der Sitzung wissen!«

»Vielen Dank!«, gebe ich höflich zurück, während ich ihm die Hand schüttle und sein Zimmer endgültig verlasse.

Tatsächlich teilt mir Bettina noch am selben Abend per Telefon mit, dass mein Film über die mexikanischen Frauen bereits am nächsten Donnerstag zur besten Sendezeit gezeigt wird. Die Werbung kann der Sender im Augenblick nicht übernehmen, das soll ich doch bitte selbst machen! Am nächsten Donnerstag! Heute ist schon Freitag! Da ist kaum Zeit, meinen Film zu bewerben. In den aktuellen Zeitungen könnte vielleicht noch ein besonderer Programmhinweis platziert werden und im aktuellen Hörfunkprogramm nächste Woche. Ich mache mich an die Arbeit, schreibe kurze Teaser für die Zeitungen, schneide einige Audioszenen aus dem Film für den Hörfunk.

Donnerstag. Aber kein spezieller Programmhinweis auf meinen Film – weder in der Zeitung noch im Hörfunk! Dafür Beiträge zur aktuellen Papstreise!

Abends sitzen meine Cutterin, Elias und mein Kollege René in meiner Wohnung vor dem Fernseher.

»Ein interessanter Film über die Situation der Frau in Mexiko«, kommentiert René hinterher.

»Geht schon zu Herzen!«, fügt Elias hinzu.

Melanie, die Cutterin und ich sehen uns an: Das klingt ja nicht gerade nach großem Zuschauererfolg oder einem Fernsehpreis, wie mein Chef geschwärmt hatte.

Deprimiert und ärgerlich gehe ich zu Bett: Ein Film kann so gut sein, wie er will, wenn die Zuschauer ihn nicht sehen, ist er nichts wert ... Der banalste Unsinn wird hochgejubelt, nur weil viele Leute den Beitrag gesehen haben! So ist das, seit die Quotenmessung eingeführt worden ist, wüte ich vor mich hin und finde keinen Schlaf.

Wie es wohl Katharina mit ihrem großen, alles verschlingenden Projekt geht? Seit Sommer habe ich nichts mehr von ihr gehört. Bei ihren Filmen wird sicher mit allen Mitteln geworben. Sie sind ja jetzt schon intern in aller Munde. Nein, ich bin nicht eifersüchtig ... nein, es ist eben Schicksal. Schließlich schlafe ich doch noch ein.

Das Telefon weckt mich am nächsten Vormittag. Ich habe glatt verschlafen!

»Diana!«, ruft Bettina aufgeregt in mein Ohr. »Du hast eine Wahnsinnsquote! Die beste Quote aller Dokus bisher im ganzen Jahr! Der Chef will dich sehen!«

Mein Herzschlag verdoppelt sich. Ein Wunder! Ich schicke ein überwältigtes »Danke!« gen Himmel, mache mich dem Anlass entsprechend schick und eile in den Sender.

Wir sitzen im geräumigen Zimmer des Fernsehdirektors: Der kritische, besonnene Autorität ausstrahlende Fernsehdirektor selbst, mein Chef und alle Redakteure unserer Abteilung, insofern sie im Haus sind. Nachdem jeder, darunter auch ich, genügend gelobt worden ist, stoßen wir auf weitere Erfolge der Redaktion an.

»Und das Ganze ohne jede Werbung!« Ich kann mir diesen Hinweis auf die Nachlässigkeit meiner Redaktion nicht ver-

kneifen. Dafür treffen mich die irritierten Blicke all derer, die mich gerade in den Himmel gehoben hatten. Die leiseste Kritik bekommt man von ehrgeizigen Leuten umgehend zurück, und zwar mitten ins Gesicht. Einsicht gibt es nur bei bescheidenen Menschen, das ist meine bitter erworbene Erfahrung, was nicht heißt, dass ich sie nicht wieder und wieder machen würde.
O.k., das spielt jetzt keine Rolle. »Meine Zukunft ist gesichert, ich bin zu gut, selbst, wenn ich dieses Jahr weg vom Fenster bin, werde ich weiter beschäftigt werden«, jubel ich innerlich. Ich muss an Katharina denken. Diese Aufmerksamkeit wird sie wohl kaum überbieten können.

Es ist kalt geworden. Und in all der Zeit, in der ich an den Filmen gearbeitet habe, habe ich mich selbst vernachlässigt.
Schlechtes Kantinenessen, keine Bewegung und nicht viel Zeit für Dinge, die einem außer der Arbeit Freude machen könnten, und jetzt auch noch Winter.
Kein Wunder, dass meine leicht beeinflussbare Gesundheit reagiert. Die Bronchien sind angegriffen, mein Herz schwächelt, der Kreislauf ebenfalls. Ich werde zum Internisten meines Vaters gehen.

Er ist um einiges älter als ich, vielleicht um zwanzig Jahre. Äußerlich eher unauffällig, aber mit diesen lichten Augen sieht er tief in mich hinein, während ich ihm meine Beschwerden anvertraue.
»Die Tendenz zu bestimmten Krankheiten kommt häufig von dem unbewussten Ballast, den die Menschen aus diesem oder den letzten Leben in sich tragen«, erklärt er mir mit einer sehr sanften, eindringlichen Stimme, während er mich weiter betrachtet.
»Das glaube ich auch«, wage ich zu erzählen. »Ich habe zwei Rückführungen gemacht, und dabei hat sich mir manches, was ich heute an mir kenne, erklärt!«

Eine Weile lässt er seinen Blick still auf mir ruhen und sagt dann auf eine Weise, die mir durch und durch geht:

»Sie sind eine sehr spirituelle Frau. Das muss man immer berücksichtigen.«

Im Labor nimmt er mir ganz vorsichtig, fast zärtlich Blut ab und verschreibt mir – zurück im Sprechzimmer – Kräutermedizin für meinen Kreislauf.

Ich dachte, ich könnte jetzt gehen, aber er wollte mir noch etwas mitteilen.

»Sehen Sie, ich hatte das Herz Ihres Vaters gerade zwei Tage vor seinem Tod untersucht – alles war in Ordnung. Aber, wissen Sie«, erklärt er mir fast schuldbewusst, »ich glaube, er hatte einfach seinen Zyklus auf der Erde beendet. Deshalb starb er.«

»Einfach so! Sie meinen: Aufgabe erledigt, also geht er?«

Der Arzt nickt zustimmend.

Ich überlege kurz, ob er sich mit dieser Sichtweise die Dinge nicht ein wenig leicht macht, aber bevor ich zu einem Schluss komme, fährt er fort:

»Ich glaube, dass es seine Aufgabe im Leben war, aus eigener Kraft etwas Materielles aufzubauen. Das hat er ja nun wirklich geschafft. Aber er wirkte auf mich, als ob er alles abgeschlossen hätte und tief in sich fühlte, dass nichts mehr auf ihn wartete. Er wollte weiter.«

Wir verabschieden uns, und ich verlasse seine Praxis, fasziniert von seinem feinfühligen Wesen, überwältigt von dem spirituellen Wissen, das sein Leben und seine Arbeit zu bestimmen scheint. Und ja, je länger ich an ihn denke und alles auf mich wirken lasse, bin ich überzeugt, dass ich ihn schon lange kenne und er vielleicht die Partnerseele ist, auf die ich warte. Dieser Gedanke überfällt mich schlagartig. Er könnte es sein!

»Wie eine Sucht, der du nicht widerstehen kannst! Nein, Diana, nein, nicht, nicht schon wieder!«

Meine Freundin Sofie wollte mich schon immer erfolglos vor dem Schlimmsten bewahren und wird allmählich ungeduldig mit mir. Wir sitzen auf Hockern in einer Teestube im japanischen Stil, während draußen der Frost alles erstarren lässt.

»Aber ich war jetzt öfters bei ihm, weil es mir nicht so gut geht, und ich merke einfach, dass uns etwas Besonderes verbindet!«

»Vielleicht verbindet euch, dass ihr nicht zusammenpasst, aber alles Mögliche aufeinander projiziert! Außerdem, immer, wenn du im Leben nicht weiter weißt, verliebst du dich.«

Ich wechsle das Thema.

Er, mein Arzt, betrachtet mich aufmerksam, kommt hinter seinem Schreibtisch hervor, um meinen Blutdruck zu messen. Er berührt meinen Arm sanft, fast vorsichtig, während er mir langsam die Blutdruckmanschette umlegt. Ganz nah steht er neben mir, während er meinen Blutdruck misst. Dann fragt er mich scheu, ob ich meinen Pullover ausziehen könnte, weil er mein Herz abhören müsste. Ich ziehe noch scheuer meinen Pullover aus. Er hört mein Herz ab, so zart und rücksichtsvoll, als wäre ich aus Glas, und lächelt mich dabei an. Dann setzt er sich wieder auf seinen Stuhl und erzählt von der Bedeutung körperlicher Bewegung für den Kreislauf und vor allem über den Einfluss der Gedanken und Gefühle auf die Gesundheit und den gesunden Schlaf. Wie immer nimmt er sich unendlich viel Zeit, um mir den Zusammenhang zwischen Körper und Seele zu erklären, wobei er mir immer in die Augen schaut. Es ist, als gäbe es nur uns beide. Zeit spielt keine Rolle. (Ich möchte nicht als nächster Patient nach mir im Wartezimmer sitzen!) Jetzt schlägt er mir sogar vor, seinen Kittel auszuziehen, damit ich ihm als Mensch und nicht als Arzt gegenübersäße, wenn wir uns unterhalten, denn, obwohl ich so jung bin, sei

eine so große Weite und Tiefe in mir, die man nur selten fände und die mit dem Alter nichts zu tun habe.
Ich bekomme eine Gänsehaut. Ist er verliebt in mich? – Ist er verheiratet?
»Kommen Sie also bitte nächste Woche wieder, dann haben wir die Blutwerte und wissen, wie es Ihrer Leber inzwischen geht! Ich freue mich auf Sie! Alles Gute!«
Er öffnet mir die Tür, steht nah vor mir, ich spüre seine Nähe gleichsam vibrieren und wende mich schnell dem Sekretariat zu, um mir einen Termin geben zu lassen.

Als ich abends wie hypnotisiert von dem eigentlich völlig harmlosen Erlebnis mit meinem Arzt auf meinen Kissen vor mich hin träume, dann zum Fenster gehe und auf den Schnee draußen blicke, ohne eigentlich zu wissen, was ich sehe ... läutet das Telefon. Mein Herz macht einen Sprung. Vielleicht hat er auch gerade an mich gedacht! Vielleicht ruft er mich unter dem Vorwand an, die Blutwerte zu haben! Wir haben ja eine tiefe Verbindung!
»Na, meine Schöne, bist du bereit!?«
»Lucius!!! Wie geht es dir?«
Ich bin völlig verwirrt.
»Was ist los? Hast du vergessen, was wir ausgemacht haben?«
Afrika! Natürlich, mein Gott, bin ich weit weg von alledem!
»In drei Wochen fliege ich nach Dakar. Kannst du kommen?«
»Ja, natürlich!«
»Was ist los? Willst du nicht mehr, oder bist du verliebt?«
»Nein, natürlich nicht!«, rufe ich aus.
Lucius lacht. Er lacht mich aus wie immer, dieser Schuft, er nimmt mich nicht ernst!
»Natürlich komme ich, ich freue mich schon total darauf und buche gleich morgen einen Flug. Ich schicke dir dann die Daten!«, beeile ich mich zu sagen.

»So, meine Diana, das klingt schon besser. Pass auf dich auf bis dahin! Ich freue mich!«

»Ich freue mich auch!«

Sofie, mein Schutzengel, die selbst ab und zu eigenartige Ideen hat, weswegen sie meine Vertraute ist, schlägt vor, dass wir zusammen zu dieser rumänischen Kaffeesatzleserin gehen, die hundert Prozent zutreffende Auskunft gibt. Da kann ich nicht widerstehen, es klingt zu skurril.

Sie lebt in einem Neubaugebiet außerhalb der Stadt. Die Tür zu ihrer Wohnung steht ein wenig offen ... also nicht klingeln. Innen ist es etwas düster und eng, und vor jeder wiederum halboffenen Türe liegt ein Geschenkpaket am Boden. – Vielleicht um die »Geister« zu besänftigen? – Wir gehen den Gang entlang und betreten die Küche: Dunkel und abgenützt wirkt sie, gegenüber der Tür ein alter Gasherd mit einer Kanne Kaffee darauf. Die Kaffeesatzleserin selbst sitzt an einem Tischchen rechts neben der Tür, an dem noch zwei Küchenstühle stehen. Die Einrichtung macht den Eindruck, als sei sie noch aus der Zeit vor dem Krieg. Die schwerfällige alte Frau bietet uns die freien Stühle an. Ich schätze sie auf etwa siebzig Jahre. Ihre grauen geschneckelten Haare sind schütter und waren – wie man noch erkennen kann – vor längerer Zeit einmal schwarz gefärbt. Man sieht ihrem aufgedunsenen, abgearbeiteten Gesicht an, dass sie sehr viel erlebt und gelitten hat. Wahrscheinlich ist sie aus dem Balkan geflüchtet, eine Rumäniendeutsche vielleicht – ihre Wohnungseinrichtung, die Aussprache deuten darauf hin.

Sofie erklärt ihr, dass ich gerne wissen möchte, ob der Arzt, zu dem ich gehe, verliebt in mich ist und ob er eine Ehefrau hat. – Peinlicher geht es nicht, ich schäme mich bei dieser platten Darstellung der Dinge, aber wenn man sich an einen solchen Ort begibt, muss man ertragen, was einem gespiegelt wird.

Die alte Frau nickt, steht schwer auf, holt die Kaffeekanne vom Herd und eine geblümte Tasse mit Unterteller von einer altmodischen Anrichte neben dem Herd.

Sie gießt mir etwas türkischen Kaffee mit viel Kaffeesatz ein und – konzentriert auf meine Frage – trinke ich meine Tasse aus.

»Jetzt den Satz in die Untertasse kippen!«

Die Kaffeesatzleserin nimmt mir die Tasse aus der Hand und betrachtet das Muster, das die feingemahlenen Kaffeebohnen an der inneren Wand der Tasse beim Ausgießen hinterlassen haben.

»Er hat einen weißen Kittel an, und wenn er Sie sieht, dann geht sein ganzes Gesicht auseinander, so freut er sich. Er ist ein guter Mensch, aber er geht nicht in die Kirche, er hat etwas anderes, was er glaubt.«

»Aber können Sie sehen, ob er mich ... liebt oder so?«

»Er ist älter als Sie, und er mag Sie wahnsinnig gern. Aber er ist nicht allein. Da ist eine blonde Frau bei ihm.«

»Ist er verheiratet?«

»Das war er mal, nein, jetzt ist er nicht verheiratet. Aber er hat eine Freundin.«

»Wird er sich für mich entscheiden, ist unsere Beziehung vorbestimmt?«

Sie wiegt den Kopf hin und her, dann schüttelt sie ihn.

»Das weiß ich nicht, eher nicht. Aber er mag Sie sehr!«

»Kann ich ihn ganz erobern?«

Jetzt scheint sie ungeduldig mit mir zu werden.

»Seien Sie halt nett zu ihm! Sie müssen ja nicht gleich so machen!« Und dabei zieht sie ihren Rock über die Hälfte der Schenkel hoch, die dick und schwabbelig aus den Strümpfen quellen. – Ich bin zutiefst schockiert und sehe weg.

»Und beruflich?« Meine letzte Frage.

»Da haben Sie Glück. Ihr Chef hilft Ihnen, aber verlassen

Sie sich nicht auf ihn. Er kann sehr plötzlich umschwenken, er ist unberechenbar!«

»Danke, das war ganz beeindruckend, stimmt sehr gut. Was bin ich Ihnen dafür schuldig?«

»Ach, was Sie gern geben wollen!«

Ich lege ihr fünfzig Mark hin, etwas zögernd, ob das nicht zu viel ist, aber zu wenig will ich ihr auch nicht geben. Sie ist arm.

Wir stehen auf und verabschieden uns. Der Küchenboden knarzt, als sie langsam zur Spüle geht und die Tasse hineinstellt.

»Und lassen Sie die Tür gleich offen für die nächsten Kunden«, ruft sie uns nach.

Vielleicht habe ich ihr doch zu viel Geld gegeben, fährt es mir durch den Kopf.

Sofie und ich rätseln auf dem Nachhauseweg, wie sie denn nur aus den paar Krümeln im Innern der Tasse so viel Konkretes herauslesen konnte.

»Das muss doch einfach nur der Auslöser sein für ihre Intuition!«

Sofie stimmt zu:

»Ich war ja schon einige Male bei ihr, und es ist erstaunlich, sie kann sogar das Äußere einer Person beschreiben. Aber was denkst du dir jetzt? Willst du weiterhin diesem Arzt nachjammern, der schon mit einer Frau zusammen ist?«

»Eigentlich weiß ich nicht so genau, was ich von ihm will. Ich denke, wir sind irgendwie seelisch verbunden!«

»Oh Gott, hast du gesehen, wie viele Bücher über Seelenpartner in den Esoterik-Regalen der Buchgeschäfte stehen? Das bedeutet, dass sich offensichtlich ganz viele Menschen so etwas einbilden. Es ist also gar nichts Besonderes!«

Das trifft mich. Etwas Besonderes hätte es schon sein sollen, wenn er so viel älter ist als ich und eine Partnerin hat.

20. Kapitel

Weihnachten

Irgendwie habe ich das Gefühl, als hätte man mir den Kopf mit Kaffeesatz gewaschen. Der Charme des heimlichen Flirts ist erst mal weg. Ich habe auch keine Lust mehr, darüber nachzudenken. Es gibt doch schönere, wirklichere Dinge, die mich im Leben erwarten!

Warm eingepackt mache ich mich auf den Weg in die Innenstadt! Unten schaue ich noch schnell in den Briefkasten und finde dort Post von meiner Redaktion vor. Vielleicht überraschend ein neues Projekt für mich oder die Einladung zu einer Weihnachtsfeier für alle Mitarbeiter? Ich werde den Brief später öffnen.

Schnee wirbelt mir ins Gesicht, die kalten Partikel lassen meine Augen tränen. Leuchtende Weihnachtsdekorationen aus Sternen, Rentierschlitten, Engeln und Krippenszenen überkrönen die Einkaufsstraßen, verbinden die geschmückten Kaufhäuser und Boutiquen in der Fußgängerzone, auf deren schneenassem Asphalt sich ein dichtes Nebeneinander von Mänteln, Mützen und Tüten vorwärtsdrängt. Ich arbeite mich zu meinem Reisebüro durch und schließe erleichtert die Türe hinter mir, um mich als Letzte in einer langen Warteschlange anzustellen.

Dichte, stickige Wärme. Der Boden des Büros nass, rutschig und schmutzig vom schmelzenden Schnee an den Schuhen der Kunden. An den Wänden Poster von Traumstränden, Urlauber in Liegestühlen mit Drink in der Hand oder schneebedeckte Bergspitzen, unter denen herrliche Abfahrten locken, wie in jedem Reisebüro.

Nach einer Dreiviertelstunde verlasse ich mit einem günstigen Ticket nonstop nach Dakar, Senegal, in der Tasche glücklich das Büro. In vierzehn Tagen bin ich dort, an einem vollkommen anderen, warmen, spannenden Ort und treffe Lucius! Freiheit! Spaß! Magie? Liebe?

Draußen in der Kälte hat sich inzwischen die Atmosphäre geändert. Es ist dunkler geworden, ernster, konzentrierter. Vor mir stehen Menschen dicht gedrängt, begrenzen die Straße. Nichts geht vorwärts. Ich stehe in zweiter Reihe hinter eingekeilten Weihnachtseinkäufern und einer Kette Polizisten, die vor uns die Straße absperren. Auf Zehenspitzen versuche ich zu erkennen, was los ist. Auch gegenüber stehen Polizisten an den Hauswänden, dann kommen Sprechchöre näher: »Imperialisten! Ausbeuter ... Luxuskonsum ... Zerstörung ... Natur ...«

Es ist schwer zu verstehen, denn es tönen immer wieder neue Parolen, neue Zwischenrufe, Wortwechsel, neue Sprechchöre zu uns herüber, und dann erscheinen die Demonstranten selbst: ein langer Zug hauptsächlich junger Leute. Ich spüre, dass sie gegen etwas anschreien, was den meisten von uns nicht bewusst ist, was wir als Fortschritt sehen ... Ich spüre ihre Innigkeit, die Dringlichkeit, die Leidenschaft.

Auf meinem Gesicht und den Gesichtern der anderen Menschen um mich schmelzen die Schneeflocken, mein Haar ist nass, ich schwitze und friere unter meinen zu warmen Kleidern und plötzlich ist mir, als sei ich aus mir selbst herausgestiegen, als ob nur mein Körper am Straßenrand unter den Menschen stünde – leer, ohne mich selbst – und sich mein Bewusstsein über den ganzen Straßenzug erhoben hätte, als ob ich über diesem Teil der Stadt, über der ganzen Innenstadt schweben würde.

Ich sehe mich selbst und die winzigen Menschen auf den Straßen unter mir, wie wir kaufen, wie wir in den Lokalen sitzen und feiern, wie wir reisen, ich sehe unsere Sorglosigkeit, unseren Luxus, unseren Snobismus, unsere Feste, das große

Aufschäumen der Wünsche … höre plötzlich wieder die sich überschlagenden Sprechchöre, sehe den Protest … selbst er ist Luxus, Teil der Freiheit, alles kommt mir vor wie ein Rausch, und ich bin Teil davon, Teil dieser Wut gegen die Mächtigen, Teil der Freude der anderen, die Welt zur Verfügung zu haben, zu wollen und zu bekommen.

Haben die Studenten recht? Wir befinden uns in einer Wundertütenwelt, in der wir glauben, uns bedienen zu können, weiter und immer weiter. Ist das gut? Oder schlecht? Das weiß ich noch gar nicht! Noch nie gab es so viel Freiheit für den Einzelnen.

Einige Studenten beginnen, die Polizisten und wartenden Leute mit Eiern und ekelhaften Dingen zu bewerfen, sie zu beschimpfen. Die Polizisten schreiten ein, begleiten mit Gummiknüppeln an beiden Seiten den immer lauter und aggressiver werdenden Protest der Studenten, die gegen die korrupte zerstörerische Macht des Kapitalismus anbrüllen, die ganze Straße taucht ein in die sich steigernde Atmosphäre der Verwirrung, der Empörung, der Wut, des Unverständnisses zwischen den Bürgern und den Demonstranten: die erschütternden Erinnerungen der älteren Generation an die schreckliche Kriegsvergangenheit, der wilde Kampf der Jüngeren, der Idealisten gegen die egoistische Dekadenz, die Ausbeutung der Welt für unseren Luxus … Ich höre und sehe die Emotionen auf den Gesichtern der Protestierenden und die Empörung auf den Gesichtern der älteren Bürger, die froh über den Wohlstand sind und das jetzige Geschehen nicht verstehen können.

Plötzlich merke ich, dass meine Füße nass sind. Ich stehe wieder am Straßenrand, eingeklemmt zwischen all den anderen, die eine schöne Weihnachtszeit für sich vorbereiten wollen, und ja, ich habe meine Flugtickets nach Afrika in der Tasche.

Können wir die Dinge wirklich verstehen? Sind Politiker tatsächlich die Verursacher dessen, was geschieht, oder sind die Geschehnisse in der Welt Folgen eines uralten, angesammelten, sich steigernden Schicksals, das abgetragen werden muss?

Artemisia:
Das Schicksal der Menschheit ist in eine neue Phase eingegangen, seit man Menschen nicht mehr als Menschen, sondern als Verbraucher bezeichnet, und sie zu Elementen einer weltweiten Maschinerie werden, in deren Geschwindigkeit und komplizierten Verzweigung sie immer mehr verschwinden. Ein giftiger kosmischer Atem treibt sie alle voran, wie ein krankmachender Wind wirbelt er sie ihren wachsenden Abhängigkeiten entgegen, auf eine Zukunft hin, die sie nicht kennen wollen, und dabei merken sie nicht, wie die kostbare Zeit, in der Änderung noch möglich wäre, immer schneller am Horizont der Vergangenheit versinkt.

Und wo stehe ich? In meinen nassen Schuhen, in der nasskalten Welt, wie aus einem Traum erwacht, zwischen all den Leuten, die einfach nur leben. Langsam löst sich die Straßensperre auf. Die Menschen sind wieder frei und gehen ihrer Wege. Sie leben das Leben, das sich ihnen zu ihrer Zeit bietet. Ich mache mich auf den Nachhauseweg, zu erschöpft, um über alles nachzudenken. Die wirkliche Freiheit oder Erlösung der Menschheit muss auf einer anderen Ebene stattfinden, fühle ich, Politiker werden uns nicht erlösen können.

Zuhause öffne ich nach einer heißen Tasse Tee gespannt meinen Brief von der Redaktion. Ich bin eingeladen zur Vorpremiere oder zur Vernissage von Katharinas Film in der Stadthalle unter der Schirmherrschaft des Bürgermeisters, in Anwesenheit des Kulturreferenten, von Geldgebern aus der Industrie und weiterer wichtiger Leute, wie zum Beispiel unseres Intendanten, des Fernsehdirektors, meines Redaktionsleiters und der gesamten Redaktion: nächste Woche. Von wegen »Das Aufsehen meines Filmes kann sie nicht überbieten!«. Ich sitze am Tisch, trinke Tee und habe das Gefühl, dass ich nichts bin.

Schließlich, wie immer in einer entmutigenden Situation, nehme ich ein heißes Bad, wasche meine Haare, entspanne mich. Trockne mich ab und betrachte mein Gesicht im Spiegel. Was soll das? Warum werte ich mich ab, nur weil Katharina ihren Coup erfolgreich gelandet hat!?

Im Schlafzimmer suche ich mir mein bequemes Jogging-Set. Ich wollte doch gar nicht auf diese oberflächliche Weise Karriere machen. In meinem Leben geht es doch um etwas ganz anderes. Um was eigentlich? Ich bin verwirrt.

Wenn ich mit Lucius in Afrika bin, werde ich es wieder wissen, denke ich schon optimistischer, während ich mir in der Küche etwas Schönes koche. Sich selbst niederzumachen ist das Dümmste, was man tun kann. Das machen doch schon die anderen. Und außerdem ist es typisch Frau.

Ich setze mich und genieße mein Essen und fühle mich getröstet. Was mich allerdings traurig macht, ist Katharinas Verhalten zu mir. Wenn sie etwas braucht, ist sie da bei mir, weil ich sie immer aufnehme. Aber seit sie große Karriere macht, kennt sie mich nicht mehr.

Es wäre eigentlich normal gewesen, wenn sie mir in all der Zeit einmal erzählt hätte, wie es ihr geht, oder wenn sie offen über ihren großen Auftrag gesprochen und vielleicht sogar ihr Verhältnis zum Chef erwähnt hätte. Aber für sie bin ich nur eine aus dem Feld geschlagene Konkurrentin. Ich merke, wie ich wütend werde.

Nächste Woche also steht die öffentliche Erstaufführung, die Vernissage von Katharinas Film bevor, dem Prestigeprojekt des Fernsehsenders und wahrscheinlich Katharinas großer Erfolg und Durchbruch. Dass die Redaktion diese Einladung mir erst so kurzfristig schickt, ist auch kein gutes Zeichen. Sie denken wohl, ich habe nichts zu tun und sowieso viel Zeit ... was natürlich stimmt.

Mit Bettina und Frank, einem Redakteur, der mich gerne näher kennenlernen würde, wie ich deutlich merke, gehe ich jetzt also zu Katharinas Vernissage.

Nach der Rede unseres Intendanten folgt der Film, der erstaunlich lange dauert, doppelt so lange wie normal, wie mir scheint, und erstaunliche Bilder von tropischen Gewässern beinhaltet. Endlich ist er vorbei, und Katharina steigt, nach einer weiteren Einleitung unseres Redaktionsleiters, frisch vom Friseur und Visagisten strahlend auf die Bühne und ans Mikrofon. Nach ihrer Laudatio auf den Sender und dem Dank für all die großzügigen Unterstützungen und Spenden beginnt sie recht unterhaltsam von den vielen Schwierigkeiten zu berichten, die sie meistern musste, was natürlich für sie letztlich kein Problem darstellte. Besonders bedankt sie sich für die Tatsache, dass sie die deutsche Olympiaschwimmerin bei ihrem Training auf die Malediven begleiten durfte, also dass der Sender sie und ihr Team zu diesem Zweck auf die Malediven hatte reisen lassen, dass er dies möglich gemacht hatte – ich höre mit offenem Mund zu – und dafür sogar andere Projekte für ihren Film gestrichen hatte. – Dazu kann ich nur nicken.

Eigentlich halte ich mich nicht für rachsüchtig und eifersüchtig schon gar nicht – finde ich selbst jedenfalls. Aber jetzt kann ich meine Wut nicht beherrschen. Ich besinne mich auf meine übersinnlichen Fähigkeiten und nehme mit ihr, die sie vor allen wichtigen Leuten aus der Branche so verspielt und faszinierend selbstsicher auf der Bühne steht, telepathisch Kontakt auf.

Hochkonzentriert und auf verschiedene Regionen ihres Gehirns ausgerichtet, suggeriere ich ihr die Gedanken und Gefühle, die in ihr hochkommen sollen:

Dieses Projekt konnte ich mir nur durch hinterhältige Raffinesse und kompromisslosen Egoismus an Land ziehen. Das tut mir jetzt leid. Ich sehe, wie sehr ich anderen damit geschadet habe. Ich habe begabte Mitarbeiter strategisch verdrängt und ihnen die Arbeit weggenommen, um der Star des Senders zu werden. Ich muss mein Gewissen erleichtern. Ich schäme mich, weil ich das nur erreicht habe, indem ich mit dem Redaktionsleiter ins Bett gestiegen bin, sodass ich den ganzen restlichen Etat für letztes Jahr und auch noch für Anfang des nächsten Jahres verschleudern und mit meinem Team auf die Malediven fliegen konnte!

Ich lege all meine Suggestionskraft und außersinnliche Begabung in diese telepathische Botschaft und versuche, sie ihrem Gehirn einzupflanzen, sodass sie das Bedürfnis haben möge, ihr Gewissen mit diesen Worten zu entlasten. Ich bin fies und bösartig, aber das ist mir in diesem Moment egal. Ich versetze mich immer mehr in sie hinein, sodass sie nur noch meine Gedanken und Impulse fühlt und sage suggestiv:

All das schwächt mich, das macht mich unglücklich, ich kann mich nicht halten, ich muss weinen, weil ich auf einmal ganz schwach bin, jetzt kann ich nicht mehr, mein Hals wird eng ...

Ich merke, dass meine Botschaft angekommen ist.

Sie spricht nicht weiter. Sie senkt den Blick. Geht in sich. Kleine Pause. – »Sag es!«, denke ich.

Alle sehen sie erwartungsvoll an.

Jetzt weint sie gleich, ich beobachte sie schadenfroh. Dann plötzlich schaut sie auf und direkt zu mir hin, die ich immerhin in einiger Entfernung in der Menge sitze und fährt laut und deutlich fort:

»Doch ich meine, es hat sich gelohnt, für einen besonderen Film andere Projekte hintanzustellen. Das ist es, was einen Sender vor anderen auszeichnet, und ich bedanke mich nochmals, dass ich dieses Projekt mit solch großzügiger Unterstützung durchziehen konnte!«

Allgemeiner Applaus. Sie tritt ab.

Ich bin völlig perplex und im Herzen getroffen: Hat sie etwa bemerkt, dass das nicht ihre Gedanken waren, weil sie eigentlich viel zu egoistisch und zielgerichtet dafür ist, um so etwas wie Reue zu empfinden? Hat sie dann intuitiv erfasst, dass diese peinlichen Gedanken nur von mir stammen konnten? Hatte sie deshalb die Kraft, sich von der Suggestion zu befreien?

Als ich einmal mit meinem Arzt über Telepathie gesprochen habe, sagte er: »Erst auf der nächsten Entwicklungsstufe der Menschheit.« ... also wenn uns Rachsucht und Bosheit nicht mehr beherrschen können, ergänze ich jetzt für mich. Mir ist das Ganze unendlich unangenehm, und ich bin über mich selbst entsetzt.

Schließlich ist dieser Teil des Abends beendet, und man lädt zu den Cocktails, doch ich habe keine Lust darauf. In jeder Hinsicht bin ich der Verlierer: Der Sender hat mich wegen ihr gestrichen. Ich bin wegen ihr soeben menschlich total abgestürzt und habe dabei leider oder Gott sei Dank auch noch eine telepathische Niederlage erlitten. Das heißt, ich mag sie noch weniger.

Beschämt schleiche ich davon. Kleinlaut spaziere ich in meine schweren Gedanken versunken die ruhige Straße zu meiner Wohnung entlang, während auf der anderen Straßenseite ein merkwürdiger Obdachloser, den ich hier noch nie gesehen habe, vor sich hin stolpert.

Im Rausch schwankend schaut er quer über die Straße zu mir hinüber, und dann ruft er mir plötzlich so laut zu, dass es in der leeren Straße widerhallt:

»Na, große Meisterin, wie geht's uns jetzt?«

Ich stehe wie gebannt da. Eiskalt durchrieselt es mein Herz! Eine abgründige Stimme, eine boshafte Gegenwart erfüllt die Straße, als hätte mich eine allwissende, feindselige Macht schon lange beobachtet und nur darauf gewartet, mich in einer schlechten Stimmung gnadenlos zu verhöhnen. Jetzt, nach meinem Absturz in die Boshaftigkeit, ist der Boden dafür bereitet.

Bei den nächsten Schritten bewegt sich der Gehsteig unter mir, für einen Augenblick ist mir der Boden der vernünftigen Realität entzogen. War der Obdachlose überhaupt echt? Oder nur eine bedrohliche Projektion aus meinem Unbewussten? Ich schaue zu ihm hinüber. Weiter hinten biegt er schlurfend um eine Ecke. Er lebt tatsächlich. Ich weiß nicht, wie ich mit diesem Erlebnis umgehen soll. Mit jedem weiteren Schritt versuche ich die Wirkung dieser wahnwitzigen Szene von mir abzustreifen – außen wie auch innen.

Zuhause fühle ich mich gänzlich zerstört, angegriffen und innerlich wund. Ich muss mich ablenken und darf mich jetzt nicht weiter in Schuld und Angstgefühle vertiefen, sagt mein Selbsterhaltungstrieb. Es ist erst zehn Uhr abends, also rufe ich Sofie an und ein paar lebenslustige Freunde, ob sie ein bisschen vorbeikommen wollen?

Sofie wird von Eduard, dem Fernfahrer, begleitet, der diesen Job inzwischen wieder aufgegeben hat. Er ist auch viel zu dünn für diesen Beruf und hat Hände wie ein Pianist. Seine grauen Augen scheinen immer in die Ferne gerichtet, in einem Traum verhangen. Ich kann gut verstehen, dass Sofie sich danach sehnt, ihn dorthin zu begleiten.

Dann erscheinen Domenico, ein italienischer Gitarrenspieler und alter Freund, mit ihm zwei schwule Modeschöpfer, alte Bekannte, und drei extrem dünne Frauen mit superlangen blonden Haaren, Models, die ich gar nicht kenne. Domenico singt einige Serenaden so laut und intensiv, dass der Nachbar seinen Fernseher hochdrehen muss, und nachdem wir alle genug Pizza gegessen haben, spricht Eduard eines seiner Gedichte. Es ist dreizehn Zeilen lang und geht in der Party unter. Und nachdem alle gegangen sind, habe ich das Gefühl, den Schock mit dem Obdachlosen fast überwunden zu haben.

Die nächsten Tage versuche ich so gut wie möglich zu verdrängen, wie deprimiert ich über mich selbst bin. Ich wusste gar nicht, dass ich so boshaft sein kann. Ich habe versucht, Katharinas Karriere durch telepathische Einwirkung zu zerstören! Es ist, als hätte ich mein eigenes Herz getroffen. Wenn ich daran denke, bekomme ich kaum Luft. Aber was soll ich mit diesem Eindruck und dieser Einsicht über mich selbst jetzt anfangen? Am besten vergessen!

Gott sei Dank bin ich sehr mit Reisevorbereitungen beschäftigt, und außerdem freue ich mich ungemein auf Afrika, das Abenteuer, die neue Welt, die vor mir liegt, und auf Lucius!

21. Kapitel

Afrika

Ich habe einen Fensterplatz und beobachte gespannt, wie die afrikanische Steppe unter mir näher und näher kommt, dort die Landebahnen und jetzt eine sanfte Landung, wunderbar! Die Fluggäste stehen auf, schieben sich mit ihrem Handgepäck dem Ausgang entgegen. Doch wie ich endlich hinaus ins Freie trete, raubt mir das afrikanische Klima den Atem: Es ist unglaublich heiß und feucht. Indien ist nichts dagegen. Außerdem empfängt mich ein ganz spezieller, nicht ganz angenehmer und ziemlich eindringlicher Geruch, der mir nirgendwo sonst begegnet ist.

Durch das Fenster meines Taxis sehe ich die lebendige, französisch anmutende Stadt und vor allem diese wunderschönen Menschen in den Straßen mit ihren ruhigen Augen, dem weichen, weiß blitzenden Lächeln, ihrer königlichen Haltung in den afrikanischen Kleidern und den entspannten Bewegungen.

Lucius ist noch nicht angekommen, wie ich an der Rezeption unseres luxuriösen Hotels außerhalb von Dakar erfahre.

Jetzt versuche ich, an einem Tisch im gepflegten tropischen Garten die Ankunftsformulare auszufüllen, aber in meinem Gehirn bewegt sich nichts. Ich bemühe mich dennoch, meinen Namen in die entsprechende Zeile zu schreiben. Es ist unfassbar, die Zeile rutscht vor meinen Augen immer nach oben, das Formular liegt verkehrt herum ... ich kann es nicht fest ... es wird schwarz.

Jemand hält meine Hand. Lucius.
Sein Gesicht über mich gebeugt, die blonde Strähne berührt fast meine Nase. Er streichelt meine Wange, irgendwie väterlich.

»Es geht dir besser!«, stellt er erfreut fest.

Ich muss fast weinen vor Rührung, ihn so an meiner Seite zu finden.

»Dass du hier bist!«

»Du warst ziemlich krank!«

»Wie lange?«

»Fünf Tage.«

»Bin ich im Hotel?«

»Ja, wir konnten dich hierbehalten, unter der Voraussetzung, dass wir uns um dich kümmern.«

»Wer ist wir?«

»Ich, eine Krankenschwester und ein Arzt, der gelegentlich vorbeikam. Du hattest einen Hitzschlag mit Kreislaufzusammenbruch … und vor allem hohes Fieber! Es hätte gefährlich werden können!«

»Ich bin dir so dankbar!«, flüstere ich, und dann versuche ich mich zu besinnen – auf die fünf letzten Tage.

Meine Erinnerungen – nur kurze Augenblicke des Auftauchens aus dem Nichts … ich lag in einer Wanne mit Eis, dann im schweißfeuchten Bett, Menschen beugten sich über mich, sahen mich besorgt an, im Zustand zwischen Wachen und Schlafen deliriumsartige Vorstellungen, bis ich wieder kraftlos verschwand. Dann irgendwann, vielleicht nach Tagen, veränderte sich die Atmosphäre auf einmal. Ich war allein in dem leeren Raum, als ein alter, mit einem weißen Lendenschurz bekleideter Asket eintrat. Sein Kopf war geschoren, die braune Haut eingeölt, die Augen dunkel und mandelförmig. Er setzte sich schweigend zu mir: still, vollkommen auf mich konzentriert. Er fragte mich ohne Worte, wie es mir ging. Ich antwortete ihm nicht, auch nicht ohne Worte. Da fühlte ich, wie er sich in sich versenkte und mich spürte, meinen Körper erspürte, ohne mich zu berühren. Auf einmal SAH ich, wie er mit seinem Willen etwas Dunkles aus mir herauszog. Es dauerte eine ganze Weile. Als er fertig war, floss ein lichter Strom von ihm zu mir, umhüllte mich und drang ganz sachte und allmählich in mich ein und gab mir Kraft. Eine Weile noch blieb er so still sitzen, betete vielleicht und sandte mir Heilung. Bis er sich mit einem kurzen Blick auf mich erhob und das Zimmer verließ. Daraufhin erwachte ich. Niemand war im Zimmer zu sehen. Sofort fiel ich wieder in tiefen Schlaf.

»Ab und zu bist du aufgewacht, sonst warst du vollkommen woanders, aber ich wusste, dass etwas Psychisches dahintersteckt, dass es eine Reinigung war, darum machte ich mir nicht wirklich Sorgen«, sagt Lucius jetzt zärtlich.

Ich lächle angestrengt: Er schafft es doch immer wieder, mich trotz aller Liebenswürdigkeit einen Mangel an Engagement spüren zu lassen … das ich mir aber anscheinend wünschen würde.

Eine Weile ist es still zwischen uns.

»Weißt du, da war auf einmal ein alter Mann bei mir, ein Heiler, der hat etwas aus mir herausgezogen und mir dann Kraft geschickt!«, beginne ich wieder.

»Das musst du geträumt haben. Schwester Louisa und ich waren im Wechsel bei dir. Das hätten wir bemerkt.«

»Die Wirklichkeit hat viele Ebenen. In einer von ihnen hat er mich gesund gemacht. Sonst wäre ich vielleicht gestorben!«, entgegne ich Lucius ärgerlich, weil er meine Geschichte nicht ernst genug nimmt.

»Ich weiß«, sagt er nur.

Wieder sprechen wir eine lange Zeit nichts. Jetzt höre ich auf einmal den Ventilator über meinem Bett. Ich erkenne mein Hotelzimmer, das im englischen Landhausstil eingerichtet ist. Auf einer grünen Tapete einige Bilder mit englischen Motiven: ein Stich von einer Entenjagd, ein anderer mit galoppierenden Pferden, begleitet von einer Meute hetzender Hunde, und dort ein Gemälde vom stürmischen Meer bei Brighton, antik wirkende Möbel, beiger Teppichboden. Durch das Fenster sehe ich sattes Grün, tropische Pflanzen. Ich möchte hinaus in den Garten, versuche aufzustehen.

»Komm!« Lucius hilft mir aus dem Bett und reicht mir einen Boubou, ein afrikanisches Gewand. Etwas wackelig noch auf den Beinen ziehe ich ihn mir mit seiner Hilfe über.

Dann wandern wir langsam den Gang entlang, steigen in einen Lift, durchschreiten die Hotelhalle, wo uns die Angestellten freudig begrüßen, erreichen im Garten eine Bank unter einem riesigen Baobab. Es ist sehr heiß.

»Ich war ziemlich besorgt!«, greift Lucius unser Gespräch etwas gefühlvoller auf.

»Ja?«, freue ich mich. »Ich fühle mich jetzt auch besser … nach dem Fieber und allem, was während der Krankheit geschehen ist, das muss ich sagen! Ich glaube, das hat einige dunkle Flecken in mir weggebrannt.«

Die afrikanische Luft erscheint mir trotz Hitze nicht mehr so schwer. Im Gegenteil, ich genieße den sanften Wind, der über die rot blühenden Hibiskusbüsche vor uns streicht.

»Dieser Asket, der mir im Delirium erschienen ist, um mich zu heilen … wer könnte das sein?«

»Das weiß ich natürlich nicht. Aber eines sagt mir sein Erscheinen: You have been found!«, erklärt Lucius feierlich auf Englisch.

»Du glaubst, dass jemand auf einer höheren Ebene die Aufmerksamkeit auf mich gerichtet hat!?«, flüstere ich. »›Jemand‹ oder ›Etwas‹ dort hat deine Notsituation gespürt … und so wurde dir dieser Heiler gesendet, um dein Leben zu retten.«

Lucius senkt den Blick und betrachtet einen Mistkäfer, der gerade unter viel Fühlerzittern und Beinchenarbeit den Klimmzug von Lucius' rechtem Sandalenrand auf Lucius' große Zehe versucht.

»In diesen Ländern lernt man Koexistenz«, hatte Lucius mir einmal gesagt, als in Indien eine Kakerlake aus meinem Bett hervorgelaufen kam.

»Wie wird man für eine Begegnung mit diesen besonderen Menschen ›da oben‹ bereit?«

»Keine Ahnung ehrlich gesagt. Ich könnte jetzt allerlei theoretisches Blabla erzählen, wie zum Beispiel:

›Wenn du durch Leid genügend geläutert bist‹, aber das ist Unsinn, das trifft mal zu und mal nicht. Es geht um innere Reifungsprozesse in einem, von denen wir keine Ahnung haben, weil wir unseren Entwicklungsweg nicht kennen oder verstehen. Diese Frage musst du stellen, wenn du einmal so eine Persönlichkeit triffst.«

Ein Rabe hat sich nach einem kurzen Sturzflug auf einem Zweig vor uns niedergelassen und beobachtet nun mit schief gelegtem Kopf interessiert Lucius' Füße.

»Vielleicht finde ich meinen Meister ja in Afrika, weil mir der Heiler hier erschienen ist, als Hinweis oder Zeichen sozusagen!«, rufe ich jetzt aufgeregt.

»Dein Meister muss nicht hier leben, um dich wahrzunehmen und jemanden zu schicken, aber ja ... es wäre wunderbar, wenn wir ihm begegneten!«, lacht Lucius, schüttelt den Käfer ab und streckt sich, bis seine langen Beine fast in das Beet mit den Feuerlilien in Gelb, Orange und Rot reichen.

Es ist fast Mittag, und der Park flimmert in der Hitze vor sich hin. Nicht weit von uns kehrt ein Diener auf dem Kiesweg unendlich langsam welke Blätter in eine Schaufel und schüttet sie dann in einen Sack. Das Schreien der tropischen Vögel ist leiser geworden. Wahrscheinlich halten sie mit dem Schnabel unter dem Flügel Mittagsschlaf. Lucius nimmt meine Hand, und seine dunkelblauen Augen glitzern mich freudig an:

»Wir bleiben jetzt ein paar Tage in diesem schönen Resort. Du ruhst dich aus, badest, isst gut, und dann sehe ich zu, dass ich einen echten Marabou auftreiben kann. Der wird dir vielleicht etwas zu deinem Schicksal sagen. Und mich interessiert das auch ... beruflich!« Lucius lächelt. Er ist wirklich ein schöner Mann. Ich verstehe ja die Frauen, die sich reihenweise in ihn verlieben.

Ein sehr warmes Meer mit Sandstrand, ein großer Park voll hoher, alter Bäume, Hibiskus – und »Bottlebrush«-Sträuchern entlang der gepflegten Wege, ein abends gewässerter Rasen – und nicht zu vergessen: das internationale Buffet mit französischen Spezialitäten.

Mit Lucius fühle ich mich – im Allgemeinen – wohl und sicher. Wir genießen, was uns verbindet, und interessieren uns für die Dinge, die uns aneinander fremd sind. So leicht kann Frieden entstehen, und nach drei Tagen bin ich wieder fit.

In einem hoteleigenen Taxi fahren wir die große Corniche entlang nach Dakar. Unterhalb der Küstenstraße brandet und braust der Atlantische Ozean gegen die schroffen Felsen der steilen Klippen. Baden ist hier nicht angesagt. Ab und zu gibt es aber kleine friedlichere Buchten mit Fischerdörfern und Märkten, die wir heute aber links liegen lassen. Wir haben andere Pläne. In einer weitläufigen Bucht liegt der Hafen von Dakar, der westlichsten Stadt Afrikas – immer schon das Tor für den Handel mit der westlichen Welt und der wichtigste Hafen für afrikanische Exportgüter der besonderen Art.

Wir fahren hinüber auf die kleine Insel Gorée, die ehemalige Sklaveninsel mit dem Gefängnis, in dem die von den weißen Händlern überraschten und eingefangenen Afrikaner unter elenden Bedingungen auf ihre Einschiffung in die Neue Welt warteten, eine Welt, in der das Elend ihrer Entmachtung zu endloser Hoffnungslosigkeit werden sollte. Beim Anblick der Ketten, Hand- und Fußschellen der heute gepflegten düsteren

Zellen könnte ich sofort wieder in Fieber verfallen – aber das habe ich bereits hinter mir. Lucius sagt kein Wort. Ich spüre sein Herz und seine Traurigkeit. Er liebt die Menschen Afrikas. Wir lassen die gepflegte, französisch anmutende Stadt Dakar hinter uns. Auf uns wartet das Treffen mit einem Marabou, einem westafrikanischen Medizinmann.

Während wir mit dem Taxi über Land fahren, kommt es mir vor, als flögen die Wolken direkt über uns dahin. Ich spüre, wie nah sich der Himmel über uns und die Erde unter uns sind: »Wer hier lebt, lebt gleichzeitig in beiden Bereichen!«, stelle ich fest.

»Es ist eine ganz besondere Stimmung in Afrika«, fügt Lucius hinzu, »so als ob beide Welten nur durch eine relativ schmale, aber sehr plastische Schicht voneinander getrennt wären, und in dieser Schicht bleiben die Gedanken der Menschen erhalten. Wer dazu in der Lage ist, kann in der Atmosphäre lesen wie in einem Buch.«

»Dass in Afrika Voodoo erfolgreich betrieben wird, dass Telepathie und all diese Dinge funktionieren, glaube ich sofort.«

»Damit bin ich ja aufgewachsen«, erklärt Lucius.

»In Afrika hat sich dieser uralte Bezug der Menschen zur Gedankenwelt, zu Kräften der unkörperlichen Welt erhalten, das heißt, man kann sie geradezu sehen und fühlen, ganz wie du sagst. All ihre Kulte, Tänze, Rituale basieren auf der Kommunikation zwischen diesen Welten.«

Je weiter wir fahren, umso trockener wird das Land. Lucius lässt plötzlich anhalten. Er steigt aus, betrachtet die Erde, schürft mit dem Absatz seiner Schuhe etwas Erde auf.

»Es ist auch hier, es kommt überall, mehr und mehr …«

Ich steige aus.

»Komm!«, ruft er mir zu. »Siehst du die Erde?« Er geht in die Hocke und lässt sich etwas staubige Erde durch die Finger rieseln.

»Ich hatte von klein auf diese Gabe zu fühlen, wo Wasser ist. Ich brauche kein Pendel dazu. Mein Vater ließ mich immer holen, wenn auf unserem Land ein Brunnen gebaut werden musste. Siehst du, hier ist kein Wasser, nicht zehn, nicht hundert Meter unter der Erde. Völlig ausgetrocknet. Sie werden diese Gegend verlassen müssen. Das ist erst der Anfang. Ich sage dir eines unter uns: Beim nächsten großen Krieg, falls er kommen würde, ginge es nicht um Öl, sondern um Wasser!«

Schweigend fahren wir weiter, und nach einer halben Stunde erreichen wir eine moderne Siedlung.

»Wir sind gleich da!«, informiert uns der Fahrer.

»Was, in einer Vorstadtsiedlung?« Das hätte ich bestimmt nicht erwartet.

Der Fahrer hält vor einem Neubauhäuschen mit Garten. Wir gehen am Haus vorbei in den hinteren Teil des Gartens, und dort steht tatsächlich ein kleines altes Zelt, so wie ich es mir irgendwo in der afrikanischen Steppe erwartet hätte. Wie ein nostalgischer Beweis für die letzten Atemzüge einer zwar schwindenden, doch noch lebendigen Kultur, liegt es halb verborgen hinter dem neuen Haus!

Der Marabou, ein alter Senegalese, winkt uns aus dem niedrigen Zelteingang zu. Wir nicken, kriechen hinein und setzen uns vor den Alten. Seine Hand ruht auf einer Decke neben ihm, unter der anscheinend eine Menge alter Lappen, Stoffe und anderer Dinge versteckt sind.

Nachdem wir uns ausreichend freundlich begrüßt und aufmerksam betrachtet haben, fordert er uns auf Französisch auf, ihm unsere Fragen und Anliegen vorzubringen.

Lucius beginnt sehr respektvoll und liebenswürdig, fragt nach dem Schicksal seines Familienanwesens in Südafrika und dessen Arbeiter, fragt nach der Zukunft dieses Landes und nach seiner beruflichen Karriere. Ob die Antworten überraschende Neuigkeiten beinhalten, kann ich nicht beurteilen, aber der Prozess, der zu den Antworten führt, ist doch recht speziell. Nach jeder Frage versetzt der Marabou »Etwas« unter der Decke einen leichten Schlag, worauf als Antwort von dort ein Quieken oder ein kleiner Schrei zu hören ist. Manchmal erscheint es mir fast, als könnte ich ein Stückchen des kleinen Wesens unter der Decke erkennen, doch was ich letztlich vor mir habe, sind nur einige bunte Stofffetzen, die unter der Decke gelegentlich hervorlugen.

»Liegt da etwas Lebendiges unter der Decke, ist er ein Bauchredner, oder antwortet ihm ein geheimnisvolles Geistwesen?«, flüstere ich Lucius auf Deutsch zu, als seine Fragesession beendet ist.

Er ignoriert mich und lässt sich nicht ablenken von seiner Konzentration auf den Marabou und das verborgene Orakel.

Dann bin ich an der Reihe. Ich frage nach meiner Lebensaufgabe. Das kleine Wesen lässt nichts von sich hören, nach einer längeren Pause und ein paar Klapsen auf die Decke ertönt ein piepsiger Ruf. Der Marabou sieht mich an und macht ein geheimnisvolles Gesicht. Schließlich teilt er mir mit, dass er es nicht richtig erkennen oder beschreiben kann. Es sei aber eine sehr geistige Aufgabe, wofür ich ganz rein sein müsste. Deshalb sollte ich jetzt zwei Wochen lang jeden Morgen und jeden Abend meinen gesamten Körper mit einer Flüssigkeit, die er mir in einer Flasche mitgeben wird, reinigen. Natürlich bräuchte ich auch unbedingt einen Schutz vor bösen Geistern. Aus einem Kästchen am Boden hinter sich fördert er einen selbstgemachten Lederarmreif hervor, in dem kleine Knöchelchen eingearbeitet sind und den ich unter allen Umständen immer um den Oberarm tragen sollte. Außerdem könnte es sein, dass ich viel sprechen müsste. Dafür gibt es ein paar gespitzte Holzstäbe aus seinem Kästchen, mit denen sollte ich mir immer die Zähne polieren, bevor ich ein längeres Gespräch oder eine Rede zu halten hätte.

Wir bedanken uns. Der Marabou überreicht mir mit einem bedeutungsvollen Blick die Flasche mit der speziellen Flüssigkeit, und Lucius drückt ihm zum Schluss im Vorbeigehen etwas Geld in die Hand.
»Nun?«, fragt mich Lucius, als wir wieder im Wagen sitzen.
»Ja …!«
»Ich wusste, dass du es verstehst!«
»Ob ich es verstehe, weiß ich nicht. Vielleicht gibt es gar nicht viel zu verstehen. Ich habe eine Anweisung erhalten, und ich lasse sie zu, ohne sie zu bewerten oder zu analysieren.«
»Genau so«, Lucius nickt.
»Aber ich konnte ihn nicht nach einem Meister fragen. Das passte einfach nicht.«
»Stimmt, das ist etwas Heiliges, etwas Geheimes, dazu war er nicht der richtige Mann. Man findet seinen Meister wie zufällig, wenn die Zeit gekommen ist, denke ich.«
Und so halte ich mich einfach genau an die Vorschriften des Medizinmannes und schütte mir vorsichtig etwas von der klebrigen Flüssigkeit über den Körper, denn es muss ja vierzehn Tage halten. Den Lederarmreif trage ich ebenfalls Tag und Nacht.

Lucius will nach Guinea-Bissau, einem Nachbarstaat im Süden Senegals.

Dort gibt es Dörfer, die seltsame Bräuche befolgen, einige verehren eine Art Käsegott: Selbstgemachter Käse wird in die Bäume gehängt als Nahrung für die Götter.

Wir steigen im ersten Morgengrauen in ein altes, recht kleines und wackeliges Flugzeug, in dem wir die einzigen Gäste zu sein scheinen. Weshalb uns das Schicksal wohl als Einzige für diesen Flug ausgesondert hat, überlege ich nervös. Innen auf dem Boden der Maschine entdecke ich kleine Wasserlachen … Wasser mitten im Flugzeug?? Ich fühle mich nicht allzu sicher in der Maschine, aber ich lasse es mir nicht anmerken. Lucius achtet nicht weiter darauf. In Afrika sind die Dinge einfach nicht so perfekt wie im Westen … Wir landen jedoch ohne Zwischenfälle in der Casamance auf einem Flughafen, der eigentlich hauptsächlich aus einer breiten Schneise im Dschungel besteht. Aus dem dazugehörigen Häuschen für das Personal schlendert uns lässig ein großer schlanker Senegalese in Uniform entgegen. Er begrüßt uns mit respektvollem Lächeln und führt uns zu einem Kleinbus hinter dem Häuschen. Der Kleinbus mit Fahrer steht für unsere Expedition bereit. Wasserflaschen und Proviant haben wir in zwei Rucksäcken dabei. Die Casamance, das südliche Dschungelgebiet des Senegal, schließt an Guinea-Bissau an. Der breite Senegalfluss bildet zum größten Teil die Grenze zwischen beiden Staaten.

Unser Bus passiert ein Dorfstädtchen. Festgetrampelter Lehmboden, kleine Buden an den Seiten der Straße, Kinder, die sich über die Abwechslung eines fahrenden Autos freuen, Frauen, die entspannt mit vollen Körben auf dem Kopf ihrer Wege gehen und Männer, die bei der Arbeit wirken, als träumten sie von anderen Dingen. Die Leute hier sehen nicht aus wie Senegalesen. Sie sind kleiner, rundlicher, sehr dunkelhäutig. Seinem Äußeren nach könnte unser Fahrer von hier stammen.

Lucius versucht nach einer Weile auf Französisch ein Gespräch mit ihm anzufangen, doch er schaut konzentriert auf die Straße, schenkt uns keine weitere Aufmerksamkeit. Er ist ja instruiert worden, wohin wir fahren wollen. Das hoffen wir.

Wir erreichen den großen Fluss mitten im Dschungel.

»Bist du bereit!? Es geht ab in die Wildnis!« Lucius' Augen strahlen, er legt seinen Arm um mich und zieht mich kurz an sich. Ich freue mich genauso. Abenteuer!

An unserem Flussufer liegt die hölzerne Fähre und wartet etwas verloren auf Passagiere. Zwei Fährleute nähern sich mit der charakteristischen afrikanischen Langsamkeit. Unser Bus fährt zusammen mit einem Jeep, der Medikamente transportiert, auf die Fähre. Ein träger, grünlich-brauner Fluss – auch bei Hitze zum Baden wenig einladend, nicht nur wegen möglicher Krokodile. Trotz des gleichmäßigen Motorengeräusches kommt es mir vor, als bewegten wir uns vollkommen still über den glatten ruhigen Fluss. Alles um uns hat diese Note der Stille: das leise Wasserplätschern, die Vogelrufe aus den Wäldern auf beiden Seiten des Flusses, die Wälder, die mir von hier aus so hoch und dicht vorkommen, als sollte man sie am besten nur überfliegen, nichts stört die Stille. Nicht einmal die Menschen; wir haben aufgehört zu plappern. Ein Augenblick – rein und vollkommen.

Wir nähern uns der anderen Seite des Flusses. Eine ungeteerte Straße führt mitten in den Dschungel, ein anderer Weg läuft den Fluss entlang in die entgegengesetzte Richtung. Dorthin verschwindet der Jeep.

Wir folgen der Dschungelstraße. Rechts und links hohe Bäume, umrankt von Gewächsen mit riesigen Blättern, saftig, grün oder farbig, verbunden jeweils durch seildicke Schlingpflanzen. Darunter wuchern blühende Büsche, vermischt mit dichtem Gestrüpp. Gelegentlich öffnet sich der Ausblick auf weite, gepflegte Felder. Unsere Fahrt führt jetzt aber tiefer in das Dschungelgebiet hinein, und der Boden der nicht geteerten Straße wird feuchter, die Luft auch. Anscheinend ist diese unbefestigte Straße schon vielen Autos zum Verhängnis geworden, denn da und dort an und auf der Straße liegen noch Überreste gestrandeter Wagen, die nicht abtransportiert wurden: eine verrostete Stoßstange, ein alter Autoreifen, etwas von einem Auspuff …

Nach einer Kurve wird die Straße noch schmäler und nasser. Da steht in einiger Entfernung vor uns doch tatsächlich auch noch ein verrosteter leerer Bus an der engen Straße! An ihm vorbeizukommen wird schwierig. Wir fahren langsam und vorsichtig. Jetzt verschwindet die Sonne hinter einer grauen Wolkenschicht ... und dann prasselt aus der Wolkendecke ein Regenschauer wie ein ungezügelter Gewaltausbruch auf uns nieder, hämmert auf unser Dach, an unsere Fensterscheiben, versenkt die Räder, die untere Hälfte des Busses, ja die ganze Straße, alles unter uns, in einen chaotisch reißenden Strom, in dem wir uns bemühen stromaufwärts zu fahren, während die unsicher gleitenden Reifen des Kleinbusses Wellenlinien durch das Wasser der Straße zeichnen. Es gibt keine Bodenhaftung mehr. Die Erde ist so matschig und rutschig, dass der Wagen kaum mehr zu steuern ist. Der Chauffeur fährt so sanft wie ein Engel. Wir versuchen, dem kaputten Bus auszuweichen und dabei nicht in den Graben zu rutschen. Aber es ist, wie wenn ein Eiswürfel über einen glatten, schrägen Tisch gleitet, das Auto treibt unsteuerbar in eigener Regie zum Straßengraben: zwei Räder über dem Abgrund, zwei noch auf der Straße. Als hätte er seine Aufgabe erledigt, so hört der Regen jetzt abrupt wieder auf. Wir öffnen die Türen zur Straße, schlüpfen aus dem schrägen Auto und stehen auf dem schlammigen Weg. Wir schauen uns um: Wildnis. Kein Mensch zu sehen.

Der Chauffeur begutachtet nervös die Lage von allen Seiten, klettert in den Graben, kommt verschmiert wieder hoch und sagt auf einmal in flüssigem Englisch:

»We can't make it alone!«

»Allein heben wir den Bus nie heraus!« Lucius übersetzt mir den Fahrer vor lauter Aufregung ins Deutsche.

»Hast du eine Ahnung, wann hier das nächste Dorf kommt?«, fragt ihn Lucius nun auf Englisch.

»Far off!« Der Chauffeur macht eine wegwerfende Handbewegung.

»Wir wollten heute spätabends noch das Flugzeug zurück nach Dakar erreichen!«

Der Chauffeur schüttelt den Kopf.

Lucius, der Fahrer und ich lehnen an der Seite des Busses und tun, was man tut, wenn man nicht weiterweiß, wir warten: auf den rettenden Einfall, einen anderen Autofahrer, Passanten, auf das Schicksal.

»Wir haben nichts, womit wir auf uns aufmerksam machen könnten, wir können keinen Revolver abschießen oder ein Leuchtfeuer anzünden«, überlege ich laut.

Lucius lächelt abwesend.

So warten wir weiter, ratlos, schweigend. In stiller Verzweiflung öffne ich mein Herz, mein Innerstes, so weit, dass es das ganze Gebiet umfasst, und rufe lautlos um Hilfe.

Schließlich beginnen Lucius und ich, möglichst alles aus dem Bus auszuladen, damit er etwas leichter wird. Wir klettern in den Graben und versuchen, den Bus zum Schaukeln zu bringen, während der Fahrer Gas gibt und sich bemüht, das Fahrzeug mit dem Vorderradantrieb weiter auf die Straße zu bewegen. Es bringt nichts. Der Fahrer steigt zu Lucius hinab. Beide betrachten die Lage noch einmal von unten.

Ich klettere den rutschigen Graben wieder hoch und lehne mich gegen die schräge Wand des Wagens, schließe die Augen, bin leer, müde, hungrig, innerlich erschöpft.

Auf einmal spüre ich etwas neben mir. Ich drehe mich blitzschnell um und schaue in das Gesicht eines dunkelhäutigen alten Mannes. Ich bin überwältigt und fasziniert. Seine gefestigten Gesichtszüge zeigen vollkommene Stille und innere Disziplin. Ohne erkennbare Reaktion auf unsere Verzweiflung wandern seine ruhigen Augen über jedes Detail, er betrachtet die Situation mit dem Blick praktischer Erfahrung.

Der Fahrer hat ihn bemerkt und kommt den Graben hochgestürmt, rutscht aus, aber fällt nicht. Er erklärt dem Besucher die Situation in der gemeinsamen Sprache. Der Alte nickt, spricht aber nicht. Ich kann nicht wegsehen von ihm. In ihm ist dieselbe

Einheit und Stille, die ich in der Atmosphäre bei der Überfahrt über den Fluss wahrgenommen habe. In seinem Geist scheint nichts Überflüssiges, nichts Unpassendes Bestand zu haben, es gibt nur, was im Moment nötig ist. Er wechselt ein paar Worte mit dem Fahrer, schenkt mir einen freundlichen Blick.

Und plötzlich – ohne dass irgendjemand sie erkennbar gerufen hätte, tauchen Männer aus dem Dschungel auf – etwa zehn kräftige Männer seines Stammes, nehme ich an. Der Alte zeigt mit wenigen Worten auf unseren verunglückten Kleinbus. Die Männer steigen in den Graben hinter den Bus, schieben, heben, und zusammen mit dem Fahrer und Lucius arbeiten sich die Räder des Busses wieder auf die Straße. Wir sind unendlich erleichtert, bedanken uns bei den Männern, sind überwältigt, gerührt, der Chauffeur beginnt, den Bus wieder einzuräumen, Lucius und ich umarmen uns. Doch als wir uns wieder dem Mann aus dem Dschungel zuwenden wollen, ist er bereits verschwunden und seine Männer mit ihm.

Wir stehen noch eine Weile erschüttert da, um uns von all den plötzlichen Geschehnissen zu erholen. Das Erscheinen des Mannes und später seiner Helfer war ein Wunder, das kam und verging. Doch es hat uns verändert. Die Stille um uns fühle ich jetzt in uns. Schließlich wende ich mich an Lucius und den Fahrer:

»Ich würde gern wissen, wie die Kommunikation hier funktioniert! Woher wusste der Mann, dass genau hier jemand eine Autopanne hat! Woher wussten seine Helfer auf einmal, dass sie gebraucht werden und kommen müssen. Sie waren ja nicht alle hier im Dschungel hinter den Büschen versteckt und hatten uns beobachtet!«

Lucius sieht mich an.

»Klingt schwierig, ist aber in Wirklichkeit ziemlich einfach. Es gibt hier Leute, die das können. Ich erkläre das mal so: Wenn man findet, dass man nichts braucht, außer was man hat, dann ist man in Frieden mit sich und seiner Umgebung. Man bildet eine Einheit mit ihr. Und darum kann man spüren, was in der Umgebung passiert. Es ist wie eine Störung der eigenen Harmonie, wenn irgendetwas in der Umgebung aus dem Gleichgewicht gekommen ist. So, als ob es der eigene Körper wäre. Darum kam er, um nachzusehen, was los war. Und wenn die anderen mit ihm innerlich verbunden sind, spüren sie, wenn er sie braucht. Dann kommen auch sie. Das habe ich bei Naturmenschen immer wieder beobachtet.«

»Meinst du, er ist ein Weiser oder Meister?«

»Ich weiß nicht, was er ist, vielleicht ist er, wie du immer sagst, ein ›ganzer Mensch‹.«

»Er ist vielleicht ein Heiliger, einer von denen, der geschickt wird, wenn eine Arbeit erledigt werden soll«, überlege ich.

Ich sitze auf dem Hintersitz. Lucius hat sich vorne neben dem Fahrer eingerichtet. Während ich aus dem Fenster blicke und den Dschungel an mir vorbeigleiten sehe, mache ich – in Bezug auf meinen inneren Frieden – einen Fehler. Ich vergleiche mich mit diesem afrikanischen Weisen und muss feststellen, dass mein Leben ein Wirbel der Gefühle und Vorstellungen ist, wie ein sich ständig wiederholendes Kaleidoskop, durch dessen wohlbekannte Farben ich die Welt, die Menschen, die Ereignisse immer wieder betrachte oder mich selbst bewerte. Irgendwie macht es Spaß, denn ich habe dabei auch das Gefühl, dass etwas los ist in meinem Leben. Aber wenn ich ehrlich bin, weiß ich oft gar nicht, was Menschen, Situationen, ja nicht einmal meine eigenen Handlungen für mein Leben bedeuten!

»Man soll sich nicht vergleichen«, sagte mein Vater immer. Stimmt schon, man fällt meistens durch.

»Er hätte mich Vieles lehren können«, wende ich mich schließlich nachdenklich nach vorne zu Lucius, »aber ich glaube nicht, dass er es ist, bei dem ich es wirklich hätte lernen können.«

»Ganz klar, das war nur eine vorbereitende Begegnung sozusagen«, kommentiert Lucius mit einem kleinen Blick zu mir nach hinten. Er hat es schon gut, dass er sich den theoretischen Weg des Professors ausgesucht hat, da kann er zu allem seinen kritischen Abstand halten, kluge Kommentare abgeben, und keiner fragt ihn, wie es um ihn selbst steht ... nun ja, außer mir. Gelegentlich.

Wir erreichen ein Dorf, in dessen Bäumen in großen farbigen Tüchern frischer Käse zum Austropfen und zur Bespeisung der Geister aufgehängt wurde. Am Dorfplatz lässt Lucius anhalten, springt aus dem Wagen, begrüßt und fotografiert die wunderschönen dunkelhäutigen Dorfbewohner mit ihren in den Farben der Sonne und der Erde gefärbten Gewändern. Dann bittet er den Fahrer zu übersetzen.

Erschöpft von unserem Abenteuer würde ich sehr gerne im Bus sitzenbleiben und alles von ferne betrachten. Aber eine Traube neugieriger Kinder hat mich entdeckt und macht mir plappernd und lachend durch das Wagenfenster Zeichen herauszukommen. Also steige ich endlich doch aus und lasse mich zu einer der Rundhütten führen. Die füllige und breit lächelnde Mama geht in die Hütte und kommt mit einem Stück Fladenbrot und etwas Käse darauf zurück. Ich nehme es gerne entgegen, denn ich merke plötzlich, wie hungrig ich bin. Dankbar schenke ich der freundlichen Frau mein blaues Tuch, aber zum Spielen für die Kinder habe ich leider nichts dabei ... macht nichts, denn das brauchen sie gar nicht. Stattdessen lachen und sprechen wir miteinander in unseren Sprachen. Plötzlich haben die Kinder um uns herum das Interesse verloren und rennen in Richtung Lucius, der sich mit einigen älteren Männern wartend vor unserem Wagen unterhält. Richtig, wir müssen los, zurück zur Fähre, zu unserem Flugzeug und nachhause ins Hotel, noch heute Nacht.

Es ist schon dunkel, als wir am Dschungelflughafen ankommen. Am linken Propeller steigt kurz eine Feuersäule auf, während der Pilot die Motoren hochfährt, doch das scheint niemanden hier zu alarmieren. Das Flugzeug gleitet die dunkle Schneise entlang und ... kurz vor dem Dschungeldickicht am Ende der Startschneise heben wir ab.

Die letzten Tage unseres Aufenthaltes im Senegal verbringen wir vergnüglich im Hotelresort. Baden, schön essen, Spaziergänge und harmonische Gespräche immer und überall. Er ist enorm fürsorglich und aufmerksam. Vielleicht wäre er doch der richtige Partner für mich. Ich habe ihn bisher einfach nur falsch gesehen. Sein oberflächlicher Frauenkonsum war wohl nur seine Art, der Einsamkeit zu entkommen. Wir sind in vieler Hinsicht ein schönes Paar. Ich sollte endlich mein Misstrauen überwinden und ihm eine echte Chance geben.

An unserem letzten gemeinsamen Abend steht passenderweise eine Abendveranstaltung mit Tanz unter dem afrikanischen Sternenhimmel auf dem Programm des Hotels. Lucius hat uns einen Tisch auf der Terrasse reserviert. Ich ziehe mein schönstes Kleid an, mache mich richtig hübsch und eile zur Terrasse. Ein Kellner führt mich zu unserem Tisch an der Tanzfläche. Ich bin pünktlich. Lucius nicht.

Eine Jazzband spielt, die ersten Paare tanzen schon, ich bestelle eine Piña Colada. Es ist mir sehr peinlich, so allein an einem Tisch zur Tanzfläche zu sitzen. Ein junger Senegalese, kaum dem Teenageralter entwachsen, blinzelt mir aus einiger Entfernung auffordernd zu. Schnell blicke ich in eine andere Richtung.

»Darf ich Sie um einen Tanz bitten?« Ein Herr in mittleren Jahren, durchaus nobel anzusehen, steht vor mir. Wir tanzen, und ein kleines Kennenlerngespräch entspinnt sich. Er ist Franzose, im Senegal aufgewachsen und jetzt dabei, schweren Herzens das

Leben in dem ehemaligen französischen Kolonialstaat aufzugeben und nach Paris umzuziehen. »Wieder so jemand«, denke ich, »wie sich doch bestimmte Motive im Leben wiederholen.«

Wir tanzen auch den nächsten Tanz und beginnen, uns gut zu unterhalten, als auf einmal Lucius bei uns steht.

»Darf ich Sie um diesen Tanz mit meiner Verlobten bitten!?«

Lucius zieht mich an sich, ich werfe dem Franzosen einen entschuldigenden Blick zu. Nach ein paar Minuten, die wir schweigend zusammen tanzen, führt er mich zu unserem Tisch zurück.

»Entschuldige das mit der ›Verlobten‹«, beginnt er, als wir beisammensitzen. »Ich wollte dich nur von ihm befreien!«

»Ach so ... das war nicht nötig. Der Tanz hätte sowieso aufgehört. Ich fand das eigentlich unhöflich ihm gegenüber ... und auch mir!«

»Aber nein! Das ist doch unser Abend! Ich war fast ein wenig eifersüchtig, dich mit diesem Mann zu sehen!«

»Nun, ich bin nicht deine Verlobte, also kann ich ja, wenn du dich so verspätest, mit jemandem tanzen, um nicht ›wie bestellt und nicht abgeholt‹ an der Tanzfläche zu sitzen!«

»Oh, du hast recht. Vergib mir!«

»Warum bist du denn nicht gekommen wie ausgemacht?«

»Ach, ich habe noch einen Anruf erhalten, den konnte ich nicht einfach so beenden.«

»Deine Arbeit?«

»Nein.«

»Ah!«

»Nein, es ist Eleonor ... ich habe dir doch von ihr erzählt!«

»Ich glaube, das wüsste ich!«

»Na, ich habe sie bei einer Einladung in der spanischen Botschaft in Delhi kennengelernt, nachdem du Indien verlassen hattest. Es war Liebe auf den ersten Blick – das passiert einem ja nicht jeden Tag.«

Ich halte innerlich still und frage nur:
»Warum bist du dann nicht mit ihr nach Afrika gereist?«
»Ach, das Problem ist, dass sie beruflich ständig in der Welt unterwegs ist. Sie hat kaum Zeit. Wir können uns immer nur kurz treffen. Das nervt mich ziemlich.«

Ich weiß nicht, ob ich Lust habe zu weinen oder ob ich wütend bin auf ihn, auf mich, weil ich so unrealistisch und dumm bin. Plötzlich wird mir klar, dass ich gar nichts dazu sagen werde. Es ist doch immer wieder der gleiche Wink des Schicksals: Du suchst am falschen Ort!

Wir verbringen einen freundlichen Abend, verabschieden uns freundlich, denn am nächsten Morgen werde ich nachhause zurückfliegen. Nein, er braucht mich nicht zum Flughafen zu begleiten, ich muss ja so früh los. Ich bestelle ein Taxi, dann komme ich auch allein zurecht. Innige Umarmung seinerseits, das war's. Zuhause werde ich nach meiner Mutter sehen und meiner Arbeit nachgehen, insofern ich eine haben werde.

22. Kapitel

Winter 1977/78

Genauso zurückzufahren, wie ich aufgebrochen bin: ohne dass sich meine Beziehung zu Lucius verbessert hätte, ohne meinen spirituellen Lehrer zu finden, ist schon etwas traurig. Aber ich habe so viel wahrhaft Wunderbares erlebt und mein Menschenbild durch wichtige Erfahrungen erweitert.

Ich fühle mich sehr bereichert, tröste ich mich. Und außerdem freue ich mich, wieder hier zu sein. Ich liebe meine Stadt, meine Wohnung, liebe die Menschen, die ich kenne. Sofie hat wie immer die Blumen gegossen.

Und in puncto Liebe ist man letztlich doch immer froh, wenn man eine Illusion weniger mit sich herumschleppt, es eröffnet neue Freiheiten. Aber merkwürdig, wie gut ich diese Enttäuschung hinnehmen kann ... na ja, ich habe ja schon Übung darin.

Also nehme ich mein heißes Bad und gehe im Grunde trotz allem sehr erleichtert und zufrieden in mein Bett und schlafe bald ein.

Plötzlich »erwache« ich im Traum, während ich weiterschlafe. Ganz nah und ganz deutlich wie im Wachzustand sehe ich das Gesicht eines Mannes vor mir. Obwohl ich ihn nie gesehen habe, kommt er mir bekannt vor. Er ist sicher weit über siebzig, vielleicht achtzig, doch sein Gesicht faltenlos, zart, die Gesichtszüge edel. Seiner hellbraunen Haut nach zu schließen stammt er aus dem Orient.

Mit seinen sanften Augen schaut er mich an, schaut in eine Tiefe in mir, die mir unbekannt ist, und mir das Gefühl vermittelt, in zartester, flauschigster Unendlichkeit zu versinken, tiefer und tiefer in eine Fülle, die ich noch nie empfunden habe. Ein feines lichtes Gefühl durchströmt mein Herz, macht mich leicht, erhebt mich und mir wird bewusst, dass ich mich – in mir selbst – in einem grenzenlosen Raum reinen Glücks befinde. Bis ich aber endlich erkenne, dass dieses erfüllende Gefühl Liebe ist, Liebe sein muss, ist das Traumbild auch schon verschwunden.

Das wirkt wie ein kleiner Schock, und ich erwache nun wirklich. Einige Zeit liege ich im Bett und genieße das Gefühl, das in mir schwingt. Aber je mehr ich ihm nachhänge, desto schwächer wird es. Ich muss das aufschreiben. Also verlasse ich mein warmes Bett und suche auf dem Bücherregal nach meinem Tagebuch. Da fällt mein Blick auf ein Buch, das ich mir vor Kurzem gekauft, aber noch nicht gelesen habe. Es sind die hundert Gedichte von Kabir, dem indischen Dichter, Lehrer und Heiligen. Es ist eine weltberühmte Sammlung ekstatischer Liebesgedichte in Form von Dialogen zwischen einem Schüler und seinem Meister oder Freund. Ich schlage es auf irgendeiner Seite auf:

»Lieber Freund! Ich kann es nicht erwarten, meinen Geliebten zu treffen! Meine Jugend ist erblüht, und der Schmerz, von IHM getrennt zu sein, quält mein Herz.

Noch gehe ich sinnlos dahin in den engen Gassen des Wissens, aber ich habe SEINE Botschaft erhalten in diesen engen Gassen des Wissens.

Ich habe einen Brief von meinem Geliebten: In diesem Brief steht die unaussprechliche Botschaft, und jetzt ist all meine Todesfurcht dahin.«

Kabir sagt: »Oh, mein liebender Freund! Ich habe für meine Gabe den EINEN empfangen, der den Tod nicht kennt.«

Ich habe das Gefühl, als hätte auch ich gerade solch eine unaussprechliche Botschaft erhalten. Es gibt scheinbar eine Ebene allumfassender Liebe in der Tiefe eines jeden Menschen, mit einem Bewusstsein, das sich über beide Dimensionen erstreckt: über das Leben und über das, was wir nur deshalb »Tod« nennen, weil wir nichts darüber wissen. Für solch einen Menschen wäre der Tod dann nur noch, als ginge er von einem Zimmer seines Hauses in ein anderes.

Bei einer Tasse heißem Tee mit Milch und Honig und etwas ruhigerem Gemüt stellt sich mir jetzt allerdings die entscheidende Frage: Gibt es diese Person, die mir gerade erschienen ist, wirklich, oder war sie nur ein Traumbild?

Ich muss der Sache nachgehen! Da fällt mir ein: Wenn das ein Meister ist, dann hat bei diesem Guru-Boom zurzeit bestimmt schon einmal irgendeiner meiner Kollegen einen Bericht über ihn gemacht.

Erster Schritt: Ich werde im Fernseharchiv nachsehen.

Den ganzen Vormittag gehe ich wie auf Wolken. In der realen Welt ist nichts passiert, aber im Herzen bin ich beglückt wie Schneewittchen.

Ich durchforste das Archiv des Senders nach spirituellen Lehrern, lebend oder tot, über die je ein Film gemacht wurde, von Babaji über Bhagwan, von Krishnamurti über Maharishi bis Yogananda, aber der Meister von heute Nacht ist nicht zu finden.

Die erfolglose Suche durch die vielen sachlich-journalistischen Darstellungen der Heiligen und Gurus haben mich innerlich einen Gang herunterschalten lassen und in die übliche Realität zurückgerufen. Um die Mittagszeit verlasse ich das Archiv und wähle in der Kantine eine Platte Grillgemüse mit verschiedenen Saucen.

Als ich mit meinem Tablett in den Speisesaal komme, sehe ich dort Katharina an einem der Fenstertische sitzen. Nach meinem nächtlichen erfüllenden Erlebnis einerseits und meinem telepathischen Eigentor bei Katharinas großem Event in der Stadthalle vor einigen Wochen andererseits bin ich mir nicht sicher, ob ich mich überhaupt zu ihr setzen möchte oder lieber so tun soll, als hätte ich sie nicht gesehen, um einfach an ihr vorbeizugehen. Zu unterschiedlich sind die Welten: ich damals und ich seit heute Morgen.

»He, Diana! Was ist mit dir los? Kennst du mich noch!«, ruft mir Katharina zu, als ich mich gerade mit geistesabwesender Miene an ihr vorbeischleichen will. Ich gebe mich überrascht, was ihr, glaube ich, nicht entgeht, und lasse mich dann freundlich bei ihr nieder.

»Na, wo warst du denn die ganze Zeit?«, will Katharina neugierig wissen, so als hätte sie selbst ihre Tage nur immer brav hier im Fernsehsender verbracht.

»In Afrika.«

»Was! Du hast ein Leben!«, wagt sie zu sagen nach all den Reisen für ihre Erfolgsserie über die Olympiaschwimmer.

»War das beruflich?«

»Nein, nein«, beruhige ich sie.

»Also privat!«, verhört sie mich weiter. »Du siehst auch ganz leuchtend aus … Du hattest sicher eine schöne Zeit mit einer ›sachkundigen‹ Begleitung!«

Sie lächelt mich mit ihren schönen goldfarbenen Augen neugierig an.

Ich gebe ihr, was sie wissen will und noch mehr:

»Ja, mit Lucius.«

»Was! Mit Lucius warst du jetzt wochenlang in Afrika unterwegs!!!« Sie hat tatsächlich einen Satz lang die Beherrschung verloren. Ihre Augen flackern einen Moment, dann tut sich in diesem sonst so ruhigen Goldbraun ein dunkler Wirbel auf – der mich mit fortreißt und uns beide zu verschlingen scheint. Für eine Sekunde fühle ich, wie wir durch ein Realitätsloch in eine andere Wirklichkeit verschwinden, in der uns eine hochfrequente Energie das Bewusstsein raubt.

Dann sind wir zurück, alles ist wieder normal, und sie lächelt:

»Na, in Afrika ist Lucius ja in seinem Element!« Katharina kommt zuerst zurück.

»Ich habe ihn nur bei einer kleinen Forschungsreise begleitet, weil ich ja sowieso keine Aufträge habe im Moment ...«

Kurze Atempause, die anscheinend nur mir peinlich ist. Dann bitte ich sie, vom jetzigen Stand ihres Projektes zu berichten. Wir führen ein interessantes, vertrautes und wirklich freundschaftliches Gespräch. Schließlich empfiehlt sie mir, übergangshalber bei einer gerade erst neu gegründeten Redaktion zu arbeiten, von der ihr der Chef erzählt hat, da dort ein guter Journalist gesucht wird.

Sie will mich wohl ganz loswerden, denke ich kurz, aber komischerweise ist es mir egal.

In mir lebt eine ganz andere Schwingung, der ich nun folgen möchte.

Zunächst statte ich allerdings Bettina in meiner Stammredaktion einen kleinen Besuch ab. Sie hat jetzt einen Freund, aber nichts »Richtiges«, erzählt sie gerade, als sich die Tür des Redaktionsleiters öffnet. Mit einem breiten Lächeln kommt er auf mich zu.

»Dachte ich mir doch, Ihre Stimme gehört zu haben! Wie geht es Ihnen?«

Ich erzähle ihm kurz von Afrika, was er sehr interessant findet. Darauf kündigt er mir »ein paar schöne Projekte« im späteren Verlauf des Jahres an.

Und so ist die ganze Geschichte mit Katharina, sobald ich den Sender verlassen habe, in mir befriedet und hat einen ruhigen Platz auf einem hinteren Regal meines Bewusstseins gefunden.

Den ganzen Nachmittag durchstreife ich nun, wieder getragen von dieser feinen inneren Schwingung, alle einschlägigen Buchläden, aber dort gibt es zwar massenweise Bücher über indische Meister, aber SEIN Bild entdecke ich nicht darunter – und nur das suche ich ja.

Wieder zuhause rufe ich Sofie an und erzähle ihr von Afrika und der wunderbaren Erscheinung dieses alten heiligen Mannes. Sie ist wie immer ganz der Mitfühler, bis sie nach einer Pause vollkommen unpassend, gefühllos und unbeeindruckt fragt:

»Also, aus Lucius und dir wird wohl nichts, aber was ist jetzt mit dem Arzt, in den du doch trotz allem so verliebt bist? Hat sich das jetzt wegen des alten Mannes im Traum erledigt?«

Sofie kann einen echt fertigmachen! Aber sie hat recht. Die entscheidende Frage in puncto Liebe ist für mich ab jetzt – denn das habe ich in dieser Nacht gelernt: Was geht von meinem Gegenüber auf mich aus? Ich fühle nach. Keine derartige Schwingung der Liebe geht von meinem Arzt aus, nur eine körperliche Anziehung und schwärmerische Emotionen. Das hat mir bislang auch genügt, weil ich nichts anderes kannte.

Und Sofie? Sie hat mit ihrem Dichterfreund gebrochen, weil er ihr untreu war, wie sie erfahren hatte.

Das macht mich wütend:

»Was! Dieser erfolglose Dichter und Pseudofernfahrer hat das Glück, von solch einem Goldstück wie dir geliebt zu werden, und b e t r ü g t dich!!!! Na, typisches Verhalten von Männern mit Unterlegenheitskomplex!!!«, mache ich meinem Ärger Luft, überzeugt, Sofie aus der Seele zu sprechen.

Stattdessen gibt es eine längere Pause, bis sie schließlich nur eiskalt konstatiert:

»Diana, wenn man dich so reden hört, würde wirklich niemand darauf kommen, dass du so ›unglaublich‹ spirituell bist! Außerdem bist du nach wie vor der gleiche arrogante Spießer, eine Einstellung, für die du dich schon einmal sehr geschämt hast!«

Mein Herz zieht sich zusammen, ich kann nicht atmen: Was habe ich getan!

»Sofie, was soll ich sagen: Du hast recht, ich war so gekränkt, weil du mein Traumerlebnis so abgetan hast, und du weißt doch, dass ich mich manchmal verbal abreagiere!«
Ende unseres Telefonats.

Ein paar Tage später sitzen Sofie und ich wieder in unserer japanischen Teestube, da wir uns unverbrüchlich lieben, und ich erzähle ihr ausdrucksstark von der transzendenten Welt, die unsere durchdringt, und meiner frustrierenden Suche, dem Heiligen aus dem Traum wieder zu begegnen.

»Hm, weißt du was«, Sofie tastet sich langsam an ihr intuitives Gefühl heran, »der Heilige im Traum mag verschwunden sein, aber ich glaube, er hat dir was hinterlassen!«

»Wie meinst du das?«

»Irgendetwas ist anders bei dir. Wie unmöglich du natürlich nach wie vor bist oder dich benehmen kannst, da ist, ich weiß nicht, wie ich es nennen soll … es ist eine Art Energie, etwas geht von dir aus!«

»Ja, du hast recht, das spüre ich auch, es ist, als ob die Schwingung, die mir der heilige Mann in meinem Traum übertragen hat, immer noch mit mir ist. Eigentlich, wenn ich mich jetzt darauf besinne, begleitet sie mich immer, auch wenn ich nicht daran denke.«

23. Kapitel

Frühjahr 1978

Was für ein verregnetes Frühjahr! Tropfnass und mit Tüten in beiden Händen betrete ich ein altmodisches Café, um meinen nassen Regenmantel loszuwerden und mich vom Wetterstress zu erholen: gedämpfte Caféhausakustik. Überall plaudernde, Kaffee und Kuchen genießende ältere Damen und Zeitung lesende Herren an Einzeltischen, die dabei geistesabwesend ihre Kuchengabeln in dicke Torten versenken. Dort hinten an einem Tisch sitzt ein Mann, vielleicht Anfang dreißig, allein. Auf einmal spüre ich eine unsichtbare geradlinige Verbindung zwischen uns. Mein Herz zieht mich geradezu zu ihm hin. Ich setze mich mit seiner Erlaubnis ihm gegenüber. Keine Peinlichkeit, alles geschieht wie selbstverständlich.

Es dauert nicht lange, und wir unterhalten uns über Studium, Bücher, Gedichte und nein, ich bin nicht verheiratet, er schon. Plötzlich wird er still, und die Atmosphäre um ihn verändert sich. Er ist unglücklich.

»Sie war Bibliothekarin in der Staatsbibliothek. Dort habe ich sie während meines Mathematikstudiums kennengelernt. Wir heirateten und zogen in ein großes Haus auf dem Land. Und dann … wir lebten noch nicht lange dort … ich fuhr täglich in die Arbeit, sie hatte keine Arbeit mehr. Und dann … zunächst wollte sie nicht, dass ich fortgehe, sie klammerte sich an mich, immer verzweifelter. Dann pflegte sie sich nicht mehr, kümmerte sich um nichts. Schließlich fing sie an, nachts durch das Haus zu wandern und zu schreien … Und jetzt schreit sie die ganze Nacht. Es sind Schreie, Sie können sich das gar nicht vorstellen. Es ist so voller Grauen und Verzweiflung! Ich kann sie überhaupt nicht beruhigen. Sie ist völlig außer sich.«

Es gibt nichts, was ich sagen könnte. Ich höre zu und bin still, als ob ich mitten in diesem Café einen heiligen Raum betreten hätte, in dem jede Bewegung störend und entwürdigend wäre.

Er sieht mich an und an mir vorbei.

Nach einer Weile frage ich doch: »Und ein Arzt?«

»Sie kämpft gegen mich wie eine Wahnsinnige, verliert sich vollkommen, wenn ich ihr fremde Hilfe vorschlage. Sie fürchtet, mich zu verlieren. Niemand darf unser Haus betreten. Manchmal am Tag, wenn ich da bin, wird sie ruhiger, dann ist sie für kurze Zeit ganz ruhig und zärtlich, aber nachts geht es wieder los: Sie läuft durch das Haus, versteckt sich in Zimmern und schreit. Jede Nacht. Es ist fürchterlich. Ich bin völlig erschöpft.«

Der große, athletisch gebaute Mann schließt die Augen.

»Was werden Sie tun?«

»Ich weiß es nicht. Ich habe das Gefühl, als sei es meine Pflicht, das mit ihr durchzustehen. Ich fürchte mich davor, sie im Stich zu lassen, sie in eine Anstalt zu bringen.«

»Beten Sie für sie, und geben Sie ihr Ihre Liebe! Es ist eine sehr alte Geschichte.«

Plötzlich kommen diese Worte aus mir, und ich spreche, ohne nachzudenken, über Dinge, von denen ich keine Ahnung habe.

»Im Altertum brachte man solchen Menschen manchmal besonderen Respekt entgegen«, füge ich hinzu, weil mir meine Aussage gerade eben peinlich ist.

»Darf ich Sie wiedersehen?«

Ich spüre sein Bedürfnis, mit einem anderen Menschen zu sprechen, einem Menschen, der ihn und seine Frau nicht kennt, jemandem nahe zu sein, zu jemandem zu sprechen, der ihm zuhört, der nicht gleich sagt: »In eine Anstalt mit ihr, dann sind Sie wieder frei!«

Also willige ich ein. Wir verabreden uns in drei Tagen im selben Café.

Er sitzt wieder an jenem Tisch ganz hinten, nahe am Fenster, und steht auf, sobald er mich kommen sieht.
»Danke, dass Sie kommen!«
Wir setzen uns und sprechen miteinander leise und konzentriert, als wären wir Komplizen in einem alten Film.
»Ich weiß nicht, ob wir uns wiedersehen können«, beginnt er, »aber die Begegnung mit Ihnen bedeutete mir sehr viel, und ich möchte Ihnen meine Dankbarkeit für Ihre Geduld mit mir ausdrücken.«
Und damit dreht er sich zum Fensterbrett hinter sich um, holt einen enormen Blumenstrauß hervor, den er dort versteckt hatte, und überreicht ihn mir. Ich nehme ihn verwirrt und mit einer Mischung aus Traurigkeit und Freude entgegen. Dann holt er ein Buch aus der Aktentasche:
Martin Buber »Die Erzählungen der Chassidim«. Geschichten der jüdischen Mystiker.
Ich blättere langsam in dem kleinen dicken Buch, den Blumenstrauß auf dem Schoß. Auf dem inneren Einband steht eine kleine Widmung für mich.
Erstaunt sehe ich ihn an.
»Seit ich Sie getroffen habe, fühle ich so etwas wie leise Freude, Heilung oder die Hand Gottes über meinem zerbrochenen Sein!«
Ich habe nichts getan für ihn, außer anwesend zu sein. Mit meinem ganzen Herzen da zu sein, es weit zu öffnen und ihm allen Raum darin zu geben, diesem ungewöhnlichen Mann mit seinem außergewöhnlichen Schicksal, das bis zum Äußersten zu tragen er akzeptiert zu haben scheint.
»Ich bin Ihnen zu Dank verpflichtet, dass ich mit Ihnen sprechen durfte!«

Er senkt den Blick.
Ich fühle, dass in der Tiefe des Schrecklichen etwas Stummes, Heiliges liegt. Dass es Wahrheit und eine große ungelöste Bedeutung in sich birgt. Und daher sage ich ihm, was ich spüre: »Sie werden den richtigen Weg finden und Hilfe bekommen. Alles wird sich öffnen, glauben Sie fest daran, bitte! Sie werden sehen!«
Ich kenne nicht einmal seinen Namen und werde ihm wohl nie wieder begegnen. Aber ich weiß, dass zwischen Menschen Verbindungen bestehen und Dinge geschehen können, die aus einer unauslotbaren Tiefe kommen. Und es sind besonders diese seltenen Momente, die in einem Leben entscheidend sein können.

Es riecht heute wieder mal intensiv nach Essen. Ich wähle schnell den üblichen Kaiserschmarren mit Apfelmus, um den üblichen Fleischgerichten zu entkommen, gehe zwischen den vollbesetzten Tischen und dem Geplapper hunderter Journalisten in der Kantine nach hinten, wo Katharina mit Bettina, Elias, René und Luis, einem jungen gutaussehenden Journalisten aus einer anderen Redaktion beim Mittagessen sitzt. Ich geselle mich mit meinem Tablett zu ihnen. Sie besprechen gerade die Entführung und Ermordung von Aldo Moro, einem italienischen Spitzenpolitiker.
»Man weiß noch nicht richtig, wer dahintersteckt«, erklärt Katharina.
»Doch, das ist ganz klar: die Linken! Die rote Brigade«, erklärt Elias, der fleißige Zeitungsleser.
»Ach, das ist doch ein typisches Werk der Mafia! Wie er da erschossen im Auto gefunden wird. Die haben ihre Finger überall drin und unterstützen die konservative Democrazia Cristiana«, behauptet René, der gerade ein Volontariat bei der RAI in Rom abgeleistet hat – ohne Bezahlung versteht sich.

»Wo lebst du denn? Da stecken die CIA und andere Geheimdienste dahinter«, erklärt Luis.

»Die wollen nicht, dass Aldo Moro die Kommunisten und die Konservativen in Italien zusammenbringt! Die wollen das Chaos.«

»Der Terrorismus nimmt zu, von rechts, von links und wird immer umfassender, die Geheimdienste mit dabei ... Das ganze politische Geschäft wird immer krimineller!«, kommentiert Katharina überlegen, indem sie ihren Blick über alle am Tisch gleiten lässt, alle außer mir, die ich neben ihr sitze.

»Wenn das überhaupt noch Politik ist! ›Politik und Verbrechen‹ – über das Thema muss man was machen«, übernimmt René, der gerne einen Vertrag für eine Doku über die aufregende Geschichte von Aldo Moros Ende hätte. Verständlich.

»Warte mal, ich habe da zufällig einiges Material aus verschiedenen europäischen Zeitungen!« Katharina kramt in ihrer großen Tasche. Zieht Handschuhe, einen grünen Schnellhefter, ihre Brieftasche, Schminksachen, Bürste, ein Buch aus der Tasche, legt alles neben ihr Tablett und reicht René schließlich einen orangen Schnellhefter, der ganz unten gelegen hatte.

»Oh, überlässt du mir das?«, fragt der kleine wendige René erfreut und erstaunt.

»Ich mache etwas anderes, deshalb hab ich dafür keine Zeit!« Sie wirft mir einen seitlichen Blick zu und verstaut ihre persönlichen Angelegenheiten wieder in ihrer großen Tasche. Während sie nach dem Buch greift, gelingt mir ein Blick auf das Coverfoto. Mir stockt der Atem, obwohl ich es nicht genau sehen konnte.

»Das Buch da, was ist das?«

»Ach, ich habe es vor Kurzem in einem Geschäft gesehen und mitgenommen, weil mir das Bild gefallen hat. Aber ich kann mich im Moment damit nicht beschäftigen.«

»Darf ich es mal sehen?«

»Ich leih es dir!« Manchmal ist sie echt großzügig!
»Ich habe im Moment für gar nichts anderes Zeit als für meine Projekte!« – Sie ist nicht großzügig, korrigiere ich mich innerlich, sondern ein hochmütiger Angeber! Meine Güte, kann sie mich leicht provozieren!
Nachdem ich das Buch vorsichtig in meiner geräumigen Aktentasche verstaut habe, wende ich mich meinem Kaiserschmarren mit Apfelkompott zu.

Zuhause betrachte ich das Foto. Es ist DAS Gesicht.
Hellbraune Haut mit feinen Gesichtszügen. Sanfte, grenzenlose Augen, die in mich hineinsehen in eine Tiefe, von der ich keine Ahnung habe … die aus einer namenlosen Dimension kommen, von der ich ebenfalls nichts weiß … und gleichzeitig ist da dieses Gütige, Zarte, diese Feinheit, die von ihm ausgeht … Wieder habe ich das Gefühl, dass ich ihn schon kenne.
Im Buch befinden sich Skizzen, Diagramme über das innere Wesen des Menschen, des spirituellen menschlichen Körpers in uns. *The Science of Yoga* steht da zu lesen. Von den Chakren im Körper habe ich ja schon zur Genüge gehört – finde ich –, aber hier endet zu meiner Überraschung die Darstellung der menschlichen Bewusstseinsstufen nicht mit dem 10. Chakra, das allgemein als letztes Ziel menschlicher Entwicklung gesehen und mit der Erleuchtung gleichgesetzt wird. Auf dieser Grafik sehe ich mit dem Herzen als ersten Punkt insgesamt dreizehn spirituelle Punkte oder Energiezentren, die über den Torso, den Schädel bis zum Hinterkopf angeordnet sind und den vollendeten Menschen definieren. Spirituelle Entwicklung sei eine Art Reise, die durch diese inneren Energiezentren oder Bewusstseinsebenen führt und auf der sich nach und nach das allumfassende, vollkommene Bewusstsein entfaltet.
Wie wäre es, wenn ich alle meine mir noch unbekannten inneren Zentren oder Möglichkeiten ausschöpfen könnte? Wie

würde ich dann die Welt wahrnehmen, wenn all die Energien der spirituellen Zentren erweckt wären und mein Gehirn aufladen würden? In einem wissenschaftlichen Magazin habe ich gelesen, dass wir vorläufig nur 20 Prozent unserer vorhandenen Gehirnkapazität benützen können. Uns Menschen wurde seit Jahrtausenden eingeredet, die Krone der Schöpfung zu sein. Bedeutet das aber automatisch auch, dass die Evolution mit uns, so wie wir Menschen heute sind, aufhört, weil sie ihren Gipfelpunkt bereits erreicht hat!?

Ich würde mal sagen, in puncto Selbstlosigkeit, Liebe, Güte, Weitblick, Intuition ginge noch was bei uns Menschen! Und wie wäre es, wenn wir unsere gesamte Gehirnkapazität benützen könnten!?

Mir wird klar: Das ist DIE STORY, vielleicht die wichtigste in unserer konfliktbeladenen Zeit: Wir sind noch gar nicht, was wir sein könnten, und die Welt leidet darunter, mehr noch: Es wird allmählich gefährlich mit und für uns! Wir müssen uns entwickeln, um zu überleben!

Aber bevor ich daraus eine Story, die Story unserer Zeit mache, muss ich es erst selbst erleben, selbst ausprobieren, was in uns Menschen noch »drinliegt«. Ich suche in dem Buch nach der Adresse dieses Meisters, finde allerdings keine. Aber der Verlag wird mir Bescheid geben.

Und tatsächlich, schon 24 Stunden nachdem ich das Buch bekommen habe, halte ich ein Blatt Papier mit der Adresse in Indien in Händen. Mit anderen Worten: Ich brauche Geld, also einen ordentlichen Auftragsfilm, um reisen zu können!

24. Kapitel

Wenn du die richtige Entscheidung getroffen hast, dann fügt sich alles von selbst«, pflegte mein Vater immer zu sagen, und in der Tat: Ich gehe den Gang im ersten Stock des Hauptgebäudes im Sender entlang, da begegnet mir zufällig der Leiter einer anderen Redaktion: distanziert, groß, schlank, dunkelhaarig, dunkelbrauner Cordanzug, für Sonderprojekte zuständig, immer in Eile.

»Oh, Diana! Gut, dass ich Ihnen begegne, ich wollte Sie schon kontaktieren. Ich habe da ein Projekt, das wäre genau das richtige für Sie … oder Sie für uns hier!« Mit diesen Worten führt er mich um die Ecke zu seinen Räumen.

»›Der historische Jesus‹! Das wird eine zweiteilige Sendereihe sein, in deren erster Folge wir die unterschiedlichen Charakterzüge des Menschen ›Jesus‹ darstellen werden, so wie wir sie aus den Quellen erschließen können.

In der zweiten Folge wollen wir ausgehend von diesem provokanten Buch ›Jesus lebte und starb in Kaschmir‹ der Frage nachgehen, inwieweit sich die Spuren jenes ›Jesus‹, der im Buch besprochen wird, auf Jesus von Nazareth beziehen oder auf einen orientalischen Heiligen mit ähnlichem Namen.«

Er zählt mir eine Liste der Evangelien, alter Texte und neuerer Recherchen auf, die ich lesen oder über die ich mich informieren muss.

»Und warum haben Sie mich dafür ausgewählt? Sie haben doch so viele Experten hier!«

»Sie haben ein Gefühl für diese Dinge, Sie machen schöne Filme. Interessante Gesprächspartner müssen Sie natürlich noch finden … und Sie müssen nach Nordindien und Kaschmir reisen … Sie sind doch reiselustig … und das Grab jenes ›Jesus‹ dort abfilmen und untersuchen, wer dort gestorben ist.

Das birgt eine große Verantwortung ... verstehen Sie, wenn Jesus wirklich dort gestorben wäre, würde das das ganze Evangelium über den Haufen werfen, das ist Ihnen schon klar!?«
Meine Stammredaktion kann mich vergessen. Ich habe die neue Herausforderung angenommen und schon mit der Arbeit begonnen.
Es ist erstaunlich, wie leicht es mir fällt, mit all den Schriften umzugehen! Ich bin ja gar nicht religiös erzogen.

Meine Mutter scheint nicht zuhause zu sein, oder die Klingel funktioniert nun wirklich nicht mehr. Aber ich habe einen Zweitschlüssel bei mir. Mein Bruder sagte mir, sie sei in letzter Zeit etwas merkwürdig desorientiert, sehr vergesslich. Ihr Hund ist nicht im Garten, aber wie ich die Türe aufsperre, höre ich sein Winseln schon von draußen. Dann kommt er mir überschwänglich entgegen, springt um mich herum, während ich meinen Mantel ablege.
Manchmal lässt ihn meine Mutter ja auch im Haus, wenn sie weggeht, als inneren Schutz vor Einbrechern sozusagen. Ich könnte ihr einfach einen Zettel schreiben, dass ich später wiederkomme und sie nächste Woche besuche, und einfach wieder gehen. Aber irgendetwas lässt mich zögern. Die Stille im Haus fühlt sich nicht leer genug an. So wandere ich in die Küche, durch die Wohnzimmer, aber ich weiß schon, dass sie dort nicht ist. Langsam steige ich die knarrende Treppe hinauf, der Hund drängt mich voran. Langsam gehe ich durch die ersten Schlafzimmer auf dem Gang. Nichts zu finden. Und dann öffne ich die Tür zum Badezimmer.
Dort liegt sie. Seitlich auf dem Boden wie eine totgebissene Maus. Das Entsetzen durchdringt jede meiner Zellen und schwingt dort wie ein elektrischer Schock weiter. Sie ist nicht tot, das kann nicht sein! Nach einigen Momenten verdränge ich die Panik, beuge mich vorsichtig zu ihr hinunter, berühre

sie leicht, spreche zu ihr. Da bemerke ich eine winzige Reaktion. Sie öffnet die Augen ein klein bisschen, flatternd, schließt sie gleich wieder und versucht, einen Laut von sich zu geben. So hilflos, so jämmerlich ist ihr Bemühen. Der Hund in der Tür hinter mir winselt klagend, verzweifelt.
Sie muss einen Gehirnschlag erlitten haben. Ich weiß jetzt, was zu tun ist, spreche beruhigend zu ihr und springe hinüber in ihr Schlafzimmer. Es gilt, keine Zeit zu verlieren; ich nehme den Hörer des Telefons und wähle die Nummer des Notarztes. Sie werden sofort kommen, das Krankenhaus ist nicht weit von hier.
Ich kauere mich neben meine Mutter auf den Boden und streichle ihre Hand.

Sie schaut auf, als ich nach ein paar Tagen ihr Krankenzimmer betrete, streckt mir beide Hände entgegen, ihre Augen suchen die meinen, auf ihren Pupillen liegt ein wunderschöner Glanz. Dabei kommt ihr Blick aus einer warmen Fülle, die ich vorher nie in ihr gesehen habe.
Ganz langsam sagt sie:
»Danke!«
Die Bemühungen der Ärzte und Spezialisten hatten guten Erfolg. Die Gehirnfunktionen sind schon fast alle wieder da, normal, wenn auch etwas zögernd noch, ein wenig eingeschränkt die eine oder andere vielleicht, aber wenn sie weiter übt, wird sie wieder ganz gesund.
Ich setze mich zu ihr ans Bett, nehme sanft ihre Hand. Sie spricht nicht. Auch ich bin still. Zwischen Mutter und mir herrscht intensive Aufmerksamkeit ohne Anspannung. Irgendetwas geschieht, ein Zwiegespräch jenseits des Intellekts und der Gedanken, von Innerstem zu Innerstem.
Es ist, als beobachteten wir gemeinsam, wie sich etwas vollzieht und eine Weile andauert, bis ein Ende kommt, wie wenn

man zusieht, wie ein Glas gefüllt wird. Plötzlich habe ich das Gefühl, dass es genug ist.

»Ich geh jetzt wieder!«, sage ich zu ihr. Sie nickt.

»Ich komme wieder!« Sie nickt. Als ich zur Tür ihres Zimmers gehe, sieht sie mir sehnsuchtsvoll nach. Aber ich kann nicht umkehren. Es ist jetzt so. Es kann nicht anders sein. Es wird gut werden, wenn sie wieder gesund ist. Wir sind uns tief begegnet, und ich glaube, die Heilung hat sich schon in uns beiden vollzogen.

Letzte Tage des Jahres 1978.

Meinen ersten Jesusfilm habe ich mit vielen Expertengesprächen und einigen Spielszenen darin abgedreht und geschnitten. Jetzt fehlen nur noch Tonmischung und Farbkorrektur und dann ... dann werde ich den zweiten Film mit der entscheidenden Frage in Angriff nehmen, nach Indien reisen und prüfen, welche Indizien dafür sprechen, dass Jesus von Nazareth wirklich in Indien und Kaschmir gewesen sein könnte. In Indien wird sich dann hoffentlich auch mein großer Wunsch erfüllen: diesen alten Mann aus meinem Traum zu treffen – denn, wie ich inzwischen weiß, lebt er in einem kleinen Städtchen in Nordindien. Wenn der Dreh fertig ist, schicke ich mein Team heim und dann ...

Auf dem Weg zum Flughafen.

Eigentlich hatten wir geplant, zwischen Weihnachten und Sylvester nach Indien zu fliegen, aber das unglaubliche Schneechaos auf der nördlichen Halbkugel ließ uns in der Redaktion für einen späteren Zeitpunkt plädieren: Flüge ausgebucht.

Ich schaue aus dem Fenster des Teamwagens. Unser einstweiliger Abschied von Europa. Es ist Abend, und die Lichter der Autos, der Geschäfte, der Straßen fliegen in leuchtenden Farben an mir vorbei. Trotzdem eine merkwürdig leere, wunde Stimmung überall – nun ja, das ist ja oft so nach Festtagen.

Ich bin froh, hier weg und in die Wärme zu kommen. Stockender Verkehr. Aus der Ferne wird die nervige Tonabfolge einer Polizeisirene lauter. Autos steuern zur Seite, auch wir machen die Bahn frei, so gut es geht. Von hinten nähert sich eine Batterie Polizisten auf Motorrädern gefolgt von einer Kolonne Polizeiautos. Schließlich gleiten drei schwarze Limousinen mit dunklen Autofenstern an uns vorüber. Nachdem wir weitere Polizeiautos und Motorradpolizisten, die dem edlen schwarzen Wagen von hinten Polizeischutz gewähren, vorbeigelassen haben, können wir unseren Weg zum Flughafen fortsetzen.

»Scheiß Materialismus! Scheiß Imperialismus! Scheiß ›Under cover-Nazis‹!«, murmelt Victor neben mir.

(Ich habe dasselbe Team wie in Mexiko gebucht. Wir kennen einander.)

»Ja, aber ich glaube, da ändert sich gerade etwas im politischen Empfinden der Menschen. Schau die Streiks, die Arbeitskämpfe. Die Leute haben genug von der alten, verlogenen, unterdrückerischen Weltordnung. Es zeigt sich überall, dass unsere politischen Systeme brüchig sind. Schau die Aufstände, Revolutionen auf der ganzen Welt: In Südamerika, Afrika, Iran …«, beschwichtige ich.

»Man kann auch sehen, dass sich die Menschen immer weniger vertrauen, das Vertrauen in andere Menschen, in Politiker schwindet …«, mischt sich Manfred, der vorne neben Werner sitzt, auf seine ruhige Art in unser Gespräch und fährt fort:

»Das ist politisch so und im normalen Leben auch nicht viel anders. Und dazu leben wir in einer hochgefährlichen Zeit.«

»Drum kommen jetzt ja auch neue politische Initiativen wie die Grünen … die sind o.k., oder? – hoffe ich!«, meldet sich plötzlich Bruno unsicher zu Wort.

»Ist jedenfalls bitter nötig, in diese Richtung krass umzudenken, wenn die Mütter ihre Babys nicht länger als vier Monate stillen sollen, weil die Umwelt so verschmutzt ist, dass die Muttermilch giftig ist …«, wirft Victor sein Lieblingsthema ins Gespräch.

»… alles Zeichen des drohenden Weltunterganges, sagen die Zeugen Jehovas. Wann ist eigentlich der nächste angesagt?!«, stichelt Werner.

Kurzes, peinliches Schweigen.

»Also, manchmal denk ich, die Leute wünschen sich den Weltuntergang; ständig sickert irgendein neues Datum durch: Ende 1981 oder irgendein Seher spricht von 1982, ein anderer von 83 …«, bemerkt Manfred.

»Jedenfalls das Jahr 2000 steht fest, wenn der Mayakalender aufhört. Der hört ja nicht ohne Grund auf … und Nostradamus natürlich«, ergänzt Victor düster.

»Da ist diese Angst, dass jederzeit Krieg möglich ist und dass wir die Welt, die wir geschaffen haben, nicht zum Guten steuern können«, murmle ich.

»Wenn sich das alles immer weiter steigert … An diese Zukunft kann ich gar nicht denken«, beendet Bruno unser Gespräch.

Niemand spricht mehr. Ich merke, wie sich meine Kehle plötzlich rau und eng anfühlt, fühle die düstere Stimmung draußen – trotz all der Lichter. Es ist, als ob ein unsichtbarer dunkler Schleier über uns allen liegt.

Sicher und müde vom Nachtflug sind wir in Delhi gelandet. All die schweren Gedanken, die uns im Westen so oft bedrücken, sind mit einem Schlag weggewischt, denn nun befinden wir uns im Land der unbegrenzten Parallelwelten!

Während wir uns in unserem angemieteten Kleinbus durch Delhi schlängeln, begegnet uns auf den Straßen die Realität von Jahrtausenden. Unzensiert, unangepasst vermischen sich Tiere, Menschen, Kulturen, Zeitalter im modernen Verkehr wie in einem großen Topf, sind wie ein Haarschopf, den nie jemand, nicht einmal die Engländer, zu einer ordentlichen Frisur durchkämmen konnten. Und so ist Indien – wie Lucius sagte – das Land der Koexistenz.

Dort ein magerer Sadhu mit Lendenschurz und Stock, der das von Autos, Motorrädern und Kühen verstopfte Verkehrschaos genauso selbstverständlich und bedächtig durchwandert, als lebte er vor 2000 Jahren; ganze Familien mit ihren Einkäufen finden auf einer einzigen Vespa Platz und knattern, ohne von der Polizei aufgehalten zu werden, guten Mutes durch den Benzindunst der Großstadt, während Bettler ihre lepraverstümmelten Arme in die offenen Fenster der vor den Verkehrsampeln wartenden Autos strecken; um die nächste Ecke, hinter einem erschütternden Slum erfreuen gepflegte tropische Gärten, feine Villen und Luxushotels, die in Europa ihresgleichen suchen, das Auge. Es klingt grotesk, aber ja: welch ein Reichtum. Welch ein Reichtum an Toleranz und Leben!

Doch die bevorstehende Arbeit lenkt unsere Aufmerksamkeit in eine andere Richtung: War Jesus in Indien? Wir verlassen Delhi ohne weiteres Sightseeing.

25. Kapitel

Indien, Januar 1979

Du musstest dich zuerst mit deiner Mutter versöhnen!« Dieser Satz, gesprochen von einer dunklen Stimme, reißt mich aus dem Schlaf. Ja, da ist das Rattern und Schlingern des Zuges wieder. Heiß ist es auch. Ich liege auf dem schlichten obersten Bett im Abteil erster Klasse. Mir gegenüber schnarcht eine wohlbeleibte Inderin, unter uns zwei indische Männer, vielleicht ihr Mann und ihr Sohn. Von denen hat wohl keiner zu mir in Deutsch gesprochen. Es war also ein Traum, der mir diese Botschaft gab.

Der Kashi-Vishwanath-Express fährt mühsam um eine steile Kurve, und ich halte mich fest, um nicht von der Liege zu fallen. Die Frau gegenüber scheint dank ihres Gewichtes dieses Problem nicht zu haben. Ich sehe zu ihr hinüber, während ich mir den Satz, der mich soeben aus dem Traum geweckt hat, noch einmal innerlich vorsage: »… mit meiner Mutter versöhnen …«

Es war eine fremde Männerstimme. Kurz durchschauert mich wieder das Gefühl, dass ich beobachtet werde … oder nein, vielleicht werde ich diesmal geführt? Denn es war eine sanfte, ja sachliche Bemerkung, gütig und freundlich. Sie hat mir kein schlechtes Gefühl hinterlassen, keine Angst gemacht, wie damals das Erlebnis mit dem Obdachlosen.

Wieder lege ich mich in Schlafposition, bleibe aber wach. Mein Team habe ich vor zwei Tagen nachhause geschickt. Dreh abgeschlossen. Was ich jetzt vorhabe, muss ich alleine machen. Um fünf Uhr früh wird der Zug den Bahnhof erreichen. Dann bin ich an dem Ort angekommen, wo ER wohnt. Es ist jetzt vier.

Um 4:45 Uhr packe ich meine Sachen und gleite auf den Boden hinab. Leise schleiche ich mich aus dem Abteil. Im Gang stehen schon zwei Männer zwischen vierzig und fünfzig mit Koffern und Bündeln. Durch das Fenster sehe ich nur halbdunkle Umrisse eines Gebäudes im Nebel. Der schwerfällige Zug hält mit allen technisch möglichen Geräuschen: schnaufend, quietschend, fauchend. Ich klettere nach den beiden hinaus auf den leeren Bahnsteig. Die zwei anderen Reisenden gehen ihrer Wege. Schnell laufe ich mit meinem Gepäck hinter ihnen her. Ich reiche ihnen meinen Zettel mit der Adresse. Ob sie diese Adresse kennen? Der eine sieht mir voll ins Gesicht und wackelt nachdenklich mit dem Kopf, der andere betrachtet die Adresse länger und sagt schließlich:

»Sorry Missis, not here, next station.«

»What!« Ich habe das Gefühl, dass ich jetzt weinen möchte.

»How can I get to the next station NOW?«

»Next train, Miss!«

Ich kann kaum die Tränen zurückhalten.

»What is the time?«

»Four o'clock!«

Gott, meine Uhr …! Doch nein, ein Blick auf meine Uhr sagt mir, dass sie richtig geht. Ich habe mich einfach getäuscht!

»When is the next train coming?«

»In the morning, Missis, sorry, all the best!«

Und damit gehen sie!

Es ist dunkel, ich muss allein an einem Bahnsteig irgendwo in Nordindien warten, als Frau, wo die Männer vor einer unbegleiteten Frau keinen Respekt haben, besonders nachts … bin müde, friere und fühle mich einsam und ausgesetzt, in einer so unsicheren, fremden Welt, schlimmer kann's nicht werden! Meine verzweifelten Gedanken machen alles noch schrecklicher, meine Ängste, mein Unwohlsein. Lautlos jammere ich in mich hinein, bis ich es endlich aufgebe, um meine Energie zu sparen.

So klein zusammengekauert, wie ich nur kann, sitze ich eine zeitlose Zeit auf einer Bank am Bahnsteig. Es ist kalt hier draußen. Ich wage mich nicht einmal ins Bahnhofsgebäude, da ich ja nicht weiß, wer da drinnen ist ... Da! Eine schwache Laterne am Ende des Bahnsteigs wirft dünnes Licht auf drei außergewöhnliche Gestalten, die in der Ferne auf dem Bahnsteig auftauchen. Sie kommen näher. Jetzt sehe ich, dass sie Turbane tragen, Schärpen um die orientalischen Hosen gebunden haben und in diesen Schärpen lange Messer stecken. Die Schnurrbärte sind nach oben gezwirbelt und in die Turbane geschoben.

Ich bleibe bewegungslos sitzen, während sich die Männer nähern und dann in einiger Entfernung – Gott sei Dank – zusammen stehenbleiben. Wenn es nicht dunkel und ich nicht allein wäre, hätte ich sie sicherlich pittoresk gefunden, aber jetzt möchte ich nur nicht bemerkt werden. Über den Kopf habe ich einen großen Schal gezogen. Er wärmt und versteckt, dass ich nicht nur eine Frau, sondern auch noch eine nachts alleinreisende Ausländerin, eine Europäerin bin. Aber anscheinend bleiben sie, wo sie sind. Schauen nicht einmal zu mir herüber. Ganz allmählich, nach und nach, mischt sich ein zartes hellgraues Leuchten in die Dunkelheit des Wartens. Jetzt beginne ich mehr zu sehen, es dämmert, ein grau-rosa Schimmer färbt den fernen Himmel über der flachen Landschaft, zeichnet das Gebäude, den Bahnsteig und die drei wilden Männer deutlicher. Plötzlich kehrt Vertrauen in mich zurück.

Zuerst ein dunkler Fleck nur, ein rhythmisches, düsteres Schnaufen, dann kommt der schwerfällige Zug immer näher und hält tatsächlich an. Einige Passagiere steigen aus. Schnell laufe ich mit meinen Sachen zu einer der geöffneten Türen. Ja, bestätigt mir ein Passagier, der nächste Halt ist die richtige Station! Mein Herz schlägt jetzt wild vor Anstrengung und Übermüdung, während ich mich mit meinem Gepäck durch all die Menschen, einfach gekleidete Männer und Frauen mit Packen, Stoffballen, Koffern durchkämpfe und endlich einen Platz auf einer hölzernen Sitzbank in der dritten Klasse finde. Im Zug ist alles voll besetzt. Schon um diese Zeit. Während die Fahrt weiterschlingert, starren mich etwa zwanzig bis dreißig Menschen, Männer wie Frauen, die auf den Bänken in den Reihen vor mir sitzen, ununterbrochen und ungeniert groß an. Von meinem Gesicht zu meiner Handtasche und zurück. Ohne zu sprechen, ohne Mimik betrachten sie mich als Phänomen.

Dann kommt der nächste Halt. Es ist jetzt so hell, dass ich das Schild lesen kann. Ja, das muss es sein! Wieder beginnt mein Herz spürbar zu pochen. Der Augenblick ist gekommen auszusteigen! Ich bin fast da!

Ein älteres Ehepaar wandert mit einem kleinen Koffer zur Rikscha-Station auf der anderen Seite des Gebäudes. Ich folge ihnen rasch nach, und wieder präsentiere ich meinen Zettel mit der Adresse.

»Oh, yes. We are also going there! You can come with us, Missis!«

Wie bin ich froh! Aber die schmächtige Rad-Rikscha ist viel zu schmal für drei Erwachsene mit Gepäck. Der Mann engagiert eine zweite Rikscha für mich, handelt den Preis aus und bespricht die Adresse so lange, bis der dünne, drahtige Rikscha-Fahrer eifrig nickt. Das hätte ich nie allein hinbekommen!

In einer nordindischen Kleinstadt sprechen die Leute Hindi und wenig Englisch.

Los geht es eine längere, morgendlich leere Straße entlang: das Paar voran, wir hinterher. Kleine Buden rechts und links, noch bedeckte Verkaufsstände, schlafende Männer da und dort am Boden, noch verschlossene Reparaturwerkstätten, Telefon- und Telegrafenämter mit großer Aufschrift darauf – alles wie in so vielen Straßen an so vielen Orten in Indien. Nach kurzer Zeit allerdings wird mein Fahrer langsamer, sodass sich der

Abstand zur ersten Rikscha immer mehr vergrößert. Ich sehe das mit Sorge, ja Ängstlichkeit und versuche ihm auf Indisch-Englisch zu erklären, dass er hinterherkommen soll. Aber stattdessen dreht er sich zu mir um und hält die Hand auf.

»Hundred rupees, Madam, hundred rupees!«

»Was! Der Preis ist fix, los jetzt, weiterfahren!«, protestiere ich empört.

Er strampelt kurz und hört dann ganz auf. Inzwischen ist die andere Rikscha mit dem Ehepaar weit vorne und nähert sich einer Kreuzung. – Wenn sie abbiegen und mein Fahrer doch nicht Bescheid weiß oder nicht wissen will, dann sitze ich fest und kann nicht weiter. Meinen Zettel hat der Mann mitgenommen!

»Police!«, zische ich, »no more money, I call police!«

Das regt den Fahrer doch dazu an, wieder in die Pedale zu treten, obwohl er sich ja sagen könnte, dass ich keine Ahnung habe, wo hier die Polizei ist.

Ich beobachte, wie das Paar weit vorne nach links abbiegt, während mein Fahrer unsere Fahrt erneut verlangsamt. Meine Geduld, falls ich je dergleichen hatte, schwindet jetzt gänzlich. Der kleine Gauner ist wie aus Gummi: Er bewegt sich vorwärts und schnellt sofort wieder zurück in sein stumpfsinniges, erpresserisches Schema. Ich bin hilflos, ratlos, müde und gleichzeitig bedrängt ... jetzt bleibt er ganz stehen und hält mir die Hand hin.

Da bekomme ich einen wüsten Wutanfall: so viel dreiste Unverfrorenheit eines infantilen halbkriminellen Idioten! Diese hinterhältige, unglaubliche Respektlosigkeit! Dieser durchtriebene, armselige, magere Radfahrer bekommt einen saftigen Kübel Schimpfworte von mir übergegossen. Ob er mich versteht, ist mir egal. Er merkt wohl schon an meinem Tonfall, was ich über ihn sage. Das scheint ihm aber nichts auszumachen. Immer noch spielt er unentschlossen in den Pedalen herum. Letztlich stehen mir in diesem Kampf ja nur Worte zur Verfügung. Ich fühle mich diesem bauernschlauen, frechen Kerl so ausgeliefert, dass ich vollkommen die Beherrschung verliere und ihm einen ordentlichen Stoß in die Rippen versetze. Jetzt fährt er zusammen und fängt wieder an loszulegen. Offensichtlich habe ich seine Sprache gesprochen, doch ich schäme mich zutiefst.

Wo fahre ich eigentlich hin? Zu einem heiligen Mann. Und wie benehme ich mich?! Wie konnte ich nur so ausfällig werden!?

Zwischen dem Rikscha-Fahrer und mir fallen keine Worte mehr. Ohne weitere Umstände strampelt er jetzt zügig weiter, biegt links ab, und nach einer stummen Fahrt von etwa zehn Minuten kommen wir vor einem halboffenen, eisernen Tor an, das zum Innenhof eines alten Gebäudes führt. Die andere Rikscha steht verlassen, ohne Fahrgäste und Fahrer am Straßenrand. Wartet, auf was auch immer.

Ich steige aus, bezahle mein schlimmes Erlebnis, hole mein Gepäck und stehe jetzt vor dem offenen Tor, dem Tor meiner inneren Sehnsucht und höchsten Erwartung.

26. Kapitel

Ein friedlicher Vorplatz mit einem Brunnen in der Mitte führt zu dem Hauptgebäude eines einstmals wohlhabenden Gutshofes. Auf der überdachten Veranda vor dem Haupthaus ruht ein alter feingliedriger Mann in einem hölzernen Lehnstuhl im Kolonialstil, zurückgelehnt, entspannt, eine Hand hinter den Kopf geschoben, den Hof überblickend. ER muss es sein!

Ich wage nicht einzutreten, doch ein großer kräftiger Mann im weißen Dhoti, der gerade aus dem Haus tritt, winkt mich heran.

Sobald ich den Hof betrete, spüre ich jene feine Schwingung wieder, die ich zum ersten Mal in meinem morgendlichen Traum empfunden hatte. Alles erscheint mir wie von einem unsichtbaren Licht durchdrungen. Und nun nähere ich mich diesem außergewöhnlichen, erhabenen alten Mann in einem völlig aufgelösten Zustand: ungewaschen, übermüdet, hungrig, mit langem wildem Lockenhaar, erschöpft von Stunden der Angst und Einsamkeit, erhitzt und verwirrt von einem heftigen Wutausbruch mit körperlichem Übergriff.

Ich habe nichts zu meiner Verteidigung zu sagen. Ich habe einfach auf Situationen reagiert, die ich bislang nicht kannte, so, wie ich anscheinend eben auch bin. Und das war mir bislang noch nicht bewusst gewesen.

Als ich etwa die Hälfte des Hofes erreicht habe, erhebt sich der alte Mann plötzlich mit jugendlicher Geschmeidigkeit von seinem Stuhl und kommt auf den Hof hinaus – auf mich zu. Dabei nehme ich deutlich wahr, wie ein weißlicher Schimmer seinen ganzen Körper vom Kopf bis zu den Füßen umgibt. Christliche Heilige werden – wie ich mich erinnere – immer mit einem Heiligenschein um den Kopf dargestellt, aber in diesem Fall schimmert der ganze Körper! Ihn so auf mich zukommen zu sehen macht mich völlig perplex, beschämt mich, aber ich gehe automatisch schneller. Dann stehen wir uns gegenüber. Ich sehe sein feines Gesicht mit der zarten Aura ganz nah vor mir. Er schaut mich erfreut an, nimmt mich bei den Schultern und drückt sie.

»Welcome!«, sagt er nur und kehrt zur Veranda zurück. Ich bleibe eine kleine Weile wie benommen stehen. In meinem Herzen sprudelt auf einmal eine Fontäne höchsten Glücks. Eine Woge der Liebe, ein Augenblick vollkommener Erfüllung überwältigen mich, so als ob nichts anderes jemals von Bedeutung gewesen wäre.

Artemisia:
Die Zeit der Verwirrung, des Lernens und des Suchens ist beendet, und was Diana bestimmt war, ist gefunden.
In Wirklichkeit ist die Existenz ein Warten, ein bedingungsloses Warten auf den entscheidenden, schicksalhaften Augenblick, in dem sich alles ändert. Und selbst wenn dieses Warten Jahrtausende dauern würde, hättest du keine andere Wahl. Denn erst wenn aus dem unendlichen Meer der Gelegenheiten die eine Möglichkeit auftaucht und in deiner Evolution der geeignete Moment gekommen ist, fällt dir alles zu. Aber was sind schon Jahrtausende, nachdem sie vergangen sind? Ein kurzer Blick zurück.

Er ist zu seinem Lehnstuhl zurückgekehrt und betrachtet mich ruhig, wie ich vorsichtig die Veranda betrete.

Mein Gepäck habe ich an den Arkaden der Veranda einfach fallen gelassen, so überwältigt bin ich von dem Gefühl, in seiner Nähe zu sein. Endlich, endlich bin ich da. Direkt vor ihm ist noch ein Stuhl frei, und mit einem Blick weist er mich an, dort Platz zu nehmen. Erst jetzt erkenne ich, dass neben ihm und vor ihm mehrere Stühle aufgereiht stehen, auf denen das indische Pärchen von vorhin und einige »Overseas«, also Europäer oder Amerikaner aus »Übersee« sitzen und mich ebenso neugierig wie überrascht anstarren.

Dann herrscht nur noch Stille, in die ich allmählich tief versinke ... Irgendwann kommt mir zu Bewusstsein, dass eine ganze Wolke kleiner Spatzen unter dem Dach der Veranda umherfliegt und zwitschert. In mir ist nur tiefste bedürfnislose Ausgeglichenheit. Und wenn ich jetzt um mich sehe, erscheint mir alles, was mich hier nah umgibt, als gehöre es auf eine andere Realitätsebene: die Menschen, die Tiere, die Gebäude des Gutshofes, der Brunnen in der Mitte, es ist, als sei all das nur die Projektion eines Filmes, der vor mir abläuft, während die einzige Realität Er und ich sind und was jetzt in mir geschieht. Wie lang ist es her, seit ich angekommen bin? An meinen verstörten Zustand bei meiner Ankunft kann ich mich kaum mehr erinnern.

Aus dem Nebengebäude erscheint ein junges Mädchen und spricht leise zu ihm. Dann wendet er sich an uns und sagt:
»Now you come and take something!«

In einem schlichten Raum im Nebengebäude stehen auf einem Tisch einige Teller, ein Topf mit Gemüse, einer mit Reis, und auf einem weiteren Teller liegt aufgestapelt ein Turm Chapatis. Daneben einige Bananen.

Jetzt ist Gelegenheit, sich ein wenig kennenzulernen. Zwei Amerikaner, mehrere Inder, sechs Europäer mit mir inklusive. Zum großen Teil junge Leute so wie ich. Enge, ausgestellte Jeans, lange Haare, relaxte Gespräche zwischen alten Freunden. Dann wagt einer von ihnen einen Vorstoß.

»Wie heißt du, woher kommst du, woher kennst du Babuji?«
»... Ich kenne ihn gar nicht. Ich habe ein Buch von ihm gesehen und wollte ihm begegnen!«
»Ich frage nur, weil es so aussah bei eurer Begrüßung, als kenntet ihr euch schon ewig!«

»Könnte sein«, höre ich mich plötzlich sagen.
»Vielleicht in einem anderen Leben!«, schnarrt ein älterer Inder näselnd. Eine hausgestrickte Mütze und kleine Wattebausche in den behaarten Ohren gegen die winterliche Witterung geben mir das Gefühl, dass er wohl aus dem kleinen Ort hier stammt.
»Nennt ihr den alten Herrn Babuji?«
»Ja, das ist eine Art respektvoller Anrede.«

Als wir vom Essen auf die Veranda zurückkehren, ist Babuji verschwunden. Neben seinem Stuhl verwehrt ein Bambusvorhang den Blick in das Innere eines Raumes, in dem Babuji sich aufzuhalten scheint, denn seine Sandalen stehen vor der Tür am Boden in Richtung Zimmer.

Ein großer kräftiger Inder erscheint als Schatten hinter dem Bambus, schiebt die Matte von innen ein wenig zur Seite, tritt zu uns ins Freie und meldet, dass wir nun zum Ashram am Rande des Ortes zurückkehren sollten.

Auf einmal stehen ganz viele Rikschas vor dem eisernen Tor, sodass alle Schüler Platz darin finden können. Ich sitze neben einer Französin mit haselnussbraunen Augen und einem langen dunkelbraunen Zopf, die sehr mit sich beschäftigt scheint und Françoise heißt. In einem kleinen Zug aus Rad-Rikschas verlassen wir das Städtchen, fahren geräuschlos an weiten Feldern vorbei, in denen gelegentlich ein Bauer mit einem Büffel den Pflug zieht, ja, noch im Jahre 1979! Das gefällt mir. Ich kneife die Augen zusammen und stelle mir vor, ich sei im alten Ägypten.

Seit Babuji seine Besucher nicht mehr in seinem Haus unterbringen kann, erklärt mir Françoise, wurde vor Kurzem der Ashram errichtet. Das Wesentliche an einem Ashram ist die spirituelle Atmosphäre, die uns auf dem Weg in unser Innerstes unterstützt, fährt sie fort. Babuji selbst lebe nach wie vor mit seiner Familie im alten Gutshof. Entweder käme er zu den Schülern in den Ashram, oder die Schüler kämen zu ihm nachhause. So läuft das im Moment!

Was Babuji dabei eigentlich für seine Schüler tut, frage ich nicht, denn das habe ich ja gerade erlebt. Aber Françoise sagt es mir trotzdem: »Er führt dich bewusstseinsmäßig weiter und weiter. Du machst wunderbare Erfahrungen dabei ... Oh, du weißt doch, dass Spiritualität nicht vollendet ist, wenn man innere Ruhe findet oder mal eine Erleuchtung erlebt hat, das ist nur der Anfang ...?«

Sie betrachtet mich einen Moment kritisch von der Seite.

»Ja, ja, natürlich!«, beruhige ich sie schnell.

»Also«, fährt sie fort, »er führt dich in ein immer feineres tieferes Bewusstsein, wo du noch nie warst und in das du aus eigener Kraft gar nicht kommen könntest. Man kann ja viel über diese Dinge lesen, aber das Tolle ist die praktische Erfahrung, die du hier bekommst!«

Also gut, ich bin gespannt!

Wir erreichen den Ashram nach einer Fahrt von etwa zwanzig Minuten: ein Stück bebautes Land zwischen den Feldern. Ein breiter Kiesweg führt vom Eingangstor an der Meditationshalle und einer großen Rasenfläche vorbei zu den Wohngebäuden. Alles wurde neu erbaut, einfach und sauber: eine moderat große Meditationshalle, ein moderat großes Gästehaus mit Schlafsälen, ein kleineres Haus für Küche und Essen, zwei Brunnen, ein Gesindehaus, ein kleines Verwaltungsgebäude, das bescheidene »Cottage« für den Meister. Einige Blumenbeete säumen den zentralen Rasen, und an den Wänden der Häuser ranken sich duftende Kletterpflanzen empor. Hinter der Küche breitet sich ein gepflegter, weitläufiger Gemüsegarten aus. Von dort reicht der Blick weit über die Felder der Bauern.

Françoise lädt mich ein, bei ihr in den Schlafsaal einzuziehen. Dort schläft noch Adrienne aus Nantes: kurzes braunes Lockenhaar, große haselnussbraune Augen. Adrienne hat einen ganzen Koffer voll indischer Kleider und Schmuck, Dinge, die sie entweder hier an einzelne Schülerinnen verkauft oder in Europa zu westlichen Preisen loswerden möchte. Kaum habe ich mich ein wenig installiert, kommt sie schon auf mich zu und fragt mich, ob ich mir ihre Modelle ansehen möchte.

»Aber nein, jetzt nicht, darauf könnte ich mich hier nicht konzentrieren!« – Woran sie jetzt denken kann! Françoise hat sich schon mit dem Rücken zum Koffer auf ihrer Matte ausgestreckt.

Ich würde eigentlich gerne erfahren, wie die spirituellen Übungen hier aussehen, aber das scheint nicht der richtige Zeitpunkt zu sein. Also lege auch ich mich auf meiner Matratze nieder, um einen Mittagsschlaf zu halten, denn ich bin hundemüde.

Auf einmal erscheint ein sehr dickes Buch vor meinen Augen, das sich öffnet. Dort sehe ich – lebendig wie in einem Film – auf einer Seite mich selbst als jungen zartgliedrigen Mann, der in einer goldgefassten weiß-seidenen Tunika vor einem offenen Fenster an seinem Schreibtisch sitzt. Es ist heiß draußen. Mit einem Griffel in der Hand blicke ich nachdenklich in eine weite südliche Landschaft, bis ich schließlich eine neue Erkenntnis auf meinen Papyrus schreibe. Ich bin wohl ein junger Philosoph. Vielleicht Griechenland, vielleicht Rom.

Gleichzeitig sehe ich in ebendiesem Bild – wie in Großaufnahme – meine großen schmutzigen Füße, die einen Ochsenkarren durch jene Landschaft begleiten, auf die der junge Philosoph gerade geblickt hat. Meine Füße und Fesseln sind grobknochig, dunkelbraun und schmutzig. Ich muss ein niederer Arbeiter, ein Tiertreiber sein. – Was ist das?! Ich lebe offensichtlich in zwei völlig verschiedenen Körpern zur gleichen Zeit?

Eine neue Seite: Ich sitze in einem Turmzimmer wie im Mittelalter, bin Teil einer geheimen Gruppe von Frauen mit hohen Hüten. Sie fassen sich bei den Händen und murmeln magische Worte. Ich bin dabei und doch auch nicht. Ich rebelliere innerlich, aber kann diesem Kreis nicht entkommen. Während ich die Leiterin betrachte und dem Gemurmel zuhöre, denke ich empört: all das große wichtige Getue! Sie haben keine Liebe, es geht nur um Macht. Wozu das Ganze?

Wieder blättert eine unsichtbare Hand im offensichtlichen Buch meiner Leben: Im eiskalten Winter trägt mich ein junger Mann aus einem schlossähnlichen Gebäude. Ich bin in einen dicken Pelz gehüllt, denn ich bin eine kranke junge Frau. Ich friere und habe Angst. Angst vor Verfolgung. Er packt mich auf einen Schlitten, gibt dem Pferd die Peitsche, und so flüchten wir in rasendem Tempo durch die Nacht, flüchten vor den Russen …

Und dann: Plötzlich sehe ich mich als jungen Mann vor einigen hundert Jahren. Ich stehe in einem goldverzierten Zimmer vor einer halboffenen Terrassentür aus Glas, die auf den gepflasterten Hof des schlossähnlichen Hauses hinausführt. Ein vom Wind geblähter Vorhang verdeckt mich halb. In der Hand halte ich einen Revolver, schwer und verschnörkelt, ein Ding aus jener Zeit. Jetzt fährt die Pferdekutsche in den Hof ein. Darin sitzt ein hässlicher, rotgesichtiger, fetter, älterer Mann, mein Feind. Er ist Geldverleiher, und ich schulde ihm eine Menge Geld. Mein Schloss ist schon völlig leergeräumt, so viel habe ich bereits wegen meiner Schulden verkauft. Ich bin fest entschlossen, diese miese Kröte, die alle Leute in Not erpresst, zu erschießen. Es ist eine gute, nützliche Tat, finde ich, die Erde von dieser ekelhaften Kreatur zu befreien. Als er aus der Kutsche steigt, drücke ich ab … und schieße daneben. Er blickt auf, schaut in meine Richtung und lacht mich aus. Ich lasse den Revolver sinken, schaffe es nicht, noch einmal zu zielen. In hilfloser Wut, besiegt, stehe ich etwa zehn Schritte vor ihm. Sein Kutscher kommt, führt mich ab und zwingt mich, in die Kutsche einzusteigen. Sie werden mich nach Paris zurückbringen. Dort erwarten mich das Gefängnis und der Galgen. Die Sonne knallt auf uns nieder, während wir durch die sommerliche Landschaft schaukeln. Der fette Halsabschneider mir gegenüber ist eingeschlafen. Neben ihm sitzt ein junger blonder Mann, den ich gut kenne und der heimlich auf meiner Seite steht. Ich zwinkere ihm zu, beuge mich weit vor, sodass mein Oberkörper bis zum Eingang der Kutsche reicht, und lasse mich einfach hinausfallen. Ich rolle den Straßengraben hinunter. Der blonde Junge tut dasselbe. Dann laufen wir so schnell wir können über die Wiese auf ein Wäldchen zu ...

Der Schlafsaal um mich ist leer. Anscheinend habe ich lange geschlafen ... und viel erlebt! Waren es nur Träume? Ich fühlte mich im Schlaf, als sei ich wach und betrachtete ein Fotoalbum ... Waren es Auszüge aus der Aufzeichnung meiner anscheinend Jahrtausende umspannenden Existenz? Obwohl ich jeweils anders aussah, oft sogar männlich war, erkannte ich mich im Traum sofort wieder. Man erkennt sich selbst, egal unter welcher Verkleidung und in welcher Rolle.

Ein kleiner Einblick in das Buch meiner Leben. Der Meister hat also seine Arbeit an mir aufgenommen! Anders als bei Arvind brauche ich hier anscheinend keine ausführliche Sitzung, damit Eindrücke aus früheren Existenzen in mir auftauchen. Ich sah sie kurz aufleuchten, wie Sternschnuppen, während sie mein Bewusstsein verließen.

Und kaum vorstellbar: Diese kurzen Szenen waren ja nur ein winziger Teil all meiner vergangenen Ichs, die, wie ich plötzlich fühle, nicht nur in mir, sondern bis ins Detail unvergessen irgendwo genauestens registriert sind! Es heißt ja, nichts, was man je getan oder gedacht hat, geht verloren, alles sei in einer Akasha-Chronik, einer Art kosmischer Geschichtsschreibung erhalten. Man denke, die Existenzen aller Wesen mit all ihren Leben darin aufgezeichnet! Wie wäre das möglich, so unendlich viel Information zu speichern? Vielleicht in einem winzigen, kosmischen Teilchen, in dem sich bei Nachfrage alle Existenzen, die ein Individuum betreffen, entfalten ...?

Und außerdem: Ist es eigentlich möglich, dass sich eine Seele gleichzeitig zweifach inkarniert? Ein Leben als erdgebundener Landarbeiter und ein verfeinerter junger Philosoph, beide aus derselben Seele entsprungen, zur selben Zeit am Leben, und wissen doch nichts voneinander?

Da spüre ich plötzlich, wie sich die Atmosphäre verwandelt hat. Alles ist ganz still geworden, wie in Eins versunken; Menschen, Tiere, Natur, die Dinge, selbst die Gebäude halten ein und träumen gemeinsam in einer superfeinen Schwingung.

Es muss wohl gerade Meditationszeit sein.

Schnell wasche ich mich, kleide mich frisch an und laufe hinunter in den Garten des Ashrams.

27. Kapitel

In einiger Entfernung sehe ich die Schüler aus der Meditationshalle strömen. Die Meditation ist gerade vorbei. Die meisten Schüler sind Inder, und eine kleinere Anzahl kommt aus dem Westen. Jetzt zerstreuen sie sich, nur auf dem Rasen vor der Halle sammeln sich einige von ihnen, um sich zu unterhalten. Ein großgewachsener Inder mittleren Alters verlässt die Halle und folgt ihnen. Er hat etwas sehr Majestätisches, Würdiges an sich. »Das ist der ›Hohe Priester‹!«, schießt es mir durch den Kopf. Nicht weil ich denke, dass es hier solch altüberlieferte Funktionen gäbe, sondern weil er mit seinem Auftreten in mir fast so etwas wie eine archaische Erinnerung auslöst.

Unsicher nähere ich mich der Gruppe.

»Wie lange meditierst du denn schon? Ich habe dich noch nie gesehen?«, wendet sich einer der Westler an mich.

»Noch gar nicht. Ich kann auch überhaupt nicht meditieren!«, antworte ich irritiert. »Ich habe nur ein Buch mit einem Bild des Meisters gesehen, und ja, ich habe einmal vorher von ihm geträumt. Da ging so eine Atmosphäre von ihm aus ...«

»Aber man hatte das Gefühl, dass er dich schon kennt oder sich sehr gefreut hat, dass du kommst. Sonst wäre er dir ja nicht entgegengegangen!«

Das gesamte Grüppchen starrt mich jetzt wieder groß, fast vorwurfsvoll an. Die erste Begegnung zwischen Babuji, dem spirituellen Meister, und mir scheint ja ziemliches Interesse geweckt zu haben.

Der »Hohe Priester« lächelt. Er hat ein schönes, freundliches Gesicht.

Vom Gate des Ashrams tönt eine heftige Diskussion bis zu

uns herüber. Ein junger Mann im Hippie-Look: groß, dünn, lange Haare, Reisebündel, eine Flöte in der Hand spricht intensiv auf den Pförtner ein, der anscheinend unwillig reagiert. Doch dann gewinnt der Hippie insofern, als der Pförtner losläuft und jemanden aus der Verwaltung holt.

»Wie war die Meditation für euch?«, fragt der freundliche, gesprächsbereite Inder auf Englisch in unsere kleine Gruppe.

»Abscheulich! Ich hatte nur unangenehme Gedanken und konnte gar nicht mitmachen. Ich habe gewartet, bis endlich Schluss ist!«, antwortet ein junger Mann.

»Für mich war sie wunderschön, so zart und fein. Ich fühlte mich frei von jeder Schwere!«, fällt ihm eine Frau schwärmerisch ins Wort.

»Hm!«, murmelt ein Deutscher. Die anderen behalten ihre Erlebnisse für sich.

»Was immer ihr in der Meditation erlebt, ist gut!«, beschwichtigt der freundliche Inder. »Der eine fühlt sich im Himmel, der andere kriecht unter der Erde dahin. Das spielt keine Rolle. All das sind Bilder oder Gefühle aus deiner persönlichen Vergangenheit. Wir sind alle keine unbeschriebenen Blätter. Durch die Technik der Übertragung spiritueller Energie in dieser Form der Meditation werden, wie ihr wisst, Eindrücke aus dem Unterbewusstsein aufgelöst. Dabei kommen oft lang vergessene Bilder und Gefühle hoch. Ihr bekommt aber zum Glück nur einen winzigen Ausschnitt von all dem mit, was euch da verlässt!«

»Übrigens«, erzählt Adrienne schüchtern, »in dieser Meditation habe ich lauter Tapeten gesehen, eine nach der anderen in verschiedenen Mustern, die an mir vorbeizogen. Vielleicht Zimmer, in denen ich mal war?«

»Schon möglich. Es sind winzige Erinnerungspartikel, die dir kurz zu Bewusstsein kamen, bevor sie sich auflösten … mehr musstest du nicht wieder erleben … und das ist eine Gnade, kann ich euch sagen, dass man nicht alles wissen muss, was einmal war.«

Ich denke an meine beiden Rückführungen mit Arvind. Sie waren schon beeindruckend. Aber freue ich mich eigentlich darüber, dass ich jetzt all das über jene Leben weiß? Eher weniger.

»Das ist P.R.«, flüstert mir Françoise unauffällig zu. »Er kann alles toll erklären. Er ist dem Meister sehr nahe.«

Eine Weile stehen wir alle still um P.R. herum. Es dämmert, und die Vögel des Abends beginnen mit ihrem durchdringenden Gesang.

Der Pförtner und der Verwalter eilen zum Eingangstor zurück. Nach einem kurzen Gespräch mit dem Verantwortlichen wird die Pforte geöffnet, und der Hippie folgt ihm in das Ashramgelände.

»Die Prägungen aus der Vergangenheit loszuwerden ist von entscheidender Bedeutung«, beginnt P.R. erneut.

»Ja!«, näselt der ältere Inder mit der Watte in den Ohren eifrig ins Gespräch hinein. »In der Spiritualität müssen ALLE Eindrücke aufgelöst werden, alle Eindrücke aus den Millionen Leben, die jeder schon hinter sich hat!«

»Aber wird man dann nicht eine Art Zombie, wenn man ganz leer ist, oder was bleibt dann noch übrig?«, wendet ein kleiner, blasser, sommersprossiger Westler ein.

Die Vorstellung hat auch für mich durchaus etwas Beunruhigendes.

P.R. lacht: »Keine Angst, eure Erinnerungen, die erworbenen Fähigkeiten, all das bleibt erhalten, aber die Macht, die die Vergangenheit meist ohne unser Wissen über unser jetziges Leben ausübt, dieser Zwang wird durch die Übertragung spiritueller Energie aufgelöst. Anders wäre es niemals möglich, all den Ballast der Vergangenheit so schnell und problemlos loszuwerden. Wie viel Energie haben wir selbst schon zur Verfügung?«

Stirnrunzelnd betrachtet Françoise unseren indischen

Freund, während Adriennes Blick an Françoises Pluderhose herabwandert.

Dann fragt Françoise zögerlich: »Nicht so viel, oder?«

»Nun ja, wie viel Lebensenergie ist in all den Milliarden Mustern, die uns bewusst oder unbewusst bestimmen, gespeichert? Wie wollen wir sie denn mit der begrenzten geistigen Kraft, die wir vorläufig besitzen, alle auflösen? Und selbst wenn wir das könnten, wie lange würde das dauern? Aber erst, wenn wir frei von all unseren Prägungen sind – nicht nur von den Prägungen aus diesem einem Leben –«, haben wir eine echte Wahl, erst dann wird die nötige Energie und der innere Raum frei, um endlich das Bewusstsein zu erreichen, das die Evolution für den Menschen vorgesehen hat. Bis dahin sind wir mehr oder weniger getrieben von unseren Mustern, der Konditionierung aus der Vergangenheit, unserem Karma, und bleiben in unserem Trott, der natürlich auch ein bisschen variieren kann. Aber wer sind wir wirklich dahinter?«

Ja, wer sind wir wirklich hinter all dem, was wir in uns angehäuft haben? Wer sind wir im Kern? Ich denke an meinen Besuch bei dem sympathischen Professor mit dem Pendel. Vielleicht habe ich jetzt einen Weg aus dem Trott gefunden!

»Und diese Reinigung des unbewussten oder bewussten Ballastes, unseres Karmas, geschieht hier allein durch spirituelle Energie?« Die Sache klingt doch etwas ungewöhnlich in meinen Ohren.

»Also«, erklärt P.R., »eine Prägung ist ein verfestigtes energetisches Muster aus der Vergangenheit. Um so etwas aufzulösen, muss man eine Energie anwenden, die feiner und potenter ist als die verfestigte Energie des alten Musters. – Du weißt ja, dass es Energie auf verschiedenen Ebenen gibt?«

»Körperliche Energie, emotionale Energie, geistige Energie, Heilkräfte ...«, näselt der indische Schüler mit der Watte.

P.R. nickt und wartet, ob sein Kollege noch weitersprechen

möchte. Der aber lutscht stattdessen noch einmal heftig an den Resten einer roten Betelnuss, an der er wohl schon eine Weile gekaut hat, dreht sich abrupt zur Seite und spuckt die Reste in eine Ecke, weswegen P. R. peinlich berührt schnell wieder das Wort ergreift und mir erklärt, dass die spirituelle Energie, auch göttliche Energie genannt, eine superfeine, alles durchdringende und potente Energie ist, die die alten Muster unmittelbar auflösen kann.

»Darum läuft so viel Reinigung hier ab, und wie gesagt, ganz ohne Fragen oder Therapie. Niemand analysiert oder diagnostiziert dich«, fasst Françoise zusammen.

Obwohl ich mich noch als Neuling empfinde, berichte ich mutig, wie im Schlaf ein Buch vor mir erschienen ist, in dem ich mich selbst in verschiedenen Leben gesehen habe. Ob das auch so etwas war?

»Im Traum findet sehr viel Reinigung statt. Besonders hier im Ashram, wo die ganze Atmosphäre mit spiritueller Energie aufgeladen ist. Da läuft das nicht nur in der Meditation ab.«

»Ah, o.k.«, sagt der Hippie, der die ganze Zeit hinter mir gestanden ist.

Ich finde das aber eigentlich nicht o.k.

»Wenn das so einfach mit dieser Energie geht, warum wird das denn dann nicht überall praktiziert, auf der ganzen Welt!? Man könnte den Menschen so gut helfen, über ihre Probleme hinauszuwachsen, sich zu entwickeln, man könnte die Evolution vorantreiben!«

»Das ist wahr. Aber es ist ein spiritueller Prozess, und nicht jeder ist dazu bereit. Veränderung wollen die meisten Menschen nur, wenn sie die Erfüllung ihrer persönlichen Wünsche bedeutet, die im Allgemeinen aber Produkt ihrer alten Konditionierung sind. Das wäre keine Veränderung.

Wichtig ist natürlich in unserem Fall, dass diese Energie nicht nur Prägungen auflöst, sondern das Vakuum, das durch diese Reinigung im Innern entsteht, unmittelbar mit spiritueller Energie wieder auffüllt, sonst gäbe es kein Wachstum.«

»Übrigens«, mischt sich jetzt ein westlicher Schüler ins Gespräch, dem Akzent nach ein Amerikaner, »hat der Meister einigen Schülern und Schülerinnen die Fähigkeit gegeben, diese spirituelle Übertragung weiterzuleiten, um den Menschen in ihren Ländern auf ihrem evolutionären Weg weiterzuhelfen – kostenlos. Niemand muss also dafür nach Indien reisen!«

»Aber«, fährt P.R. schmunzelnd fort, »der Meister kann eben auch seinen Schülern spirituelle Zustände übertragen und sie Erfahrungen machen lassen, die weit jenseits ihres Entwicklungsstandes liegen und die sie allein nicht erreichen könnten.«

28. Kapitel

Am Ashramtor erscheint ein kleines Auto, und aller Aufmerksamkeit fliegt in diese Richtung. Sofort wird vom Pförtner geöffnet, der Wagen fährt herein, parkt vor dem kleinen Cottage. Alle Schüler kommen angelaufen. Der Verwalter eilt davon und holt einen Stuhl, stellt ihn auf den Rasen vor dem Cottage. Aus dem Auto steigt mithilfe des Ashrammanagers Babuji.
Wie klein und zart er ist, während er so von seinem Begleiter gestützt über das Gras geht! Er setzt sich auf den Stuhl vor uns, in sich gekehrt, bescheiden, unbedeutend. Wir alle lassen uns auf dem Rasen vor ihm nieder. Dann schweigen alle – nicht nur äußerlich, auch in uns wird es still. Das Schweigen in seiner Nähe entsteht anscheinend automatisch. Ein zutiefst ausgleichendes, heilendes Gefühl. Wenn ab und zu ein Vogel in der absoluten Stille singt, ganz für sich, ist das wie ein ferner Pinselstrich auf einem weißen Papier.
Babuji sieht in die Ferne, dann gleitet sein Blick über die versammelten Schüler, und immer wieder begegnen seine Augen den meinen. Es ist wunderbar, diesen Blick zu spüren. Seine Augen sind sanft, weich, und während ich mich in ihnen verliere, führen sie mich tief und immer tiefer, immer entgrenzter in mich selbst hinein.
»Don't meditate now!«, raunt der Verwalter.
So sitzen wir alle vor Babuji mit halboffenen Augen, obwohl jeder nichts lieber täte, als sie zu schließen, loszulassen und sich in inneren Weiten zu verlieren. Ich starre ins Nichts … und dann bin ich verschwunden. Eine unmessbare Zeit verstreicht. Irgendwann wird mir klar, dass ich ja da bin. Ich hatte mich völlig vergessen. Aber wie ich an mir hinunterschaue, um mich zu finden, sehe ich nur mein weißes T-Shirt, leer, ohne

Körper darin, so als ob es an einer Wäscheleine hinge. Ich versuche mich zu orientieren, ich versuche zu verstehen, doch verstehen stört nur … denn ich fühle mich so leicht, so gut, so in tiefstem Frieden oder in einer fast nicht wahrnehmbaren Seligkeit, Einheit vielleicht, völlig befreit von jedem Gewicht, jeder Begrenzung. Ich fühle nichts oder doch feinstes Sein, das eigentlich für die Sinne unspürbar ist.

Nach einem zeitlosen Dasein ist auf einmal alles wieder da: mein T-Shirt und ich. Grotesk, ich hätte nie geglaubt, dass sich mein Bewusstsein an meinem T-Shirt orientiert.

Noch eine kurze Stille, dann lacht Babuji ein wenig amüsiert in sich hinein und sagt:

»The Highest state is nothingness. That is not only – ›nothing‹ – but also – ›ness‹!«

Überrascht verstehen wir jenseits des Verstandes. Es ist ein lustiger Satz, und gleichzeitig schwingt diese feinste Existenz, dieses »ness«, das wir gerade gefühlt haben, in unserem Inneren mit. In diesem großen grenzenlosen »Nichts« – wie unser rastloser Geist ES nennt – ist die Erfüllung, die wir überall suchen, ist der unerschöpfliche Vorrat, ja, die Grundlage aller Energie. Wie soll man eine Wahrnehmung jenseits der Möglichkeiten unserer Sprache und unserer Vorstellung beschreiben?

Alle sind wir in tiefste, feinste Stille eingetaucht. Dass Stille so etwas Wunderbares ist, wusste ich nicht.

Da spricht Babuji plötzlich:

»I am a silencer!«

Nach einem weiteren Stück Unendlichkeit höre ich Babuji relativ laut, denn er gibt sich Mühe, damit wir ihn verstehen:

»Feeling is the language of God!«

Wenn in der Stille, in der ich nichts will und nichts brauche, ein Gefühl auftaucht, dann ist das eine Wahrnehmung, eine Botschaft, überlege ich.

Mein Gehirn hat wohl seine Arbeit wieder aufgenommen.

Nach einer Pause fügt Babuji noch hinzu, als würde er eine Frage beantworten:

»Emotion is not feeling!«

Auf diesen Unterschied habe ich eigentlich nie geachtet. Das war für mich im Grunde dasselbe. Wenn ich in mich gehe, fühle ich aber den Unterschied. Das Gefühl zeigt das Wesen, die Qualität einer Situation, es ist damit eine Botschaft, teilt dir etwas Grundlegendes mit. Eine Emotion ist nur ein Ausbruch eigener innerer Spannungen.

Nach einer kurzen Weile erhebt sich Babuji und geht hinüber zum Küchengebäude, um nachzusehen, ob alles in Ordnung ist. Alle Schüler wandern in einigem Abstand hinterher, wie Küken hinter der Mutterente, denke ich.

Krishna, ein Angestellter, der sich mit Vorliebe um die Bedürfnisse und Sorgen der Schüler kümmert, spaziert neben mir her.

»Wenn wir solch einen Zustand erleben, möchten wir nicht zurück in den Normalzustand, also der ständigen Sorge um uns selbst, wie es uns geht, ob wir etwas mögen oder nicht mögen, wie wir etwas verhindern oder bewirken können. Jetzt laufen wir dem Meister hinterher, um in seiner Atmosphäre zu bleiben. Aber das ist natürlich sehr kindlich. Weißt du, wenn man konsequent die Übungen macht, die der Meister vorgegeben hat, kann man, wo auch immer man lebt, in immer höhere Bewusstseinszustände hineinwachsen und gleichzeitig ein ganz normales Leben führen!«

Krishna geht jetzt schneller. Er muss wohl in der Küche helfen.

Ich habe das Gefühl, dass ich randvoll gefüllt werde, und dabei geht es noch weiter. Ich muss später über alles nachdenken, falls das überhaupt geht. Zunächst einmal werde ich zusammen mit anderen Babuji in die Küche folgen, um zu sehen, was dort vor sich geht. Der Raum ist ziemlich klein, vor allem, wenn man sich vorstellt, dass sich zum Personal etwa zwanzig Schüler dort hineingequetscht haben.

Trotzdem, wo immer Babuji ist, ist die Umgebung licht, wie von einer besonderen Schwingung erfüllt. Er spricht ein wenig in Hindi mit den Angestellten, dann wendet er sich zum Gehen. Sofort schieben sich die Menschen zur Tür, durch die Tür hindurch, wahrscheinlich, um ihn draußen zu begrüßen. Ich habe Babuji, der ja ziemlich klein ist, völlig aus den Augen verloren. Im Moment hat mich die Menge – muss ich schon angesichts des kleinen Raumes sagen – bis zum Türrahmen gedrückt, und gerade will ich meinen Fuß vor mir auf den Boden setzen, als ihn irgendetwas in der Bewegung zurückhält. Ich sehe nach unten: der zarte Fuß eines alten Menschen direkt unter meinem auf dem Boden. Ich mache einen erschreckten Schritt zurück. Beinahe wäre ich auf Babujis Fuß getreten! Das ist wie ein Schlag ins Gesicht, in mein Herz. Was bin ich für ein blinder Tölpel ... und das immer schon gewesen!

Während alle zu Babujis Wagen eilen, um ihm Lebewohl zu sagen, bleibe ich zurück. Ich fühle mich zu beschämt. Dieses kleine Erlebnis hat etwas Charakteristisches in mir angesprochen. Plötzlich bin ich unendlich traurig. Dort geht Babuji zu seinem Auto. Doch bevor er einsteigt, dreht er sich auf einmal um und schaut in meine Richtung, als hätte er dort noch etwas zu erledigen, etwas zu sehen. Und als wäre die Zeit angehalten, scheint alles einen atemlosen Moment lang stillzustehen. Einen Augenblick schaut er in meine Augen ... und dann ist auch dieser Moment vorbei.

Er steigt in den kleinen Wagen und blickt gerade nach vorne in Fahrtrichtung. Er hat seine Aufgabe erfüllt, jetzt geht er der nächsten entgegen. Keine Sekunde hängt er an irgendjemandem oder irgendetwas. Und doch habe ich nie eine Erfahrung gemacht wie diese bei ihm, eine Erfahrung von etwas, das ich das »Nichts« nennen könnte, das sich aber gleichzeitig wie Erfüllung oder Liebe anfühlt. Denn Liebe ist im Grunde eine höchstfrequente und feinste Lebensenergie, die alles durchdringt, erfüllt, beglückt, für jeden da ist. Ohne diese Energie könnten wir gar nicht leben, wird mir klar, aber ich lebe nicht in Harmonie mit ihr, sondern verbrauche sie nur.

29. Kapitel

Ich heiße Jan«, mit diesen Worten setzt sich der Hippie neben mich auf die Stufen zum Wohngebäude, auf die ich mich inzwischen niedergelassen habe.
»Diana heißt du, stimmt's?«
»Hm. Und du?«, frage ich zerstreut nach, »bist du auch neu hier?«
»Du weißt ja, dass ich gerade gekommen bin!«
Er trifft mich nicht gerade im richtigen Moment. Irgendwie fühle ich mich auf einmal ungenügend, beschämt und gereizt: Zu dem, was hier geboten wird, reiche ich nicht hinauf, ist mein Eindruck.
»Na ja, jedenfalls sah es so aus, als ob du vorhin hier völlig unerwartet aufgetaucht bist«, führe ich das Gespräch etwas unwillig weiter.
»Unerwartet für die Leute im Ashram und für mich!«
Und dann erzählt Jan, wie er eigentlich mit dem Zug viel weiter fahren wollte und ein ganz anderes Ziel hatte. Aber plötzlich, als der Zug hier hielt, fühlte er, dass etwas unwiderstehlich an seinem Herzen zog. Er empfand ganz deutlich, dass an diesem Ort etwas auf ihn wartete. So beschloss er auszusteigen, ohne eine Ahnung zu haben, was er hier wollte oder sollte. Als er auf dem Bahnsteig stand, kam aber gleich ein Rikscha-Fahrer auf ihn zu und fragte ihn, ob er zu Babuji wollte.
»Oh!« Die Erinnerung an meinen Kampf mit meinem Rikscha-Fahrer will ich gar nicht in mir hochkommen lassen.
»Ich stieg einfach ein, weil ich nicht wusste, was ich sonst machen sollte«, fuhr der Hippie namens Jan fort.
»Alles ging völlig automatisch. So kam ich hierher, und jetzt weiß ich, was mich hierhergebracht hat!«, endet er seinen Bericht.

Auf einmal bemerke ich, dass es schon fast dunkel geworden ist. Das geht hier, in der Nähe des Äquators, erstaunlich schnell.

Ich bin müde, überwältigt, mitgenommen und beschließe, in meinen Schlafsaal hinaufzugehen und meine Sachen zu ordnen.

Doch zu meiner Überraschung sitzen da nicht nur Françoise und Adrienne, sondern noch drei weitere Schüler – eine Frau und zwei Männer –«, und zwar auf meiner Matratze. Eigentlich wollte ich dort gerade mein Bett einrichten ... Eigentlich wollte ich mich gerade zurückziehen und meine dringend nötige Ruhe finden ... Eigentlich fühle ich neben meiner Gereiztheit eine ganz feine, ja heilige Schwingung in mir, der ich am liebsten allein nachhängen möchte, und dabei will ich mich mit niemandem auf meiner Matratze auseinandersetzen.

Einer davon – sehr konservativ aussehend, wenn man unmittelbar von Jan kommt, unterhält die anderen lautstark in feinem britischen Englisch:

»Ich habe von vornherein bekanntgemacht, dass ich einen indischen Meister habe und meditiere. Man hätte das so und so herausgefunden. Und so hat man all die Daten gründlich durchforstet, kontrolliert und letztlich als ungefährlich eingestuft. Hätte ich das verheimlicht, hätte das Misstrauen hervorgerufen: Ein Mitarbeiter des Auswärtigen Amtes hat heimlich einen Meister! Ist er ein Spion, ist er von ihm abhängig? Befolgt er dessen Befehle?«

Ich bleibe weiterhin vor meiner belegten Matratze stehen.

»Wenn ich einen Job hätte, würde ich, glaube ich, nichts darüber sagen«, gesteht die Frau, doch keiner hört ihr richtig zu, alle blicken auf mich, die ich schlecht gelaunt vor ihnen stehe.

»Aha, Diplomat! Gehorchen Sie denn nicht den Befehlen Ihres Meisters?«, greife ich das Gespräch auf.

Eine Mischung aus unverarbeiteten Erlebnissen, innerem

Ungenügen in Bezug auf mich selbst, Ungeduld, Verwirrung und wachsender Reizbarkeit bricht sich in mir plötzlich Bahn.

Aber der Engländer ist nicht so leicht umzuwerfen.

»Oh, sure!«, lächelt er. »Nur gibt der Meister niemandem Befehle. Er ist für meine spirituelle Entwicklung da, und die kann ich haben, solange sie sich nicht in die politischen Geschäfte einmischt, was sie ja nicht tut … Es profitiert übrigens jeder davon, wenn ich ein bisschen verträglicher werde!«, lächelt er mir entgegen.

Der zweite Mann auf meiner Matratze, wohl Anfang dreißig, braunhaarig, still, umgänglich und bescheiden, schaut zur Seite.

Normalerweise hätte ich diese versteckte Rüge wegen ihrer beiläufigen Eleganz akzeptiert, aber heute Abend kann ich den Zorn, der in mir aufsteigt, kaum bremsen. Ich merke, wie er diesen zuvor erlebten, wunderbaren inneren Zustand mehr und mehr überdeckt.

Die Frau hat meine Matte während des Gefechtes verlassen und sich Adrienne und ihrem Koffer zugewandt. Adrienne hebt verschiedene Blusen hoch, einige Sultanhosen dazu, und beide beginnen, sich über die Passform und den Preis zu unterhalten. Die beiden Männer besetzen noch immer mein zukünftiges Bett, und da ich diese Konfrontation nicht weiter fortsetzen will, wende ich mich nun den beiden Frauen mit dem Kleiderkoffer im Schlafsaal zu.

»Habt ihr hier jetzt einen Verkaufsstand eröffnet? Ich dachte, das passt nicht zu dem, was in einem Ashram stattfinden sollte!«, höre ich mich sagen.

Mein Gott, bin ich unglaublich aggressiv! Aber ich kann es nicht ändern, es bricht sich einfach Bahn.

»Was weißt du schon davon, du weißt ja gar nichts! Außerdem kannst du dir gerne woanders einen Schlafplatz suchen, wenn dich hier so viel stört!«, antwortet die eine der beiden jungen Frauen mit einem schiefen Blick auf mich.

Jetzt habe ich es endlich auf die Spitze getrieben! Soll ich stolz gehen oder mich bescheiden und bleiben? Stolz gehen ist das Allerkindischste, immerhin habe ich ja die anderen provoziert.

Also bescheide ich mich und sage:
»Entschuldigung, ich bin einfach so fertig und bräuchte vielleicht Ruhe!«

Alle Gäste sind inzwischen aufgestanden und wenden sich zur Tür. Der Engländer dreht sich noch einmal zu mir um: »Mach dir keine Sorgen! Das geht hier jedem mal so. Schlaf gut!« Françoise sieht mich sofort wieder verständnisvoll an, und Adrienne schließt ihren »Laden«.

Jetzt hätte ich mich endlich zum Schlafen legen können, aber ich bin über mich selbst so unglücklich, ich fühle mich so fehl am Platze, so zweigeteilt, dass ich einfach noch etwas frische Luft zwischen mich und diese Szene soeben bringen möchte. Ich brauche Ruhe, um mein Inneres zu sortieren. Also gehe ich wieder hinunter.

Die Nacht ist wunderbar und duftet nach Jasmin. Unendlich viele glitzernde Sterne zeichnen Formeln und Figuren auf den schwarzen Himmel, und die indische Mondsichel schaut in eine andere Richtung als die europäische! Passt.

Und dort, nicht allzu fern, ertönt eine Flöte, schlicht und bescheiden unterstreicht sie die Stille.

In der Nähe der Eingangstreppen lehnt, nur schwach von einer Lampe beleuchtet, P.R. an der Hauswand; neben ihm spendet die »Königin der Nacht« mit den kleinen weißen Blüten ihren nächtlichen Duft.

»Hallo!«, ruft er mir zu. Ich gehe zu ihm.

»Darf ich Sie etwas fragen?«

Von ihm geht Unbeschwertheit, Geduld und Freundlichkeit aus und mir ist, als beugte sich jetzt ein wahrer Freund zu mir herab, um mir zuzuhören.

»Wie macht der Meister das, dass er einen augenblicklich in solch außergewöhnliche Zustände versetzt, und ist man nachher immer so ärgerlich, wenn man sich in der normalen Welt wiederfindet?«

Der Klang der Flöte wird leiser und scheint aus einer anderen Richtung zu uns zu kommen. Wahrscheinlich wandert Jan Flöte spielend im nächtlichen Ashram herum.

»Man ist bestimmt nicht immer ärgerlich nach einem spirituellen Erlebnis«, beginnt P.R. »Manchmal passiert das aber, weil man, nachdem man in einem wunderbaren Zustand war, die Kleinlichkeiten und die Enge dieser Welt und die eigene Ungeduld nur umso deutlicher spürt und sie einen irritieren. Aber das geht schnell wieder vorbei, und je weiter man fortgeschritten ist, umso leichter kann man den spirituellen Zustand in sich halten, mit ihm den Alltag leben, sodass er auch auf andere wohltuend ausstrahlt. Mit der Zeit bist du immer getragen von dieser Energie.«

»Was ist diese spirituelle Energie eigentlich? Ist das einfach Babujis Ausstrahlung, die man fühlt, wenn man bei ihm sitzt?« Ich muss unbedingt mehr darüber wissen.

»Die Ausstrahlung ist eine Sache«, erklärt P.R. »Jeder hat eine Ausstrahlung, ob gut oder schlecht, ob spirituell, spiritueller oder noch höher. Die Ausstrahlung übt natürlich einen Einfluss auf die Umgebung aus. Stell dir vor, du sitzt bei einem Betrunkenen. Stell dir dann vor, du sitzt neben einem Menschen, der voller Frieden ist und anderen Gutes will. Welch ein Unterschied! Aber eine Ausstrahlung kann nicht in die Ferne wirken, die Übertragung kann das. Außerdem hat Ausstrahlung keinen langfristigen Effekt und kann dir nicht helfen, wenn du in Schwierigkeiten gerätst. Jeder hat also eine Ausstrahlung. Aber nicht jeder besitzt die Macht der Übertragung, die dich verwandeln kann!«

»Ich kann mich übrigens nicht entspannen und meditieren

sowieso nicht!« Irgendwie regt sich in mir der Widerstand, ich fühle mich überwältigt und schleudere ihm daher eine Info über meine reale Existenz entgegen.

»Ich kann überhaupt nicht meditieren!«

P.R. lacht: »Nein? Und was hast du hier bisher beim Meister gemacht!?«

Das weiß ich eigentlich gar nicht. War das Meditation? Jan hat die Richtung gewechselt, wie man hört, und scheint stehen zu bleiben. Plötzlich bricht die Melodie ab und geht in einen fürchterlichen Schrei über. Darauf folgt ein panisches Flüstern: »Schlange! Schlange!«

»Bleib hier!« P.R. geht mit lauten Schritten in Richtung Hilferuf. Aus dem Gesindehaus stürzt Krishna mit einer riesigen Taschenlampe und einem Stock herbei. Mir rieselt ein Schauer den Rücken hinunter, ich bleibe, wo ich bin, und beobachte aus der Ferne, wie die Schatten der Männer dem Licht der Lampe folgend in Richtung Jans Stimme eilen. Dort bleiben sie ratlos stehen. Offensichtlich hat sich die Schlange zunächst von Jans Schritten irritiert zum Angriff aufgerichtet und ist dann durch die hektischen Schwingungen der Schritte der Männer verscheucht worden. Krishna sucht mit der Lampe weiter den Boden ab. Schließlich kommen alle drei zum Gebäude zurück. Jan sieht blass und völlig verstört aus.

»Es war eine Kobra, ich sag es euch. Sie war riesig ... ich habe wahnsinnige Angst vor Schlangen!«

»Auch ohne Angst wäre es gefährlich gewesen!«, gibt Krishna zurück.

»Wir müssen sie finden! Morgen werde ich das ganze Terrain nach Schlangenlöchern absuchen. Das geht gar nicht: eine Schlange – hier!«

»Aber hier gibt es doch überall Schlangen! Wie wollt ihr das Ashramgebiet frei davon halten?«, frage ich jetzt sehr besorgt. Das hatte ich vor lauter Spiritualität ganz vergessen, dass es in

Indien ja giftige Schlagen gibt; sie wegzuhalten erscheint mir unmöglich.

»Jedes Schlangenloch wird sofort verschlossen, und jede Schlange, die sich hier blicken lässt, muss augenblicklich getötet werden. Es geht leider nicht anders ... Und das spricht sich unter ihnen gewissermaßen herum, dass hier Menschen sind und hier kein guter Ort für Schlangen ist. Normalerweise bleiben sie dann weg«, erklärt P.R.

Wir sitzen jetzt alle still auf den Stufen des Wohngebäudes.
Die Zeit versinkt in Unendlichkeit, wie ich es hier ständig erlebe. Nirgends ein Geräusch. Auch Jan sieht wieder völlig befriedet und entspannt aus. Die Angst, die Schlange, alles scheint vergessen. Mein Zustand hat sich schon wieder völlig verändert, von Widerstand und Provokation zu Sanftmut und Interesse.
»Welche Verwandlung meinst du?«, spreche ich leise in die Stille hinein. Ich spüre, dies ist eine Gelegenheit, meine Fragen zu stellen, die ich nicht versäumen will.
»Der Meister beschrieb das einmal so ...«, fährt P.R. fort.
»Von einem animalischen Menschen – damit meint er Menschen, in denen animalische Triebe und Emotionen vorherrschen, also die abwechselnd von Angst, Gier, Lust, Aggressionen, Egoismus getrieben zwischen Hochgefühl und Traurigkeit schwanken und reaktiv sind – vom animalischen Menschen also ...«
»Das wären ja dann wir alle!«, wirft Jan erstaunt ein. Ich sehe die Grafik der unteren Chakren und der Bedürfnisebenen der Maslowschen Bedürfnispyramide vor mir ...
Der Inder lächelt und fährt fort:
»... zum menschlichen Menschen, das heißt zu Menschen, die selbstlos sein können, Mitgefühl haben, großzügig, gütig, liebevoll sind, warten können, verzeihen können ...«

»Das können wir aber auch!«, murrt Jan.
»... zum göttlichen Menschen. So läuft die menschliche Evolution, an deren Anfang die Menschheit im großen Ganzen heute noch immer steht. Intellektuell sind wir ja schon um einiges weitergekommen.«
»Ich glaube, alles ist gleichzeitig in uns. Wir sind ein Mischwesen«, schlage ich vor.
»Was wäre denn der göttliche Mensch?«, unterbricht mich Jan.
»Genau! Was wäre das?«, kommt Unterstützung von mir.
»Was ist göttlich?«
Ich betrachte das schöne Gesicht unseres erfahrenen indischen Freundes im Laternenlicht, das mir all diese Ebenen befriedet in sich zu vereinen scheint.
»Vielleicht kann man stattdessen auch Vollkommenheit sagen. Jeder hat diese Vollkommenheit, das Ziel der Evolution, schon als Plan in sich. Aber da kämpfen zwei gegensätzliche Kräfte in jedem Menschen miteinander. Einmal die Sehnsucht nach Vollkommenheit, das äußert sich oft als Sehnsucht nach unsterblicher Liebe, nach Erfüllung, nach Veränderung. Das ist die evolutionäre Kraft in dir, die dich nicht ruhen lässt. Aber dagegen steht die Trägheit, die will, dass alles so bleibt, wie es ist ... und natürlich das Ego, das seine Erfüllung normalerweise ganz woanders sucht. Aber wie sich das Göttliche in euch anfühlt, das könnt ihr auf dieser Reise selbst erleben, wenn ihr es wirklich wollt! Und das werdet ihr auch, ganz sicher!«, lächelt er.
Zunächst sagt keiner von uns beiden etwas. Ich bin auch inzwischen zu erschöpft und merke, dass mir das alles plötzlich egal ist, weil ich nun endgültig schlafen muss.
»Danke für alles! Aber ich glaube, jetzt muss ich wirklich ins Bett! Danke!«
Ich verabschiede mich von beiden und kehre in das Gebäude zurück.

»Gute Nacht!«, rufen mir Krishna und P.R. hinterher. Jan folgt mir ins Haus.

Während ich die Treppe zu meinem Schlafsaal hinaufsteige, stelle ich mir schon die nächste Konfrontation mit Adrienne und Françoise vor. Vielleicht quasseln sie ganz laut bei Neonlicht und wollen gar nicht schlafen so wie ich!

Doch als ich im Schlafsaal ankomme, brennt kein Licht mehr, und im Halbdunkel kann ich sehen, dass mir die beiden mein Bett gemacht haben! Ich bin gerührt. Sie selbst scheinen schon zu schlafen. Und ich schließe endlich auch die Augen.

30. Kapitel

Ich sitze im Meditationssitz in einem unendlichen blauen Kosmos. Vollkommen allein, nichts ist um mich, außer endlose blaue Weite. Ich fühle mich vollkommen frei und glücklich. Nichts fehlt mir: allein.
Dann wende ich meinen Blick nach unten. Weit unten sehe ich die Erde, und auf der Erde erkenne ich einen dunklen Haufen Kleider, Lumpen – leer, nutzlos, zurückgelassen: mein Leben! Das sind die Reste meines Lebens aus einer anderen Perspektive gesehen! Mein Gott! Und deswegen habe ich mich so aufgeregt! Ich staune, ich erwache.
Die Glocke zum Aufstehen läutet schon im Morgengrauen. Wer länger schlafen wollte, wird durch den Lärm der anderen Schüler, die in die Waschräume laufen und beherzt einige Liter kaltes Wasser aus den klingenden Metalleimern über sich ausgießen, sehr effektiv geweckt. Aus dem Fenster des Waschsaales sehe ich über die weite Landschaft. Noch sind die Felder in graues Dämmerlicht getaucht, doch dann überzieht sie ein rötlicher Schimmer, bis in der Ferne das goldene Licht der Sonne ganz langsam am Horizont aufsteigt.
Jetzt ertönt die Glocke zur Gruppenmeditation.
P.R. steht am Eingang der Halle. Zögerlich und unsicher nähere ich mich ihm:
»Ich kann überhaupt nicht meditieren!«, erkläre ich ihm nochmals, diesmal eher schüchtern als rebellisch.
Wieder lacht er nur und erklärt Jan, der hinzugekommen ist, und mir noch schnell:
»Nehmt an, dass ein nicht sichtbares, göttliches Licht in eurem Herzen ist, richtet die Aufmerksamkeit darauf und lasst euch so in die Tiefe eures Herzens ziehen. Gedanken nicht bekämpfen, sondern einfach nicht weiter beachten!«

Merkwürdigerweise funktioniert diese Meditation auf das Herz ganz gut. Die Gedanken stören mich nicht. Da sehe ich auf einmal eine kleine weibliche Gestalt, in indische Kleider gehüllt, graziös vor mir in der Luft tanzen. Ist das eine Göttin, oder was soll diese Vision bedeuten? Nach wenigen Augenblicken jedoch verschwindet sie wieder aus meinem Gesichtsfeld.

Nichts ist mehr um mich, alles ist jetzt still, und ich tauche in immer feinere Ebenen der Empfindung ein, als bestünde ich aus verschiedenen Körpern unterschiedlicher Dichte oder Transparenz, die ich jetzt durchquere.

Da plötzlich zieht sich mein Herz zusammen, mein gewohntes Bewusstsein ist wieder da, und ich werde von einem mir bestens bekannten Gefühl durchdrungen: Angst. Von Kopf bis Fuß: Angst. Da sind keine Bilder, keine Erinnerungen, nur bloße, nackte Angst. Alle Blut- und Nervenbahnen, mein ganzer Körper fühlt sich wie infiziert, ja krank an. Ich versuche weiter auf mein Herz zu meditieren. Endlich wird das Angstgefühl schwächer, schwächer, und auf einmal ist es weg, verschwunden, so überraschend, wie es gekommen war. Stattdessen spüre ich eine starke, erfüllende Energieübertragung ... und es geht mir gut! Supergut!

Als ich die Halle verlasse, spüre ich ganz zarte, wunderbare Schwingungen um mich und in meinem Herzen.

»Na?«, fragt P.R., während wir zum Frühstück wandern.
»Ja, es ging komischerweise tatsächlich! Ist das wegen der Übertragung? Zuhause bei mir ging es nie.«

Während wir unsere Toasts mit der roten Bonbonmarmelade zum Frühstück essen, beobachten Jan und ich von unserem kleinen Speisesaal aus, wie Krishna und einige Männer mit Stöcken im Ashram auf Schlangenjagd gehen. Ich spüre, wie mein Herz klopft.

Dann, plötzlich, beugen sich die Männer über etwas am Boden. Sie stochern herum ... aber nach kurzer Zeit wenden sie sich wieder ab.

»Vielleicht haben sie das Schlangenloch!«, flüstere ich Jan leise zu. Ist ja nicht nötig, die anderen hier im Speisesaal zu beunruhigen. Kurz darauf erscheint Krishna und bleibt dicht vor uns stehen.

»Sag mal Jan, hast du die Schlange genau gesehen?«

»Nun, ja«, murmelt Jan schüchtern. »Also so ganz genau nicht. Es war ja dunkel. Aber ich habe gehört, wie etwas geraschelt und sich vor meinen Füßen bewegt hat!«

»Das hätte also auch eine Maus sein können?«, fragt Krishna argwöhnisch.

»Theoretisch schon, aber ich dachte sofort an eine Schlange.«

»Aha! Hier ist nämlich auf dem ganzen Ashram kein einziges Schlangenloch und keine Spur einer Schlange zu finden!«

»Was? Eine Schlange im Ashram!«, ruft Adrienne laut aus, die die ganze Zeit versucht hatte, unser gedämpftes Gespräch zu verstehen. Jetzt hören alle Schüler auf zu kauen und sehen zu uns herüber.

»Nein, eben nicht. Das war nur eine Täuschung. Hier ist nichts«, beruhige ich sie und alle anderen. »Man hat alles abgesucht. Entwarnung.«

»Tut mir leid!« Jan schämt sich.

»Warum gehst du nachts hier im Gelände spazieren, wenn du dich vor Schlangen fürchtest?«, will Krishna wissen.

»Also«, beginnt Jan, »ich wollte den richtigen Platz zum Flötespielen finden. Man spielt nicht überall gleich.«

Krishna lächelt, gibt ihm einen kameradschaftlichen Schlag auf die Schulter und wendet sich zum Gehen.

Wir Westler, die von weither kommen, sind heute eingeladen, Babuji in seinem Zuhause zu besuchen.

Wir besteigen die vier Rikschas, die bereits am Tor auf uns warten. Dann gleiten wir auf der Straße zwischen den weiten

Feldern dahin, auf denen da und dort schon einige Bauern vor Sonnenaufgang mit der Arbeit begonnen haben. Françoise und Adrienne sitzen neben mir. Die Morgenluft ist mild, das leise Gleiten der Fahrräder auf dem Asphalt ist das einzige Geräusch, das uns begleitet.

»Heute habe ich in der Meditation so wahnsinnige Angst gehabt, einfach so«, erzähle ich den beiden.

»Kenn ich auch«, gesteht Françoise.

»Ich auch«, fügt Adrienne hinzu.

»Vielleicht ist das diese Urangst«, meint Françoise. »Ich weiß nur, dass P.R. mal gesagt hat, dass die erste tiefste Prägung, der tiefste Eindruck in der menschlichen Psyche, die Angst sei. Die sogenannte Urangst. Wenn die verschwunden ist, dann hätten alle anderen Ängste ihre Tiefe und Kraft verloren.«

»Ist sie dann weg, wenn man so etwas in der Meditation erlebt hat?«

»Ich weiß nicht, ob das so schnell geht. Vielleicht taucht das noch ein paar Mal auf, bis du merkst, dass die Angst in dir stiller geworden ist, aber keine Ahnung«, erklärt Françoise.

Wie ist das wohl, wie fühlt man sich, wenn sich die versteckte Angst vor so vielen Dingen im Leben gelegt hat und man alles auch auf anderen Ebenen des Bewusstseins wahrnimmt? So tagträume ich, während wir dem Treffen mit dem Meister entgegenfliegen.

Die meisten der anderen Schüler aus dem Ashram sind bereits in seinem Hof und auf der Veranda angekommen. Fast alle Stühle sind besetzt ... außer dem einen direkt vor Babuji. John, auf einem der Stühle neben ihm, nickt mir zu. Es ist, als hätte dieser Stuhl, der leer geblieben ist, auf mich gewartet. Also lasse ich mich vorsichtig und erfreut direkt vor dem Meister nieder.

Babuji sieht in die Ferne. Das helle Gezwitscher der Spatzen um uns wird dünner und ferner, bis es verschwunden ist. Wir sind in die Ewigkeit versunken, obwohl wir gar nicht meditieren, sondern mit offenen Augen vor uns hinsehen.

Und schon wieder steigt in mir eine störende Empfindung auf. Ich muss an gestern Abend denken, wie wütend und irritiert ich ohne triftigen Grund im Schlafsaal war, wie ich die anderen angegriffen habe, obwohl ich doch gerade die friedvolle Atmosphäre hier so tief in mir empfunden hatte. Ich habe meinen Ärger überhaupt nicht im Griff. Aber wie soll man mit seiner Aggression umgehen? Irgendwie hat sie uns der Schöpfer auch nicht umsonst gegeben.

Auf einmal spricht Babuji:

»Ein Heiliger hat alles, was ein normaler Mensch hat, nur gebraucht er alles am richtigen Ort, im richtigen Moment, in der richtigen Dosis. Er ist vollkommen ausgeglichen.«

Na gut, verstehe, aber wenn mich jemand angreift, muss ich mich doch verteidigen können, diskutiere ich innerlich mit Babuji.

»Spielt die defensive Rolle, nicht die offensive. Wenn man bedroht ist, ist Selbstverteidigung richtig«, antwortet er laut für alle hörbar.

Bevor ich mich aber jetzt zufrieden mit Babujis Antwort zurücklehnen kann, fügt er hinzu:

»Niemanden zu verletzen ist die höchste Religion. Ihr könnt euch betrinken, eine Menge Unsinn machen, das Allerheiligste zerstören, aber verletzt nie die Gefühle eines anderen Herzens!«

Ich zucke innerlich zusammen, denn ich muss mir eingestehen, so genau habe ich es damit nie genommen. Sonderbarerweise aber rutsche ich jetzt nicht in die üblichen emotionalen Reaktionen mir selbst gegenüber, wie Rechtfertigung oder Selbstanklage. Ich fühle mich eher befreit und spüre, dass ich kein Schuldbekenntnis, keine Selbstgeißelungen brauche, sondern nur Einsicht, Erkenntnis und einen festen Entschluss, mich zu ändern.

Babuji scheint noch immer etwas in der Ferne zu betrachten. Schließlich sagt er:
»Ich bin nicht wie eine Wespe, die sticht, wenn man auf sie tritt. Wenn jemand auf mich tritt, werde ich zertreten und sterbe.«
Alle schweigen betroffen.
»Gewaltlosigkeit ist ein spirituelles Prinzip«, murmelt Paul neben mir.
Jetzt beugt sich John, der neben Babuji sitzt, vor:
»War Mahatma Gandhi ein Heiliger?«
»Er war ein Politiker, ein großer Führer der Menschheit, aber die Ironie des Schicksals hat ihn euch weggeschnappt!« Die Stille dauert jetzt eine ganze Weile, und mir ist, als horchten wir – ohne zu verstehen – auf die verborgenen Gesetze des Schicksals.
Aber so ganz bin ich mit dem vorigen Thema doch noch nicht fertig:
»Sollte man unter allen Umständen vermeiden, andere zu verletzen?«, will ich wissen.
»Moderation.« Nur das ist seine Antwort.
Wieder schweigen. Das Schweigen trägt uns, lässt uns schweben, eintauchen in uns selbst. Nach außen gerichtet ist jeder individuell, einzeln, raumgreifend, in Reaktion auf den anderen. Nach innen gerichtet werden wir eins, wie eine Welle, die, all die kleinen Wasserrinnsale in sich sammelnd, vom Strand ins alles umfassende Meer zurückkehrt. Und gleichzeitig hat doch jeder seine ganz eigene Erfahrung.
Während ich den Meister betrachte, dieses schöne Gesicht eines alten Mannes, das die zarte Unschuld eines neugeborenes Babys ausstrahlt, geschieht etwas Merkwürdiges: Ich schaue in das unendliche Universum. Sein Kopf ist auf einmal wie eine offene Schale, in der nach festen Gesetzen Planeten kreisen, Sterne leuchten und in einer nie endenden Tiefe verschwinden.

Alles ist verkleinert und schnell, wie in einem Uhrwerk, ein Bild der Ewigkeit und ihrer absoluten Gesetze in verkleinerter Darstellung.

Ich halte mich in zwei Bewusstseinsebenen gleichzeitig auf: Einerseits schwebe ich in einem unendlichen Energiefeld, das mir ganz andere Inputs auf ganz andere Weise gibt, als mein Normalbewusstsein es zulassen würde, andererseits funktioniert mein Normalbewusstsein ganz normal weiter.

»Wie kommt das, wenn man so besondere Visionen hat, während man bei dir sitzt?«, fragt jetzt Adrienne.

Babuji schmunzelt.

»Master kann das Universum in seiner Hand wie einen Kreisel drehen, so mächtig ist er!«, schnarrt ein alter Inder mit Strickmütze gegen die Kühle des Winters über den Ohren voll ehrfürchtiger Bewunderung. Niemand reagiert. Es ist, als hätte niemand etwas gesagt.

Hinter uns mitten auf dem Hof bedient eine junge Frau die Wasserpumpe. Frisches Wasser sprudelt aus dem Brunnen in einen großen Eimer. Babuji macht ihr ein kleines Zeichen. Sie lächelt zu uns herüber und geht dann in Richtung Küche. Nach einem kurzen Augenblick erscheint sie wieder mit einem großen Tablett und bietet uns allen Wasser in Metallbechern und Kekse an.

Eine Stärkung gerade im richtigen Moment! Oh, ich wusste gar nicht, dass ich so durstig war! Und ein paar Kekse dazu besänftigen meinen Magen, nehmen das Hungergefühl. Ein guter Gastgeber spürt die Bedürfnisse seiner Gäste, noch bevor sie es selbst merken! Das werde ich auch versuchen!

Wir trinken, knabbern Kekse und wie um uns noch gänzlich zu entspannen und alle gedankliche Schwere von uns zu nehmen, unterhält uns Babuji mit seinem ansteckenden Humor. Der Meister spricht selten, aber wenn, dann weil er einen spirituellen Zustand kommentiert oder weil die eine oder andere originelle, humorvolle Idee, in die er seine Lehren kleidet, mit einem kleinen Lachen in ihm hochperlt. Seine Einfälle sind so überraschend und unterhaltsam vorgetragen mit dieser leichtfüßigen Energie, diesem sprudelnden, unschuldigen kleinen Lachen, dass man einfach nicht widerstehen kann. Alle kichern oder biegen sich vor Lachen, sind in ausgelassener Stimmung, erfrischt und entspannt.

»The inversion of God is dog«, erklärt Babuji. »So you should be Godmatic, not dogmatic!«

Alle lachen und genießen sein Wortspiel.

Plötzlich fügt er ernst hinzu:

»I never do useless talk, also my jokes have some meaning!«

Ich glaube, jeder von uns ist etwas erschrocken und denkt wohl gerade dasselbe: Sobald man von einer Sache überzeugt ist, kommt leicht die dogmatische Seite zum Vorschein. Man wird intolerant und belehrend. Das kenne ich leider auch. Mit solch einem Verhalten überzeugt man aber keinen, es führt nur zu Streit und ist nicht mehr wert als das Gebell von Hunden, die auf den Straßen miteinander kämpfen …

»»Godmatic«, was hieße das? Einfach so sein, dass jeder die spirituelle Präsenz fühlen kann? Oder einfach den anderen Raum lassen? Gott lässt allen Raum. Was ist überhaupt Gott?

»Was meinst du mit Gott?«, fragt jetzt John. »Wir kennen nur die Geschichten über Gott aus unserer Religion.«

Babuji scheinen herausfordernde Fragen zu gefallen. Er rückt sich ein wenig zurecht, beugt sich vor und sagt verschmitzt:

»Ich teile die Meinung der Atheisten: Gott gibt es nicht. Demnach kann man sagen: Gott ist Zero oder mathematisch ausgedrückt die Null. Anscheinend beinhaltet sie nichts und doch: Was geschieht, wenn ihr eine Zahl habt? Also, sagen wir mal die Eins. Setzt du die Null nach der Eins, gewinnt sie an Größe und wird zur Zehn. Je mehr Nullen du rechts zu der

Eins hinzufügst, umso größer wird der Wert der Eins. Seht ihr, Gott ist nichts, aber dieses Nichts ist es, das allen Wert und alle Potenz ausmacht.«

»Und darum geht es bei der spirituellen Entwicklung: um ›Nichts‹ und um ›Alles‹!«, fügt John lächelnd hinzu.

Babuji wird wieder still, und ich denke an meine Erfahrung mit dem »Nichts« am ersten Tag, als Babuji zu uns in den Ashram kam. Wir saßen alle mit offenen Augen vor Babuji, spürten seine Übertragung, und ich verschwand vor mir selbst im »Nichts«. »Nichts-heit« nannte Babuji diesen grenzenlosen, hochpotenten, wunderbaren Zustand.

P.R., der sich gerade zu uns gesetzt hatte, führt den Gedanken fort:

»In der indischen Philosophie sagen wir: Gott ist größer als das Größte und kleiner als das Kleinste. Wenn ihr die Eins hier als Symbol für uns Menschen versteht, erkennt ihr die Bedeutung des göttlichen Prinzips, der ›Null‹, des ›Nichts‹ und seiner Energie für euer Leben! Aus alten Texten ist auch ein anderes Beispiel bekannt: Nehmt an, ihr könntet den Kern einer Frucht wieder und wieder zerteilen, bis im Innersten nichts mehr zu teilen da ist. Was fändet ihr also im Innersten? Nichts! Aber aus diesem Nichts ist alles entstanden, aus ihm erwuchs die Pflanze.«

»Das ist wie eine vereinfachte Darstellung der Atomspaltung«, füge ich mutig hinzu und denke an Sofie.

»Wie oft man das Atom auch spaltet, immer hat man wieder einen Atomkern und den aufgeladenen Raum. Am Ende könnte nur dieser Raum übrigbleiben, denn solange es Teilchen gibt, kann man ja auch spalten. Der Raum ist das unteilbare Grundelement«, schließe ich meinen Beitrag.

»Und dieses besondere ›Nichts‹ ist die höchste Energie und die Basis für alles«, ergänzt P.R. mit einem Lächeln in meine Richtung.

Ich schaue unsicher zu Boden, denn ich bin ja keine Wissenschaftlerin. Eine Weile herrscht Stille, und in meinem Kopf ist es plötzlich so leer geworden wie im Kern des Samens.

»Jetzt werde ich euch eine besondere Übertragung geben. Kommt mit mir in mein Büro!« Babuji lädt uns in sein Arbeitszimmer ein. Er steht auf und verschwindet hinter dem Bambusrollo.

Wir folgen ihm und nehmen in dem kleinen Raum Platz. An beiden Längsseiten des Zimmers stehen Betten. Sie wirken ungenutzt. Auf einem von ihnen liegt ein Fell.

Im Hintergrund des Raumes schickt ein kleines Fenster etwas Licht in das Zimmer. Vor dem Fenster steht am Boden ein kleines schräges Schreibtischchen, vor dem Babuji wohl meist mit gekreuzten Beinen sitzt, um seine Korrespondenz zu erledigen.

Babuji setzt sich auf eines der Betten und betrachtet jeden von uns.

Dann fordert er uns auf zu meditieren. Ich schließe die Augen, und schon fühle ich mich von der spirituellen Übertragung getragen. In meinem Inneren entsteht ein Bild: Ich sehe so etwas wie die Fäden eines zu webenden Teppichs. Doch die Fäden sind durcheinandergeraten. Langsam und bedächtig kommen Babujis Hände, lösen die Fäden vorsichtig und ordnen sie, sodass sie parallel nach vorne ausgerichtet liegen. – Hat er mein Schicksal geordnet, meine Zukunft geregelt? Ist das allein auf spiritueller Ebene möglich? Nachdem er die Meditation beendet hat, bleiben wir noch eine Weile bewegungslos im Halbdunkel des Raumes sitzen. Schließlich erscheint Babujis Diener, beugt sich zu ihm hinab und flüstert ihm wieder etwas ins Ohr.

Der große schlanke Mann richtet sich zu uns auf und bittet uns, Meister jetzt allein zu lassen und zu unserem Ashram zurückzukehren. Draußen auf der Veranda lächelt er uns zu und erklärt: »You are all full!« Heute Nachmittag und morgen Vormittag würden wir Meister nicht sehen, da er beschäftigt sei. Wir sollten für uns meditieren, um zu verdauen, was wir bekommen haben.

31. Kapitel

Auf der Heimfahrt sitze ich neben P.R. und frage ihn: »Wann nennt man jemanden eigentlich Meister?« Ohne lange zu überlegen, beginnt P.R.:
»Ein Meister ist jemand, der sich selbst gemeistert hat. Aber DER Meister ist etwas anderes.

Für die spirituelle Entwicklung braucht man ab einer bestimmten Stufe jemanden, der den spirituellen Entwicklungsweg und das Ziel der menschlichen Evolution ganz genau kennt und in jeder Hinsicht gemeistert hat. Das ist der Meister. Ihr könnt allein auf jeden Hügel steigen oder spazieren gehen, aber um den Gipfel des Himalaya zu erklimmen, braucht ihr einen fähigen Führer. Und in unserem Fall braucht man für die spirituelle Entwicklung, die zur Vollkommenheit führt, einen Meister. Er sollte auch über die Kraft der Übertragung verfügen, weil er uns dadurch auf unserem Weg sehr effektiv weiterhelfen kann. Wir nennen ihn also Meister, weil er alles tut, um uns weiterzubringen, falls wir das wollen. Wenn wir die Vollendung erreicht und unser ganzes Potential verwirklicht haben, sind wir Meister unserer selbst, unseres Lebens, unseres Schicksals.

Aber nicht jeder kann ›DER Meister‹ werden, weil er noch ganz andere spirituelle Aufgaben hat, wofür er auch über die dazu notwendigen besonderen Kräfte verfügt. Einen wirklichen Meister erkennt man übrigens auch daran, dass er ohne äußere Show für dich arbeitet und dafür nichts für sich selbst verlangt.«

Aha, so ähnlich hatte ich mir das auch schon vorgestellt.

Im Ashram gibt es ein simples Gemüsegericht, Reis und Chapatis zum Mittag- wie auch zum Abendessen. Erstaunlich, wie hungrig man werden kann, wenn man nichts tut außer meditieren. Aber wer weiß, vielleicht haben wir ja innerlich Meilen zurückgelegt. John, der englische Diplomat, setzt sich neben mich.

»Na, wie gefällt es dir hier?«, fragt er mit einem tiefen Blick auf mich.

»Ja ...«

John ist wohl höchstens Ende zwanzig, aber er sieht schon aus wie der Premierminister. Manchen ist das Schicksal einfach ins Gesicht geschrieben.

»Willst du mit mir in den Basar?«

»Basar!?«, gebe ich überrascht zurück.

»Nun, vielleicht nicht heute, aber morgen Vormittag werden wir ja Babuji auch nicht sehen. Da könnten wir doch nach der Morgenmeditation schnell in den Basar fahren, Geschenke einkaufen.«

»Gibt es hier einen Basar?« In diesem staubigen, fliegenverseuchten Nest?, füge ich in Gedanken hinzu.

»Tatsächlich kann ich mir nicht vorstellen, dass sich je ein normaler Tourist hierhin verirrt.«

»Außer mir!«, antwortet Jan auf Johns anderer Seite und lächelt selbstzufrieden.

»Ein Basar ist ursprünglich nicht für Touristen gemacht.« Mit dieser Information scheint John unsere Unterhaltung beenden zu wollen. Da habe ich plötzlich doch Lust mitzukommen.

»Ich komme mit, ja. Morgen nach der Meditation, ausgemacht.«

»Es ist gar nicht so schlecht in der Stadt. Man kann es nicht direkt Basar nennen, aber Straße mit Geschäften«, erklärt Paul uns gegenüber.

Es wird ein stiller Nachmittag mit Nachdenken, Spazierengehen, Tagebucheinträgen. Unvorstellbar: Jetzt bin ich seit zwei

Tagen hier, und ich komme mir vor, als sei meine Ankunft hundert Jahre her, als könnte ich mich gar nicht mehr daran erinnern, was mich vor meiner Ankunft beschäftigt hatte, was mir damals wichtig war. Es ist wie eine Reise im Düsenjet oder jenseits der Schallgrenze, sodass man die Schnelligkeit nicht mehr wahrnimmt – eine Reise, die nicht außen in der Welt stattfindet, sondern im Inneren. Von Stunde zu Stunde verstehe, erkenne ich Neues in mir und im Leben. Und: Ich habe nicht EINMAL an zuhause gedacht, nicht an Lucius, für den das hier doch sehr interessant sein müsste, nicht an Katharina und meine Arbeit, nicht an Sofie, nicht an meine Mutter, nicht an meine Suche nach der großen Liebe mit dem idealen Partner. – Ja, jenseits der Schallgrenze befinde ich mich irgendwo im All, und gleichzeitig fühle ich mich so ruhig, sicher und aufgeräumt wie selten.

Nach der Abendmeditation, die ein westlich gekleideter Inder gibt, ist es mit der kurzen Phase der Einkehr vorbei. Wir sind aufgeladen mit spiritueller Energie wie Heliumballone.
In unserem Schlafsaal geht es hoch her. Wir feiern Party mit frischen Erdnüssen und schälen Orangen. John, Paul und zwei Amerikaner aus Boston, George und Francis, mit denen ich bislang wenig zu tun hatte, Françoise, Adrienne und ich. Wir überbieten uns mit absurden Ideen, die wir unglaublich lustig finden, wir biegen uns vor Lachen, außer natürlich John, der die allerabsurdesten Einfälle mit der typischen britischen steifen »Upperlip« vorträgt, sodass sich Adrienne vor Vergnügen auf dem Boden wälzt und dann blitzschnell aus dem Raum muss. Die Energie sprudelt nur so in uns empor. Krishna kommt an der offenen Tür vorbei, schaut herein, lächelt und kommentiert kopfschüttelnd:
»As if they had taken liquor!«
»Nein, spirituelle Energie!«, ruft Françoise ihm nach. – Das

war irgendwie daneben. Jeder fühlt das. Und plötzlich sind alle wieder ruhig. Plötzlich ist jeder müde und möchte ins Bett. Wir sind eben noch Anfänger und wissen nicht, wohin mit all dem, denke ich mir und schlafe sofort ein.

Ich erwache, weil ein Klingen an mein Ohr dringt, wie wenn jemand mit Metall an einen Metalleimer stößt. Es klingt so nah, als wäre der Eimer direkt neben mir, obwohl ich aber fühle und weiß, dass der Ton über die Felder von einem weit entfernten Bauernhof herüberdringt. Ich sehe die weite Landschaft und alles, was dort geschieht, ganz nah vor mir, ich sehe es und höre es, als sei es direkt bei mir. Nein, es ist anders: Ich bin über die ganze Landschaft in kleinen Partikeln, die alles unmittelbar wahrnehmen, fein verstreut, deshalb ist alles, was geschieht, in mir, bei mir, und ich höre und sehe es nah. Ich habe keinen begrenzten, festen Körper, mein Bewusstsein, meine Wahrnehmung ist überall und daher ganz nah, überall in dieser Gegend ist sie, bin ich.

Ich öffne die Augen – bin ganz wach.

Im Schlafsaal ist es schon nicht mehr ganz dunkel. Der allererste Anfang der Morgendämmerung. Ich betrachte den großen leeren Raum, sehe die Dämmerung selbst: Winzige Partikel in Weiß und Schwarz schimmern und flimmern, bilden den Raum, die Tiefe, die Wände, die Dinge, alles. Es ist, als sähe ich das Verborgene, das Geheimnis der Welt, das, woraus alles besteht. Wie in meiner Kindheit, als ich krank im Bett lag, damals sah ich es auch: die Wände, der Schrank, der Tisch, nichts war in Wirklichkeit fest. Die schwarzen und weißen Teilchen flimmerten ineinander, miteinander, in allerwinzigster Bewegung, und doch wirkte alles als Ganzes ruhig und statisch. Damals stellte ich mir vor, wenn sich die Dinge, der Stoff, aus dem alles ist, aus dem Zusammenspiel solcher Teilchen zusammensetzt, dann kann man doch eigentlich durch sie hindurchgehen, denn dann sind Dinge ja gar nicht wirklich fest. Und ich stellte mir vor, dass ich eigentlich durch die Wand gehen könnte wie durch Wasser ... aber ich wagte es damals nicht.

Und jetzt, während ich in dieser besonderen Stimmung im Bett liege, sammelt sich in mir ein überwältigendes Gefühl der Dankbarkeit, das wächst und eine andere Qualität annimmt. Wunderbarer und mächtiger als alles andere fühlt es sich an, es ist wie die energiegeladene Grundlage all dieser Teilchen, in der sie schweben. Es ist ... ja, es ist tatsächlich so, es ist Liebe. So fühle ich es, also muss es so sein. Nach und nach schwindet die Intensität, und es bleibt nur etwas Weiches, Sanftes in mir zurück.

Nach der Morgenmeditation, die eine ältere Inderin gegeben hat und für mich komischerweise nur so lala war, gehen wir doch nicht zum Basar, denn wir erhalten die Nachricht, dass uns Babuji erwartet.

32. Kapitel

Er sitzt wie immer superentspannt in seinem Lehnstuhl, blickt uns entgegen und gleichzeitig weit über uns hinaus. Wir setzen uns in freudiger Erwartung zu ihm, vergessen die Erwartung und empfangen, was von ihm kommt – jenseits der Gedanken, bewegungslos auf unseren Stühlen. Ich glaube, es geht uns allen gleich: Jeder ist überwältigt, erschüttert von all der Liebe und Übertragung, die von Babuji ausgeht. In mir, in meinem Herzen, wogt und wächst diese enorme Kraft.

»Any question?«, fragt Babuji plötzlich unternehmungslustig.

Jetzt muss es sein! Ich stelle DIE Frage, die Frage über das Thema, das mich mein Leben lang gequält hat:

»Meister, Liebe, was ist Liebe?«

Er sieht mich erfreut, ja geradezu neu belebt an, und mit seinem charakteristischen verschmitzten Lächeln steht er zunächst auf und holt aus seinem Büro ein kleines abgegriffenes Büchlein. Nachdem er sich wieder in seinen Lehnstuhl gesetzt hat, liest er einige Zitate von Dichtern und Philosophen vor.

Da ist Sokrates mit dem Gedanken, dass Liebe Hunger nach dem Göttlichen sei, und ein Satz von Shakespeare, der so in etwa besagt, dass nicht Liebe ist, was sich angesichts von Veränderungen verändert. Schließlich zitiert er einen mir unbekannten Dichter:

»Liebe ist, was zum Leben erwacht, wenn die Aloeblume blüht und für immer verschwindet, wenn sie verwelkt.«

In mir regt sich der Widerstand: Muss Liebe denn immer aufhören? Kann sie nicht auch bleiben? Dann wäre ja alles sinnlos!

»Sie kann auch kommen und für immer bleiben«, antwortet Babuji auf meinen stillen Protest.

Und nachdem er uns nun vermittelt hat, wie sich verschiedene Dichter dieser Frage annähern, bietet er uns ganz schlcht seine Sicht der Dinge an.

»Sich der göttlichen Wirklichkeit öffnen ist Liebe.« Und nach einer kleinen Pause fügt er hinzu:

«Liebe ist Sehnsucht nach dem Göttlichen.«

Es sind nicht die Worte oder die Gedanken selbst, die uns alle auf unseren Stühlen schmelzen lassen, sondern die Schwingung, die von ihm ausgeht und uns vollkommen mit Glück erfüllt.

Den Gedanken, wie man das mit einem Partner verbinden kann, verschiebe ich auf später.

Da kommt auf einmal Jan und erklärt: »Babuji, ich glaube nicht an Reinkarnation! Ich glaube, dass man nur einmal lebt!«

Jetzt sind wir alle gespannt, was Meister wohl sagen wird.

»Sehr gut!«, antwortet Babuji. »Dieses Leben, das du jetzt lebst, ist das einzige, dessen du dir sicher sein kannst. Deshalb darfst du es nicht verpassen! Nütze es! Ob es frühere oder zukünftige Leben gibt, ist hier also nicht von Belang.«

Schließlich steht der Meister auf und kehrt in sein Büro zurück. P.R., der schweigend dabeigesessen hatte, schlägt uns vor, nun zum Mittagessen in den Ashram zurückzukehren. Ich erhebe mich, um zum Tor und den Rikschas zurückzukehren, als mich P.R. plötzlich zu sich ruft.

»Der Meister bittet dich, zu ihm zu kommen!«

Einige Schüler, die in meiner Nähe stehen, schauen mich verwundert an. Ich selbst bin überrascht und alarmiert. Was mag das bedeuten?

P.R. öffnet den Bambusvorhang für mich und lässt mich eintreten, bleibt aber selbst draußen stehen.

Meister sitzt im Schneidersitz auf einem der beiden Betten und weist mir das andere gegenüber zu.

»Seit wann folgst du diesem Weg?«, fragt er mich.

»Oh, erst seit ein paar Tagen eigentlich!«

»Deine Erinnerung täuscht dich. Du bist schon viel länger dabei!«, erklärt er mir zu meiner Verwunderung. Dann fordert er mich auf zu meditieren und beginnt mit der Übertragung – seine Aufmerksamkeit allein auf mich ausgerichtet. Welch ein Gefühl! Wie gerne säße ich ihm als lichtvolles Wesen gegenüber, wie wünsche ich mir, harmonisch und leicht mit seiner Arbeit mitzugehen! Aber stattdessen kommen mir während der Meditation alle Probleme meines Lebens zu Bewusstsein. Meine Schwierigkeiten als Frau, Konflikte mit anderen Menschen, die Beziehung zu meiner Mutter, mein interessanter, aber umkämpfter, höchst ungewisser Beruf, die Verwirrung über mein Schicksal, meine oft zerbrechliche Gesundheit, mein schlechter Schlaf. Je länger die Meditation mit ihm dauert, umso miserabler fühle ich mich. Ich bin den Tränen nahe, fühle mich armselig und schwach. Doch dann stellt sich auf einmal tiefe Ruhe und Frieden ein, Harmonie.

»That's all!« Damit beendet der Meister die Meditation.

Eine Weile betrachtet er mich ruhig, dann erkundigt er sich, wie es mir geht. Da merke ich auf einmal, dass ich jetzt von mir selbst und der Schwere all meiner Probleme blank geputzt, neu wie ein frisch geschlüpftes Küken bin. Ich fühle mich so befreit, als hätte er mich vom Zwang all meiner mir bewussten Themen befreit. Nach einer kleinen Pause fragt mich Babuji, ob es noch irgendetwas gäbe, das mich bedrückt.

Plötzlich kommt tiefe Verwirrung über meine Lebensaufgabe in mir auf. Also nütze ich diesen Moment und frage:

»Babuji, was muss ich tun, um meinen wirklichen Lebenszweck zu finden, um mein Schicksal zu erfüllen?«

»Du solltest dich hoch entwickeln, das ist die Voraussetzung, dann kannst du tun, was du willst. Deine Reinigung ist nicht abgeschlossen. Du hast aus früheren Leben auf der Erde viele Belastungen mit dir gebracht, und man kann die Möbel eines

Hauses nicht einfach so aus dem Fenster werfen!« Dabei lacht er ein wenig amüsiert.

»Bis jetzt hatte ich das Gefühl, dass mein ganzes Leben bisher nichts ist als eine Reinigung!«

»Wenn das der Fall ist, dann tust du das Richtige. Benütze die Reinigungsübung, meditiere regelmäßig und bezähme deinen unruhigen Geist. Zu deinen Aufgaben gehört aber auch, dass du dich mit zwei Seelen, die für dich ebenso bedeutungsvoll sind wie du selbst, wieder vereinst. Dann kannst du Teil der großen Arbeit werden.«

»Oh! Was soll ich machen?«

Babuji lächelt.

»Und wer sind die zwei Personen?«

Er blickt zu Boden. Ich gebe auf: Vertrauen. Also gut, ich werde ja sehen. Aber da ist noch etwas, das mich belastet.

»Meister, immer wieder belauern mich irgendwelche Geister oder negativen Kräfte, die es anscheinend auf mich abgesehen haben.«

»Du musst keine Angst haben. Negative Kräfte haben eine Funktion im großen Ganzen, aber sie sind alle unter Kontrolle. Einige Geister kommen auch, weil sie das Licht in dir sehen und sich nach einer Entwicklung, wie sie in einem menschlichen Leben möglich ist, sehnen, aber mit dir haben sie nichts zu schaffen. Ich werde mich darum kümmern, wenn sie dich stören.«

Er steht auf, ich ebenfalls. Dann drückt er mir noch einmal die Schultern. Anscheinend eine indische Art der freundlichen Verabschiedung. Also tue ich das Gleiche bei ihm, worauf er etwas überrascht reagiert. Dann folge ich ihm hinaus auf den Hof.

P.R. fängt an zu lachen, als ich ihm erzähle, dass ich Meisters »Verabschiedung« erwidert habe.

»Damit hat er dir ganz speziell Energie gegeben! Als Umarmung war das nicht gemeint. Babuji muss einigermaßen überrascht gewesen sein. In Indien berühren sich Frauen und Männer nicht. Aber er versteht dich natürlich.«

Auf meiner Rikscha-Fahrt zurück in den Ashram durchfliege ich das Paradies. Alles um mich, der Himmel, die Felder, die Arbeiter dort, alles scheint voller Licht und Erlösung zu sein. Ich kann gar nicht sagen, wie beschwingt, erleichtert und glücklich, ja aufgeregt ich bin. Doch plötzlich zieht mich wie ein Magnet die Frage auf die Erde zurück: WER SIND DIESE BEIDEN SEELEN, MIT DENEN ICH MICH VEREINEN MUSS? Und was ist die große Arbeit? – »Hab Vertrauen!«, sagte er mir – ach, im Moment habe ich alles Vertrauen der Welt!

33. Kapitel

Ich betrete den kleinen Speisesaal im Ashram so vergnügt und bester Laune, wie mich bisher noch niemand gesehen hat. Die anderen essen schon, sehen mich und hören auf zu kauen.
»WAS WAR LOS?« steht auf allen Gesichtern geschrieben.
»Er hat mir eine Meditation gegeben!«, rufe ich begeistert.
»ALLEIN!?«
Das Staunen der anderen über dieses besondere Ereignis und ihre Enttäuschung, dass es ihnen selbst nicht widerfahren ist, bedrücken mich.
»Na ja, ich habe es sicher gebraucht. Ihr seid ja alle viel weiter als ich«, versuche ich es wiedergutzumachen. Manche nicken frustriert, andere lassen die Sache einfach auf sich beruhen. – Realistische Einstellung!

Neben John ist noch ein Platz frei, und so lasse ich mich jetzt – blankgeputzt, erfrischt und ermutigt für ein neues Leben – neben ihm nieder.
»Sollen wir heute in den Basar?«, frage ich ihn unternehmungslustig. Er sieht mich seitlich von oben herab kritisch an und isst ein wenig weiter.
»Das wäre vielleicht eine gute Idee! Heute Abend«, antwortet er dann vorsichtig, aber auch ein wenig erfreut.

Ich gehe »wie auf Wolken« und spüre, dass diese glückliche Energie, die mich seit der Meditation mit dem Meister erfüllt, eine Art Liebe ist, die von nichts und niemandem abhängig ist. Sie ist in mir, sie ist ich, diese unbegrenzte Kraft, die mich trägt. Als ich am Verwalterhäuschen vorbeispaziere, winkt mir P.R. von dort zu. Er sitzt vor dem Fenster und arbeitet sich durch die Korrespondenz. Ich komme gern und setze mich zu ihm.
»Es ist eine Freude, dich zu sehen! Völlig rein und leuchtend.«

»Und voller Liebe!«, füge ich hinzu.

»Und voller Liebe!«, wiederholt er.

»Mein Leben lang suche ich Liebe von außen, die vollkommene Liebe mit einem Menschen, und jetzt bin ich einfach so in diesem Zustand.«

»Liebe ist, sich öffnen für das Göttliche, weißt du noch?«, fragt mich P.R.

»Ja, das hatte ich zuerst nicht ganz verstanden.«

»Pass auf!« P.R. sucht sich ein neues Blatt Papier und zeichnet das übliche Symbol für Herz beziehungsweise Liebe darauf.

»Das kennst du. Die spitze Seite nach unten, die breite mit den zwei Schenkeln nach oben. Wohin zeigt das Symbol?«

»Mit der spitzen Seite nach unten natürlich.«

»Wie pflanzt du die Knolle einer Pflanze in die Erde, damit sie Licht bekommt und wachsen kann?«

»Mit der spitzen Seite nach oben ...«, erwidere ich peinlich berührt, denn ich habe lange Zeit im Garten meiner Eltern Tulpen verkehrt herum eingepflanzt und gedacht, dass es an den Knollen liegt, wenn keine Tulpen dabei herauskamen.

»Also«, lächelt P.R., »unser Symbol für das Herz, für die Liebe deutet mit der Spitze nach unten, und damit zeigt es eigentlich ganz klar, was unser Problem ist: Der Trieb, die Blüte wächst in die Materie hinein, wo es um Besitz und Verlust, Kummer und Freude, Triebbefriedigung und Illusionen geht. Das ist die Liebe, die wir alle erleben, die menschliche Liebe. Jetzt zeige ich dir, was Babuji angesprochen hat!«

Und er malt das Herz umgekehrt mit der spitzen Seite nach oben auf das Blatt.

»Die Blüte wächst hier dem Himmel, der Sonne entgegen, die ihr Kraft gibt. Das ist die göttliche Liebe, die frei und grenzenlos ist. Sie braucht niemanden, der sie hervorruft, und ist auch nicht unseren menschlichen Schwächen, dem Kommen und Gehen, ausgeliefert. Und siehst du, genau das ist es, was in einem spirituellen Menschen passiert: Das Herz dreht sich – symbolisch gesprochen – in ihm herum! Das Herz ist physisch immer noch an seinem Platz, die Liebe zu den geliebten Menschen ist nach wie vor da. Aber die psychische Abhängigkeit, die zu starken Emotionen führen kann, besteht nicht mehr auf die gleiche Weise. Unten sind die beiden Schenkel, die Lebenskraft, oben ist die Blüte, die Liebe, die von oben empfängt und daher nichts von anderen dafür verlangen oder erwarten muss. Meister definierte einen Heiligen auch als jemanden, der immer gibt, ohne etwas dafür zu verlangen. Das ist aber erst dann möglich, wenn du von oben versorgt wirst.«

»Oh, und das geschieht im Menschen tatsächlich?«

»Kann tatsächlich passieren.«

»Bleibt das dann immer so?«

»Es gibt Geschenke, in die man hineinwachsen, die man sich aneignen muss ...«

»Verstehe, also nicht?«

»Ach Diana, du entscheidest doch über dein Leben!«

Es dämmert bereits. Im alten Zentrum des kleinen Städtchens gibt es zwar keinen Basar, wie uns Paul schon gesagt hat, aber einige altehrwürdige Straßen, in denen sich Geschäft an Geschäft drängt. Das flackernde Licht der großen Gaslampen, die man auf den Gehwegen in regelmäßigen Abständen aufgestellt hat – Elektrizität ist in diesem nordindischen Provinznest auch 1979 noch immer eine unsichere Sache –«, verleiht dem Straßenzug in der Dunkelheit eine gespenstische und undurchschaubare Atmosphäre. Dazu mischt sich der dunkel schwelende Rauch aus den Auspuffen der Motorräder, Motor-Rikschas und Autos, der die Luft verdichtet, vergiftet und uns in die allumfassende Kakophonie aus Tuckern, Rattern, Knattern und Hupen hüllt.

John geht einen halben Schritt hinter mir, wohl um mich,

eine Ausländerin, mit allem, was passieren könnte, besser im Blick zu haben. Wir sprechen nicht viel, denn jeder achtet auch auf den unebenen Boden und darauf, an den schlafenden Hunden, den gelegentlichen Lachen aus Wasser, Petroleum, Urin und den hastenden Füßen vieler Menschen unbeschadet vorbeizukommen. So ziehen wir an Ersatzreifen für Fahrräder, billigen westlichen Kleidungsstücken, Haushaltswaren, Schuhen, einer Teetheke vorbei, bis ich bei einem Silberschmied ein kleines hübsches Pillendöschen für meine Mutter ersteigere. Geld und Pass trage ich sorgsam in einem Brustbeutel bei mir.

Weiter unten an der Straße wirft eine Straßengaslampe ein unruhiges Licht auf einige Schals dicht hinter dem engen Schaufenster eines Stoffgeschäftes. Hier will John hinein. Drinnen gibt es eine schwache, aber recht zuverlässige elektrische Beleuchtung, die mithilfe eines sich gelegentlich räuspernden Generators am Laufen gehalten wird. Der eilfertige Verkäufer ist über den Besuch von zwei Westlern geschmeichelt und zieht vor unseren unentschlossenen Blicken Schal nach Schal aus den Stapeln und verwandelt sein Geschäft unaufhaltsam in ein überwältigendes Chaos.

Schließlich hat John den richtigen Schal für seine Schwester gefunden. Das beflügelt mich, auch einen für meine Freundin Sofie und meine Mutter auszuwählen. Wir bezahlen beide, doch dabei sehe ich noch ganz hinten einen riesigen, schlichten Männerschal aus anscheinend feinster Wolle ohne Muster. Ich lege meine Sachen beiseite und probiere den großen Schal, ob er wohl meinem Bruder passt, aber dann bin ich mir doch nicht so sicher. John wirft ihn sich um, aber das überzeugt mich auch nicht. So wandern wir mit unseren Damenschaleinkäufen weiter.

Bei einem Tee-Shop lädt mich John noch zu einem Tässchen heißen Tee ein. Wir schäkern erfreut über unsere Geschenke, essen ein Samosa und suchen unsere Rikscha, die wir am Anfang der Straße zurückgelassen haben. Merkwürdigerweise hat der Fahrer, trotz Bezahlung, tatsächlich auf uns gewartet.

»Ich bin froh, wieder zurück in den Ashram zu fahren. Die Welt ist schon anstrengend und irgendwie auch schmuddelig!«

»Es ist immer das Gleiche«, stimmt John zu, »zuerst möchtest du ganz einfache, anspruchslose Abwechslung in der ›normalen‹ Welt finden, und dann erlebst du die Atmosphäre und bist froh, wenn du wieder wegkommst. Es ist auch anstrengend, weil man hierzulande immer auf alles so aufpassen muss.«

Wir kommen rechtzeitig zum Abendessen, aber ich habe keinen Hunger. Ich habe das Bedürfnis, nur bei mir zu sein. Also gehe ich hinauf in unseren Frauenschlafsaal, setze mich auf meine Matte und überlege, ob ich jetzt das Geschenk der Meditation mit dem Meister sinnlos verpufft habe. Ich entscheide: Nein. So fühlt es sich nicht an. Wir sollen schließlich in der »normalen« Welt ein »normales« Leben führen.

Was bedeutet aber eigentlich »verdauen«? Sich etwas ganz zu eigen machen, glaube ich. Dazu habe ich jetzt Zeit. Ich meditiere ein bisschen und schreibe meine Erlebnisse mit dem Meister in mein Tagebuch.

Nach kurzer Zeit erscheinen Françoise und Adrienne, denen ich meine Einkäufe zeigen muss. Adrienne sieht mich dabei groß an. Oh, ich hätte wohl bei ihr einkaufen sollen!

Schnell bitte ich sie, mir doch ihre Blusen zu zeigen, die viel schöner sind als die Blusen in den Geschäften hier. (Fortschritt: Früher hätte ich sie einfach auf ihrem idiotischen Kleiderkoffer sitzen lassen, weil ich private Geschäfte in einem Ashram unmöglich finde.) Stattdessen wähle ich ein weißes langes Hemd aus und suche nach meinem Geld. Aber ich kann es nicht finden. Ich suche John. Vielleicht hat John meinen Brustbeutel? Doch er hat ihn nicht.

Zusammen mit ihm durchforste ich noch einmal meine,

seine Taschen. Zusammen gehen wir immer wieder durch, wo ich ihn verloren haben könnte. Ich muss ihn beim Stoffhändler abgelegt haben. Es kann doch nur dort gewesen sein ... Mein Pass war auch in diesem Beutel.

»Wir müssen zurück!« Ich bin völlig aus dem Häuschen. John winkt ab.

»Du bleibst lieber da und beruhigst dich! Es ist sowieso besser, wenn ich mit jemandem aus dem Ashram dorthin fahre. Das macht einen tieferen Eindruck. Beruhige dich und heb dir die Aufregung auf, falls wir deinen Beutel nicht finden!«

Ich dusche, meditiere, lege mich im Jogging-Set auf die Matratze und rede mit den beiden Französinnen permanent über den Verlust meiner Papiere im Brustbeutel und der zu erwartenden Konsequenzen. Ich bin verzweifelt. Jegliche Mäßigung meiner Emotionen außer Sichtweite.

»Polizei!«, sagt Adrienne.

»Oh, nein!« Unangenehme Bilder drängen aus dem Fundus meiner Erinnerungen an die letzte Indienreise ins Licht des Bewusstseins. Ich sinke auf mein Kopfkissen nieder und starre an die Decke. Wenn ich es jetzt mit der indischen Polizei zu tun bekomme, dann finden sie auch heraus, dass ich einmal als Spionin verdächtigt worden bin und dann ... unüberschaubar, in was ich da im indischen Polizei- und Bürokratiewesen hineingeraten könnte!

Endlich kommt John zurück. Unverrichteter Dinge. Der Stoffhändler hatte nichts beim Aufräumen gefunden. Andere Käufer wären nicht zu ihm gekommen, nur einige Nachbarn, die niemals ... Morgen wird der Ashrammanager mit mir zur Polizei gehen, tröstet mich John.

Jetzt kann ich nicht anders, der Druck ist zu groß, und so erzähle ich John, der bei der englischen Botschaft in London

arbeitet, wie ich bei meiner letzten Indienreise unter Verdacht geraten bin.
Er sieht mich groß an, zuckt die Schultern und sagt: »Reg dich nicht auf und schlaf!«
Endlich ist Ruhe im Schlafsaal, endlich, denn ich bin sehr erschöpft und mir ist auch ein wenig übel.

Ich muss wohl einige Zeit vor mich hingedöst haben, weil ich plötzlich mit dem heftigen Gefühl erwache, mich übergeben zu müssen. Ich versuche aufzustehen, doch ich schaffe es nicht. Ich bin zu schwach. Mir ist unglaublich schlecht, und plötzlich spucke ich, übergebe mich über den steinernen Fußboden. Es ist schrecklich, aber ich kann nicht anders. Françoise erwacht von meinem Würgen und Stöhnen und wohl auch von dem Geruch. Sie springt aus dem Bett, öffnet die Fenster weit, weckt Adrienne, die ebenfalls sofort auf den Beinen ist. Beide rennen ins Bad, holen einen leeren Eimer für mich und einen Wassereimer mit Putzlappen für den Boden. Ich kann nur daliegen, vollkommen geschwächt und warten, wann mich der nächste Spuckanfall überwältigt. Dann muss ich auf die Toilette. Adrienne hilft mir dorthin, Françoise putzt im Schlafsaal, und ich bleibe einfach auf der indischen Toilette in der Hocke, denn was immer von wo auch immer aus mir kommt, kann man dort leicht mit einem Wasserschlauch entfernen. Nach einer zeitlosen Zeit bin ich vollkommen leer. Ich bin völlig nass geschwitzt und friere. Schwankend richte ich mich auf und schleppe mich zu meiner Matratze im Schlafsaal. Dort haben die beiden Mädchen im Neonlicht den Boden perfekt gesäubert, und alles wirkt wieder normal auf mich. Die Fenster stehen noch immer weit offen.
»Geht es dir jetzt besser? Hast du etwas Falsches gegessen, oder kommt da ein großer Brocken Karma aus dir raus?«, wendet sich Françoise an mich, während sie mein Gesicht eingehend betrachtet. »Du siehst jedenfalls ganz durchsichtig aus!«

»Es tut mir so leid, dass ich euch belastet habe. Ich danke euch so sehr für eure Hilfe!«

Mehr kann ich nicht sagen, mehr kann ich nicht sehen, mehr kann ich nicht fühlen, denn ich falle auf meiner Matratze in einen deliriumartigen Schlaf.

Traum folgt auf Traum, Vision auf Vision. Es gibt kein Halten. Was sich körperlich vollzogen hat, vollzieht sich psychisch:
Ich bin nicht hier auf der Erde, das ist sicher. Irgendwo auf einem anderen Himmelskörper. Der Boden zerbricht, der Himmel zerbricht, Wesen zerbrechen, andere leuchten auf. Ich bin bei IHM.

Wie ein Tier arbeite ich – schmutzig und zerschunden – mit der Erde, ich spüre es nicht, aber ER ist bei mir.

Ich meditiere in Vollkommenheit. Nichts ist, außer IHM.

Alle Menschen, die ich liebe, habe ich verloren. ER ist mein Leben.

Ich töte meine Feinde. Ich töte, lasse töten, weil ich es kann und muss. Während ich in meine tiefsten Abgründe stürze, erweckt ER mein Herz.

ER hält meine Hand, während ich regiere und fühle, wie ich über allen anderen Menschen stehe.

Ich falle in tiefste Depression. Meine Hand umklammert die SEINE.

Ich sehe, wie meine Mutter ermordet wird, morde selbst,
bin ein Vermittler göttlicher Botschaft, verhungere allein als Kind.

Durch alle Leben hat ER mich getragen.

34. Kapitel

Es muss schon fast Mittag sein, als ich erwache. Ich bin allein im Schlafsaal. Eigentlich fühle ich mich gut. Sehr gut sogar. Ich bin leicht und leer und will gar nichts essen. Es ist ein so schöner Zustand, auch körperlich rein zu sein.

Im Gebäude mit den Schlafsälen und selbst draußen im Gelände ist niemand zu sehen. Alle scheinen ausgeflogen zu sein. Vielleicht sind sie beim Meister? Es herrscht eine merkwürdige Stimmung. Der Himmel ist bedeckt, und dort über den Feldern kommt Wind auf. Er bläst herüber zum Ashram, weht staubig und unpersönlich durch den leeren Garten, die offenen leeren Gebäude, erzeugt Einsamkeit, als wehte ein Sandsturm aus einem jenseitigen Nichts, einer leeren Dimension, in der es nie Leben gegeben hat, nie geben wird durch meine Existenz. Noch nie habe ich mich so verloren, so einsam gefühlt.

Plötzlich sehe ich im ersten Stock des offenen Treppenaufgangs eine Figur, eine Person. Sie winkt mir zu. Kommt herunter zu mir. Es ist Paul.

»Der Meister ist heute früh weggefahren zu einer medizinischen Untersuchung in eine andere Stadt. Einige haben ihn begleitet, andere machen Einkäufe, Ausflüge. Ich hatte keine Lust dazu!«

»Komische Stimmung plötzlich hier, findest du nicht?«

»Es fühlt sich einsam an …«, bemerkt Paul.

»Ja, so, als wäre das Leben fort, als gäbe es keine Kontrolle mehr über irgendwelche zerstörerischen Mächte! Ach, was man sich alles ausdenken kann!«, füge ich selbstironisch hinzu.

Jetzt legt sich Paul sorgfältig den Schal um, der ihm sonst nur lose über die eine Schulter hängt.

»Lass uns ein wenig spazieren gehen!«

Es ist gut, dass jemand da ist. Wir wandern durch die Felder, durch den Wind, und gemeinsam fühlen wir uns schon besser. Ich erzähle ihm von meiner nächtlichen Krankheit und davon, dass ich meinen Brustbeutel mit Geld und Pass verloren habe.

»Dann hast du ja jetzt keine Identität mehr, das ist eigentlich toll. Du bist völlig frei, undefiniert ...«

»Na ja, wenn du es als spirituelles Phänomen siehst ... aber sonst ist es grauenhaft, wenn ich nur daran denke, welche Formalitäten auf mich zukommen, um wieder heimreisen zu können. In Indien verbinden sich endlose englische Bürokratie mit unnachahmlicher Langsamkeit! Selbst heute noch!« Dass ich auch eine Vorgeschichte habe, verschweige ich.

Jetzt zur Polizei zu gehen, kann ich mir nicht vorstellen, dazu bin ich noch nicht fit. Ich werde es morgen machen, wenn Krishna Zeit hat.

Wir kehren zurück, beschließen zu meditieren und dann in die Küche zu gehen, um zu helfen.

Dort finde ich den Koch mit seinem Helfer. Wir schneiden Gemüse und machen uns nützlich. Das gleicht aus. Da erscheint auf einmal Krishna. Er kommt gerade von der Polizei. Er war ohne mich dorthin gegangen, um den Diebstahl zu melden, denn ich schien ja krank zu sein.

Zur Abendmeditation sind alle wieder zurück. Der Meister kommt sogar zu uns in den Ashram und gibt die Meditation selbst. Es ist, als müsste er alle Schwere, alle Traurigkeit, die auf einmal hier Einzug gehalten hatte, fortwischen. Und in der Tat, nach der Meditation sprudelt es wieder, und die Gesichter sind fröhlich, wach, interessiert. Er selbst steigt vorsichtig von seinem Begleiter gestützt in das kleine Auto. Aufgabe erledigt, alles wieder lebenspositiv.

Trotz allem Ärger und der Bedrohung, meine Papiere in Indien verloren zu haben, geht es mir gut. Irgendwie ist etwas Unberührbares, eine Schwingung in mir, die keine Daueremotion zulässt. Vielleicht habe ich einfach Vertrauen, was sonst ja nicht gerade meine Stärke ist.

Nach dem Abendessen sitzen wir wie so oft gemeinsam in unserem Schlafsaal. Die gleiche Gruppe wie immer: die beiden Französinnen, John, Paul, die zwei Amerikaner und zwei Neuankömmlinge: ein junges Ehepaar aus einer wilden Gegend in Kanada, in der es Grizzlybären gibt. Sie ist außerordentlich dick, er besonders dünn. Gemeinsam sind sie perfekt. Beide sind Ärzte und spirituelle Trainer, können also Meisters Übertragung an Meditationsschüler in Kanada weitergeben.

Vielleicht ist das jetzt meine Gelegenheit, einmal zu fragen, was mich schon lange interessiert!

»Sagt mal, was macht ihr eigentlich, wenn ihr anderen Schülern Übertragung gebt? Ich habe noch von keinem spirituellen System gehört, in dem immer, zu jeder Zeit, für egal wie viele Menschen und aus egal welcher Entfernung reine spirituelle Übertragung fließt, und auch nicht, dass ein Meister eine solche Fähigkeit Schülern überträgt.«

»Der Meister muss dich dazu spirituell vorbereiten. Wenn du dich dann innerlich mit dem Meister verbindest, beginnt seine Kraft durch dich zu fließen und die Arbeit der Reinigung und Übertragung zu übernehmen.«

»Es ist gut, dass diese Hilfe bei der spirituellen Entwicklung vielleicht mal überall zu finden ist, denn wie kann es je Frieden geben auf der Welt, wenn sich das Bewusstsein jedes Menschen weiterhin nur auf sich selbst, die eigenen Belange und Meinungen beschränkt!«, ruft John aus.

Da kommt Jan mit einigen Büchlein und einem sorgenvollen Gesicht hereinspaziert.

»Das habe ich in der kleinen Bibliothek hier gefunden. Wollt ihr mal hören, was da steht!?«

Keiner antwortet, aber das hält Jan nicht ab, das Büchlein zu öffnen und vorzulesen:

»Das hat Babuji wohl irgendwann in den fünfziger Jahren geschrieben. Hört euch das an:

»... *Die Welt geht durch eine kritische Phase. Die politische Situation ist extrem schwierig und die Weltwirtschaft äußerst deprimierend. Der moralische, religiöse und soziale Verfall hat seinen Tiefpunkt beinahe erreicht. Überall herrscht eine Atmosphäre der Rivalität, Unruhe und Unsicherheit. Jede Nation betrachtet ihr Nachbarland voller Neid und versäumt keine Möglichkeit, es auszubeuten ... Der Weltfrieden, der hochgestellten Politikern und Staatsmännern vorschwebt, ist reine Illusion oder ein Trugbild ... – und etwas weiter schreibt er:*

... Das Zeitalter des Materialismus muss zu einem Ende kommen. Die alte Ordnung muss sich ändern und einer neuen Platz machen. Die augenblickliche Struktur der Weltzivilisation, die auf Elektrizität und Atomenergie aufbaut, wird nicht mehr lange bestehen. Ihr Ende ist vorbestimmt. Die ganze Atmosphäre hat sich derart durch die vergiftende Wirkung des totalen Materialismus verändert, dass es fast menschliche Möglichkeiten übersteigt, sie zu reinigen. Die Zeichen sind offensichtlich, dass die Zerstörung der unerwünschten Elemente in der Welt bereits begonnen hat. Solch eine Zerstörung vollzieht sich durch unterschiedlichste Ursachen, wie Kriege oder Zerwürfnisse innerhalb von Systemen, durch Krankheiten, Naturkatastrophen wie Vulkanausbrüche oder Ähnliches.

Eine Zivilisation, die auf Spiritualität gegründet ist, wird entstehen und sich allmählich zur Weltzivilisation entwickeln. Keine Nation wird ohne Spiritualität als Basis überleben können ...«

»Das hat er echt in den fünfziger Jahren geschrieben?! Die politische Situation trifft ja perfekt auf heute zu!«, ruft Paul aus.

»Das kann man wohl sagen«, ergänzt John. »Das diplomatische Klima ist bestens beschrieben. Ich war vor Kurzem in Ägypten. Würden die sich gegen die Nachbarn in irgendeiner Sache stark machen, dann ... nur ein kleiner Unfall ... sagen wir: Eine Bombe fällt dummerweise auf den Assuan-Staudamm, und ganz Ägypten steht leider unter Wasser!«

»Hm, die Zukunftsaussichten sind schonungslos und grauenhaft!«, ruft Françoise aus.

»Na ja«, wirft Paul ein. »Wir hören doch dauernd von Weltuntergangsprognosen oder Zerstörungsvorstellungen. Ich zitiere nur den *Wachturm* der Zeugen Jehovas an jeder Ecke: ›Erwachet, das Ende ist nah!‹ Der Untergang ist Thema von Romanen und Filmen und Songs und alten Überlieferungen. Das liegt in der Luft. Die Frage ist nur, was wirklich geschieht!«

»Außerdem«, fährt John fort, »geht die Welt schon seit dem Mittelalter, seit den Römern, seit dem Alten Testament, ja eigentlich immer schon unter!«

»Es geht doch hier nicht um den Weltuntergang, sondern um das Ende einer zivilisatorischen Phase, es geht um das Ende eines bestimmten Bewusstseins oder einer Kultur des Materialismus, die sich selbst langsam erstickt«, rufe ich dazwischen.

»Hier haben wir auch sehr präzise Hinweise, die unsere Zeit charakterisieren. Das kann man doch nicht mit so pauschalen Prophezeiungen verwechseln! Und vor allem empfinde ich da eine Schwingung, die auf einem ganz anderen Niveau ist als all das Zeug, von dem sonst gerade geredet wird«, reagiert Paul auf Johns geschichtlichen Überblick über Weltuntergänge.

»Aber eine spirituelle Weltordnung! – Könnt Ihr Euch das vorstellen?« wirft Jan ein.

»Ende einer ›zivilisatorischen Phase‹«, wiederholt Adrienne zynisch und sieht mich ärgerlich an.

»Mir geht es doch genauso nah wie dir, aber vielleicht will ich es einfach nicht so an mich heranlassen!«, beschwichtige ich sie.

Jan beobachtet interessiert all unsere Reaktionen. Die Kanadier hören zu und schweigen.

Vielleicht fühlen sie sich zu weit weg von allem und meinen,

dass ihnen in ihrem fernen Winkel der Erde nichts passieren kann, überlege ich kurz. Krishna, der Ashrammanager, der gerade an der offenen Türe unseres Schlafsaales vorbeigeht und unsere besorgten Gesichter sieht, bleibt stehen:
»Was ist los mit euch?«
»Wir haben soeben Meisters Vision gelesen«, ruft ihm die Kanadierin zu.
»Oh, das ist keine Vision, das ist ein Plan«, erklärt Krishna und setzt sich zu uns ins Zimmer.
»Plan!?«, rufen Françoise und ich gleichzeitig.
»Der Lauf der Natur, der Plan der Evolution!« Krishna nimmt eines der Bücher aus Jans Stapel und sucht offenbar ein bestimmtes Kapitel.
»*Die Zeit ist nun fast reif für einen Wandel*«, beginnt er zu lesen. »Nein, das war es nicht. Hier kommt es:
Beinahe die ganze Welt glaubt, dass zu Zeiten, wenn die Welt einen Tiefpunkt erreicht hat, besondere Persönlichkeiten in Form von Heiligen, Propheten oder einem Avatar auf die Erde herabkommen, um sie von den schlechten Einflüssen zu befreien, die durch die fehlgeleiteten Tendenzen des menschlichen Geistes hervorgerufen werden.«
»So etwas habe ich noch nie gehört!«, unterbricht Jan.
»Das wäre ja ein gottgleiches menschliches Wesen. So etwas glaube ich keine Sekunde!«, ruft Paul.
»Nein, nicht so religiös denken, stell dir das eher wie Science-Fiction, wie Obi-Wan Kenobi vor! Ihr wisst schon, aus der neuen Serie …«, schwärmt John.
»Das ist doch nur eine Serie und hat nichts mit der wirklichen Welt zu tun!«, ärgert sich Françoise.
»Gott hat vielleicht für besondere Härtefälle ein spezielles Personal«, fantasiert John weiter.
Jetzt übernimmt Krishna versöhnlich: «Solche außergewöhn-

lichen, von der höchsten Energie gesteuerte Persönlichkeiten, die das Ganze im Sinne der Evolution steuern und dorthin kommen, wo es was zu reparieren oder zu verbessern gibt, erscheinen auf der Erde eben in Menschengestalt, woanders im Kosmos in anderer Form!«

»Es ist doch vorstellbar«, ergänzt Paul, »dass sich durch spirituelle Kraft alles verändern kann! Denkt doch nur, was durch die spirituelle Übertragung in uns geschieht, wie sich Dinge in uns auflösen, sich neue Erkenntnisse, Fähigkeiten zeigen. Das ist doch Evolution, Schöpfung im Kleinen, die wir hier erleben, durch einen Meister, der Mitgefühl mit uns hat. Warum dann nicht ein kosmischer Supermeister, der bei Bedarf den Lauf der Evolution korrigiert und zum Beispiel auf der Erde als Mensch geboren wird und lebt?«

»Aber eine spirituelle Weltordnung überall! Könnt Ihr euch das vorstellen?«, zweifelt Adrienne.

»Ich weiß nicht, aber was immer geschieht, geschieht, egal, was wir denken!«, gähnt Jan schließlich.

Ich habe das Gefühl, vor einer unglaublichen Perspektive zu stehen, vor einer Vision, die mir dennoch vertraut vorkommt! Aber was soll's. Es ist eine Theorie, ein Gedanke. Mehr können wir dazu nicht sagen.

Jetzt möchte ich nur noch still bei mir sein und schlafen. Den anderen scheint es ebenso zu gehen.

35. Kapitel

Es ist kurz vor Sonnenaufgang, als ich abrupt erwache. Mein Traum steht mir noch lebendig vor Augen:
Ich bin in Jerusalem und einer von vielen, die auf dem kleinen Berg außerhalb der Stadt stehen und das Sterben der drei am Kreuz bezeugen. Jesus von Nazareth, blutig, völlig erschöpft, zwischen zwei üblen Gestalten. Er kann sich nicht bewegen, außer den Kopf von da nach da wenden, dabei ist in seinem Körper eine unterdrückte Spannung, als wollte er sich winden. Dann scheint es, als wollte er seine Not in Worte fassen, findet sie aber nicht, spricht keine Worte ... doch in mir höre ich sie, die ungesprochenen, ganz deutlich:
»Sie haben meine Botschaft nicht verstanden! Was ich ihnen vermitteln sollte, wurde nur gehört, nicht begriffen! Das Wesentliche wird verloren gehen. Dann ist alles umsonst gewesen, alles umsonst!« Damit fällt sein Kopf auf seine Brust, als sänke er in Verzweiflung und Depression, und ich weiß in diesem Moment, dass er recht hat.

Nach der Morgenmeditation, die P.R. uns gegeben hat, schließe ich mich ihm auf dem Weg zum Frühstück an. Ich möchte allein mit ihm reden, denn mein Traum belastet mich.
»Ich träumte heute früh sehr eindringlich, dass Jesus am Kreuz die tiefe vernichtende Erkenntnis hatte, dass die Menschen ihn und seine Lehre nicht verstanden haben, ihn nur ganz oberflächlich begreifen konnten und daher seine ganze Mühe, sein Leiden und sein Wirken umsonst gewesen seien. Merkwürdig, weshalb ich das auf Babujis Schriften hin geträumt habe.«
P.R. bleibt stehen und deutet zu dem Brunnen, der in der Nähe der Meditationshalle liegt.

»Ich glaube, du hast etwas Wichtiges gesehen«, beginnt er, während wir uns etwas isoliert auf dem Rand des Brunnens niederlassen.

»Messiasse, Botschafter und Söhne Gottes kommen gewissermaßen aus der Zukunft in die Vergangenheit, um dort die Gegenwart zu verändern. Sie sprechen also über Dinge aus der Sicht einer zukünftigen, höheren Bewusstseinsstufe zu den Menschen, die aber noch nicht so weit sind. Deshalb können diese Menschen keine entsprechende innere Erfahrung damit verbinden, und ihr Verstehen bleibt an der Oberfläche. Dieses Verständnis ist es dann, das sich vererbt und weitergegeben wird. Ein Messias gibt nur den Anstoß zu einem zukünftigen Bewusstsein. In diese Richtung sollte die Evolution des Bewusstseins also weiterlaufen, dann würde alles gut gehen. Das wäre der Plan. Aber wie die Menschen mit dieser Botschaft umgehen, kann ein Messias nicht weiter bestimmen. Und das bedeutet, obwohl all diese Religionsstifter kamen, gute Gedanken gepredigt und religiöse Praktiken oder Techniken eingeführt haben, um die Menschen zu ändern, konnten sie nicht verhindern, dass die Welt, also die Menschen und damit auch die Natur, immer wieder in eine Sackgasse geraten, in der sie drohen, zugrunde zu gehen. Du weißt ja, was Jesus gesagt hat: ›Wer Ohren hat zu hören, der höre!‹ Wie viele haben das aber auch begriffen? Wie viele hatten die Ohren und noch wichtiger das Herz, den Mut, die Selbstlosigkeit, die Tiefe dazu?«

»Ist dann so ein Religionsstifter oder Messias so etwas wie eine ›außergewöhnliche Persönlichkeit‹ oder ein Avatar?«

»Nein, ein Messias gibt den Menschen neue Ideen, Impulse. Ein ›Avatar‹ aber schafft eine ganz neue Evolutions- oder Bewusstseinsstufe … Aber lass uns jetzt zum Frühstück gehen!«

»Wohin die Evolution zielt«, erzählt mir P.R. im Gehen, »wohin sie führt, scheint im großen Ganzen, als Grundidee, im schöpferischen Gesamtplan schon vorhanden zu sein. Die besondere Persönlichkeit ...«

»Wonderful meditation this morning!«, ruft John P.R. zu, als wir den Speisesaal betreten, wo die meisten Schüler bereits munter plappernd an langen Tischen sitzen und Tee mit Milch, Toast, Butter und rote indische Marmelade frühstücken. Ich komme mir hier vor wie in einer kleinen erwählten Gruppe, die gerade einen Sonderkursus in Sachen menschliche Evolution erhält.

Wir setzen uns auf die zwei freien Plätze am Ende des Tisches, an dem unter anderem auch meine Zimmergenossinnen Platz genommen haben.

Ein Küchenjunge bringt eine frische Kanne heißen Tee, und während ich an meinem Toast kaue, schenkt uns P.R. nach.

»Prinzipiell«, so erklärt er schließlich, »läuft die Maschinerie der Natur und der Evolution automatisch. Die Natur korrigiert und erneuert sich selbständig. Immer wieder wurde die Erde von vernichtenden Katastrophen heimgesucht, die aber auch die Bahn für die Weiterentwicklung der Evolution frei gemacht haben. Wenn du die Erdgeschichte betrachtest – soweit wir sie überhaupt kennen –«, so entstand letztlich nach jeder Katastrophe neues, komplexeres, höher entwickeltes Leben.

Und jetzt kommt es: Wenn das bisherige Prachtstück der Evolution, der Mensch, eine derartige Krisensituation auf der Erde geschaffen hat, dass die geplante Entwicklung behindert oder verzerrt wird, kehrt sich die Evolution auch gegen ihn. Sie frisst selbst ihre höchstentwickelten Kinder, wenn sie der Evolution im Wege stehen. Aber – so sagt die alte Überlieferung – um einem blinden Wüten der Natur entgegenzusteuern und einen kontrollierten Wandel zu bewirken, muss eine außergewöhnliche spirituelle Persönlichkeit in menschlicher Gestalt kommen, die mit besonderen Kräften ausgestattet ist und dafür sorgt, dass alles im Sinne des göttlichen Planes abläuft.

Sie muss in anderen Worten dafür sorgen, dass die Evolution auf die richtige Art in der gewünschten Richtung weitergeht. Solch eine Persönlichkeit ist Wandlungskraft und Schutz gleichermaßen. Je nachdem, wie tiefgreifend und umfassend die Aufgabe ist, verfügt sie über entsprechende geistige Kräfte. Fast immer ist solch eine außergewöhnliche Persönlichkeit in der Öffentlichkeit völlig unbekannt.«

Alle haben mit dem Kauen aufgehört und starren halb eingeschüchtert, halb ungläubig zu uns herüber.

»Jetzt noch eine Frage«, wendet sich Jan, der zwei Plätze weiter sitzt, an P.R. »Wer oder was ist eigentlich in solch einem Fall mit ›Gott‹ und ›göttlich‹ gemeint? Wie siehst du das?«

Jetzt wollen alle P.R.'s Antwort hören. Der gesamte Tisch nimmt inzwischen Teil an unserer Unterhaltung.

»Wir sehen ihn nicht personal wie in den meisten Religionen. Die Natur ist die Manifestation Gottes, nicht Gott selbst, sagte Meister einmal. Vielleicht könnte man sagen, Gott ist das Urprinzip und das Reservoir der Kraft, aus dem alles entstanden ist und weiter entsteht, das alles durchdringt und dem letztlich alles unterworfen ist. Von dem Prinzip abzuweichen geht nur bis zu einer bestimmten Grenze, danach zerstört sich letztlich selbst, was von diesem Prinzip abweicht.«

36. Kapitel

Bist du noch immer da!«, ruft mir Krishna zu, der mich gerade im Speisesaal entdeckt hat. »Der Meister hat doch heute früh ausrichten lassen, dass du sofort nach der Morgenmeditation zu ihm kommen sollst! Hat dir das deine Zimmernachbarin nicht ausgerichtet?«
Verwundert schaut er zu Adrienne hinüber.
Sie errötet: »Ach, Diana war zuerst nirgends zu sehen, und dann dachte ich, wir können ja alle zusammen zum Meister fahren.«
»Darum geht es doch nicht!«, erwidert Krishna ärgerlich.
»Sie sollte vor all den anderen kommen. Beeil dich besser jetzt!« Krishna nickt mir zu. Der Wortwechsel war im ganzen Speisesaal zu hören, und alle Schüler blicken mich jetzt an, groß und fragend, es ist mir sehr peinlich. Schnell nehme ich meinen angebissenen Toast, und Krishna eilt mit mir hinaus auf den Einfahrtsweg und zum Tor. Dort wartet bereits eine Rikscha auf mich.

Die frische Luft eines dunstigen Morgens, eine stille Fahrt zwischen den weiten Feldern, erfüllt von Freude, Unsicherheit und Verwunderung.

Als ich in Babujis Hof ankomme, läuft eine Magd aus dem Haus auf mich zu.
»Gehört das dir?«, fragt sie und streckt mir meinen Brustbeutel entgegen.
Ich kann es nicht glauben, bin den Tränen nahe vor Überraschung und Erleichterung.
»Oh, danke!«
»Heute Morgen lag er einfach auf der Veranda vor Babujis Stuhl am Boden«, erklärt sie.
»Babuji sagte, ich solle dich fragen, ob er dir gehört.«

Schnell öffne ich den Beutel, aber es ist alles darin: mein Pass und jede einzelne Rupie.

Anscheinend hatte sich der Dieb, oder wer auch immer den Beutel an sich genommen hatte, nicht wohl damit gefühlt und ihn darum klammheimlich zurückgebracht.

Auf der Veranda stehen einige ältere indische Schüler und besprechen sich mit besorgter Miene. Einige strahlen Überlegenheit und Selbstsicherheit aus. Andere scheinen mit Bewunderung zu ihnen aufzublicken, wieder andere sind in sich gekehrt und bedrückt.

Der persönliche Diener des Meisters bittet mich, noch ein wenig auf der Veranda zu warten. Aus Meisters Büro höre ich tiefes Stöhnen. Verstört lasse ich mich auf einem der Stühle nieder. Nach einer Weile kommt aus der Gruppe der besorgten Inder ein älterer Herr zu mir und flüstert mir väterlich zu, es gäbe keinen Grund zur Sorge. Ich bedanke mich, schließe die Augen und mache mir Sorgen. Ganz automatisch tauche ich ein in den Zustand des Betens: keine Worte, nicht einmal Gedanken, alles Gefühl, das Gefühl einer Bitte ohne Inhalt, ohne Ende. Plötzlich dringt eine Woge der Liebe in mich ein, die mich vollkommen überwältigt. Ich kann kaum mehr gerade auf meinem Stuhl sitzen – hingerissen von dieser mächtigen durchdringenden Energie. Nach einer Weile komme ich wieder zu mir und mir wird klar, wie innerlich verbunden ich mit dem Meister bin.

Jetzt tritt ein Mann mit Arzttasche aus dem Zimmer. Aller Augen sind auf ihn gerichtet. Doch er nickt einfach allen zu und geht. Das Stöhnen hat inzwischen aufgehört. Die Besucher wirken beruhigt, setzen sich, entspannen sich.

Aus dem Zimmer kommt Meisters meist schweigender Diener und fordert die indische Gruppe auf hineinzugehen. Andächtig schiebt sich einer nach dem anderen hinter das Bambusrollo. Ich bleibe sitzen, denn an mich ging keine Aufforderung. Nach einigen Minuten kommen sie alle, einer nach dem anderen, in sich gekehrt und mit leuchtenden Augen wieder hinter dem Rollo hervor. Der Diener lädt sie noch zu Tee und Biskuits ins Küchengebäude am Ende der Veranda ein. Ich bleibe weiterhin allein zurück, ein wenig verloren.

Da stupst mich von hinten überraschend jemand an: eine Magd, die ich bisher nie beachtet hatte. Sie ist alt und runzelig, gebeugt von einem Leben körperlicher Arbeit, aber in ihren Augen leuchtet der Himmel. Sie kann anscheinend kein Englisch, denn sie deutet stumm zu Meisters Tür und fordert mich mit starken Gesten auf hineinzugehen. Ich wage es nicht, doch sie lässt nicht locker, nickt wiederholt mit dem Kopf. Und plötzlich tue ich es.

Ich trete in den halbdunklen Raum. Babuji sitzt mit gekreuzten Beinen rechts neben der Tür auf dem Bett, umgeben von einem nicht physischen Licht, das von ihm in alle Richtungen ausstrahlt. Er ist das Zentrum dieses Lichtes, dessen Strahlen dieses Zimmer, den Hof, die Welt, den Kosmos, alle Ebenen und Dimensionen der Existenz durchdringen. In ihm sehe ich das Zentrum des gesamten Universums vor mir, den Mittelpunkt, aus dem unaufhörlich Welten entstehen, die sich immer weiter ausdehnen. Es ist eine gewaltige Schau, als ob ich beim ständigen Entstehen des Universums zusähe. Ich stehe unbeweglich und still.

Ein Geräusch hinter mir. Der Diener kommt ins Zimmer. Spontan drehe ich mich um, wobei mir klar wird, dass ich in keiner Weise »entrückt« bin, sondern mich ihm so ruhig und selbstverständlich zuwende, als hätte ich gerade Erbsen gezählt. Kein Realitätswechsel. Keine Entfremdung, alles geschieht gleichzeitig auf verschiedenen Ebenen. Er fragt, ob ich auch etwas Tee möchte. Babuji lächelt. Um mich zu verabschieden falte ich die Hände nach indischer Art mit einer kleinen Verbeugung und folge dem Diener aus dem Raum.

Draußen sind bereits alle Stühle besetzt. Die anderen aus dem Ashram sind eingetroffen. Sie sehen mich fragend, neugierig, aber auch etwas humorlos an. Ich setze mich ganz hinten auf eine Liege.

»Und, was war los?«, erkundigt sich Françoise, die sich sofort zu mir gesellt.

»Ich habe meinen Brustbeutel wieder«, lasse ich sie wissen.

»Echt! Das ist toll! Und wie war es mit dem Meister?«

»Er war krank und hatte Schmerzen. Als es ihm besser ging, durfte ich eine Minute bei ihm im Zimmer sein. Jetzt bin ich herausgekommen.«

Ich kann jetzt nicht reden. Die Vision eines ununterbrochenen Schöpfungsgeschehens, diese Grenzenlosigkeit braucht meine schweigende Aufmerksamkeit, meine Andacht.

Nach einer Weile werden wir alle zum Mittagessen in Babujis Küche eingeladen. Einfach und schlicht wie immer. Wie angenehm!

Der Diener des Meisters kommt zu uns und fragt, wer von uns heute Nacht abfährt. John, Françoise, Paul und die beiden Amerikaner melden sich. Françoise berührt mich leicht an der Schulter.

Oh Gott, das habe ich völlig vergessen! Ich fahre heute Nacht ja auch ab! Ich bin schockiert, darauf bin ich gar nicht vorbereitet.

»Meister lädt euch ein, den heutigen Abend bis zur Abfahrt eures Zuges mit ihm zu verbringen. Kommt mit eurem Gepäck!«

Der Diener lächelt, denn er fühlt unsere Freude. Jeder Moment mit Babuji ist etwas Besonderes.

Natürlich sind wir schon ein bisschen zu früh eingetroffen samt all unserem Gepäck. Wir setzen uns auf die wohlbekannten Stühle in Reisekleider gehüllt, mit Schals oder Decken ausgerüstet, denn wir werden spät den Nachtzug nach Delhi nehmen müssen, und im Winter sind die Nächte hier eisig.

Erwartung, Abschiedstrauer und nervöses Gekicher überlagern den tiefen Frieden der Veranda. Schließlich ändert sich unsere Stimmung. Es wird still, und jeder kehrt in sich selbst zurück.

Eine erneute Einladung zum Abendessen weckt uns auf, und als wir aus dem kleinen Speisesaal zurück auf die Veranda kommen, sitzt dort Babuji in seinem Lehnstuhl, wie immer entspannt mit Blick auf alles um ihn – wobei dieses »Um-ihn« auch andere Welten zu umfassen scheint.

Vorsichtig wagt sich Françoise vor und fragt Babuji:
»Ist die Schöpfung eigentlich schon beendet, oder geht sie noch weiter …?«

Merkwürdig, wie sie plötzlich auf diese Idee kommt! Ich hatte ihr nichts erzählt.

Babuji sieht mich fragend an. Offensichtlich hat er sie nicht verstanden. Mich versteht er ja meist. Also wiederhole ich Françoises Frage, ob die Schöpfung beendet sei oder noch weiterginge.

Meister schaut durch mich hindurch und sagt nur:
»Wenn ich das beschreiben sollte, würde ich noch morgen Abend damit beschäftigt sein!«

Ich übersetze für die anderen.

»Also hat sie keine Antwort darauf bekommen«, kommentiert Paul.

»Doch«, erwidere ich.

Dann herrscht Stille. Lange Zeit.

Keiner kann sich entschließen, etwas zu sagen, obwohl wir alle doch noch EIN Thema auf dem Herzen haben.

Schließlich beginnt er das Gespräch, als wüsste er, worum es uns geht.

»Wir sind es, die die Welt zerstören durch unsere schlechten

Gedanken und falschen Handlungen. Jeder Gedanke hinterlässt einen Eindruck in der Atmosphäre. Wer sie lesen kann, würde sehen, dass die Atmosphäre überfüllt ist mit Gedanken. Je negativer oder zerstörerischer, je gröber oder egoistischer die Gedanken, die Absichten, umso schwerer oder bedrückender die Atmosphäre. Stellt euch für einen kurzen Moment den Unterschied in der Atmosphäre zwischen dem Ort eines Verbrechens und einem Ort des Gebets oder einem Spielkasino und einem friedvollen Platz in der Natur vor.«

Babuji schweigt, und wir werden still.

»Es ist unsere Pflicht, die Welt in einem besseren Zustand zu hinterlassen, als wir sie vorgefunden haben. Dann kooperieren wir mit der Natur. Jetzt gehen wir gegen die Natur, und das führt zur Zerstörung!«, erklärt P.R.

Das war das Stichwort. Was in uns aufgestaut ist, kann nun nach außen fließen.

»Du hast über den Plan der Natur geschrieben und die Zerstörung. Meinst du, es wird alles zerstört werden?«, fragt Françoise Babuji ängstlich.

»Nein, Zerstörung geschieht nur in dem Maße, in dem es notwendig ist, um eine bessere Welt zu ermöglichen!«

»Es heißt schon in den altindischen Schriften, dass tiefgreifende Veränderungen auf der Welt von einem Avatar, einer Inkarnation des Göttlichen oder einem großen Heiligen in die Wege geleitet werden«, beginnt John, der Diplomat. »Das würde ja bedeuten, dass die Politiker, Reichen und Mächtigen nur entscheiden, was schon längst entschieden ist!?«

»Das klingt mir nach Verschwörungstheorie«, murmelt Paul.

»Eine solch evolutionäre Entwicklung, von der wir hier sprechen, ist keine sture Abfolge von in Stein gehauenen Vorgängen, ist keine blinde Umwälzung, sondern ein lebendiger Prozess! Jede Sekunde, jeden Augenblick kann sich die Situation ändern, wodurch sich auch alles Weitere ändert«, kommentiert P.R.

»Man kann sich eigentlich auch nicht vorstellen, dass so hochentwickelte Persönlichkeiten wie große Heilige die Zerstörung wünschen könnten. Aber jetzt ist also doch wieder so ein Avatar aktiv, der Zerstörung auslöst?« Paul kehrt zum Anfang unseres Gespräches zurück.

P.R. antwortet: »Die Zerstörung erledigen die Menschen schon selbst. Manche Esoteriker behaupten dann vielleicht, ein Avatar, eine geheimnisvolle spirituelle Persönlichkeit, hätte die Katastrophe bewirkt, so als hätten die Menschen damit gar nichts zu tun, und was geschieht oder geschah sei einfach so von einer fremden Macht aus der Luft gegriffen. Unheil bereitet sich lange vor, steigert sich allmählich, bevor es schließlich in Erscheinung tritt!

Ein Heiliger würde niemals Zerstörung wünschen! Ein Heiliger arbeitet dafür, die Harmonie auf einer höheren, sozusagen evolutionär erfolgversprechenderen Stufe wieder herzustellen. Das Bewusstsein der Menschen muss dafür angehoben werden, damit die gesamte Evolution in eine positive Richtung geht. Darum kommen immer wieder große kosmische Persönlichkeiten auf die Erde, um den Menschen am Ende eines Zyklus neue Erkenntnisse und spirituelle Methoden für ihre Entwicklung an die Hand zu geben.

Und alle, die sich entwickeln wollen, werden dann an der Erneuerung der Welt mitarbeiten, bewusst oder unbewusst werden sie Träger des Lichtes sein und anderen Menschen Spiritualität vermitteln! Kein Zweifel, die Welt wird ein Paradies sein. Es mag seine Zeit dauern, aber es wird kommen.«

»Wie könnte das Schicksal der Welt überhaupt durch spirituelle Kraft gelenkt werden?«, fragt Françoise.

»Spirituelle Arbeit passiert auf einer geistigen, subtilen Ebene, so wie etwa eine Suggestion oder eine Vorstellung in uns wirksam sein können. Stellt euch einmal vor – und Gott möge es verbieten«, erklärt Babuji, »es würde sich der Gedanke der Gewalt, des Krieges in der Welt verbreiten. Davon würden all die Menschen, die diese Eigenschaften in sich haben und von aggressiver, kriegerischer Natur sind, berührt und aktiviert. Sie erheben sich und spielen ihre Rollen. So kommt es zu allzu viel Gewalt und den großen Konflikten. Wenn aber der Gedanke des Friedens wiederkehrt, werden alle Menschen, die friedlich und von entsprechenden Eigenschaften geprägt sind, aktiviert, kommen an die Macht und führen den Frieden herbei.«

Es ist jetzt so still, als könnten wir seine Worte bis ans Ende der Welten und aller Zeiten ausklingen hören.

»Im Grunde geschieht das ja auch durch die Nachrichten. In Krisenzeiten werden fast nur Berichte über Konflikte, Gefahren und Unheil ausgewählt, man könnte stattdessen auch vermehrt über Möglichkeiten und Ideen zur Lösung berichten«, sinniert Jan.

Alles um uns ist in nächtliches Dunkel und tiefen Frieden getaucht. Der Vollmond erhellt den Hof des Anwesens. Das Licht der Straßenlaterne verwandelt den vorbeifahrenden Radfahrer in einen gleitenden Schatten auf der gegenüberliegenden Hauswand. Hunde bellen gelegentlich in die Stille hinein, und etwas weiter entfernt ist das leise Geräusch von Leuten, die in der Nacht nachhause wandern, zu hören.

Ich kann spüren, dass Babuji die Stimmung der Nacht liebt, die samtene, unbegrenzte Feinfühligkeit der Nacht.

Alle um ihn ruhen in sich. Es gibt keine Ängste, denn jeder fühlt sich eingehüllt, geborgen in der Weisheit eines größeren Zusammenhangs.

Ich denke über die Gleichzeitigkeit von destruktiver und konstruktiver Kraft nach.

»Wie ist das eigentlich?«, frage ich schließlich. »Gibt es so etwas wie negative kosmische Kräfte, die gegen die positiven

Kräfte des Universums kämpfen, wie zum Beispiel in Science-Fiction-Filmen. Im christlichen Glauben gibt es zum Beispiel Gott und den Teufel und seine Macht.«

Babuji schweigt wie so oft. P.R. antwortet stattdessen: »Was den Teufel betrifft, so würde ich sagen: Der Kerl braucht eine Tiefenreinigung, und dann ist er wieder o.k.! Aber selbst wenn es ihn im christlichen Sinn gäbe, kann ich dir sagen, dass kein Teufel einen Menschen verführen kann, der nicht die entsprechenden Schwächen oder ›Samskaras‹ besitzt. Das Sanskrit Wort ›Samskara‹ bezeichnet, wie ihr inzwischen wisst, die Eindrücke aus der Vergangenheit, die uns prägen und entscheiden, worauf wir reagieren.

Worunter die Welt und die Menschen leiden, ist die enorme Last ihrer Samskaras, ihrer Vergangenheit. Jeder Mensch, jede Gesellschaft, jedes Land, die ganze Welt, wie sie heute steht, hat eine enorme Last an Eindrücken oder Ballast aus der Vergangenheit. Das sind zum Beispiel religiös- oder kulturbedingte Glaubenssätze und Festlegungen, Gewohnheiten und Vorurteile, Kriege, kollektive Schuld oder altüberlieferte nationale Ziele. Wenn eine Welt alt geworden ist, wird dieser Ballast unerträglich, verwirrend und mehr und mehr bestimmend.

Die Menschen wissen nicht mehr, was sie tun sollen, was richtig und was falsch ist. Dann ist auf irgendeine Art eine Reinigung nötig, damit wieder neues, freies Leben entstehen kann, auf einer höheren Ebene, auf der sich das Gleiche nicht wiederholen wird. Nun gibt es leider viele Anknüpfungspunkte für negative Kräfte aufgrund der negativen Tendenzen im Menschen ... oder vielleicht könnte man auch sagen: Die negativen Tendenzen oder Gewohnheiten in den Menschen, wenn sie allzu stark werden, sind negative Kräfte, die andere mitreißen. Aber durch eure spirituelle Ausrichtung seid ihr geschützt.«

»Könnten wir etwas dazu beitragen, dass sich der Ballast

verringert und vielleicht weniger Zerstörung stattfindet?«, will Françoise wissen.

»Ihr seid alle dazu eingeladen. Die Methode habe ich euch gegeben! Durch die spirituelle Reinigung werdet ihr mehr und mehr frei von euren Samskaras, und je mehr Menschen das tun, umso besser!«, antwortet Babuji.

P.R. begleitet uns hinaus auf die Straße, wo bereits drei Rikschas auf uns warten. Ich fühle mich leicht, licht, offen, rein. Die Energie der Liebe erfüllt mich. Hoffentlich kann ich diesen Zustand erhalten und auch weitertragen!

»Folge deinem Herzen!«, ruft mir P.R. zu, so als hätte er meine Gedanken gehört.

»Sieh mit dem Herzen, verstehe mit dem Herzen, entscheide mit dem Herzen, sprich mit dem Herzen!«

»Mit dem Herzen?« Verstehe ich wirklich, was mit »Herz« gemeint ist, wenn ich allen Kitsch weglasse?

»Durch deine täglichen Übungen wirst du das Mysterium des Herzens immer tiefer erfahren!« Wieder antwortet mir P.R. auf meine unausgesprochenen Gedanken.

Als alles zur Abfahrt bereit ist, gibt P.R. John seine Adresse: »Auch für die anderen! Ihr könnt mir immer schreiben, wenn ihr Probleme habt!«

Artemisia:
Und so hat Diana ihren Weg und ihren Meister gefunden. Ihre Zukunft liegt ab jetzt in ihrer Hand. Denn die Fähigkeit, eine Chance ernst zu nehmen und sich zu wandeln, entscheidet über die Zukunft.

37. Kapitel

Auf dem Bahnhof nachts zu warten ist nicht schlimm, wenn ein paar gute Freunde um einen sind. Wir finden unsere Schlafwagenabteile und kuscheln uns in unsere Laken. Das sanfte Schlingern des Zuges hilft beim Einschlafen. Dann aber, nach einiger Zeit fahre ich hoch. Irgendetwas ist mit mir in Verbindung getreten, hat mich geweckt!

Da: Vor mir! Über der gegenüberliegenden Pritsche sehe ich unklar einen Mann von etwa fünfzig Jahren im Schneidersitz in der Luft schweben! Ich träume doch nicht!? Wie er genau aussieht, all das nehme ich zunächst gar nicht wirklich zur Kenntnis, denn meine ganze Aufmerksamkeit wird von seinen Augen angezogen: Sie erinnern mich irgendwie an Babujis Blick. Schon will ich mein Herz öffnen und in diesen Augen in meine eigene Tiefe gleiten, als mir auf einmal klar wird, dass es gar nicht Babuji ist, dass dort jemand ganz anderer sitzt, der seinen Blick auf mich gerichtet hat. Das schwammige Gesicht mit dem Schnauzbart, die abgetragenen bunten Kleider, die Sitzhaltung mit den gekreuzten, kurzen Beinen, die schmutzigen Füße ... Jetzt ist auch dieser Blick, der mich geweckt hatte, aus seinen Augen verschwunden. Er sieht aus wie einer jener verarmten Turban tragenden Einheimischen, die sich auf den Bahnhöfen herumtreiben, mit zweifelhaften Absichten, unsauberer Ausstrahlung ... Oder vielleicht ist er einfach ein Bettler? Einer jener Bettler, denen ich misstraue, vor denen ich mich fürchte, denen ich nichts gegeben habe, damit sie mich nicht anfassen können. Oder ist er ein böser Geist, der nur Babujis Blick nachahmt, um mich zu täuschen und Macht über mich zu bekommen, damit ich mich öffne, Vertrauen habe und er mein Inneres infizieren kann?

Schnell wende ich mich ab und liege still, stelle mich tot. Als ich mich nach einer Weile zu ihm umdrehe, ist die Erscheinung verschwunden.

Die alte Angst, dass mich eine hinterhältige bösartige Macht täuschen, ja angreifen könnte, springt meine Mitte an, reißt wie ein Panther an meinen Eingeweiden, erschüttert meine innere Balance. Jetzt, nachdem ich gerade bei Babuji war! Wie ist das möglich? War es Illusion? Oder nur Ausdruck innerer Ängste, die in mir an die Oberfläche steigen – meine Samskaras sozusagen. Nein, so war das nicht, es war etwas Fremdes. Diese schmuddelige Gestalt saß so klar und deutlich vor mir in der Luft, dass es keine Einbildung sein konnte, sondern es war ein zweifelhaftes Wesen, das aus einer anderen Wirklichkeit in meine Welt eingedrungen ist, um mich zu verhöhnen! Allein schon, dass nur ich ihn wahrgenommen habe, während die anderen schliefen, belastet mich, zeigt, wie erreichbar ich bin. Ich fühle mich schwach und lächerlich. Er hat sich über meine Spiritualität lustig gemacht, darüber, wie leicht ich aus der Bahn zu werfen bin. Jetzt bin ich wütend, und dann höre ich in mir:

»*Der Teufel bräuchte nur eine ordentliche Reinigung!*« – »*Sie sind alle unter Kontrolle*«. – Oh ja! Zeit, meine Ängste und meine Opferrolle aufzugeben! Zeit zu leben, was sich in mir entwickelt hat.

Ich kehre in mein Inneres zurück, und bald tritt wieder Stille ein in mir, Stille und Ausgeglichenheit.

»Jeder, der sich innerlich von seinem Ballast befreit und die Spiritualität in sich wachsen lässt, arbeitet für eine bessere Welt«, erklärt Paul am Flughafen von New Delhi begeistert, bevor wir uns trennen.

Ich bin gespannt, denke ich.

John nickt, die Französinnen umarmen mich. Sie wirken zufrieden und ruhig.

Wir tauschen Adressen aus, umarmen uns nochmals, dann sucht jeder seinen Heimflug. Außer mir.

Ich sitze in einem Flugzeug nach Madras. Bereits vor meinem Besuch beim Meister hatte ich Lucius' wiederholte Einladung nach Madras (wenn du schon in Indien bist!) angenommen und gebucht. Ich wusste ja nicht, dass ich nun am liebsten nachhause fliegen würde, um alles in Ruhe in mir zu ordnen, in mich zu integrieren und mit der Meditation weiterzumachen. Aber ich freue mich auch, ihn, neu wie ich jetzt bin, wiederzusehen.

Lucius hatte mir außerdem zurückgeschrieben, dass Arvind darauf bestanden hätte, seine Arbeit mit mir fortzusetzen – »Damit sie endlich gut schlafen kann!« – und deshalb vorschlug, noch eine Regression durchzuführen, sobald ich in Madras wäre. Eigentlich brauche ich das nun nicht mehr, sage ich mir, oder jedenfalls habe ich keine besondere Lust darauf. Aber jetzt ist es so. Es wird seinen Sinn haben. Also auf nach Madras!

Die Stewardessen schließen die Fächer für das Handgepäck, verteilen lächelnd Zeitschriften und Bonbons. Wir starten, wir fliegen, Leute lesen, andere unterhalten sich leise, die üblichen Durchsagen, die Atmosphäre ist leicht und locker. Wie immer eben.

Ich sitze eingeklemmt auf dem Mittelsitz zwischen zwei massigen älteren Herren. Ihre dicken Arme ruhen auf den beiden Armlehnen rechts und links neben mir. Ich lege meine Arme auf meinen Oberschenkeln ab, schaue geradeaus und wende mich meinen anderen Problemen zu.

Wer sind diese zwei Seelen, die mir so nah sind wie ich selbst, mit denen ich mich vereinen muss? Und wie soll das eigentlich vor sich gehen? Es müssten jedenfalls Menschen sein, die mir ähnlich sind, wenn sie mir so nahestehen, und mit denen ich besonders gut harmoniere, so viel steht fest!

Die Stewardessen kommen mit dem Essen: Lauter kleine leckere Gerichte auf meinem Tablett! Gerade führe ich mit enganliegendem Ellenbogen den ersten Bissen zum Mund – da fällt das Flugzeug in die Tiefe. Der Mann links neben mir lässt sein Brötchen sinken, die Fluggäste schauen erschreckt auf. Eine Etage tiefer im Nirgendwo geht's weiter. Der Motor wird lauter, es klingt, als mache er Anstrengungen, wieder an Höhe zu gewinnen. Ist ja nichts passiert, nichts Besonderes. Ich kaue … jetzt neigt sich das Flugzeug auf die Seite. Die Dame vor mir stöhnt. Durch das Fenster des Passagiers rechts neben mir kann ich den einen Flügel schräg in einen grauen regnerischen Himmel ragen sehen. Ich habe gar nicht bemerkt, dass sich das Wetter geändert hat! Trotz des Motorenlärms kommt es mir vor, als könnte ich so etwas wie finsteres Donnern hören. Ich beuge mich vor. Am ausladenden Profil meines Nebenmannes vorbei versuche ich durch den Rest des Fensters noch etwas zu erkennen: Nein, tatsächlich! Dort in der Ferne: Das war ein Blitz! Jetzt bin ich alarmiert. Ein Schub Angst durchfährt mich: ein Gewitter! Was, wenn ein Blitz das Flugzeug trifft! Die Maschine neigt sich auf die andere Seite und fällt wieder, gleitet abwärts. Ich lege die Gabel zurück, spüre jede Zelle meines Körpers prickeln. Um mich herum ängstliche Blicke, starre Gesichter, Anschnallzeichen, die Stewardessen nehmen ihre Sitzplätze ein.

Ich versuche mich zu beherrschen, die Angst einzudämmen. Mit halb geschlossenen Augen schaue ich nach vorne zur Kabine der Piloten. Ich sehe, wie winzige dunkle Partikel den Raum durchwirbeln. Ich sehe mehr und mehr von ihnen, die das Innere des Flugzeugs und der Passagiere erfüllen.

Dann kommt die Durchsage des Kapitäns:

»Kein Grund zur Sorge. Wir müssen unsere Flughöhe verlassen, um das Gewitter zu umfliegen.«

Mein dicker Sitznachbar lässt von seinem Fenster ab und murmelt mir zu:

»Ich bin schon mal in einem Gewitter geflogen. Ist nichts

passiert. Die Piloten kommen schon damit zurecht! Und wegen schlechten Luftdruckverhältnissen geht keine Maschine runter! Da müsste schon etwas mit der Technik sein, ein Triebwerk ausfallen oder dergleichen.« Er möchte mich eigentlich beruhigen.

»Aber es geht doch auch um die Blitze«, flüstere ich zurück. Er antwortet nicht und schaut wieder aus dem Fenster. Niemand spricht mehr, atemlose Anspannung.

Ich beschließe, jetzt zu meditieren, suche den inneren Kontakt zu jener spirituellen Instanz in meinem Herzen jenseits dieser emotionsgeladenen Stimmung und meiner Angst.

Während ich meditiere, mich auf dieses innere Zentrum fokussiere, schwankt die Maschine weiter, höchst unangenehm, aber es gelingt mir tatsächlich, mit meiner Aufmerksamkeit an jenem heiligen Ort in mir zu bleiben, und dort fühle ich jetzt ganz deutlich, dass nichts passieren wird, obwohl die Emotionen gleichzeitig haltlos an meinem Nervensystem zerren.

»Feeling is not emotion.« Das war einer der ersten Sätze, die ich von meinem Meister gehört hatte. Ich fühle, ich glaube, dass wir nichts zu befürchten haben, und versuche innerlich, diese Sicherheit und lichte Partikel im ganzen Flugzeug zu verbreiten, obwohl gleichzeitig mein Bauch nach wie vor instinktiv reagiert, sich reflexartig, blindlings und sofort bei jeder Bedrohung verkrampft.

Es ist schwierig, aber ich lerne gerade zwischen Gefühl und Emotion zu unterscheiden. Ich konzentriere mich auf das Gefühl, auf mein Herz, halte die Augen geschlossen. Die Atmosphäre scheint sich etwas zu lichten. Der Flug wird gleichmäßiger, und dann kommt die Durchsage, dass dieses schlimme Luftdruckgebiet durchflogen ist. Draußen vor dem Fenster erkenne ich jetzt Wolkentürme, an denen wir vorbeifliegen, die wir hinter uns lassen. Alles entspannt sich. Die allgemeine Atmosphäre ist in erleichterte Lustigkeit umgeschlagen. So schnell verändert sich die Welt, laufen Emotionen von einem Extrem ins andere.

»Triebwerke o.k.!«, flüstere ich meinem Nachbarn, dem wohlbeleibten Herrn am Fenster, zu. Er lacht.

38. Kapitel

Lucius steht ganz vorne unter den Wartenden. Er sieht so gut und auf relaxte Weise schick aus wie immer. Er ist einfach ein toller Mann. Neben ihm steht eine Frau mit vollen dunklen Haaren, vollen Lippen, vollen Formen, vollem Frauenstatus. Komisch, die Frau neben ihm hätte mich ja stören können, tut sie aber nicht. Mein Herz ist voller Freundlichkeit und Zufriedenheit. Ich freue mich ganz einfach sehr, einen guten Freund wiederzusehen. Seine neue Lebensgefährtin heißt Marisa und wirkt anziehend, selbstsicher, ausgeglichen und großzügig. Ich fühle mich wohl mit ihnen. Nur hoffe ich, ihre Beziehung nicht zu stören, hoffe, ganz diskret in ihrer Nähe sein zu können. Ob Lucius wohl wusste, dass eine Frau bei ihm sein würde, als er mich einlud?

Tatsächlich läuft es richtig gut zu dritt. Wir gehen essen in einem schönen Nobelhotel im Kolonialstil. Es herrscht Einverständnis und eine unbeschwerte Stimmung zwischen uns. Ich soll von meinen Dreharbeiten und dem Besuch bei diesem Meister erzählen. Ich erzähle, wie die Leute unserem geliehenen altmodischen VW-Bus mit unserer Kamera und der Ausstattung darin nachliefen, durch die Fenster spähten, dem Assistenten zusahen, wie er sich ein dunkles langes Gewand überzog und ihn in einem aufgeregt-ehrfürchtigen Tonfall fragten: »Working for Hollywood!?«

Ich erzähle ein bisschen von der Zeit im Ashram und der Herzmeditation. Nicht viel, denn das ist zu speziell und bedeutsam für ein munter-oberflächliches Abendessen.

Aber der Begriff »Herzmeditation« gibt Lucius, dem Dozenten und Forscher im Bereich Spiritualität und Religionswissenschaften, anscheinend zu denken. Er fragt nach dem Namen des Meisters, kannte er nicht, und so fließt die Unterhaltung weiter in eine andere Richtung, aber ich merke schon, wie es ihn weiter beschäftigt, während er locker Konversation macht.

Ich wohne wieder im selben Zimmer wie früher. Er mit Marisa im Zimmer gegenüber. Wenn ich mich an die Zeit erinnere, als ich ihn das erste Mal besucht hatte, kommt es mir vor, als wäre unendlich lange Zeit vergangen. Damals hatte ich nichts außer meiner Verwirrung. Jetzt scheinen sich die Dinge langsam zu ordnen. Ich befolge meine spirituellen Übungen. Das verändert die Stimmung in mir. Es ist, als putzte ich die Fensterscheibe, durch die ich die Welt betrachte, und als ob so endlich mehr Licht in mich eindringen könnte.

Allerdings muss ich morgen wieder zu Arvind, wie damals soll ich die Eindrücke aus vergangenen Leben wiederentdecken. Das trägt nicht unbedingt zu einer ruhigen Nacht bei.

Am nächsten Morgen treffe ich Marisa und Lucius beim Frühstück, das die wohlbeleibte Amma liebevoll serviert. Schön, Amma wiederzusehen. Wir umarmen uns. Sie hätte mich vermisst, und Lucius Saheb habe das auch, behauptet sie. Ich bin mir nicht sicher, ob das stimmt, aber es ist doch schön von ihr, das zu sagen!

Während des Frühstücks ist die Atmosphäre zwischen Marisa und Lucius ein klein wenig verändert. Sie wirken nicht mehr so ausgelassen wie gestern. Dafür konzentrieren sie sich auf mich und meine Pläne während meines kurzen Aufenthaltes in Madras.

Arvind begrüßt mich mit Begeisterung. Er ist von spontaner Herzlichkeit und seiner Kunst als Arzt und Therapeut zutiefst ergeben.

Ich lehne mich wieder in dem bekannten, einigermaßen bequemen Stuhl zurück und lasse seinen Singsang und die anfänglichen Fragen auf mich wirken.

»Schau dich an, wie siehst du aus, wo bist du?«
Zunächst sehe ich nur Nebel, dann verdeutlicht sich ein Bild. Vor mir erhebt sich eine enorm große Gestalt. Sie ist vielleicht dreimal so groß wie ich und hat mir den Rücken zugewandt. Es wirkt, als stünde sie in einem offenen hohen Tempel.
»Ich sehe die Person aber nur von hinten!«
»Dann versuch, sie umzudrehen ... oder geh um sie herum ...«
»Das geht nicht ... oder warte mal ...«
»Kannst du vielleicht das Gesicht erkennen?«
»Ich versuche es, aber es ist undeutlich, unklar, vernebelt. Die Gestalt wirkt eher männlich. Sie ist riesig.«
»Jetzt versuche zu sehen, wohin er schaut.«
»... er schaut über einen Hügel nach unten.« Es ist Jerusalem.
»Und weiter? Was ist das für ein Hügel?«
»Ich glaube, dort sind viele Leute begraben.«
»Du auch?«
»Ja!«
»Schau dich an, wie du dort im Grab liegst, wie siehst du aus?«
»Ganz blutig, misshandelt, ein armer kleiner Körper.«
»Wer warst du, bevor das geschah?«
Plötzlich kommen die Bilder und Zusammenhänge zu mir.
»Ich stehe auf einem anderen Hügel bei Jerusalem und spreche zu den Leuten. Jesus ist seit kurzer Zeit tot. Ich spreche eindringlich, um ihnen seine Worte, seine Lehren zu erklären, sie verständlich zu machen. Seine Lehre ist sehr weit von ihrem Denken entfernt. Und ich muss aufpassen, wenn ich vor den Leuten spreche, denn die jüdische Obrigkeit will nichts mehr davon hören.«
»Wie heißt du?«
Ich überlege, versuche mich zu erinnern, aber ich habe eine totale Blockade. Ich wusste die Namen meiner anderen bei-

den früheren Inkarnationen in der jeweiligen Regression sofort, ohne nachzudenken, aber hier ist es, als könnte ich eine Schranke nicht überschreiten.

»Ich weiß es nicht!«

»Versuch es, gib dir Mühe, lass dir Zeit dazu!«

»Ich kann den Namen nicht finden. Völlige Blockade. Ich glaube, ich soll den Namen nicht wissen!«

»Na gut. Was hast du gemacht im Leben?«

»Ich sehe mich auf einem Pferd schnell über Land reiten. Ich will nach Jerusalem und habe eine Botschaft in der Tasche, sehr wichtig, und bringe sie zu politisch wichtigen Leuten. Sonst wohne ich in einem kleinen Bauernhof. Es ist sehr friedlich und schön dort. Ein Viereckhof, da steht mein Pferd. Eine hölzerne Treppe führt in den ersten Stock, dort oben läuft ein Außengang mit hölzernem Geländer um den Hof herum. In einem Innenraum sehe ich meine Frau mit meiner kleinen Tochter. Sie ist entzückend. Ich liebe sie beide über alles.«

»Was geschah dann, was führte dazu, dass du so elend starbst?«

»Ich halte immer wieder Reden, damit die Lehre Jesu nicht vergessen wird und tief in die Menschen eindringen kann … meistens irgendwo draußen in der Natur. Die jüdische Priesterschaft will das nicht. Alles soll vergessen werden. Sie lassen mich beobachten. Ich versuche, an ganz unerwarteten Orten zu sprechen, aber sobald die Menge da ist, erscheint auch bald ein Spitzel, ein Beauftragter der Priester oder des Königs, und befiehlt mir aufzuhören, treibt die Leute auseinander. Ich spreche trotzdem, trotz der Verbote, auch wenn sich immer weniger Leute um mich scharen. Viele wagen es nicht zu kommen. Ab jetzt wollen mich die Soldaten festnehmen. Aber um mich ist eine kleine eingeschworene Gruppe, und sobald wir merken, dass die bewaffneten Männer kommen, lösen wir uns auf. Ich laufe davon oder verstecke mich. Aber selbst in Gefahr halte ich weiter meine Versammlungen, die mehr und mehr zu Verschwörungen werden. Doch dann sind sie mir ganz nah auf den Fersen. Sie verfolgen mich, kommen von allen Seiten und hetzen mich durch die engen Gassen. Sie holen mich ein und schlagen mich nieder. Im Gefängnis peitschen sie mich aus und foltern mich. Sie sperren mich nicht ein. Doch als ich mich durch die Straßen schleppe, sehen mich andere Schergen und setzen mir nach. Ich will fliehen und breche tot zusammen.«

»Und dein armer geschundener Körper wurde von deiner Familie begraben. Kannst du dich jetzt erinnern, wie du hießt?«

»Nein, ich habe keine Idee, die sich richtig anfühlt.«

»Was sagt dir dieses Leben?«

»Ich erkenne mich als jemanden, der eine Botschaft, eine Erkenntnis verkünden und die Wahrheit sagen will, egal, was es kostet. Aber ich weiß nicht, was das am Anfang mit dieser riesigen Gestalt sein sollte. Warum habe ich mich so gesehen?«

»Du sahst deine Seele. Bei Leuten, denen das passiert, ist es gut, sie zu ihrem toten Körper zurückzuführen, dann bekommen sie wieder Kontakt mit jenem Leben.«

»Ich habe übrigens gerade Filme über Jesus für das Fernsehen gemacht. Darüber, wer er wirklich war!«

Arvind lächelt.

»Wir wissen nicht, wer du warst, aber du tust heute noch dasselbe wie damals!«

»Was auch typisch ist für mich, ist diese rebellische Ader, dieser Widerstand gegen falsche Autoritäten, die nicht gerecht sind. Das würde sich aus jenem Leben gut erklären. Ich glaube, ich habe einfach ein Problem mit Macht. Macht und Wahrheit.«

Arvind denkt nach.

»Kannst du morgen noch einmal kommen?«

»O.k., aber dann brauche ich meine Ruhe!«

39. Kapitel

Auf dem Heimweg wandere ich ein wenig durch den Außenbezirk von Madras, an den kleinen Geschäften, den liegenden Kühen und den Obst- und Gemüsehändlerkarren vorbei. Rasch schlängle ich mich auf dem schmalen Lehrpfad neben der Straße zwischen den Taschen tragenden, Kinder an der Hand haltenden Frauen und Männern hindurch und biege in die viel ruhigere Straße, in der sich Lucius' Wohnung befindet. Amma bemuttert mich sofort mit heißem Tee und selbst gebackenen Plätzchen. Die kleine Stärkung tut mir gut, nach allem, was ich gerade innerlich durchgemacht habe, und ich genieße, dass außer Amma, die weiter in der Küche werkelt, niemand zuhause ist. Da tritt Lucius strahlend und bester Laune zur Türe herein:

»Marisa hat uns heute Nachmittag zu einer Probe in der Akademie für südindischen Tanz eingeladen!«

Amma nimmt ihm die Tasche ab: »Some tea, Saheb?« Sie deutet zu dem Tisch, an dem ich mit meiner Teetasse sitze.

»Oh, sure, dear!«

»Das ist wundervoll, du wirst sehen!«, schwärmt Lucius, während er zu mir herüberkommt.

»Man muss seinen Körper bis in die Fingerspitzen beherrschen, denn alles, nicht nur die komplizierten Tanzschritte, nein, die kleinste Bewegung, der kleinste Blick haben Bedeutung!«

Er beugt sich zu mir herunter und drückt mir einen Kuss auf die Stirn.

»Jeder Tanz erzählt eine Geschichte aus der indischen Mythologie, fast immer aus der Liebesgeschichte zwischen dem Milchmädchen Radha und dem jungen, wunderschönen Krishna, der eine Inkarnation des Göttlichen ist … und jedes kleinste Gefühl ist in eine hinreißend graziöse Bewegung übersetzt ...«

Er nimmt meine Tasse, trinkt sie mit einem Schluck leer und gießt mir nach.

»Milch und Zucker? ... ach, Marisa liebt den südindischen Tanz und hat ihn schon viele Jahre studiert und geübt. Jetzt ist sie schon in der Akademie, denn, um das aufwendige Kostüm, den Schmuck, die Haare, die fantastische Schminke, all das anzulegen, braucht man Stunden. Wir haben also vorher noch ein bisschen Zeit«, lächelt er, während er mich zu sich hochzieht.

»Freust du dich?!«

»Ja, ich freue mich!«

Er nimmt meine beiden Hände und drückt sie.

Er hat mich gern, und ich mag ihn auch, aber Marisa liebt er. Wie schön, dass er jetzt jemanden gefunden hat, denke ich großzügig. Ich fühle mich im Moment so abgerundet in mir selbst, dass ich niemandem nachtrauern und niemanden ersehnen muss. Was richtig ist, wird schon kommen! Eine ziemlich neue Einstellung, die ich hier erlebe!

Lucius' neuer Chauffeur ist etwas dicker und weniger gesprächig als der vorherige. Ohne in den Rückspiegel zu schauen, fährt er los. Dabei verströmt er eine leichte Brise schlechter Laune. Wir erreichen die Universität, und Lucius zeigt mir »endlich« sein Arbeitszimmer. Traditionelle, prestigeträchtige britische Arbeitszimmermöbel. Auf dem Schreibtisch stapeln sich Bücher und Post.

»Oxford«, sage ich nur.

»Nicht ganz«, lächelt er und zeigt auf die Wand, wo zwischen zwei dicht gefüllten Bücherregalen eine große Landkarte von Afrika aufgespannt ist.

»Ich bereite gerade eine Vortragsreihe über Bewusstseinser-

weiterung und indische Spiritualität vor, zu der ich von einigen Universitäten in Deutschland und England eingeladen wurde.«
»Oh, kommst du dann auch wieder an unsere alte Uni?«
»Klar, Katharina will sich um eine passende Unterkunft für mich kümmern.«
»Katharina?! Ach, hast du es ihr schon mitgeteilt?«
»Na, du warst ja nicht da, also habe ich mich an sie gewandt.«
Ich nicke zustimmend, aber ich merke, wie meine großzügige Einstellung von vorhin leicht ins Wanken gerät. Irgendwie mag ich die Vorstellung nicht, dass die beiden eine Beziehung pflegen, von der ich nichts weiß. Aber da ich ja kein eifersüchtiger Mensch bin, schicke ich dieses Gefühl sofort weg!
»Hast du eigentlich schon einmal von Babuji gehört?« Ich wechsle das Thema.
»›Babuji‹ hat jeder schon gehört, weil das eine ganz häufige Anrede für eine würdige Persönlichkeit in Indien ist. Aber du hast uns ja ein wenig von der Methode erzählt beim ersten Abendessen ... klingt gut.«
»Findest du das interessant?«
»Doch schon, das mit der Übertragung spiritueller Energie ist nicht unbekannt in der indischen Spiritualität, aber ich kenne das nur so, dass ein Meister einem oder zwei auserwählten Schülern seine Kräfte überträgt, zum Beispiel auf dem Sterbebett. Aber einfach so wie bei ›Babuji‹, durch den anscheinend unbegrenzt eine derartige spirituelle Übertragung strömt, das ist schon etwas Neues. Ich kann ja mal in meinen Büchern nachsehen, auf welche Traditionen er zurückgreift.«
»Ich dachte, vielleicht interessiert es dich, das einmal selbst auszuprobieren. Man kann ja viel lesen, aber was es wirklich ist, und ob es was taugt, das weiß man doch nur, wenn man es ausprobiert!«
»Mein Gott, wenn ich alles ausprobieren würde, was mir hier erzählt wird, dann käme ich zu nichts mehr. Ich könnte

meinen Job vergessen. Nein, ich forsche, ich lese viel, und dabei lerne ich auch viel, tauche tiefer und tiefer in diese Dinge ein ...«

»Theoretisch«, unterbreche ich frech.

Früher hätte ich außerdem noch gesagt: »Du liest und denkst alles nur, weil du aus Angst, dich zu verändern, nichts an dich heranlässt!« Aber ich sage das jetzt nicht, ich widerstehe ... vielleicht verändere ich mich tatsächlich, überlege ich.

Lucius schaut mich überrascht an, wartet eine Weile, ob noch etwas kommt und sagt dann:

»Vielleicht veränderst du dich tatsächlich! Früher hättest du gesagt: ›Du lässt nichts an dich heran, weil du Angst hast, dich zu verändern!‹ Richtig?«

Und dann, weil er sich eben nicht verändert, doziert er:

»Du erinnerst dich, wie wir das einmal am Telefon besprochen haben: In der indischen Weisheit gibt es drei Wege zu Gott, drei Yogas sozusagen:

1. Gnana Yoga, der Weg der Erkenntnis über Studium und Wissen.

2. Bhakti Yoga, der Weg der Hingabe und Liebe zu Gott.

3. Karma Yoga, der Weg des richtigen Handelns.

Du bist eben eine Bhakta! Das ist wunderschön ... du bist wunderschön!«

Ich schaue zu Boden. Ich kenne seine Ausflüchte, um das Thema zu wechseln.

»Was aber nicht bedeutet, dass sich diese Wege ausschließen. Ich glaube eher, dass sie Aspekte einer Entwicklung sind!«

»Nicht schlecht!« Lucius lächelt mich an, denn egal was zwischen uns ist und war, wir sind immer voller Sympathie füreinander geblieben.

»Komm, lass uns jetzt hier raus und in die Stadt gehen!«

»Ja, so wie früher!«

Wir verlassen den stillen Staub der alten Bücher und werfen uns in das dichte farbige Leben der indischen Großstadt. Mit Lucius macht es Spaß, durch den Dschungel der Läden und Menschen zu gleiten, ohne mit irgendjemandem oder irgendetwas zusammenzustoßen.

In einem Coffeeshop trinken wir duftenden südindischen Kaffee und essen klebrigen, aber aromatischen Bananenkuchen. Wir plaudern ausgelassen und verstehen uns wieder bestens wie immer. Und irgendwie kommt auch er mir verändert vor: aufmerksamer, ernsthafter in all seiner Überschwänglichkeit. Ich fühle mich ihm unglaublich nah … wenn er eine dieser beiden Seelen wäre, von denen Babuji gesprochen hatte …? Nein, er ist zu, zu … oberflächlich und außerdem: Man fühlt sich oft anderen Menschen nah, und es bedeutet in Wirklichkeit doch nicht viel. Wie könnte ich aber je herausfinden, wer zu meiner Seele gehört? Wenn es eine meiner Aufgaben ist, werde ich die Antwort wohl auch finden.

Artemisia:
Menschen sind von Schleiern der Unwirklichkeit umgeben, durch die sie die Wirklichkeit sehen wollen. Wünsche, Interessen, Bedürfnisse, Zwänge und Ängste, Launen, vernebeln den Blick, machen unfrei. Die Großen haben einen Weg gefunden, die Nebel zu durchteilen und der Wahrheit zu begegnen, nein, selbst zu Wahrheit zu werden, sodass jeder, der zu ihnen kommt, für diesen Moment selbst Wahrheit wird, auch wenn er es nicht bemerkt. Denn die Wahrheit ist unscheinbar, nur das Unwahre nimmt Raum.

Er bittet den Chauffeur, der vor der Universität im Auto Zeitung liest, in zwei Stunden vor der Akademie zu warten. »Es ist spät«, murmelt er, »aber ich habe jetzt keine Lust auf diesen Typen.«

Und dann nimmt er meine Hand und zieht mich eilig durch die Menge der Fußgänger.

»Mal sehen, wie schnell wir durchkommen!«, ruft er mir lachend zu. Und dann laufen wir zwischen den Leuten hindurch, als wären wir ein Paar in einem alten Hollywoodfilm, das nach einer Serie von Missverständnissen endlich zueinander gefunden hat und nun in letzter Minute noch den Zug in die Flitterwochen erreichen will.

Außer Puste und jetzt gemäßigt – ohne uns an der Hand zu halten – durchschreiten wir die Akademie auf dem Weg in den Theatersaal, wo wir uns auf die Stühle für Freunde und Verwandte der Tänzer setzen – und zwar in die Mitte, erste Reihe, voll leisem Spaß und Vorfreude auf die Vorführung.

»Marisa ist so begabt! Obwohl sie keine Inderin ist, darf sie die Solorolle spielen!«, erklärt Lucius stolz und lehnt seinen Kopf kurz an meinen.

In mir ist auf einmal solch eine sprudelnde Fröhlichkeit, Leichtigkeit und Sympathie, dass die Freude nur so aus mir fließt. Lucius ist glücklich, das sehe ich. Ich fühle, er genießt diesen Moment aus ganzem Herzen.

Welch ein Gefühlshöhepunkt sich vorbereitet!

Dann tritt Marisa – unglaublich schön geschminkt, frisiert und geschmückt – in einem kostbaren Tanzkostüm auf die Bühne. Es ist überwältigend, welchen Reichtum, welche Schönheit die indische Kultur in sich birgt! Marisa tanzt Radha, die Liebende und Schönste, deren Verehrung und Bewunderung für den bezaubernden Avatar Krishna keine Grenzen kennt. Im Tanz erzählt sie ihre Liebesgeschichte mit Krishna. Wie Lucius sagte: Jede Bewegung ihres Körpers ist bis ins Detail Symbolik und bis in die Fingerspitzen absolute Beherrschung. Hingerissen folgen Lucius und ich jedem ihrer Schritte. Und gerade, als Marisa/Radha direkt in unsere Richtung ihre großen, wunderschönen Augen rollt, um zu beschreiben, wie wunder-wunderschön Krishna ist, wendet sich Lucius mir zu und gibt mir vor Begeisterung über ihren Tanz einen Kuss auf die Wange. Sie hat es sicher gesehen, denke ich mir, aber sie weiß ja, dass das nichts bedeutet. Die Musik trägt Marisa durch die Tanzgeschichte, bei der eine graziöse Geste in die andere fließt. Macht nichts, dass ich das Ganze nicht verstehe. Trotzdem ist Lucius fleißig dabei, mir alles zu erklären. Er spricht leise zu mir, den Kopf zu mir gebeugt, indem er Marisa sachkundig zusieht.

Lucius geht, sobald sie die Bühne verlässt, zu ihr und kehrt dann mit der Botschaft zurück, dass wir nicht auf sie warten sollten, sie käme nach.

Zuhause hat uns Amma ein wunderbares Tali zubereitet. Gedeckt ist für vier. Ein amerikanischer Arzt, der für die WHO arbeitet und sich gerade in Madras aufhält, wird uns zum Dinner besuchen.

40. Kapitel

Nur zwei große Milchkaffees für mich heute Morgen, bevor ich zu Arvind gehe. Es ist noch zu früh, um zu frühstücken, und Lucius und Marisa sind auch noch nicht aufgetaucht. Es wurde sehr spät gestern, eine fantastische Abendgesellschaft eigentlich: geistreich, liebenswürdig, interessant. Besonders der Arzt und Marisa unterhielten sich gut, während Lucius und ich uns mehr aufs Zuhören beschränkten. Es ist so eigenartig. Ich hatte das Gefühl, als ob plötzlich ein Vorhang zwischen Marisa und Lucius herabgefallen wäre. Als ob ihr gemeinsames Theaterstück in Wirklichkeit bereits beendet wäre, während sie körperlich noch beisammensaßen und es brav weiterspielten. Sie sind so ein schönes Paar. Warum schon wieder! Das stimmt mich traurig.

Auf dem bequemen Stuhl in Arvinds beengtem Kabinett.

»Macht« ist der Schlüsselbegriff für diese Sitzung.

Nachdem ich zunächst wie üblich nichts wahrgenommen, nichts aus irgendeinem früheren Leben gesehen habe, bittet er mich jetzt, auf meine Schuhe zu achten.

»Was siehst du? Wie sehen deine Schuhe aus?«

Wieder ist es, als würde sich eine Art Nebel ganz allmählich lichten, und ich sehe zu meiner Überraschung alte orientalische Schnabelschuhe an meinen Füßen, die eilig durch eine Art orientalischen Palast laufen. Ich glaube, meine Beine sind männlich und nicht ganz gerade, aber das ist nur eine Vermutung. Sehr groß bin ich wohl auch nicht. Oh, es ist ein Harem, dort ein Wasserbecken und viele Frauen, Diwane und Kissen.

»Wer bist du? Was machst du?«

»Ich bin die starke Person dort ... so eine Art Pascha, glaube ich. Dabei habe ich ein sonderbar grausames Verhältnis zu

Frauen. Ich hole sie mir, wenn ich sie brauche, und wenn sie mich irritieren, verstoße ich sie. Es kann sogar sein, dass ich ihnen aus einer tiefen Gereiztheit die Kehle durchschneide oder ihren Tod befehle. Es berührt mich nicht, was mit ihnen geschieht, denn sie existieren gar nicht für mich. Mein Herz ist verschlossen. Ein unterschwelliger Hass liegt in mir, über den ich nicht nachdenke.

Man ist mir ergeben und fürchtet mich, das ist mein Universum.

Ich bin sehr klug und der oberste Richter in meinem Staat. Ich regiere ein Fürstentum, eines unter einigen anderen, denn das ganze Land ist in Fürstentümer aufgeteilt. Neben mir gibt es noch andere Machthaber, die denselben Status haben wie ich ... und wir Paschas stehen uns nicht friedlich gegenüber.«

Ich stocke. Was sage ich da alles? Ich habe aber keine Zeit, es mir bewusst zu machen.

»Du bist der Richter in deinem Fürstentum ...«

»Ja, ich bin ein gerechter, sehr scharfsinniger, aber erbarmungslos harter Richter. Ich durchschaue die Dinge. Ich hasse Gesetzesübertretungen. Die Leute kennen die Spielregeln, wenn sie sie übertreten, haben sie diese Wahl mit all ihren Konsequenzen getroffen!«

»Hattest du Feinde?«

»Ja, ich habe viele Schlachten geschlagen, auf meinen Pferden, mit meinen sensiblen, tapferen Pferden! Ich war ein sehr wilder Kämpfer und habe viele Siege davongetragen. Selbstmitleid oder Schonung meiner eigenen Person oder anderer gab es nicht. So hatte ich mir und meinem Land Frieden erkämpft – außer mit einem Fürsten. Er blieb mein Todfeind.«

»Wie bist du gestorben?«

»Es war ein Kampf zwischen uns beiden. Wir kämpften außerhalb einer Schlacht. Nur wir beide, Mann gegen Mann. Wie es dazu kam, weiß ich nicht. Es war in einem Außenbezirk meines Palastes, einem Hof für das Gesinde, ich weiß es nicht. Wir waren allein, und er setzte mir hart zu. Wir verletzten einander schwer, und schließlich besiegte er mich und brachte mich um.«

Eigentlich habe ich das Gefühl, oder hoffe ich es nur, dass ich nun fertig wäre mit dieser schlimmen Geschichte. Aber nach einer längeren Pause beginnt Arvind, sich plötzlich genauer zu interessieren.

»Wo warst du als kleiner Junge?«

»Ich spielte immer in der Nähe meiner Mutter. Sie war ganz jung und wunderschön. Ich liebte sie über alles. Ich erinnere mich, dass sie so ein Bett mit einem Vorhang hatte, es war in einer Nische in der Wand. Sie trug gerne Türkis.«

»Was geschah dann?«

Ich bin sehr erstaunt, was soll geschehen sein? – Aber plötzlich kommt die Erinnerung ganz schnell und klar.

»Wir werden angegriffen. In unseren Palast dringen fremde Kämpfer ein. Ich weiß nicht, ob ihr Pascha selbst dabei war. Aber sie überfallen meine Mutter. Ich verstecke mich, und ich sehe, wie sie meine Mutter erniedrigen, vergewaltigen, und dann grausam ermorden.«

»Wo war dein Vater?«

»Ich weiß es nicht. Aber irgendwie hat unser Stamm die Feinde vertrieben. Unser Fürstentum blieb erhalten, doch mein Vater war gebrochen. Er traf kaum mehr Entscheidungen, wurde schwach und lebte nur noch in sich versunken dahin. Ich musste schnell erwachsen werden, die Regierung und die Verteidigung des Fürstentums übernehmen.«

Wieder spricht Arvind in seinem zarten, mitfühlenden Ton zu mir:

»Du bist ein kleiner Junge und liebst deine Mutter so sehr, so über alles, du willst immer bei ihr sein, doch dann, was passiert dann?«

Wieder lässt er mich tiefer in die Erinnerung eintauchen. Also erzähle ich:

»Ich bin ein kleiner Junge, ich sehe bei dem grauenhaften Verbrechen an meiner Mutter zu; ich sitze versteckt hinter einem Vorhang, während mein Herz zerbricht, meine Mutter ist mein Herz, sie stirbt vor mir, da kommt auch der Tod zu mir, in mich. Er ist eine Schranke in mir, eine Hemmung zu empfinden ...«

Pause. Arvind lässt mich nachdenken.

»Ich konnte mit dieser Katastrophe nicht umgehen. Der Schmerz über das, was mit meiner Mutter passierte, und zu sehen, wie mein Vater vor Kummer und Demütigung psychisch zerstört dahinvegetierte ... Er war ein großer Herrscher gewesen ... Das hatte meine Empfindungsfähigkeit überstiegen. In mir lebte nur noch der feste Entschluss, so etwas nie mehr zuzulassen, dass ich mit aller Macht die Feinde zerstören, mein Land und mich selbst verteidigen würde. So wurde ich auch Frauen gegenüber gefühllos. Schmerz gab es nicht mehr, ich wollte stark sein. So formte sich mein Leben. Alles durch ein einziges Ereignis, das ich vollkommen aus meinem Bewusstsein verbannt hatte.«

Ich spreche nicht weiter ... alles, diese ganze Härte und Grausamkeit, diese Kämpfe, dieses furchtbare Leben, diese Schwingung kommt an die Oberfläche, löst sich in meinem Bedauern, meinem Erinnern, in meinen Tränen auf. Ich verstehe, ich verzeihe ... mir selbst.

Arvind reicht mir ein Papiertaschentuch aus der Packung, die immer auf seinem Schreibtisch liegt. Ich weine also wie alle anderen auch. Arvind beherrscht eben sein Fach! Wie leicht hätte man mit der Beschreibung dieses grausamen Lebens aufhören, die Sitzung beschließen können! Aber Arvind weiß, wo er suchen muss.

»Danke dir so sehr Arvind, dass du mir die Ursache für dieses

Leben gezeigt hast. Es war eigentlich ein Liebestod und seine Folgen.«

Wir schweigen. Zeit, die Dinge auf sich wirken zu lassen.

Verzeihen, das Gefühl des Verzeihens hat für mich immer größte Bedeutung gehabt. Manchen Leuten fällt das unendlich schwer. »Zeihen« bedeutet auf Deutsch, jemanden benennen, ihm eine Bedeutung geben.

Ver-zeihen hieße dann, dies nicht mehr zu tun, aufhören, den anderen etwas zu nennen, ihn freizusprechen, sich selbst freizusprechen, damit etwas Neues entstehen kann.

»Arvind, das Verzeihen – ich liebe dieses wunderbar weiche, grenzenlose, gütige Gefühl, innerlich zu schmelzen! Wie viel schöner ist es doch, das zu empfinden als Rachsucht und Ärger!«

Arvind kommentiert ein wenig ironisch:

»Wir Menschen sind im Grunde nicht egoistisch genug! Natürlich ist es besser, das zu empfinden, was uns guttut, was uns schöner macht, als das, was uns verzehrt und verzerrt!«

Ich fahre fort:

»Wir haben eigentlich die Wahl: Die Wirklichkeit ist sowieso nie genau zu erkennen, und flüchtig ist sie auch. Verzeihen wir also immer und überall!«

»Das bedeutet aber nicht«, betont Arvind, »dass ein Schuldiger nicht die Folgen seiner Taten tragen müsste. Dafür ist das Gesetz des Karmas zuständig. Warum sollten wir uns da einmischen? Warum sollte sich jemand aus Wut oder Rachsucht gegen einen anderen schuldig oder kaputt machen?! Auch schlechte Gedanken über einen anderen haben eine giftige Wirkung auf einen selbst!«

Da fällt mir etwas ein, das ich Arvind immer schon fragen wollte.

»Arvind, gestern sahen wir mich in der Rückführung in einer spirituellen Rolle als Prediger der Lehren Jesu, als Märtyrer eigentlich. Ich weiß nicht, welches Leben auf das andere folgte: das gestrige oder das heutige. Aber es ist doch erstaunlich, wie eine Person in einem Leben ganz der göttlichen Botschaft und der Spiritualität hingegeben sein kann und in einem anderen, aus welchen Gründen auch immer, letztlich solch ein brutaler Schlächter ist. Das passt doch gar nicht zusammen! Ich stelle mir vor, dass jemand, der so verhärtet wurde, so viele Sünden wie dieser Pascha in seiner Machtfülle auf sich geladen hat, nicht danach einem Messias nahe sein kann. Man erwartet sich doch gemäß der Karma-Theorie, dass er für die begangenen Sünden in späteren Leben bezahlen muss, also ein Büßerleben führen muss!«

»Ich sehe das so«, erklärt Arvind, »dass der Sinn der Reinkarnationen Evolution und nicht Strafe ist. Unsere menschliche, kleinliche Logik, unsere Gerechtigkeit sind zu engstirnig und kurzsichtig. Wir wollen immer gleich die Strafe sehen. Erleben wird jeder den Effekt, den gute wie schlechte Handlungen und Gedanken auf sein Leben haben, aber wie und wann, das steht nicht unbedingt fest.

Was immer du einmal gelernt hast, das nimmst du mit und kannst es in einem anderen Leben gebrauchen. Deine ›Sünden‹, wenn man so sagen will, nun, wenn du dich nicht spirituell erhebst, dann bleibst du in ihnen verstrickt, und meistens werden es mehr und mehr, weil du das Gefühl dafür verlierst und sich das eine aus dem anderen ergibt. Du leidest, tust Schlimmes, du leidest, tust wieder Schlimmes, denn du siehst sozusagen das Tageslicht nicht mehr. Es ist eine Evolution nach unten. Aber dann geschieht vielleicht irgendwann einmal aus Überdruss eine große innere Umkehr. Und wenn man sich entwickelt von Leben zu Leben, dann wird man sich auch aus diesem Sumpf allmählich lösen können. Es kann also durchaus sein, dass ein Mensch eine sehr zwiespältige oder unterschiedliche innere Landschaft hat. Und daher kann er vielleicht einmal seine positiven Seiten leben und sehr verehrt, gut und erfolgreich sein, ein andermal aber den Effekt erleiden müssen, den seine schlimmen Taten auf ihn haben. Er mag dann eine Krankheit erdulden müssen, Unfälle, Kummer oder Ähnliches erfahren, denn Leid reinigt. Meist ist das Leben eine Mischung aus beidem. Aber wenn du einen fähigen Meister hast, kann es sein, dass er – vorausgesetzt, du willst dich wirklich entwickeln – für dich einen Großteil deiner Altlasten, insofern sie deiner Entwicklung im Weg stehen, entfernt.

Diese Samskaras, wie wir sagen, oder Altlasten oder inneren Eindrücke sind ja im Grunde nur verfestigte Energie um deine Seele, die man in den meisten Fällen durch spirituelle Energie auflösen kann.«

Ich muss jetzt etwas lachen:

»Du machst gerade dein eigenes Geschäft kaputt! Dann kommt keiner mehr zu dir!«

Er bleibt ernst.

»Diese Möglichkeit, die Samskaras anderer zu übernehmen, ist in der indischen Spiritualität durchaus bekannt, aber nur ganz wenige sind Meister auf diesem Level und dazu in der Lage. Sprach übrigens nicht auch Jesus davon, die Sünden anderer zu übernehmen?«

»Übrigens, Arvind, als ich bei Babuji war, sagte ein langjähriger Schüler zu mir, dass die meisten Leute schicksalsmäßig so eine mittlere Kurve in ihrem Leben fahren: aus Ängstlichkeit nicht zu hoch und nicht zu tief runter. So bleiben sie immer im Mittelmaß und sammeln nicht die Energie, um richtig hochzukommen. Aber schau das Leben der Heiligen an: Da siehst du meist, dass es tief nach unten gegangen ist, bis sie das Momentum, die Energie, die Sehnsucht entwickelt hatten, sich hoch aufzuschwingen. Reue, der Wunsch etwas wiedergutzumachen, genug von allem zu haben, all das kann dazu führen, dass man das Spielfeld wechseln will. Aber das Wesentliche ist,

den absoluten Willen und die Energie dazuzubekommen, und die kriegst du eben oft nur, wenn du einen tiefen Ausschlag gemacht hast, dann kehrst du mit Schwung zurück.«
Arvind nickt.
Wir sind durch, das ist klar. Also stehen wir beide unwillkürlich auf und umarmen uns herzlich zum Abschied.

Artemisia:
Solange Menschen die Möglichkeit der Reinkarnation nicht akzeptieren, werden sie das Leben nicht verstehen können. Warum wird ein Kind krank geboren? Warum sind die Schicksale so unterschiedlich, anscheinend ungerecht?
Leben ist wie ein großes Drama mit vielen Akten oder Aufzügen, in der jeweils dieselbe Person die Hauptrolle spielt. Da niemand den Überblick hat, also immer nur ein einzelnes Leben sieht, ist es schwer, die Ursachen für die Höhen und Tiefen dieses Lebens zu verstehen. Das große Drama über Zeiten und Dimensionen hinweg hat aber ein Ziel: zu wachsen und zu werden, was die Evolution für uns vorgesehen hat! Aber wie schwer ist es für einen Menschen, der an allem hängt, was ihn erfreut oder bedrückt, nicht Sklave seiner Umstände zu werden ...

Komisch, Amma serviert nur das Abendessen für mich allein, weil Lucius und Marisa zusammen weggegangen sind ... einfach so, ohne mich? Ich hätte gerne all meine Erlebnisse erzählt.
Nun gut, Amma hat mir Okra zubereitet, weil sie weiß, dass ich dieses exotische Gemüse gerne esse. Aber ich bin noch nicht bei der Nachspeise angelangt, als sich die Haustür öffnet und ich Marisa und Lucius im Hausgang höre. Sie sehen betroffen und ernst aus, während sie zu mir ins Esszimmer treten und mich sehr freundlich grüßen. Marisa entschuldigt sich sofort und verschwindet im Schlafzimmer, Lucius setzt sich zu mir.
»Erzähl mir, was du heute bei Arvind erlebt hast!« Obwohl

es Lucius durchaus interessiert, merke ich, dass er mit seiner Frage hauptsächlich andere, allzu persönliche Fragen meinerseits verhindern will.

Also erzähle ich meine Geschichte, während ich gleichzeitig versuche zu hören, was im Schlafzimmer vor sich geht. Packt Marisa Koffer?

Meine Nacht ist unruhig, und erst gegen Morgen finde ich in den Schlaf.

Als ich schließlich zum Frühstück erscheine, etwas spät, sitzt Lucius immer noch mit der Zeitung am Tisch wie bei meinem ersten Besuch.

»Wo ist Marisa?«, frage ich.

»Abgereist!«

»Oh! ... war das schon länger so geplant?« Wage ich mich mit dieser Frage zu weit vor? Elegant ist das jedenfalls nicht von mir.

»Elegant ist deine Frage nicht!«, antwortet Lucius, als würde er meinen Gedanken laut wiederholen.

Das bedeutet, ihre Abreise ist eine plötzliche Entwicklung. Nun, es geht mich nichts an, aber es tut mir leid, falls sie eine Krise haben.

»Du fliegst übermorgen. Willst du noch gern ans Meer?«

»Oh, ja bitte!«

Wir liegen in einem komfortablen Hotel am Pool und warten auf unseren Snack.

»Sie sagte auf einmal, dass sie spüren kann, dass ich sie nicht wirklich liebe.«

»Was?! Wieso das so plötzlich?«

»Sie sagte, ihr sei klar geworden, dass ich im Grunde meines Herzens mit jemand anderem verbunden sei, und sie habe nicht Lust, unter diesen Umständen mein Leben zu teilen.«

»Wie kommt sie denn darauf! Du bist doch mit niemandem verbunden ... aber das wäre übrigens auch nicht besser für sie.«

Im Grunde passt meine letzte Inkarnation als gefühlloser, frauenverachtender Pascha besser zu Lucius als zu mir, überlege ich still für mich. So ganz kann ich mich immer noch nicht mit dieser Geschichte identifizieren, vielleicht, weil ich jetzt eine Frau bin.

Lucius sinniert vor sich hin.

»Sag mal, hast du denn nicht versucht, sie zu halten? Sie ist eine tolle Frau. Ich mag sie«, beginne ich wieder.

»Ich mag sie auch, und deshalb wollte ich sie nicht belügen!«

Ich spüre, wie mich eine Gänsehaut durchrieselt. Will er sich jetzt an mich heranmachen, dieser Mann der Superlative, der es bei keiner Frau aushält, der alles haben und dabei unberührt bleiben will? Eine Beziehung mit Lucius: Das will ich mir nicht antun.

»Gehen wir ins Wasser?« Ich kehre zu unserem lockeren Gesellschaftston zurück.

Wir baden, ich lasse mir eine Massage geben – Indian Hotel Luxury –«, und so verbringen wir einen belanglosen netten Nachmittag. Abends fahren wir nachhause. Der Fahrer hat frei, und Lucius fährt selbst, bemerkenswert wendig und sicher in diesem unberechenbar dichten, hupenden Verkehr. Aber persönliche Gespräche gibt es nicht mehr.

41. Kapitel

Am nächsten Tag gehen wir Geschenke einkaufen. Wir machen Spaß und ziehen uns gegenseitig auf wie immer, aber ich habe Herzschmerzen in seiner Nähe. Ist es sein Leben, das mir weh tut, ist es meines oder unsere Beziehung? Es gibt etwas Ungesagtes zwischen uns. Aber jetzt will ich nicht wissen, was es ist. Jetzt nicht. Er bringt mich zum Flughafen.
Wir umarmen uns zum Abschied ... und dann schaue ich mich doch nach ihm um. Er steht noch immer da und schaut mir nach. Als sich unsere Blicke treffen, lächelt er, winkt und verschwindet in der Menge der Reisenden.

Mich führt der Weg zunächst einmal durch all die Kontrollen und Warteschlangen eines indischen touristenüberfluteten Flughafens, bis ich endlich ziemlich spät in der Nacht in der Wartehalle ankomme und einen Sitzplatz suche, um die Zeit bis zum Abflug leicht dösend zu verbringen.
Dort hinten könnte ich mich neben eine Familie mit übermüdeten, quengelnden Kindern setzen. Und da ist noch etwas frei bei einem jungen Mann mit einem Rucksack so wie ich einen habe – das ist mir lieber. Er wirkt etwas mitgenommen und ungewaschen, wahrscheinlich ist er in Indien getrampt. Ich lasse mich auf dem freien Platz neben ihm nieder, schließe die Augen und versuche die permanenten und penetranten, dazu unverständlichen Ansagen im Lautsprecher wenigstens in meinem Kopf leise zu drehen.
Als ich wieder nach einer Weile um mich blicke, stellen sich schon die ersten Passagiere in der Schlange zum Gate auf. Also frage ich meinen Nachbarn, ob er kurz, während ich zur Toilette gehe, auf meinen Rucksack aufpassen könnte.

»Ganz klar. Kein Problem!« Obwohl er sehr schläfrig wirkt, zieht er meinen Rucksack ganz dicht zu seinem.

Ich bin dankbar, denn was soll ich in einer indischen Toilette, in der man sich in die Hocke begibt und die oft keinen Haken an der Wand hat – was soll ich da mit einem großen Rucksack anfangen?

Als ich nach einer Weile zurückkomme, sitzt er noch immer brav neben meinem Rucksack, während die meisten Passagiere jetzt die Sitzplätze auf den Wartereihen verlassen haben, um sich anzustellen.

»Tausend Dank!«, rufe ich ihm zu, hole meinen Rucksack und begebe mich in die Schlange. Es wird kalt werden, überlege ich, diese Flugzeuge haben meist zu viel Aircondition für jemanden aus den Tropen. Also krame ich in meinem Rucksack nach meiner Strickjacke. Sie muss ganz unten liegen. Da stoße ich auf etwas länglich Rundes, Hartes in Papier Gewickeltes. Was soll das sein? Ach, wahrscheinlich die Keksrolle mit Cashewnüssen, die ich mir mitgenommen habe, weil diese Plätzchen mir so gut schmecken. Ich bin zu müde, sie jetzt herauszuziehen, finde die Jacke und lege sie mir um.

Der Flug ist wie immer anstrengend und lang. Ich meditiere immer wieder, meistens ungestört.

Endlich am Heimatflughafen angekommen – das Warten auf das Gepäck. Jetzt sehe ich meinen Nachbarn vom indischen Flughafen wieder. Er geht auch stracks auf mich zu. Entschuldigt sich, dass er so unkommunikativ war. So setzen wir uns wieder wie in Indien nebeneinander, um zu warten. Es wird mindestens zwanzig Minuten dauern, heißt es, bis das Gepäck kommt. Ich meditiere währenddessen ganz automatisch und sinke in eine feine erfrischende Tiefe. Etwas holt mich zurück, ich spüre, wie mich mein Nachbar ansieht. Das ist mir peinlich. Doch er betrachtet mich weiterhin, so als wollte er etwas sagen.

Schließlich komme ich ihm zuvor und bitte ihn, ob er noch einmal so nett wäre, auf meinen Rucksack aufzupassen. Er nickt erfreut. Als ich in der Toilette ankomme, treffe ich auf einen – im wahrsten Sinn des Wortes – Haufen Frauen, die sich auf engem Raum drängen und noch vor mir an der Reihe sind. Nach einem Weilchen werde ich ungeduldig, das Ganze dauert mir zu lang, und ich beschließe, später wiederzukommen. Als ich die Toilette aber verlasse, sehe ich von ferne, wie mein netter Nachbar gerade den Reißverschluss meiner Tasche zuzieht.

»Der stand offen«, erklärt er mir mit entschuldigendem Blick, als ich bei ihm ankomme.

»Ach so«, sage ich, nehme den Rucksack an mich und suche die entfernt gelegene Toilette. Vielleicht ist da mehr Platz, denn jetzt muss ich meinen Rucksack durchsuchen.

Tatsächlich ist dort niemand. Also gehe ich meinen Rucksack genau durch. Da ist aber kein hartes, länglich rundes in Papier eingewickeltes Päckchen. Meine Keksrolle fühlt sich ganz anders an! Nichts Fremdes kann ich feststellen, aber gestern habe ich doch definitiv so etwas in den Fingern gehabt! Der Junge hatte mir offensichtlich etwas unterschieben wollen, aber es jetzt – vor dem Zoll wieder herausgenommen! Wie merkwürdig!

Die Koffer kommen, und was erfreulich ist: Meiner ist einer der ersten. Ich kann also zum Zoll durchgehen. Im Gang entlang der grünen Linie für Leute, die nichts zu verzollen haben, steht ein Beamter mit Schäferhund. Sobald ich näher komme, reagiert der Hund aufgeregt auf mich. Ich schaue unwillkürlich zurück und sehe, wie mich mein Warte-Nachbar, der noch am Fließband steht, beobachtet.

Hinter der trüben grenzpolizeilichen Glastür muss ich den

Inhalt meines Rucksacks auf den Metalltisch leeren. Ich fühle mich unendlich gedemütigt, erschöpft und vor allem unwillig. Der Hund schnüffelt an den Sachen, die ganz unten gelegen hatten, sogar an der Jacke, die ich trage. Es ist zwar nichts zu finden, aber es riecht – wie ich von den Beamten höre – nach Cannabis. Ich versuche zu erzählen, dass mir mein Sitznachbar auf dem Flughafen anscheinend heimlich etwas eingepackt hat. Die Männer reagieren nicht auf meine Geschichte.

Jetzt kommt die Körperkontrolle durch eine Beamtin. Womit habe ich das verdient! Es ist so furchtbar, und das nach zwölf Stunden Flug und all meiner Spiritualität. Ich darf mich wieder anziehen, und als ich hinter den Vorhängen hervortrete, erscheint der ungepflegte Indientramper mit einem Beamten, beiden voran der Hund, der hocherfreut zu sein scheint, dass dieser neue Besucher so vielversprechend riecht. Er wedelt mit dem Schwanz, bellt kurz und schaut erwartungsvoll zu einem der Beamten hoch. Der tätschelt ihn am Kopf.

Meine Personalien werden in jedem Fall aufgenommen. Ich bin verzweifelt. Was bedeutet das nun für mein weiteres Leben? Schon wieder ist die Polizei hinter mir her und immer in Zusammenhang mit Indien!

Im Rucksack des Trampers befindet sich das gesuchte Päckchen. Dann geschieht etwas Ungewöhnliches. Der Tramper erklärt dem Beamten, dass er es war, der mir diesen Streich gespielt hat. Ob er den Stoff durch den Zoll schmuggeln wollte, indem er ihn bei einer unauffälligen Frau unterbringt? Will ein Polizeibeamter wissen.

»Das war die Idee, doch dann habe ich es mir anders überlegt«, antwortet er.

»Und warum? Das ist doch eine widersprüchliche Handlungsweise?«

»Ich weiß, aber ich wollte es nicht mehr tun. Ich sah sie heute früh, wie sie so brav und ganz still neben mir saß, und ich hatte keine Lust mehr auf die Sache.«

Einen Augenblick lang ist es still, als hielte die Zeit den Atem an, als ginge ein Engel durch den Raum, wie es heißt.

»Nun, wir hätten das Zeug so und so gefunden.« Mit diesen Worten des Zollbeamten kehren wir in die grobe Wirklichkeit zurück.

Zu mir sagt er nur:

»Also, wir werden Ihre Daten weiter nachprüfen. Sie können ansonsten jetzt gehen!«

»Wird mein Name dann in Zukunft mit Rauschgift in Verbindung stehen?«, flüstere ich völlig erschöpft mit Tränen in den Augen.

»Nein«, der Beamte mit dem Hund schüttelt den Kopf, »das müssen Sie nicht befürchten!« Und wieder ist so etwas Weiches in der Luft.

Ich schlucke meine Tränen herunter so gut ich kann und wende mich noch einmal zu dem Tramper um, wir sehen einander in die Augen.

»Wie wären Sie denn wieder an das Rauschgift gekommen, wenn Ihr ursprünglicher Plan funktioniert hätte?«, höre ich den Beamten mit Hund fragen.

Während ich mit meinem Gepäck den Raum verlasse und auf die automatische Tür zugehe, die in den öffentlichen Bereich des Flughafens führt, hinaus ins Leben, spüre ich auf einmal eine fantastische Energie in mir aufsteigen, und ich weiß: Ich gehe einer neuen Zukunft entgegen! Ich werde meinem Herzen folgen – was immer das bedeuten wird – und die zwei Seelen finden, die zu mir gehören.

In einem zweiten Band wird Diana durch einige persönliche Katastrophen ihre Seelengeschwister erkennen und ihre bisherigen Vorstellungen von Liebe und Spiritualität infrage stellen ...

Wir verfolgen Dianas abenteuerliches Leben und ihre spirituelle Entwicklung von den 80er Jahren bis in die heutige Zeit, in der sie an einem großen Zukunftsprojekt mitarbeitet.

Zur Autorin

Dorit Vaarning ist Regisseurin und Drehbuchautorin. Abenteuerliche Reisen, Begegnungen mit außergewöhnlichen Menschen und jahrzehntelange Meditationserfahrung sind die Basis für ihre Arbeit im Bereich Spiritualität und menschliche Evolution. Für ihre Fernsehfilme zu diesen Themen wurde sie mit dem Deutschen Mystikpreis ausgezeichnet. In ihren Seminaren und Vorträgen in Europa und an der Universität Kolkatta, Indien, geht es darum, auf verständliche und unterhaltsame Weise das Interesse an innerer Entwicklung zu wecken.
Dorit Vaarning ist verheiratet und hat zwei Kinder.